Der zweite Band der autobiographischen Trilogie ›All das Vergangene…‹ von Manès Sperber beschreibt die Schlußphase des Ersten Weltkriegs, miterlebt in Wien, den Zusammenbruch der Österreichisch-ungarischen Monarchie, Republik und Ständestaat in Österreich, das Heraufdämmern und die Installierung des Nazi-Reichs in Deutschland. Von sich selbst schildert Sperber seine Lehr- und Wanderjahre, seine Ausbildung vom Schüler Alfred Adlers zum praktizierenden Therapeuten und Dozenten, seine Parteiarbeit für die Kommunisten, schließlich seine literarischen und politischen Freundschaften. Breiten Raum nimmt die Auseinandersetzung mit dem Brand des Wiener Justizpalastes ein (am 15. Juli 1927), ein fatales Datum in der österreichischen Geschichte zwischen den beiden Weltkriegen – von diesem Tag an war der Weg in den Anschluß Österreichs ans Deutsche Reich vorgezeichnet. Ein Topos übrigens, der immer wieder in der österreichischen Literatur auftaucht, erinnert sei an Canetti, Doderer oder Musil. Nach vorübergehender Verhaftung in Berlin geht Sperber über Wien, Jugoslawien nach Paris ins Exil. Frühzeitig durchschaute er die totalitären Mechanismen in den Regimes von Hitler und Stalin. Außer einer Minorität von politisch Hellhörigen wollte niemand die Warnungen vernehmen, die Manès Sperber und ähnlich gestimmte Intellektuelle deutlich formulierten. Vergebliche Warnungen eben. Ein bedeutender Stilist hält Rückschau auf ein Stück gelebter Zeitgeschichte.

Manès Sperber (1905–1984), Individualpsychologe in der Schule von Alfred Adler, flieht während der Nazi-Zeit über Jugoslawien nach Frankreich, später in die Schweiz; nach dem Krieg Verlagsleiter bei Calmann-Lévy/Paris; Autor von Romanen und politischen Essays; zahlreiche Auszeichnungen – darunter der Büchner-Preis (1975), der Große Österreichische Staatspreis für Literatur (1977) und der Friedenspreis des Deutschen Buchhandels (1983).

Der erste Band der autobiographischen Trilogie ›All das Vergangene…‹ ist als Fischer Taschenbuch lieferbar: ›Die Wasserträger Gottes‹ (Bd. 11653).

Manès Sperber

Die vergebliche Warnung

All das Vergangene …
Band 2

Fischer Taschenbuch Verlag

Veröffentlicht im Fischer Taschenbuch Verlag GmbH,
Frankfurt am Main, November 1993

Lizenzausgabe mit freundlicher Genehmigung des
Europaverlags GesmbH, Wien

Umschlaggestaltung: Buchholz / Hinsch / Hensinger
Druck und Bindung: Clausen & Bosse, Leck
Printed in Germany
ISBN 3-596-11654-6

Gedruckt auf chlor- und säurefreiem Papier

Inhalt

And all our yesterdays
have lighted fools
the way to dusty death.

SHAKESPEARE, MACBETH

Erster Teil

Auf der Brücke

Als am 12. November 1918 die Republik Deutschösterreich ausgerufen wurde, wußte jeder, was an diesem Tag endete, doch nicht, was damit beginnen mochte. Das Reich der Habsburger war schon vorher zerfallen, die k. u. k. Armee hatte sich aufgelöst, niemand wollte mehr wissen, wofür sie gekämpft hatte, gegen wen und warum. In den Straßen der früheren Residenzstadt trieben sich versprengte Teile von Regimentern herum, die wenige Stunden nach ihrer Ankunft nichts mehr zusammenhielt; die Soldaten glichen zuweilen verirrten Marodeuren oder heimatlosen Bettlern, die darüber erschraken, daß sie ängstlichen Passanten Furcht einflößen konnten.

Man beklagte es, daß das Ende sich hinzog und der Nachkrieg noch immer nicht beginnen wollte, die Hungersnot wurde nicht gelindert und man fror in der feuchten Kälte – es fehlte an allem. Die Sieger hielten ihre Versprechen nicht, hieß es überall, das Brot war nun schlechter als je, es stank nach Fäulnis und schmeckte wie zermahlene Sägespäne. Das Ende nimmt kein Ende, wiederholte man im Spaß, doch mit verhärmtem, bösem Gesicht. Ein Lied, das man öfter grölen als singen hörte, kündigte in einem Frage-und-Antwort-Spiel Umwälzungen an. Im kläglichen und zugleich herausfordernden Ton des mutlos lärmenden Säufers fragte man:

Wer wird denn die Straßen jetzt kehren?

Und man antwortete:

Ja, die großen Herren mit die goldenen Stern'
die werden die Straßen jetzt kehren.

So lautete eine der Strophen, die immer zahlreicher wurden. Als letzte sang man gewöhnlich:

Was wird auf meinem Grabstein denn stehn?
Was wird auf meinem Grabstein denn stehn?
Hier liegt ein Soldat, der alles versoffen hat,
Hier liegt ein Soldat, der alles versoffen hat.

Und ohne Übergang mochte der Sänger nach der Ankündigung der radikalen Umkehrung und seines nahen Todes den Gleichmut bekunden, mit dem er seine Armut inzwischen ertragen wollte:

Mir is olles ans, ob i a Göld hob oder kans.
Wann i a Göld hob, kann i ins Kino gehn,
Wann i kans hob, muß i draußen stehn.
Mir is olles ans, ob i a Göld hob oder kans.

Diese und so viele andere Gassenhauer waren im Grunde nur Varianten des alten Liedes aus der Pestzeit: »Oh, du lieber Augustin, alles ist hin!« Mit diesen Liedern vermengten sich häufig der »Kaiserwalzer« und Offenbachs »Barcarole«, die auf kleinen Plätzen, in stillen Gassen und in den Höfen alter Häuser die Leierkästen spielten. Auch ihr Ende nahte, es klang häufig nur noch wie ein blechernes Dröhnen. Selbst der uralte jüdische Geiger neben dem Standbild der Madonna mitten auf der Marienbrücke änderte ein wenig sein Programm. Dem Volkslied, das mahnte: »Ein Brievele der Mamen sollst du nit versamen«, und dem andern, das die schnell entschwindende Jugend beklagte, fügte er nunmehr die »Internationale« hinzu und noch öfter das revolutionäre Trauerlied vom Jahr 1905: »Unsterbliche Opfer, Ihr sanket dahin, wir aber weinen um Euch.«

Der Alte trug stets den gleichen, viel zu großen, schlecht gefärbten Soldatenmantel, der hochgestellte Kragen verhüllte die untere Hälfte seines Gesichts. Nur wenn es schneite, kroch das alte Antlitz aus dem Mantel hervor, fast horizontal bot es sich dem Himmel an, und sein Mund fing die Schneeflocken so gierig auf, als wären sie eine lang entbehrte Nahrung.

Wann immer ich den Donaukanal überquerte, sah ich diesen Musikanten auf der Brücke. Manchmal blieb ich stehen, um ihm die letzten Nachrichten aus der Zeitung mitzuteilen. Er erwartete, daß ich ihn danach fragte, wie das Geschäft an diesem Tag ginge, denn er hatte die Antwort stets bereit. Sie lautete entweder »Heute wird Rothschild mehr einnehmen als ich« oder »Zum Sterben könnt's reichen, zum Leben nicht!« Es kam auch hie und da vor, daß er gar nicht oder nur mit einem Seufzer antwortete; manchmal schluchzte er laut auf. Noch bevor ich die Brücke hinter mir hatte, hörte ich schon wieder die sentimentale Melodie, die auch den eiligsten der jüdischen Passanten daran erinnerte, daß er »das Brievele an seine Mame« nicht versäumen dürfe.

Obschon ich den Alten nicht nur im Schnee und im Regen auf seinem Posten antraf, sondern auch im heitern Sonnenlicht, zeigt ihn mir die Erinnerung stets so, wie er in jenem Revolutionswinter aussah. Immer bläst der kalte Wind über die Brücke, miserabel gekleidet laufen die Leute hastig weiter, niemand bleibt stehen.

Es war eine Zeit des harten, verhärtenden Leidens, nicht des Mitleidens. So hat dieser alte Mann sich meinem Gedächtnis weniger wegen seines Elends eingeprägt als wegen seiner Standhaftigkeit. Und gewiß auch, weil das graue Gesicht unter den Schneeflocken irgend etwas zu bedeuten schien, das nicht nur mit dem Schicksal dieses Bettelmusikanten zusammenhing, sondern mit uns allen. Und mit dem nutzlosen Widerstand der Wehrlosen gegen Unglück, Hunger, Kälte.

Was aber die aufdringliche Anwesenheit des mitten in der Menge der Passanten grenzenlos vereinsamten Alten bedeutete, wußte ich nicht; ich habe dem nie nachgegrübelt und tue es auch heute nicht. Sonst so begierig, für alles Erklärungen zu finden, lasse ich oft manches, das sich mir als Bild darbietet, gleichsam im Rohzustand seiner Erscheinungsform und verschiebe die Aufhellung. Am Ende bleibt es in einem Licht, das kaum erlaubt, die Konturen zu erkennen, und zu schwach ist, um die Dunkelheit zu zerstreuen.

Was soll die Aufdringlichkeit, mit der das Gedächtnis mir diese unerheblichen Einzelheiten, diese nebensächlichen Szenenbilder in den Vordergrund drängt? Wir benutzen mehr oder minder bewußt Scheingründe, sooft uns die wirklichen Gründe nicht faßlich oder unwillkommen sind; so gibt es auch Schleiererinnerungen, gewiß. Es ist indes wenig wahrscheinlich, daß ich den Bettler auf der Brücke an den Anfang dieses Buches stelle, um irgend etwas zu verschleiern. Das dem schiefen Hals gleichsam aufgeschraubte flache, graue Gesicht mag den Dreizehnjährigen tiefer beeindruckt haben als dieses oder jenes wirklich wichtige Ereignis. Doch warum?

Zu den Gleichnissen, die ich seit Jahrzehnten am häufigsten in Romanen, Essays und Vorträgen benutzt habe, gehört eines, in dem es sich um eine Brücke handelt, die nicht existiert, sondern sich Stück um Stück unter dem Schritte dessen ausbreitet, der den Mut aufbringt, seinen Fuß über den Abgrund zu setzen. So mag die Brücke nicht das andere Ufer erreichen, das übrigens wohl gar nicht existiert. Der werdende, doch nie vollendete Mensch auf der Brücke, die nur so weit reicht wie sein Mut, somit nie weit genug, ist der Held und Unheld all meiner Bücher geworden. Das sage ich mir jetzt, während ich jenen elenden Alten auf der Brücke abzuschütteln versuche, um endlich von der Entwicklung der Zustände nach 1918, von Ereignissen, Begegnungen, von Erlebnissen und Menschen zu sprechen, ohne die mein Leben ganz anders verlaufen wäre in jenen 20 Jahren der Nachkriegszeit, die sich schnell genug in eine Vorkriegszeit verwandeln sollte.

Sooft ich an jene Monate denke, die der Revolution folgten, bemächtigt sich meiner die völlig bildlose Erinnerung an eine Empfindung, die von November 1918 an bis etwa zu meinem 20. Lebensjahr sehr häufig wiederkehrte. Es war eine besondere Art von Bangnis, zuweilen so heftig wie ein überwältigender Schrecken. Diese Bangnis, das war offenbar, wurde von dem Übermaß des Erhofften hervorgerufen. Es war die Sprache, der »Organdialekt« eines Zweifels, den ich mir selbst zu lange verheimlicht hatte. Als ob in mir ein Verdacht nistete, daß ich mich täuschen mochte, ja daß ich mich selber narrte.

Nur die Revolution konnte die Erwartungen erfüllen, die man an den kommenden Frieden geknüpft hatte, sagte man sich. Und überall gab es Aufruhr, Aufstände, Revolutionen. Die Räterepublik wurde in München errichtet, in Ungarn siegte die Revolution unter der Führung eines Mannes, dessen Name – *Béla Kun* – über Nacht so berühmt wurde, daß man ihn immer häufiger neben Lenin und Trotzki nannte. Wien wurde gleichsam die Vorstadt der benachbarten revolutionären Zentren.

Es dauerte jedoch nicht lange, kaum ein halbes Jahr, da wurde die von den Sozialdemokraten verwaltete Stadt zum Asyl der besiegten Revolutionäre Mitteleuropas und des Balkans und zum Sitz der exilierten Führung der in den Untergrund verbannten Parteien. Suchte man einen von diesen Männern, so brauchte man nur den Namen des Cafés zu erfahren, in dem er und seine Genossen täglich viele Stunden versaßen, eifrig damit beschäftigt, die Nachrichten aus ihrem Lande zu kommentieren und aus ihnen mit täglich erschütterter und täglich neu gewonnener Sicherheit zu schließen, daß es nur noch einiger

Wochen bedurfte, bis sie heimkehren und die Macht endlich an sich reißen konnten. Der Triumph der Konterrevolution, vor der sie hatten fliehen müssen, konnte ja nichts anderes bedeuten als eine zwar schmerzliche, aber nur flüchtige Episode, da sie ja, historisch gesehen, nutzlos war, weil im Widerspruch mit dem »Gesetz der Geschichte«.

Erst zwölf Jahre später, im Sommer 1931, begegnete ich Béla Kun in Moskau. Auf den ersten Blick hatte er noch immer einige Ähnlichkeit mit dem oft karikierten Typ eines magyarischen Schweinehändlers, doch verwischte sich dieser Eindruck sehr bald. Er war ein kluger Gesprächspartner, der sein Wissen so geschickt verwandte, daß man ihm zutraute, viele Kenntnisse und Einsichten, vielleicht die wichtigsten, für sich zu behalten.

Wir saßen in seinem Arbeitszimmer; überall: auf dem Schreibtisch, auf den Stühlen und auf dem Boden, türmten sich die Stapel von ausländischen Zeitungen und Revuen. Kun war damals Redakteur der *Iswestija,* glaube ich, oder der *Prawda* und mitverantwortlich für die Auslandsnachrichten seines Blattes. Wir sprachen über die Verhältnisse in Ungarn, über die Weltwirtschaftskrise, über die politische Auswirkung der steigenden Arbeitslosigkeit in Deutschland, über die Rolle der kommunistischen Parteien in den kapitalistischen Ländern und über die Aussichten der nahenden Revolution. Während ich ihm aufmerksam zuhörte, suchte ich in den Zügen seines Gesichts die Spuren von Eigenschaften und Taten, die ihn bei den Gegnern in Verruf gebracht hatten. Ihn machte man im Jahre 1919 für Morde und viele Untaten verantwortlich, die unter der von ihm geführten Regierung im ganzen Land, so behauptete man, begangen worden waren. Wir alle verabscheuten das Horthy-Regime, das ihn und seine Mitarbeiter als Mörder anprangerte und als Diebe, die sich mit reicher Beute an Gold und kostbarstem Schmuck aus dem Staub gemacht hätten, sobald sie ihre Macht bedroht fühlten. Nein, wir glaubten den Konterrevolutionären nichts von alledem, wir fühlten uns solidarisch mit den von den sogenannten »Strafdetachements« verfolgten und gefolterten Revolutionären. Jedoch billigten wir nur zögernd und mit vielen Einschränkungen die Maßnahmen, die sie in der Zeit der Räterepublik getroffen hatten.

Wenige Stunden, bevor mich ein ungarischer Freund zu Kun brachte, hatte ich ein langes Gespräch mit einer sowjetischen Psychologin. Als ich ihr beim Abschied andeutete, zu wem ich ging, sah sie mich nachdenklich an. Erst nach einer Weile sagte sie: »Was er in Ungarn angestellt hat, wissen Sie wohl besser als ich, aber daß er auch hier während des Bürgerkrieges furchtbar gewütet hat, daß er in der Krim zahllose Menschen liquidieren ließ – aus revolutionärem Übereifer natürlich –, davon haben Sie sicherlich nichts gehört, sonst würden Sie nicht sein Gulasch essen gehen.«

Der Ton meiner Kollegin war gehässig und ihr Gesicht wie von einem Krampf verhärtet. Béla Kun aber legte während der Stunden, die wir beisammen waren, eine Bonhomie an den Tag, die ihn nur verließ, wenn er von der Lage der Genossen in den ungarischen Kerkern sprach. Es überraschte mich nicht, an dem nicht nur bei den politischen Feinden verrufenen Béla Kun keinerlei Zeichen von Neigung zu Gewalt oder zu Gehässigkeit zu entdecken. Natürlich wußte ich, daß dieser Eindruck nichts gegen die Behauptungen über seine grausamen Interventionen bewies, aber ich war zufrieden, fortab glauben zu dürfen, daß man ihm wahrscheinlich unrecht tat. Ich hatte es damals sehr nötig, den Blick von der sozialistischen Wirklichkeit abzuwenden, dem Problem des Terrors auszuweichen.

Während der Monate, die dem Umsturz folgten,

reagierte ich auf alle Nachrichten von Terrorakten in einer affektiv parteiischen Art. Überall – außer in Béla Kuns Ungarn und in Rußland – war Terror für meinesgleichen konterrevolutionäres Verbrechen und Fortsetzung der Kriegsgreuel; der rote Terror aber war in unseren Augen eigentlich keiner, denn - daran zweifelten wir nicht – er war die Notwehr, in welcher sich das Neue, Gute gegen das Alte, Böse verteidigen mußte. Die Ermordung Rosa *Luxemburgs* und Karl *Liebknechts* bewies es, die Erschießung Kurt *Eisners* in München und die schnelle Freisprechung seines Mörders. Während langer Jahre tauchte vor meinen Augen das edle Antlitz des ermordeten Gustav *Landauer* jedes Mal auf, wenn ich Anklagen gegen den roten Terror las. Lange Jahre habe ich die Stadt München gemieden, weil sie der Schauplatz dieses Verbrechens gewesen war; sie sollte bald danach zur »Hauptstadt der Bewegung« des Nazismus werden ...

Da ist er, deutlich erblicke ich ihn, das heißt mich, wie ich mitten in meinem vierzehnten Lebensjahr aussah und mich bewegte, wie ich mich gab oder verschloß. Natürlich verspüre ich die Neigung, mit der Beschreibung seines elenden Aussehens und seines schäbigen Gewandes zu beginnen. Mehr als ein halbes Jahrhundert ist seither verflossen, aber die Erinnerung an die plötzliche Verarmung, an die Erniedrigung durch sie drängt sich mir sofort auf, als ob nichts von alldem, was seither geschah, jene schmerzliche Betroffenheit hätte mindern können.

Ich trug keine Kopfbedeckung mehr, auch an den kältesten Wintertagen nicht. Wenn der Schnee meine schwarzen Haare völlig zudeckte, rief es bei manchen Leuten, die ich auf dem Schulweg kreuzte, eine Überraschung hervor, die nicht selten in einen kaum verständlichen Ärger umschlug, dem sie einen beleidigenden Ausdruck gaben. (Ähnlich reagieren heutzutage Passanten auf die zu langen Haare junger Männer.) Meine Augen glänzten, waren feurig, sagte man, besonders wenn ich sprach. Und ich sprach gerne, eindringlich, zu schnell und undeutlich. Das Fiebrige an mir war übrigens nicht nur psychisch, denn es sollte sich bald herausstellen, daß meine Lungen infolge der Unterernährung angegriffen waren. Die höhere Temperatur am Abend störte mich nicht, doch erzeugte sie den Nachtschweiß, der mich oft aus dem Schlaf riß und in mir einen Widerwillen gegen den eigenen Körper weckte. Es war, als ertrüge ich meinen Körper nur mit einer aufgezwungenen Resignation.

Trotz aller Kritik an mir konnte ich mit mir auskommen, aber meinen Körper mochte ich nicht: nicht das Gesicht und nicht das häufige Husten und Schnupfen, nicht die allzu häufigen Magen- und Darmschmerzen. Später, aber erst im Mannesalter, verloren sich nach und nach diese Beschwerden; ich akzeptierte endlich mein Gesicht, aber meinen Körper habe ich auch später nicht gemocht, obwohl ich ihm dann kaum etwas vorzuwerfen hatte. Zwar habe ich ihn nicht verabscheut und keinerlei Grund gehabt, es zu tun, aber ich habe ihn zuweilen wie einen lästigen Begleiter empfunden, mit dessen steter Gegenwart man sich nun endlich ein für allemal abfinden mußte.

Das Gefühl, häßlich zu sein, das mich während meiner Kindheit so gepeinigt hatte, dürfte diese strenge Gleichgültigkeit gegenüber dem eigenen Leib hervorgebracht oder zumindest gefördert haben. Aber es hat gewiß auch an der alles durchdringenden jüdischen Erziehung gelegen, die nur dem Glauben und daher nur dem Geistigen einen Wert zuerkannte, alles Materielle aber als ein Übel verachtete, das leider notwendig war. Bedürfnisse wurden nicht verdrängt, das Sexuelle nicht verleugnet und eher weniger verhüllt als bei anderen, aber jedes Kind kannte die Wertskala, sobald es etwas von der Geschichte seines

Volkes verstanden hatte: Für die Glaubenstreue lebte man, man starb für sie, wenn es nicht anders möglich war, nur ein Frevler und ein Feigling verriet den Glauben, um das Leben zu bewahren, also um des vergänglichen Körpers willen.

Mein Vater war ein leidenschaftlicher Raucher, mein Großvater erwachte zwei-, dreimal in der Nacht, goß sich Wasser über die Finger, benetzte die Augen, sprach das für solche Unterbrechungen des Schlafes vorgesehene kurze Gebet – all das, um sich die Zigarette zu drehen, die er dann mit einer Befriedigung rauchte, als ob sie ihm zu lange vorenthalten worden wäre. Am Freitag, sobald der Abend anbrach, hörte man auf zu rauchen, und erst 24 Stunden später, nachdem die schöne, recht lange Zeremonie der *Hawdala,* des Abschieds vom Sabbat, beendet war, durfte man zu einer Zigarette greifen. An langen Sommernachmittagen mochte mein Vater fast unbeweglich vor dem Fenster verharren – in Erwartung der ersten Sterne am Himmel. Weder ihm noch seinem Vater noch irgendeinem ihresgleichen kam es es in den Sinn, dieser schmerzlichen Entbehrung ein Ende zu setzen. Ebensowenig dachte man an den besonders schweren Fasttagen, die im heißen Sommer wiederkehren, etwa am Trauertag der Erinnerung an den zerstörten Tempel, wenigstens mit einigen Tropfen Wasser den Durst zu lindern. Der Körper litt, man sollte mit ihm kein Mitleid haben, denn er war ja geschaffen, um zu dienen – leidend oder genießend zu dienen. Man fragte ihn nicht danach, was er begehrte – er mußte mit trockenem Brot vorliebnehmen, auch wenn man ihm die köstlichste Nahrung anbot, sofern diese nicht *koscher,* das heißt nicht gemäß den strengen Speisegesetzen ausgewählt, gereinigt und zubereitet war.

Keinem einzigen dieser religiösen Gebote und Verbote bin ich treu geblieben, dem sexuellen Drange habe ich später auch in Situationen nachgegeben, in denen ihm zu widerstehen vernünftiger, sinnvoller, würdiger gewesen wäre. Ich sage: würdiger, denn im Grunde blieb ich wohl der Auffassung treu, daß der Körper ein Diener bleiben muß und daß sich daher entwürdigt, wer ihm trotz besserer Einsicht nachgibt. Bei anderen, etwa dem preußischen Offizierskorps, war die Würde das Ergebnis strenger »Manneszucht«, bei meinen Ahnen aber das Resultat einer religiösen Erziehung. Der Körper konnte nur ein Werkzeug sein.

Während jener Zeit kamen täglich Schreckensnachrichten, die uns bewiesen, daß der Sturz des Zaren und die Befreiung der Nationalitäten des Habsburgerreiches die Judenfeindschaft kaum vermindert hatten. Es verging kaum ein Tag, ohne daß man von einem Pogrom erfuhr: in Polen, in Rumänien, in Ungarn, in der Ukraine. In Wien vermehrten sich die antisemitischen Hetzblätter, Organe von zumeist deutschnationalen Gruppen, die in jeder Hinsicht die Vorläufer der Nazis waren. Demobilisierte Soldaten und junge Leute, die sich in Haltung und Kleidung soldatisch gaben, versammelten sich am Kai des Donaukanals, zwischen den Brücken, die in die jüdischen Wohngegenden des zweiten Bezirks führten. Sie bedrohten mit Stöcken und Revolvern die jüdischen Passanten und mißhandelten sie, wenn sich ihnen eine Gelegenheit dazu bot. Sie schrien sich heiser, ihre Hetzrufe waren stets die gleichen, herausfordernd, beleidigend, drohend.

Die meisten der älteren Schomrim, der Mitglieder der jüdischen Jugendorganisation Haschomer Hatzaïr, waren Frontsoldaten, Kadetten oder Offiziere gewesen. Sie leiteten die Gegenaktion, bei denen auch wir, die Dreizehn- bis Vierzehnjährigen, mitmachen sollten. Wir statteten uns mit Schlagringen und Bergsteigerstöcken aus, die Ältesten hatten Pistolen und Dolche, die sie nur im äußersten Notfall gebrauchen sollten. Unsere Aufgabe war, den Kai vor allem in der Nähe der Brücken schon am frühen Morgen zu besetzen, um den Feinden den Zugang zu den jüdischen Vierteln zu verwehren. Überdies hatten wir auf ihre gehässigen Rufe mit Parolen zu antworten, die gewöhnlich viel mehr Spott und Verachtung als Haß ausdrückten. Wir sollten keine Schlägereien provozieren, ihnen aber niemals ausweichen und mit äußerster Härte zuschlagen. Jedoch waren unsere taktischen Möglichkeiten beschränkt, da wir ja die Brücken nicht unbesetzt lassen durften. Wurde der Druck zu stark, so blieb uns nichts anderes übrig, als uns auf das andere Ufer zurückzuziehen. Da konnte es geschehen, daß sich jüngere und häufig auch ältere Juden zu uns gesellten. Gewöhnlich bekamen aber weder wir noch die anderen Zuzug, hingegen konnten wir auf Zuschauer rechnen, zumeist Sonntagsspaziergänger, die zwar nicht unparteiisch waren und hie und da mit Rufen unsern Kampfgeist beleben wollten, jedoch das Ganze eher als ein Spektakel betrachteten. Vielleicht, weil dabei viel zuwenig Blut floß oder weil es sich ja nicht um echte Raufbolde und um die in Wien häufigen Messerstechereien handelte, sondern nur um politische Manifestationen, hinter denen keine mächtigen politischen Gruppen standen.

Nur 19 Jahre später sollten diese Wildjackenhelden, diese begeisterten Leser des unfaßlich blöden Hetzblattes *Der eiserne Besen* zur Macht gelangen und Wien »judenrein« machen, ehe sie die Ausrotter der jüdischen Bevölkerung im Osten wurden. Aber damals, während der Nachkriegswirren, waren nicht nur wir davon überzeugt, daß es sich um die letzten Nachhutscharmützel der Reaktion, der »Dunkelmänner« handelte.

Da ich alles mit einer großen, wenn auch nicht immer gleichen Intensität tat, wurde ich niemals der Mannigfaltigkeit der ohne Übergang einander folgenden Tätigkeiten und Interessen gewahr. Mir schien all das nur eine Vorbereitung auf etwas, das erst später kommen sollte. Was aber sollte das Kommende sein? So sehr ich mich auch darum bemühen mag, ich kann mich meiner damaligen Zielvorstellungen nicht entsinnen. Ich war ehrgeizig, überempfindlich, oft gekränkt, doch zu eitel, um dies zu zeigen; zugleich aber, hauptsächlich aus negativen Gründen, so gut wie niemals neidisch, zwar begierig nach Lob, doch den meisten Schmeicheleien eher abgeneigt: nicht aus Bescheidenheit, sondern im Gegenteil aus einem uneingestandenen Überanspruch, aus Hochmut. Es gelang mir auch viele Jahre später nicht, zu entdecken, worin ich mich denn auszeichnen sollte. Und die beunruhigende Erwägung, der ich mich in früheren Jahren nur schwer hatte entziehen können, kam wieder: Wie, wenn man irrte und mich überschätzte? Mein Ehrgeiz verminderte sich trotzdem nicht, die Anfälle von Mutlosigkeit bedeuteten nur eine vorerst unbewußte Tarnung, mit der ich mich selbst lange genug betrog: Im Tagtraum sah ich mich als Lehrer in einem verworfenen Dorfe – im stillen Winkel wunschlos zufrieden, jenseits von Glück und Unglück, gleichgültig gegenüber Reichtum und Anerkennung, im Einklang mit den Jahreszeiten und mit Menschen, in deren Mitte ich ohne Glanz und ohne Unmut wirken wollte. Auch die Einsamkeit des Leuchtturmwächters war für den Vierzehnjährigen ein verlockender Zukunftstraum. Seinem schlecht maskierten Ehrgeiz war jede Existenz genehm, sofern sie nur nicht die banale, gewöhnliche blieb, nicht die der meisten Menschen, in deren Mitte er lebte.

Obschon ich früh, zu früh von politischen Leidenschaften erfaßt worden bin, die übrigens noch immer nicht erlöschen wollen, habe ich in mir nie auch nur den leisesten Wunsch verspürt, eine politische Karriere einzuschlagen. Ja, schon dieses Wort allein war für meinesgleichen ein typisch bürgerlicher Begriff. Man sollte die Gesellschaft, also auch alle politischen Verhältnisse, von Grund auf umwälzen – dies sehr schnell, am besten sofort, doch nicht, um in der Politik zu bleiben, sondern umgekehrt, um sich von ihr schnell genug abwenden zu können. Wir wünschen nicht, die Macht im Staate auszuüben, sondern Staat und Macht überflüssig zu machen.

Wie aber wollte ich meinen Ehrgeiz befriedigen? Ich forsche in meinem Gedächtnis nach einer Spur des Wunsches, Schriftsteller zu werden; er wäre einleuchtend gewesen sowohl wegen meiner besonderen Beziehung zum Wort, die mit den Jahren immer intensiver wurde, als auch wegen des Respekts, den mir jeder Autorenname einflößte. Ich schrieb zwar Aufsätze in Wandzeitungen, dann Texte in den Jugendbeilagen des neuen linksliberalen Blattes *Der Tag*, die ich mit bizarren Pseudonymen zeichnete. Trotzdem lockte es mich nicht, Schriftsteller zu werden. Die einzige, doch unzureichende Erklärung dafür: die Bindung an den Schomer, an diese kleine Welt der Jugendbewegung, war so stark, daß mein Streben zu gelten, anerkannt, bewundert zu werden, nur für meine Position in diesem Kreise galt.

Diskussionen über Themen, die gewöhnlich im voraus gewählt wurden, hatten im Schomer eine große Bedeutung. Ob es sich nun um jüdische oder allgemeine, politische, religiöse und kulturelle Fragen handelte oder um aktuelle Probleme, die durch die dramatischen Geschehnisse jener Tage vordringlich wurden – die Diskussionen gaben den Anstoß, uns auf dem laufenden zu halten und über das Geschehen nachzudenken. In unseren Debatten suchte jeder, seine Intelligenz und sein Wissen zur Wirkung zu bringen. Jene, die unbeteiligt blieben, weil sie uninteressiert oder zu schwerfällig waren, fühlten sich fremd und verschwanden bald – außer wenn sie besonders gute Fuß- oder Handballspieler, Sänger oder Mandolinenspieler waren.

Man saß auf billigen Holzbänken, auf Tischen, auch auf dem Fußboden. Mitten im Wortgefecht mochte einer, der in der dunkelsten Ecke kauerte, ein Lied anstimmen. Bald sangen alle, besonders wenn es ein neues, von einem Chalutz aus Polen oder Rußland mitgebrachtes Lied war. Die ersten Nachkriegsauswanderer machten in Wien halt; junge Männer, seltener Mädchen, die illegal viele Grenzen passieren mußten auf ihrem Wege nach Palästina, wo sie dann unter größter Mühsal die ersten Kibbutzim gründeten – im Sumpfgelände oder in der Steinwüste. Nicht wenige hatten mit ihrer Familie gebrochen, die ihnen diese abenteuerliche Reise verwehren wollte. Keiner von ihnen aber fühlte sich als Abenteurer, im übrigen auch nicht als Auswanderer. Sie glaubten, aufs genaueste zu wissen, was sie taten und was sie dort im fernen *gelobten Lande* erwartete. Sie hegten die Heilserwartungen von Pilgrimen und stählten ihren Willen wie Pioniere. In ihrem ärmlichen Gepäck führten sie insgeheim Waffen, zumeist alte Pistolen, mit zu wenig Munition, Gedichtbände in hebräischer, polnischer, russischer, jiddischer oder deutscher Sprache und zerlesene Romane von Dostojewski und Tolstoi. Und schließlich das Alte Testament in der Originalfassung. Wir kannten selten ihre Familiennamen und nannten sie bei ihrem Kosenamen oder nach dem Ort, aus dem sie kamen. Nach wenigen Tagen gehörten sie zu uns. Plötzlich verschwanden sie wieder, es kamen Briefe von ihnen – gewöhnlich an Mädchen gerichtet. Man erfuhr, daß es in Palästina nur langsam vorwärtsging, daß sie aber trotzdem glücklich waren. Die Gedichte, die sie beilegten, waren zumeist *Nocturni,* auch weil die Dichter erst nach ungewohnt schwerer Tagesarbeit sich sammeln, erst in der Nacht zu sich kommen konnten. Die Alijah, das heißt die Auswanderung nach

Palästina, wurde für mich selbst damals nicht aktuell, weil ich noch nicht das rechte Alter erreicht hatte. Es kam jedoch noch ein anderer Grund hinzu, nach einem Erlebnis, das viel stärker nachwirken sollte, als ich es damals ahnen konnte.

Im Sommer 1919 wurden Hunderte, vielleicht Tausende unterernährter Wiener Kinder in neutrale Länder, vor allem nach Holland und in die Schweiz, geschickt, wo sie von Hilfsorganisationen bei Familien oder in improvisierten Ferienheimen untergebracht wurden. In vielen Fällen gelang es so, die Folgen der Unterernährung zu beseitigen oder zumindest abzuschwächen. So kam ich nach Amsterdam zu einem älteren kinderlosen Ehepaar. Der Mann, ein Diamantenschleifer, hatte ein bescheidenes Einkommen, aber er glaubte sich als Jude zu diesem Solidaritätsakt verpflichtet. Seine Frau verstand Deutsch, sprach es aber ungern, daher hatten sie verlangt, daß man ihnen einen Halbwüchsigen zuteilte, der sich auch allein zurechtfinden würde. Ich hätte es bei weitem vorgezogen, in einem Heim unterzukommen, wo ich auch Freunde hatte, aber ich traute mich nicht zu gestehen, daß es mir bei diesen guten Leuten nicht gefiel. Ich verbrachte die erste Nacht schlaflos, in einem winzigen Alkoven, wo nur ein Kasten stand, den man jeden Abend in eine Schlafstelle verwandelte. Ich wußte, daß ich nicht verstoßen war, daß mich nichts bedrohte, trotzdem war mir traurig zumute, als wäre ich verbannt und der Vergessenheit preisgegeben. Ich schalt mich selbst wegen dieser Kindereien, schämte mich ihrer, aber erst der Schlaf, der mich im Morgengrauen endlich überwältigte, befreite mich von dieser Bedrängnis.

Anderntags begann ich ein neuartiges Leben. Ich war

da in einer großen Stadt, zum erstenmal ohne Familie und ohne meine Freunde. Genau drei Jahre vorher war ich in Wien zum rastlosen Wanderer geworden, der von einer Straße zur andern zog, zu Plätzen und Parks und zu den Uferböschungen. Doch war Wien selbst am ersten Tag nicht die Fremde für mich gewesen, indes ich in Amsterdam niemanden kannte. Ich mußte mich sehr anstrengen, um zu erraten, was die Bootsmänner in den Grachten, die Händler auf den Märkten riefen. Auf einer Bank entdeckte ich ein Zeitungsblatt, das ich aufmerksam zu lesen begann. Ich verstand oder erriet einzelne Wörter, zumeist Substantive, nur selten gelang es mir, einen längeren Satz ganz zu enträtseln. Ein älterer Mann, der sich schon vorher auf der Bank befunden und mich wohl beobachtet hatte, sprach mich an. Ich antwortete ihm deutsch, das er sofort aufnahm. Bald wußte er, woher ich kam und wo ich wohnte. Dann mußte ich ihm sagen, was ich denn mit einer holländischen Zeitung anfangen konnte. Meine Antwort amüsierte ihn, er brachte mir bei, wie die Buchstaben auszusprechen waren, besonders das G und das Sch und die Vokale. Er ließ mich einige Sätze laut lesen, zeigte sich über den Erfolg seiner Belehrung befriedigt und reichte mir eine große silberne Münze. Als ich beschämt errötete, sagte er, daß auch er ein Jude wäre, und zwar ein Sephardi aus Portugal, woher seine Ahnen vor langer Zeit in das gesegnete Holland geflüchtet waren. Nachher führte er mich zur Jodenbreestraat, wo er mir einen Hering kaufte, den ich auf der Stelle verschlingen sollte, wie es auch andere taten, sodann ein Eis. Unterwegs bezeichnete er ein Gebäude als das Haus des größten Malers der Welt, der überdies ein guter Freund seiner jüdischen Nachbarn gewesen war und Rembrandt geheißen hatte. Dann riß er eine Seite aus seinem Notizbuch heraus, schrieb darauf diesen Namen, darunter das Wort *Rijksmuseum* und Nummern von Straßenbahnen. Er riet mir, so oft als möglich hinzugehen und die Bilder so lange zu betrachten, bis ich mir alle Einzelheiten gemerkt haben würde, besonders aufmerksam aber die Gemälde von Rembrandt, unserem Freund, und von Frans Hals. Den Zettel wickelte er um eine kleine goldene Münze und steckte ihn mir in die Tasche. Noch während er ganz nahe neben mir stand, winkte er mir wortlos, wie aus der Ferne zu und ging davon. Ich sah dem dicklichen Mann im hellgrauen Anzug nach, bis er um die Ecke verschwand, ohne sich umgedreht zu haben.

Er hatte mich nicht nach meinem Namen gefragt und den seinen nicht genannt. Während meiner Wanderungen in Amsterdam habe ich oft nach ihm Ausschau gehalten, es kam vor, daß ich ihn erspäht zu haben glaubte, aber er verschwand, ehe ich ihn erreichte, und kam ich nahe genug heran, war es ein anderer.

Gewiß, auch wenn ich ihm nie begegnet wäre, hätte ich den Weg ins Rijksmuseum gefunden und dort die Bilder Rembrandts entdeckt. Doch manches hätte ich nicht oder anders getan, hätte mich sein Verhalten nicht so tief beeindruckt. Die Neigung, Fremden beizustehen, die hilflos, wie in Einsamkeit gehüllt, auf meinen Wegen auftauchen, verdanke ich ihm, dessen Gesicht ich nicht wiedererkennen würde, dessen Tonfall und dessen Geste des Gebens mir jedoch bis heute gegenwärtig geblieben sind. So gegenwärtig, daß mir seinerzeit manchmal war, als reichte ich nur das weiter, was er mir an einem sonnigen Vormittag auf einer Parkbank unweit der Heerengracht geboten hatte. Ich habe an ihn öfter gedacht als an das Ehepaar, dessen Gast ich schließlich bis zu meiner Rückkehr nach Wien bleiben sollte. Erst spät, vor nicht vielen Jahren, entdeckte ich, daß ein Traum mich zu meinen armen Gastgebern zurückbrachte. Nur war ich da kein Knabe mehr, sondern ein schmächtiger, junger Mann, der müde von seiner Arbeit in die Dachstube zurückkehrte, sich wusch, dann in der Küche sein Abendbrot aß und nur selten am wortarmen Gespräch teilnahm, das seine Wirtsleute, ein gutmütiges, altes Paar, bei Tische führten.

Während der ersten Tage verbrachte ich in Amsterdam viele Stunden auf Schiffen, den großen Fähren, auf denen man unentgeltlich das Y, das große Wasserbecken durchqueren konnte. Ich wohnte in der Nähe des Hauptbahnhofs, in wenigen Minuten erreichte ich den Hafen. Erst nach zahllosen Fahrten auf diesem Wasser hörte das Erlebnis auf, neuartig und in jedem Augenblick aufregend zu sein. Nachher erst begannen meine Museumsbesuche, die ich fast täglich fortsetzte, bis ich die Stadt wieder verließ.

Sehr oft befand ich mich während vieler Minuten ganz allein in den kleinen und zuweilen auch in den großen Sälen. Es war eine Einsamkeit, die ich nie vorher gekannt hatte, denn gerade wenn niemand sonst zugegen war, entdeckte ich das Unglaubliche: Die Bilder sahen mich an, gewiß anders, als ich sie ansah, doch so, als ließen sie den sie unsichtbar verhüllenden Vorhang fallen, um sich zu zeigen, wie sie wirklich waren. Zuerst empfand ich es wie eine stumme Ansprache der Porträtierten; während der ersten Tage suchte ich die Gesichter und blickte sie lange an, etwa so, wie man in tiefer Stille auf ein sehr fernes, kaum noch wahrnehmbares Geräusch lauscht, das sich immer wieder dem Gehör entzieht. Auf den ersten Blick waren die Züge dieser Antlitze recht gewöhnlich, selten häßlich, noch seltener schön. Sie fielen dem Jungen, der aus einer hungernden Stadt kam, besonders wegen ihrer Wohlgenährtheit und behäbigen Selbstzufriedenheit auf, doch änderten sie ihren Ausdruck in dem Augenblick, da mich der Gedanke durchzuckte: Sie alle, die gelebt, gut und zuviel gegessen und sich in ihren schönsten Gewändern mit all ihrem Schmuck hatten malen lassen — sie alle sind tot seit Hunderten von Jahren —, sie und die

Kinder, die sie auf manchen Bildern umgaben, und auch die Maler, deren Augen sie unermüdlich betrachtet hatten – vielleicht in der gleichen Art, wie ich es nun tat.

In einem der großen Säle, wo Gemälde unseres Freundes, der Rembrandt geheißen hatte, hingen, waren die Besucher stets zahlreich, die meisten staunten die *Nachtwache* an. Ich teilte ihre manchmal recht laut geäußerte Begeisterung nicht. Vieles von dem, was ihre besondere Aufmerksamkeit erregte, entging mir. Die Dargestellten taten so, als wüßten sie nicht, daß sie gemalt werden, doch dachten sie wohl an nichts anderes als daran, wie bei einem Gruppenphoto, gut »herauszukommen«. Und daß die Masse sich für die *Nachtwache* begeisterte und viele andere Bilder unbeachtet ließ, dürfte für mich ein Grund gewesen sein, meine ganze Aufmerksamkeit gerade den anderen Bildern zuzuwenden.

Ich hatte das Gefühl, daß in alldem ein Gleichnis enthalten wäre, welches ich eines Tages aufdecken und enträtseln müßte. Da war das Licht der Farben, das ein Dunkel verhüllte und gleichermaßen zur Geltung brachte. Das Licht scheint in der Finsternis, aber verjagt sie nicht, sondern begrenzt sie nur. Auch auf Bildern anderer Maler sah ich Ähnliches, aber bei Rembrandt fand sich noch eine Besonderheit, die mich in uferlose Nachdenklichkeit versetzte: die Gesichter der Porträtierten waren zumeist überdeutlich in all ihren Zügen und Merkmalen, aber wenn ich sie lange genug betrachtet hatte, war mir, als ob es nur eines Wenigen bedürfte, damit ich in ihnen noch viel mehr erblicken könnte, als ich sah: ein ganzes Leben war noch da, nicht dargestellt, nicht in Falten halb versteckt, es war unmittelbar da. Die schweren Rahmen begrenzten die Fläche des Bildes, aber nicht seine Tiefe. Und diese schien mir, je länger ich das Porträt betrachtete, endlos – so daß ich nie fähig sein würde, sie zu ermessen. Es ging mir also mit manchen von ihnen wie mit der erlebten Wirklichkeit, etwa wie mit dem Bettler auf der Brücke im Schnee.

Meine Sehgier, die gewiß mitbewirkt hat, daß ich sehr früh ein Wanderer durch Straßen, ein unermüdlicher Zuschauer wurde, fand im Museum eine stets erneute Befriedigung. »Was schaugst so langsam?« — mit diesen Worten war ich in den ersten Wiener Jahren oft unwirsch angesprochen worden. Der Dialektausdruck, der den fixierenden Blick bezeichnet, meint auch zutreffend ein absichtsloses, ein das Sein suchendes Betrachten. Nun hatte ich den Ort gefunden, wo ich so »langsam« schauen konnte, als ich wollte, weil sich da alles ruhend dem Blicke anbot.

Nicht nur, weil ich nicht christlich war, sondern weil man mich gelehrt hatte, die anekdotische Darstellung des Religiösen abzulehnen, betrachtete ich die von den Evangelien inspirierten Gemälde ungern und fand sie monoton. Aber die Landschaft im Hintergrund einer Kreuzigung oder Kreuzabnahme interessierte mich stets. Ganz besonders dann, wenn sich in der Ferne Menschen und Tiere so bewegten, als ob weit und breit nichts geschähe, was sie aus ihrem beschaulichen Dasein aufschrecken könnte. Der Gleichgültigkeit der Leute im Hintergrund bin ich seither auf zahllosen Bildern begegnet. Doch mit den Jahren wurde es meine eigene, immer wieder neu geschöpfte Erfahrung, daß jeder Vordergrund auch Hintergrund ist, daß man an einer Kreuzigung vorbeigehen kann, ohne auch nur den Schritt zu verlangsamen. Und daß einer auf dem trockenen Pflasterstein einer Großstadt ertrinken könnte, ohne auch nur einen Augenblick lang die Ruhe der Passanten zu stören. Deshalb hörte ich auf, Vordergrund und Hintergrund und ihre Trennung als gegeben zu betrachten.

Im Sommer 1919, mit 13 Jahren, erfuhr ich angesichts von Bildern, bei denen ich vor ungewohnter Einsamkeit

Zuflucht suchte, daß es eine Grenze des Verstehens, des Begreifens, des Einbegreifens gibt, die man nicht überschreiten kann, weil sie vor dem Suchenden davonläuft und stets in gleicher Ferne bleibt. Der intellektuelle Hochmut, zu dem ich erzogen worden war, drängte mich da zu einer mindestens vorübergehenden Bescheidenheit: Das alles liege an mir, dachte ich, mit den Jahren würde ich fähig sein, die Fragmente zu einem Ganzen zusammenzufügen.

Ich liebte Amsterdam jeden Tag mehr, jedoch nicht das Viertel, in dem ich wohnte, auch wenn viele seiner schmalen Häuser mit ihren farbigen Fassaden und weißen Türpfosten mir gefielen. »Keitje, leckere Keitje« war der Schlager, den man in diesem Sommer am häufigsten hörte. Keitje hieß auch ein Mädchen meines Alters, das um die Ecke wohnte und häufig am Vorabend mit Freundinnen und jungen Geschwistern auf der Straße spielte. Sie war sehr schlank, eher mager, ihre Gesichtszüge waren mit strenger Präzision gezeichnet; der Blick, den sie mir manchmal prüfend zuwarf, entmutigte mich. Ich hatte Holländisch wie im Flug erlernt und konnte mich mühelos verständlich machen, aber sie tat, als ob ich sie nicht im mindesten interessierte. Erst kurz vor meiner Abreise schien sie, meine Existenz entdecken zu wollen. Das Hilfskomitee kleidete uns, bevor wir heimfuhren, neu ein – mit hübschen Hemden, neuen Anzügen und guten Schuhen. Keitje betrachtete mich aufmerksam, als ich mich in der neuen Ausstattung zeigte. Meine Freude dauerte nur einen Augenblick lang, denn sogleich bemächtigte sich meiner der Verdacht, daß ich die so lange vergebens ersehnte Gunst nur dem geschenkten Anzug zu verdanken hatte. Hatte sie mich vorher nicht beachten wollen, weil meine Armut so sichtbar war? Plötzlich, ohne daß sie sich auch nur bewegt hätte, sah ich sie, die, vom Schein der untergehenden Sonne gerötet, auf der kleinen Treppe vor ihrem Hause stand, ganz anders als vorher: sie erschien mir noch immer schön, aber in weiter Entfernung. »Sie geht mich nichts an«, dachte ich, und das bedeutete: Sie ist eine Art Mensch, von der ich nie etwas erwarten, verlangen, annehmen werde.

Gewiß, in dieser Ablehnung steckte Hochmut, doch bedeutete sie nicht zuletzt Entmutigung, kindliche Scheu vor Enttäuschungen und eine neurotische Haltung. Ich traf Keitje wieder, doch ohne Herzklopfen; ich trug wieder den alten Janker und die zu kurzen Hosen.

Es geschah noch allerlei während dieses holländischen Sommers – fast nur Schönes und Gutes. Im Ferienheim, wo ich oft meine Freunde aufsuchte, lernte ich viele Holländer kennen, zumeist jüdische Männer und Frauen. Sie taten viel für uns, immer großzügig und taktvoll. Eine Sephardin, eine Frau von 30 Jahren, führte mich durch das alte jüdische Amsterdam. Sie sprach von Spinoza und Uriel da Costa, als ob die beiden zu ihrer Familie gehört hätten, und erzählte mir viel von ihren Ahnen, die aus Portugal und aus Spanien gekommen waren. Schließlich brachte sie mich ins Haus ihres Vaters, eines sehr alten Mannes, der mir lange von Sabbatai Zwi, dem falschen Messias aus Smyrna, erzählte. Ich empfing den bestürzenden Eindruck, daß es ihm peinlich war, mich abschätzig über den zwielichtigen Mann sprechen zu hören, der in der Mitte des 17. Jahrhunderts als Erlöser begonnen und als Abtrünniger geendet hatte. »Schabsezwinik«, so hatte man voller Verachtung die Anhänger Sabbatai Zwis im Städtel genannt, noch immer mit einem Rest von Zorn und Bitternis, obgleich seit dem Tod des Renegaten und seiner Anhänger Jahrhunderte verstrichen waren.

Mein Gastgeber ließ durchblicken, daß man über jenen Smyrnaer noch immer nicht alles wüßte. Dann, ohne

Übergang, sprach er über die große, goldene Ära des iberischen Judentums. Mit Eifer legte er mir dar, daß die Spanier und Portugiesen die Juden stets sehr geschätzt und zuweilen sogar geliebt hatten, daß alles, was dann geschah, die Schuld einiger habgieriger Cliquen und der Kirche, der Inquisition gewesen war. Und als ob er damit einen Beweis für das Gesagte erbrächte, stimmte er ein spanisches Lied an, eine alte Romanze, die mir seine Tochter übersetzte.

Dreizehn Jahre später sollte ich dieses Lied wieder hören — in Sarajevo, im Hause einer großen Familie, die sich seinerzeit ins ottomanische Reich geflüchtet und schließlich in Bosnien niedergelassen hatte. Es war eine wunderbare Nacht in jenem Mai 1932, ein Fest der Freundschaft, das nicht enden wollte, ehe der neue Tag leuchtend begann. Es mag sein, daß ich der einzige bin, der sich daran erinnert, denn die anderen sind tot.

Während diese Erinnerungen an zeitlich und räumlich auseinanderliegende Ereignisse sich mir assoziativ verbinden, drängt sich mir das Wort »Schicksal« auf; ein Wort, das ich nicht mag und sehr selten verwende. Wie, wenn uns drei — dem alten Sephardi, seiner Tochter und mir, die wir in dem großen dämmerigen Raum mit den schweren dunklen Möbeln und den holzgetäfelten Wänden über vergangenes Unglück sprachen, als ob es nie, niemals wiederkehren könnte —, wie, wenn uns plötzlich ein Blick in die Zukunft gewährt worden wäre ...? Und wie, wenn — dreizehn Jahre später — meinen Zagreber Freunden und unseren Gastgebern in jener Mainacht verkündet worden wäre, daß von uns allen — wir waren an die dreißig junge Männer und Frauen — nur zwei oder drei der Katastrophe entgehen würden, die zehn Jahre später über die Juden in Jugoslawien hereinbrechen sollte?

Dem räuberischen Wüten der Inquisition und den iberischen Machthabern entflohen zu sein, seit Jahrhunderten eine neue Heimat gefunden zu haben und dann, am Mittag des 20. Jahrhunderts von staatlichen Mordorganisationen, von Ustaschi am Ufer der Drina in der Nähe eines Vernichtungslagers mit Maschinengewehren hingemäht zu werden, in der glühenden Sonne eines langen Sommertages – war's ein von so langer Hand vorbereitetes Schicksal?

Wohin gerate ich da mit meinen Erinnerungen? Während ich damals, an einem spätsommerlichen Vorabend, dem alten Mann zuhörte, blickte ich verwundert und bewundernd alle Gegenstände an, die uns im Raume umgaben. Ich fand sie wieder, zum Greifen nahe, denn seit Wochen begegnete ich ihnen fast täglich auf den Bildern des Rijksmuseums. Warum vermenge ich nun jenes angenehme, beruhigende Erlebnis mit der Erinnerung an viel spätere Ereignisse, von denen ich ja noch häufig werde sprechen müssen? Spanne ich diesen Bogen, um die Unmöglichkeit der Versöhnung in einer Welt zu beweisen, in der die Narben alter Wunden bei den Gewalttätern nicht Reue hervorrufen und nicht Mitleid, sondern nur die Neigung, neue unheilbare Wunden zu schlagen? Oder versuche ich umgekehrt, durch das Beispiel dieses Sephardi anzudeuten, daß das Gedächtnis der Überlebenden eher die Spuren des Schönen und Guten als die des zerstörenden Übels bewahrt? Der Nachkomme der Vertriebenen sang in der Heimat, die den Seinen seit drei Jahrhunderten nicht mehr neu war, eine spanische Romanze und pries ein Volk, das er hätte hassen dürfen.

Noch ehe ich das sechste Lebensjahr überschritten hatte, im Städtel also, wußte ich, was auf der so fernen iberischen Halbinsel den Juden angetan worden war. Das halbe Jahrtausend hatte die Erinnerung an jene Ereignisse nicht vermindert: ich verabscheute die Spanier, ohne je einen von ihnen erblickt zu haben. Und so haßte ich die

Kreuzzügler, die die Erde in ein Jammertal für unser Volk verwandelten; so haßte ich Bogdan Chmielnicki und seine Kosaken und die Zaren Rußlands und ihre Pogromisten. Erst später, in Wien, hörten die *Anderen* auf, für mich die Anderen zu sein: der Friede, die Gerechtigkeit konnte, sollte für alle gleichermaßen gelten. Das Erbe des Leidens, das mir wie allen meinesgleichen zuteil geworden war, vergaß ich nicht, verleugnete es so wenig wie mein Judentum, aber ich verlernte schnell, retroaktiv zu hassen. Mir selbst blieb ich der Nachkomme der Gepeinigten und Verbrannten von Blois und Troyes, von Worms und Mainz und den zahllosen Städten der Topographie unserer Demütigung und Verfolgung. Aber die Anderen hörten auf, die Nachkommen unserer Verfolger zu sein. Ich glaubte, ich wußte, daß eine nahe Zukunft alle Menschen für immer vereinigen würde. Und eben in Amsterdam, der wunderbaren Stadt, die so vielen Vertriebenen schützendes Asyl gewährt und eine neue Heimat gegeben hatte – hier erlebte ich es, daß der letzte Rest der lastenden Vergangenheit mich verließ. Das Gewesene blieb unvergessen, natürlich. Aber wir gehörten der Zukunft; die große Hoffnung war mit Ressentiments nicht vereinbar. Man mußte das Nachtragen verlernen.

Das Lied, das ich in Amsterdam auf spanisch und später von den Sarajevoer Freunden auf spaniolisch singen hörte, war von der »süßen Wehmut« erfüllt, der sich die Liebende hingibt, während sie die Rückkehr des Geliebten erwartet, den sie ungewollt verstimmt hat. Rückkehr, Heimkehr – davon ist in meinen Schriften oft die Rede, öfter noch als von der Brücke. Immer läuft es darauf hinaus, daß die Heimkehr unmöglich ist und daß die Entwurzelung, der Verlust der Bindungen durch die Gewalt der Ereignisse sich ständig wiederholt.

Um vieles vorwegzunehmen: fast in allem, was ich je geschrieben habe, habe ich unbewußt, viel seltener bewußt und absichtsvoll, das Thema der Wiederholung als Drohung und als Geschehnis erwähnt. Was ich seit 1937, meinem Bruch mit der Kommunistischen Partei, besonders aber seit dem Krieg veröffentlicht habe, ist im drückenden Schatten eines überpersönlichen, vielschichtigen Unglücks entstanden, das meinesgleichen nicht nur mit Entwurzelung bedrohte, mit Demütigung und Vernichtung, sondern uns in Gefahr brachte, uns mit Haß anzufüllen.

In Amsterdam erst begann ich zu glauben, daß unsereins leben könnte, ohne stets auf der Hut sein zu müssen. Nicht nur im Angesichte der Bilder »unseres Freundes« Rembrandt empfand ich, daß die Vergangenheit uns von allen anderen nicht trennen mußte, sondern daß gerade sie uns mit ihnen verbinden kann – wie das spanische Lied den Sephardi und seine Stammesgenossen in Bosnien mit Kastilien verband.

Aus Amsterdam schickte mir eine Freundin das »Tagebuch der Anne Frank«. Die dreißig Jahre vorher gewonnenen Kenntnisse des Holländischen reichten noch aus; ich las das Buch in einem Zuge und veröffentlichte die französische Übersetzung in meiner Serie »Traduit de...« beim alten Verlag Calmann-Lévy in Paris, von wo diese Aufzeichnungen ihren Weg in alle Länder fanden, wo es überhaupt Leser gibt.

Im Dezember 1950, ich vollendete gerade mein 45. Lebensjahr, feierte ich versonnen Wiedersehen mit der Stadt und mit den Bildern im Rijksmuseum. Nun ließ ich es gelten, daß die bildende Kunst uns fremdes Sein erleben lassen kann, für das wir keine Worte finden, weil wir es gleichermaßen als grenzenlos und fragmentarisch empfinden. Einen Monat vorher hatte ich meinen zweiten Roman veröffentlicht und das erste Kapitel des dritten entworfen. Auf der Heimreise nach Paris wurde mir gewiß, daß, so viele Bände ich auch schreiben mochte, dieser Romanzyklus doch ein Fragment bleiben würde. Ja, was auch immer ich bis an mein Lebensende schaffen würde, könnte nichts daran ändern. Ich bemale eine Wand, deren Ende ich abzusehen glaube, aber sie verlängert sich, während ich malend fortschreite, so daß ihr Ende stets so ferne bleibt wie vor dem ersten Pinselstrich.

Ich habe angedeutet, daß ich nach dem Amsterdamer Aufenthalt entgegen den Prinzipien des Haschomer Hatzaïr gar nicht mehr erwog, Chalutz zu werden, das heißt, nach Palästina auszuwandern und dort, wie so viele unserer Kameraden, durch der Hände Arbeit die brachliegende Erde zu erobern. Nach den Amsterdamer Ferien stand es jedoch für mich fest, daß es eine Vergeudung wäre, unsere Fähigkeiten und Begabungen verkümmern zu lassen, um Landarbeiter in einem zu erneuernden jüdischen Lande zu werden. Ich blieb der Jugendorganisation noch einige Jahre treu, nahm aktiven Anteil an allem, was in ihrem Rahmen geschah, und machte in ihr eine sozusagen sensationelle Karriere: ich wurde bald der Führer der eigenen Gruppe und als solcher von Gleichaltrigen anerkannt; kurz danach wählte man mich zum Mitglied der Gesamtleitung. In einem gewissen Sinn dürfte dies der erstaunlichste Erfolg meines Lebens gewesen sein. Zu gleicher Zeit lebte ich jedoch im geheimen Zweifel daran, ob die Kolonisation Palästinas die Judenfrage endgültig lösen würde. Nach wie vor bewunderte ich die Chalutzim, die »nur Brot und Wasser essen, Vater und Mutter vergessen« wollten, wie es in dem jiddischen Liebeslied hieß, um das Land der Ahnen in die Heimat einer neuen hebräischen Nation zu verwandeln. Ich bewunderte sie und begann, an meiner Opferfähigkeit, an meinem Mut zu zweifeln und an meiner Fähigkeit, einer Idee vorbehaltslos zu dienen.

Mich dünkt, ich könnte heute noch erkennen, ob einer Schomer gewesen ist, zum Beispiel an seiner Art, sich zu halten und zu bewegen. Mädchen wie Jungen gewöhnten sich daran, sich stockgerade, den Kopf hoch, ein ganz wenig zurückgeworfen, zu halten, niemals dahinzutrotten, sondern auszuschreiten. Auch im Winter blieben unsere Hemdkragen offen, zumeist über den Rock geschlagen; wie so viele andere trugen wir ausrangierte Militärkleidung; wir gingen stets barhaupt, niemand benutzte je einen Schirm, der Regen durfte uns nicht stören, und nie wurden Wanderungen wegen schlechten Wetters abgesagt. Das hätte Pose sein können, doch war es eher eine Kundgebung der völligen Unabhängigkeit gegenüber aufgezwungenen Bedingungen, ein Beweis der Freiheit und unserer Fähigkeit, über den eigenen Körper nach Belieben zu verfügen. Die Mädchen verhielten sich genauso wie die Jungen, auch sie wollten keine Müdigkeit kennen; sie machten bei allen Gewaltmärschen mit und »fraßen« die Kilometer wie wir.

Wir lächelten über die tugendhaften Gebote der Pfadfinder, zu denen wir anfangs selbst gehört hatten, aber in Wirklichkeit bemühten wir uns, gemäß einer noch viel strengeren Moral zu leben, die wir als antibürgerlich ansahen. Die Forderung nach *innerer Wahrhaftigkeit,* die wir von der deutschen Jugendbewegung übernommen hatten, erlangte bei uns eine gebieterische Bedeutung, ihr gemäß verwandelten sich viele so radikal, als hätten sie sich den strengsten Klosterregeln unterworfen. Das mochte dann Tage oder Wochen so bleiben oder auch länger, aber keiner von uns sollte sich später völlig von dieser eigenartigen moralfeindlichen Moral völlig befreien.

Es lag an der Zeit und vielleicht noch mehr an der besondern Wiener Atmosphäre, daß jeder von Psychologie sprach, von der Psychoanalyse und der Individualpsychologie; man benutzte gerne viele Fachausdrücke und spiegelte anderen und sich selbst vor, daß man viel, fast alles wußte, was es da zu lernen gab. Rückblickend will es mir scheinen, daß die anfangs scheuen erotischen Erlebnisse, die eigenen und die der anderen, deren Zeuge man häufig war, für viele zum Ausgangspunkt einer psychologischen Nachdenklichkeit, einer objektivierenden Neugier wurden. Wie viele Liebesromane habe ich gelesen, doch kenne ich kaum einen, der die Liebesbeziehung zwischen ganz jungen Menschen, ihre erste Liebe als dieses fortdauernde, bald kaum merkliche, bald alles erschütternde seelische Erdbeben geschildert hätte und zugleich als schwierige Schule des Liebens, des Lebens, als ein manchmal wegen seiner extremen Intensität schmerzliches, ja beängstigendes Ahnen eines Glücks, das man vielleicht besser nicht erleben und ganz gewiß nicht überleben dürfte.

Gleichviel ob man verliebt war oder liebte, die Vibration schien die gleiche zu sein. Sie verlieh den Gesichtern und auch den gewöhnlichsten Dingen eine neue Erscheinungsform. Alles, auch das banalste Ding, war »phänomenal« – ein damals viel verwandtes Vokabel, das das Neue und Einzigartige eines Wesens, einer Eigenschaft oder einer Leistung bezeichnete.

Die Vibration war erotisch, doch übte sie auch deshalb eine solche Wirkung aus, weil sie erst viel später oder gar nicht sexuell wurde. Die Mädchen waren gewiß geschlechtlich früher reif als die gleichaltrigen Kameraden, aber auch diese kannten natürlich die geschlechtliche Begierde, die durch Träume ausgelösten Samenergüsse milderten immer wieder die Spannung, hinterließen aber keineswegs ein Gefühl der Befriedigung. Keinerlei moralisches Bedenken verbot diesen jungen Menschen, miteinander geschlechtlich zu verkehren, doch seelische

Hemmungen konnten sie davon zurückhalten. In Wirklichkeit aber brauchten sie in dieser Phase ihres Lebens die scheinbar endlose innere Bewegung der Sehnsucht viel mehr als die Befriedigung der Begierden. Sie »gingen miteinander« monate-, jahrelang, waren einander so nahe wie in der engsten Umschlingung und sehnten sich nach einander, als ob Meere sie hinderten, zu einander zu gelangen. In einem der vielen Gespräche über diese sonderbaren Beziehungen meinte einer von uns: »Wie unglücklich wäre solch ein Paar, wenn es glücklich wäre.«

Wahrscheinlich hatten wir nicht das Gefühl, eine Elite zu sein, und wohl auch nicht den Wunsch, eine zu werden. Denn wir glaubten nicht, in irgendeinem Bezug mehr beanspruchen zu dürfen als alle anderen, da wir ja aufrichtige radikale Egalitaristen waren. Wir glaubten nicht, daß wir mehr leisten konnten, sondern nur, daß wir mehr leisten mußten als alle anderen.

Die Kwuzah der Brüder, so nannte sich unsere kleine Gruppe, beschloß, daß jeder alles an eine gemeinsame Kasse abführen sollte und ihr entnehmen konnte, was er gerade brauchte. Niemals hat irgendeiner das Fehlen jeglicher Kontrolle ausgenutzt, obschon die Lockung recht groß gewesen sein dürfte. Erst als unsere Kwuzah sich auflöste, hörte diese Gemeinschaftlichkeit, das Leben in einem Wir-Sein auf, das jeden von uns gezeichnet hat. Manche meiner damaligen Kameraden sind als Opfer Hitlers zugrunde gegangen, lange ehe sie das vierzigste Lebensjahr erreicht hatten. Die Überlebenden haben an jene Zeit gewiß ähnliche Erinnerungen bewahrt wie ich, aber wir teilen sie nicht. Die Entfremdung zwischen uns begann, kurz bevor sich unsere Gruppe auflöste. Ohne Streit, ohne Mißton entfernte sich jeder von den anderen; es gab keinen Epilog nach diesem Ende.

Ich habe nicht aufgehört, darüber zu staunen, daß solche Entfremdung zwischen Freunden und zwischen Liebenden möglich ist. Mann und Frau haben während vieler Jahre ihre stete Nähe so gebraucht, als ob ohne sie ihre Existenz nicht einmal denkbar wäre. Leichte, dann schwere Krisen, immer schärfere Konflikte treiben sie auseinander. Der Schmerz des letzten irreparablen Bruches ist furchtbar, er wird allmählich dumpfer, doch dauert es lange Jahre, vielleicht ein Leben lang, ehe er dem Bewußtsein vollends entschwindet.

Mir ist's, als hätte ich schon in früher Jugend begriffen, daß jeder Bruch, daß das Ende der Zugehörigkeit zu einer Gemeinschaft, das Zunichtewerden einer Freundschaft oder einer Liebe Etappen unseres Sterbens sind. Das oft Erlebte wird unglaublich, die Gegenwart dementiert die Erinnerung, die indes so gewiß ist, daß sie umgekehrt die äußerste Entfremdung und die Gleichgültigkeit von heute unwahrscheinlich, eben unvorstellbar macht. Man hat an der geliebten Frau so gehangen, daß sich von ihr zu entfernen so unmöglich schien, wie daß der Strom zur Quelle zurückfließe. Und dann vergeht Jahr um Jahr, was auch immer geschehen mag, in welchem Zustand auch immer man sein, in welchem Lande man sich aufhalten mag — sie fehlt einem niemals, nirgends. Und obschon das Gedächtnis alles aufbewahrt hat, lebt man so, als ob es sie nicht gäbe, schlimmer, ja ungeheuerlich, als ob es sie niemals gegeben hätte. Zwar gelingt es keinem, die Vergangenheit, die er einmal mit einem geliebten Menschen geteilt hat, unwiederbringlich ins Nichts zu verbannen. Aber daß wir leben können, als ob es uns dennoch gelungen wäre, das ruft in mir seit meinen Jugendjahren eine immer wiederkehrende Bestürzung hervor.

So kurz das Menschenleben sein mag, es ist lang genug, um uns in Überlebende zu verwandeln. Jenen, die wir geliebt, die uns geliebt haben und uns seit langem entfremdet sind, und Freunden, die es nicht mehr sind, erscheinen wir — wie sie uns — als Gespenster, als lebende Leichname im fernen Nebel.

Die Stadt, diese alte heruntergekommene Stadt verjüngte sich. Am 1. Mai 1920 strömten Hunderttausende von Arbeitern und Angestellten, das ganze werktätige Volk von Wien, aus allen Bezirken zum Ring, der die Innere Stadt umschließt. Die Demonstranten, Männer, Frauen und Kinder, die Kleinsten auf den Schultern ihrer Väter, zogen mit Fahnen, Wimpeln und Blumen zum »roten« Rathaus.

Unweit der Stelle, an der ich, eingekeilt in einer farblosen, verzweifelt erwartungsvollen Menge, anderthalb Jahre vorher der Ausrufung der Republik beigewohnt hatte, beobachtete ich nun von der Treppe des Burgtheaters aus den endlosen Zug. Ich sollte in den nachfolgenden Jahren noch viele Aufmärsche demonstrierender Massen sehen — in Wien, in Berlin, in Moskau und in Paris. Doch an jenem Vormittag nur geschah es, daß dieser Anblick in mir eine unsagbare Freude und das Staunen über eine bisher ungekannte, unverhoffte Harmonie hervorrief. Ich erlebte da etwas, was sonst nur in Büchern vorkam: meine Augen füllten sich mit Tränen, Tränen des Glücks darüber, daß es desgleichen geben konnte, und darüber, daß ich zu diesen Menschen gehörte. »Mit uns zieht die neue Zeit« war der Refrain eines der Lieder, die diese Demonstranten nicht müde wurden zu singen.

Die *Masse;* die weltgeschichtliche Aufgabe der *proletarischen Masse;* die *Massen* sind alles, der einzelne nichts; der *Wille der Massen;* das *Massenbewußtsein* — welch starker Klang eignete diesen Worten, ehe sie zu Klischees der revolutionären Phraseologie wurden! Das rote Wien, das rote Berlin, das rote Paris – ich habe sie gekannt. Ich bin in den Reihen ihrer Massen mitmarschiert – alle Straßen schienen in die Zukunft zu führen, in das weltumspannende Reich der Freiheit und Gleichheit für alle, alle, alle . . . Und ich habe den Aufmarsch der Massen gesehen, die Hitler zujubelten und Mussolini und Petain . . . Zu 60, wenn nicht 80 Prozent und noch mehr waren es die gleichen, nur die Farbe wechselte: rot, schwarz, braun.

Und es waren Massen, die gleichen, die in Moskau und Leningrad Trotzki zujubelten, dann Bucharin und Tuchatschewski und sodann ihren Mördern. Und auch diese Massen kannten wir gut, denn wir hatten sie in den Filmen Eisensteins und Pudowkins gesehen und in den sowjetischen Wochenschauen bewundert.

Auf meinen Spaziergängen in unserer Wohngegend, auf meinen Fahrten in der Pariser Untergrundbahn begegnet mein Blick immer wieder riesigen Aufschriften, die fast alle Wände verunzieren. Die meisten von ihnen wiederholen, kaum variiert, abgestandene Klischees, rechts- und linksextremistische. Doch hie und da, auf einer riesigen Affiche, die übertreibend Waschmittel anpreist, findet sich ein von jugendlicher Hand geschriebener Text: »Ihr laßt es Euch gutgehen – und in Chile morden sie Tausende von unschuldigen Menschen!« Natürlich erfährt man nie, wer diese Worte hingekritzelt hat, aber mich dünkt, daß ich den Autor dieser Worte so gut kenne, als hätte ich viele Jahre seines Lebens mit ihm verbracht. Der Gedanke an die empörende Simultaneität begleitet mich seit meiner frühesten Jugend; an ihm scheitert meine Bemühung, endlich Ruhe zu finden in einer unerschütterlichen Gleichgültigkeit gegenüber dem Geschehen.

Damals, in meinem 15. Lebensjahr und auch später, während meiner ganzen Jugendzeit, lebte ich in der Überzeugung, daß wir an einer Schwelle stünden und jeden Augenblick bereit sein müßten, sie zu überschreiten; oder anders ausgedrückt: Wir befanden uns in einem Korridor, den wir recht schnell hinter uns lassen wollten, um endlich aus dem Intermezzo in die wirkliche Aktion einzutreten. Alles, was wir taten, konnte nur Vorbereitung sein. Wenn wir — immer auf den billigsten Stehplätzen — die expressionistischen Stücke von Hasenclever, Toller, Brecht, Bronnen, Georg Kaiser sahen oder wenn wir die expressionistischen Dichtungen lasen, kubistische Bilder betrachteten, waren wir nicht immer von ihnen begeistert, doch fühlten wir stets, wenn auch nicht immer deutlich genug, daß das alles uns ganz besonders anging, weil es die Revolution, die alles verändernde Zukunft ankündigte.

Im Sommer 1920 sah es aus, als ob die proletarische Revolution über Warschau den Weg nach Berlin und dann — wer weiß? — vielleicht bis nach Paris finden sollte, doch Mitte August wandte sich das Blatt. Wir bemühten uns, die Enttäuschung schnell zu vergessen, denn die Ereignisse folgten einander mit einer atemberaubenden Geschwindigkeit, alle schienen Umwälzungen vorzubereiten, mit denen wir ungeduldig rechneten — wir, die fast nur noch im Futurum konjugierten. Die Niederlage in Bayern, Ungarn, Polen, im Baltikum — all das bedeutete, glaubten wir, daß sich die neue Welt nur nach schmerzlichsten Geburtswehen der alten entwinden wird. Wer mit seinem Blick nur die Gipfel sucht, der kann leicht die Täler vergessen und die tiefen Schluchten. Und war ich nicht seit meiner frühesten Kindheit darauf aus, die Hügel hinter den Hügeln zu entdecken?

Aus Palästina kamen schlechte Nachrichten; die Briten schienen es mit dem Versprechen, eine rechtlich gesicherte nationale Heimstätte für die Juden zu errichten, nicht ernst zu meinen, denn sie taten vieles, um sie zu verhindern. Unsere Kameraden, die *Chalutzim*, waren unterernährt, übermüdet; viele von ihnen litten an Malaria tropica.

Noch schlechtere Nachrichten kamen aus Rußland, das, vom Bürgerkrieg verwüstet, Hunger litt und Mangel an allem. Das Proletariat, hieß es, hatte gesiegt, aber in der Tat gab es kaum mehr ein Proletariat, und dies nicht etwa, weil alle Klassen aufgehoben waren, sondern weil die Arbeitsstätten ruiniert waren. Millionen Arbeiter waren ins Dorf zurückgekehrt oder sie blieben in der Armee. Und in den besiegten Ländern, in Österreich, in Deutschland zum Beispiel, wuchs das Elend täglich.

Es gelingt mir nicht, den Fünfzehnjährigen, der ich im Winter 1920 gewesen bin, deutlich genug wieder auferstehen zu lassen. Ich sehe ihn wie eine kubistische Figur, etwa von Juan Gris. Teile des Gesichts und des Körpers sind so eingeklemmt zwischen allem, was sie umgibt, daß sie fast ihre Konturen einbüßen. Ich schwamm in einem reißenden Strom, aber ein Teil von mir blieb am Ufer. Das klingt sonderbarer, als es ist, denn gleiches gilt für Halbwüchsige heute so gut wie gestern überall in der Welt. In jener frühen Nachkriegszeit galt es ganz besonders für einen übermäßig empfindlichen, ungewöhnlich wachen jungen Menschen, der frühzeitig dessen gewahr wurde, daß er, ohne es zu wollen, immer wieder in das Widerspiel von Bindung und Bruch, in den Widerspruch von Individuum und Gemeinschaft, von Hoffnung und Zweifel geriet.

In mir war nicht eine Spur des verlorenen Gottesglaubens zurückgeblieben; das bewirkte einen Bruch, der nie mehr heilen sollte. Wann immer die leiseste Mißstimmung zwischen mir und meinem Vater auftauchte, verschärfte sie sich schnell und mündete in einen Streit über den Glauben und die Gebote und Verbote aus, die ich sinnlos fand und verlästerte. Um den Vater nicht zu verletzen, nahm ich mir vor, nicht blasphemisch zu sein, doch vergebens, denn jedes dieser Gespräche tat uns weh; Worte verbanden uns nicht mehr, sie brachten uns gewaltsam auseinander. Während der ganzen Kindheit hatte ich die Befürchtung gehegt, daß ich meinen Vater einmal bitter enttäuschen könnte. Nun tat ich Schlimmeres, bereute es sofort und vermied es dennoch nicht. Was uns aneinander gebunden hatte, verhinderte die leidvolle Entfremdung nicht. Selbst zerschlagen, blieb die Bindung bestehen — eine offene Wunde nach einer unheilbaren Verletzung.

Was ich zu verstehen ablehnte, das war, daß es sich noch um etwas anderes als nur um den Glauben an die Existenz Gottes oder um die Notwendigkeit der überlieferten religiösen Bräuche handelte. Es ging meinem Vater und seinesgleichen um den Sinn eines zweitausendjährigen Opferganges: Glaubte ich nicht an Gott, so verwarf ich, meinte der Vater, die Geschichte meines Volkes und dessen Weigerung, sich der Umwelt anzupassen und die herrschenden Religionen anzunehmen, als ob sie eine ebenso absurde wie in den Folgen selbstmörderische Herausforderung gewesen und geblieben wäre. Obwohl mein Vater keineswegs antizionistisch war, blieb es für ihn eine unumstößliche Wahrheit: Ohne das Bündnis mit Gott hatte das Judesein weder Sinn noch Bestand.

Mitten in unseren häufig wiederkehrenden, immer heftigen Auseinandersetzungen verstummte er manchmal, sah mich forschend an, als ob er an mir ein Gesicht entdeckte, das dem seines Kindes so unähnlich war wie die Nacht dem Tage. Er wandte sich ab, entsetzt darüber, daß man einen Sohn so verlieren kann — wie durch einen bösen Zauber, der ihn in einen verschlossenen Fremden verwandelt, so daß er alles vergessen kann, was ihn an die Seinen und Gott bindet, und das unvergleichliche Erbe verweigert, ja verachtet. Ihn schauderte es vor dem gottlosen, also falschen Messianismus, vor dem Abgrund, in den er mich stürzen sah.

Der Konflikt ging weit über den üblichen Widerstreit der Generationen hinaus und war in allem Wesentlichen genau das Gegenteil: Nicht nur begehrte ich nicht, das Erbe zu früh, sofort anzutreten, sondern ich verwarf es; ich begehrte in keiner Weise, des Vaters Platz einzunehmen, sondern wies ihm und allen seinesgleichen einen Platz in einer völlig veränderten Welt zu. Nicht um den Abstand zwischen zwei Generationen ging es, den die Zeit gewöhnlich überwindet, indem sie Söhne in Väter und Erben in Erblasser verwandelt – hier ging es um das Auseinanderklaffen, das die Jungen von jener Welt trennte, in welcher fünfzig und mehr Generationen ihrer Vorfahren um Gottes willen Pein, Demütigung, ja den Tod auf sich genommen hatten.

Weder damals noch vorher, noch nachher – niemals habe ich auch nur einen Atemzug lang erwogen, mein Judentum zu verleugnen oder aus der jüdischen Glaubensgemeinschaft auszutreten, solange noch irgendwo auf dem Erdenrund Juden wegen ihres Glaubens verfolgt, wegen ihrer Abstammung diskriminiert werden. Doch mitten in diesen Debatten tauchte vor mir immer wieder das Bild von dem jungen Mann auf, dem die Kinder, ich unter ihnen, mit Steinen nachliefen, weil er an einem Ostertag gesäuertes Brot zu essen wagte. Und selbst heute gelingt es mir nicht, ohne tiefes Unbehagen an jenen Vorfall zu denken.

Erst wenn man selbst Vater ist, erfaßt man, welch ein Sohn man gewesen ist. Die Spannungen und Zwiste, die Identifizierungen und die kummervollen Desidentifizierungen in der Beziehung zwischen Eltern und Kindern als »freudsches« Phänomen zu bezeichnen, wie es heute schon die dümmsten Feuilletonisten tun, und sie auf Ödipuskomplexe und Inzestwünsche zu reduzieren, bedeutet stets eine Verschiebung und Verengung des Gesichtsfeldes und bewirkt sehr oft eine Mißdeutung, die Verwechslung eines Teiles mit dem Ganzen. Der Konflikt, der meinesgleichen von den Eltern schied und mich dem Menschen entfremdete, der mir in der Kindheit fast alles bedeutet hatte, war einer der Gründe, warum mir die Psychoanalyse von Anfang an als eine zwar sehr interessante, doch bornierende und bornierte Lehre erschien. Die Insistenz, mit der libidinöse Beziehungen, inzestuöse Wünsche und Triebvorgänge als Um und Auf des seelischen Lebens dargestellt werden, genierte mich nicht im mindesten, eben auch deshalb nicht, weil meine Generation im Sexuellen weder ein Geheimnis noch eine Sünde sah und weil sie die herrschende Sexualmoral aus dem gleichen Grunde und im gleichen Maße ablehnte wie jene, die die Ausbeutung und Unterdrückung des Menschen durch den Menschen rechtfertigte. Jedoch begegneten wir täglich außerhalb der Familie Autoritätsansprüchen, die uns noch unerträglicher waren als die unserer Eltern, so zum Beispiel in der Schule, deren Methoden sich auch nach 1918 überhaupt nicht geändert hatten. Ein Zwischenfall bewies es, dessen Held oder Unheld ich war.

Der Deutschprofessor, Ordinarius der Klasse, ein relativ junger, sehr gut aussehender Mann, der sein Deutschtum bei jeder Gelegenheit wortreich zur Geltung brachte, wünschte, daß wir in einer Schularbeit ein Gespräch wiedergeben sollten, wie es von wartenden Menschen häufig geführt wird: Zum Beispiel im Theater, bevor der Vorhang aufgeht, oder etwa im Wartesaal eines Bahnhofs. Ich verfaßte nun ein Streitgespräch zwischen einem Goetheaner und einem Schillerianer. Das Thema dürfte damals gerade wieder durch irgend etwas aktualisiert worden sein, nehme ich an. Der Bewunderer Goethes erhob gegen Schiller den Vorwurf, daß die Frauenfiguren seiner Dramen nicht überzeugend, weil unweiblich und realitätsfremd wären. Das räumte der Schillerianer zwar ein, doch rechtfertigte er es mit Schillers homoerotischer Neigung, die ihn befähigte, Männerfreundschaften besonders einfühlsam zu gestalten. So unglaublich es scheinen mag, das brachte ich zugunsten des Dichters vor, den ich im übrigen als Dramatiker weit über Goethe stellte.

Einige Tage nachher lud mich der Religionslehrer insgeheim vor und informierte mich, daß mein Aufsatz in der Professorenkonferenz ausführlich diskutiert und als eine schändliche Verleumdung des Nationaldichters ausnahmslos von allen aufs schärfste verurteilt worden wäre. Er als einziger und sozusagen offizieller Jude im Kollegium hätte mich um so rücksichtsloser angreifen müssen, als es galt, energisch den Verdacht zu entkräften, es handelte sich hier um eine jüdische Respektlosigkeit gegenüber einem Großen des deutschen Schrifttums. Der Professor wies mich mit harten Worten zurecht, ließ mich gar nicht zu Worte kommen und riet mir am Ende, den Deutschprofessor, der übrigens gewiß ein Judenfeind wäre, mit allen Zeichen der Zerknirschung um Entschuldigung zu bitten. Das alles sollte ich jedoch mit der äußersten Diskretion tun, denn es war beschlossen worden, die Angelegenheit geheim zu behandeln, damit die Moral der Schülerschaft nicht gefährdet werde. Der rotbärtige Mann, der seinen Zorn gegen mich schlecht, weil ungern meisterte, meinte am Schluß, daß es mir vielleicht doch gelingen könnte, mit einem blauen Auge davonzukommen; das hinge aber nur vom Deutschprofessor ab. Diesen bat ich am gleichen Tag um eine Unterredung; er empfing mich zwei Tage später.

Der Ordinarius sah in meinesgleichen Feinde, die er maßlos überschätzte, weil er, wie so viele Antisemiten, aufrichtig davon überzeugt war, daß die Juden eine geheime, unbeschränkte Macht über die christliche Welt ausübten; selbst Halbwüchsige wie meine Freunde und ich, glaubte er, wären am Komplott beteiligt, das in absehbarer Zeit den Juden die Herrschaft über den ganzen Planeten sichern sollte. Seine Stellung zu mir schien ihn selbst gleichermaßen zu amüsieren und zu genieren, denn sie war ambivalent, und schwer erklärlich das Interesse, das er mir vor allen anderen Schülern entgegenbrachte. Er rief mich öfter auf, als nötig war, und ließ sich mit mir in Diskussionen über Sprache und Literatur ein. Auch während der langen Pausen zog er mich gerne ins Gespräch.

Um jene Zeit geschah's, daß ein von ihm selbst im Klassenzimmer angebrachtes Plakat verschwand. Es trug die flammende Aufschrift: »Hände weg von deutscher Heimaterde!« und forderte gebieterisch die Wiederherstellung des Deutschen Reiches in den Grenzen von 1914 und überdies den Anschluß Österreichs. Nun glaubte der Professor, daß ich diese deutschfeindliche Tat verübt hätte, obschon er nicht den geringsten Beweis dafür hatte, sondern nur einen Verdachtsgrund: er hatte mich einmal rufen hören: »Hände weg von deutscher Heimaterde«, als ich einem Kollegen ein Heft aus der Hand riß, das er von meinem Pult genommen hatte.

Da er mich für einen Hasser Deutschlands hielt, suchte er um so begieriger nach einer Erklärung für meine Liebe zur deutschen Literatur. Er wußte, daß ich lungenkrank war, und überschätzte gewiß das Ausmaß meiner Gefährdung. Immer wieder legte er mir nahe, die Schule vor der letzten Unterrichtsstunde zu verlassen und mich in einem Park auszuruhen, mich mit guter Luft vollzupumpen. So wechselten in seiner Beziehung zu mir echte Besorgnis und intellektuelles Interesse mit feindseligem Verdacht ab. Mir fiel es leicht, die Qualitäten eines Gegners anzuerkennen, meine Gefühle aber blieben frei von jeder Ambivalenz: dem Feinde war, bin ich feind, seine Sympathie suche ich nicht zu erringen.

Die Unterredung, in der ich als reuiger Sünder und als Bittsteller auftreten sollte, verlief anders, als der Lehrer und ich selbst es erwartet hatten. Einerseits war mir die Schule wie alles, was in ihr geschah, durchaus gleichgültig, anderseits wollte ich den Eltern die schwere Kränkung ersparen, die ihnen mein Ausschluß aus dem Gymnasium bedeuten mußte. Was mich aber in dieser Affäre am meisten ärgerte, war, daß ich Opfer eines Mißverständnisses werden sollte.

Der Lehrer ließ mich reden; er blieb unbewegt und stumm. Wenn ich mich unterbrach, sah er mir in die Augen, nicht böse, sondern abwartend, neugierig. Sobald ich wieder zu sprechen begann, wandte er den Blick wieder ab. Nach einer längeren Pause erhob ich mich und ging zögernd zur Tür; ehe ich die Klinke berührte, erinnerte ich ihn daran, daß ich gekommen war, um ihn, fand er mich schuldig, um Verzeihung und um eine Intervention zu meinen Gunsten zu bitten – all dies, fügte ich hinzu, obschon ich meine Deutung des Schillerschen Werkes nicht als herabsetzend betrachtete, sondern im Gegenteil als rühmend.

Endlich öffnete er den Mund. Ja, sagte er, er selbst wäre nicht abgeneigt, mir zu glauben und jedenfalls Gnade vor Recht ergehen zu lassen, aber wie seine Kollegen überzeugen? Denn sie waren höchst empört über meine Attacke und entsetzt über die Unmoral, die ich gerade dadurch verriete, daß ich Schiller verunglimpfte und dabei doch vorgäbe, nur seiner Ehre dienen zu wollen. Als ich schwieg, fügte er einige wohlgeformte, ironisch gönnerhafte Sätze hinzu. Ich drückte die Klinke hinunter und wartete auf das Zeichen, daß ich gehen könnte. Er gab es nicht – so warteten wir beide. Endlich kam er auf mich zu und sagte vorwurfsvoll: »Sie hätten eben das Plakat an der Wand hängen lassen sollen. Statt dessen haben Sie es entfernt und gewiß mit Hohn vernichtet.«

Ich wies mit müder Stimme diesen unsinnigen Vorwurf zurück, wie ich es schon vorher einmal getan hatte. In seinen Augen las ich, daß er mir nicht glaubte und mich verachtete, weil ich hoffnungslos leugnete. Ich riß die Tür auf, doch als ich den Fuß über die Schwelle setzte, packte mich der Zorn. Auf einmal war mir alles eins, sie sollten mich nur aus der Schule hinauswerfen, darauf kam es nun gar nicht mehr an.

»Nicht nur das Plakat«, sagte ich viel zu laut, »nicht nur das habe ich vernichtet, ich habe auch euren jüdischen Heiland gekreuzigt, und die Brunnen der Christen habe ich vergiftet und die schwarze Pest habe ich ihnen gebracht ...«

Ich hoffte, daß die Worte, die sich immer schneller über meine Lippen drängten, ihn verletzen würden. Doch plötzlich verspürte ich, daß meine Wangen feucht waren, ich verstummte beschämt.

Der Professor sagte: »Weinen Sie nicht, ich habe es nicht so böse gemeint, beruhigen Sie sich doch, bitte. Und machen Sie sich keine Sorgen, die Sache wird geregelt und schnell vergessen sein.«

Meine Enttäuschung über mich selbst dauerte viele Stunden. Ich wurde mir selbst so fragwürdig wie zwei Jahre vorher, in der Nacht des 12. November 1918, nach jenen nutzlosen Botengängen in den finsteren Stiegenhäusern.

Wenige Tage später rief mich der Religionslehrer nach der Stunde zu sich und zischelte mir zu, daß ich nichts mehr zu befürchten hätte, aber fortab schon aus Dankbarkeit immer und in allem vorsichtig sein sollte. Als ich ihn verließ, fragte ich mich, ob ich nicht den antisemitischen Ordinarius diesem Rabbiner vorziehen sollte. Ich wußte, daß beide mich noch angingen, aber nicht angehen durften. Und ich wußte, daß ich viel schwächer, verwundbarer war, als ich je gedacht hatte.

Während ich heute am frühen Morgen den einander immer schneller folgenden Windstößen lauschte, die an den Fensterläden rissen, fragte ich mich, wie es mir mit meiner Verwundbarkeit seit jener Episode, seit dreiundfünfzig Jahren, ergangen ist. Verwundbar ist jeder Mensch, besonders an den Stellen, an denen er irgendeinmal verletzt worden ist. So kommt es nur darauf an, was einer daraus macht. Die Wehleidigen leiten daraus den Anspruch auf besondere Schonung ab – und das bedeutet für sie häufig das Vorrecht, jeden anzugreifen: in einer vorweggenommenen Notwehr, sagen sie. Die Welt wird immer von den Wehrufen jener betäubt, die sich anschikken, andere zu verletzen, ihnen ihr Gesetz des Handelns aufzuzwingen, um die Erfüllung des eigenen Überanspruchs zu erzwingen. Dieses Vorgehen kennzeichnet den offenbaren oder geheimen Lebensstil vieler Neurotiker.

Gewiß, es kann auch neurotisch sein, die eigene Verwundbarkeit verheimlichen zu wollen. Das habe ich zweifellos oft getan, am öftesten in den frühen Jahren, in denen man leicht dazu neigt, sich so zu verhalten, als ob man in der Tat schon jener wäre, der man werden will. Ehrgeiz war im Spiel, ein Geltungsstreben, das deshalb unbefriedigt blieb, weil mich Scheinerfolge nur selten trügen konnten.

Was hat sich seither, während eines halben Jahrhunderts, verändert? Ich staune darüber, daß ich darauf nicht prompt antworten kann. Meine Selbstsicherheit ist gewachsen wie die der meisten Erwachsenen, die unter Bedingungen leben, welche sie selbst geschaffen und stabilisiert haben. Die besondere Empfindlichkeit, die die plötzliche Verarmung meiner Familie im Ersten Weltkrieg hervorgerufen hatte, hätte neurotisierend wirken können. Daß es nicht geschehen oder jedenfalls ohne Folgen geblieben ist, habe ich dem Schomer, dem Sozialismus und schließlich der Adlerschen Individualpsychologie zu verdanken. Noch ehe ich mein zwanzigstes Lebensjahr erreicht hatte, war ich von dem Gefühl der Entwertung durch Armut völlig frei und so fähig geworden, die oft sehr schwierigen materiellen Fragen, denen ich unter den rapid wechselnden Umständen meines Lebens begegnen sollte, sachlich zu betrachten und daher relativ befriedigend zu lösen. Die Quelle meines Unsicherheitsgefühls, der Glaube oder die Befürchtung, häßlich zu sein, versiegte um die gleiche Zeit. Nicht zu den Schönen zu gehören, damit fand ich mich ab, und deshalb verringerte sich dieses Minderwertigkeitsgefühl bis zur Unerheblichkeit.

Worin bin ich aber verletzlich geblieben? Was könnte mich heute so erschüttern wie jene Episode, in der ich mich erniedrigt fühlte durch einen falschen Verdacht und den Fehlschlag meiner Bemühungen, mir Gehör zu verschaffen? Ich hatte versucht, den Feind zu überzeugen, anstatt ihn meinerseits anzugreifen. Und wahrscheinlich spürte ich recht genau, daß meine Ankläger entschlossen waren, meine wahren Motive zu ignorieren.

Mißverstanden zu werden, erfahren müssen, daß was einem wesentlich ist, von andern mißdeutet wird, treibt zur Verzweiflung. In der Freundschaft, in der Liebe gerät man nicht selten in Situationen, in denen alles, was man vorbringt, noch ehe es über die Lippen kommt, sich denaturiert und dann wie durch einen bösen Zauber so verzerrt wird, daß der andere es mißverstehen muß. Seit ich Erzählungen, Romane und Dramen las, begegnete ich dem schicksalhaften Mißverständnis stets mit Entsetzen, denn jedes Mal erzeugte es ein nicht wieder gutzumachendes Unglück. Mehr als alle Schauergeschichten hat solches Mißgeschick mich schaudern lassen; wahrscheinlich ergeht es den meisten jungen Leuten so, und in den vielen Gelöbnissen, die ich mir selbst für mein späteres Leben abzunehmen pflegte, bleibt dieses gültig: Immer auf Klarstellung dringen, weder mir selbst noch anderen erlauben, etwas Wichtiges im Zwielicht zu lassen. Und dazu gehört: niemanden aus Unachtsamkeit, durch die Mißverständlichkeit des Gesagten oder Getanen verletzen; keines Menschen berechtigte Erwartung enttäuschen.

Nicht nur meine eigene Empfindlichkeit gab mir diese Regeln ein, die ich nie vergessen, aber manchmal dennoch verletzen sollte, sondern die Warnung, die in vielen Büchern und Theaterstücken so eindrucksvoll konkretisiert war, daß diese Werke für mich zu wahren Lehrstükken wurden. Hätte ich Schiller angreifen wollen und wäre daraufhin bestraft worden, so wäre ich keineswegs in meiner Empfindlichkeit getroffen gewesen. Doch handelte es sich hier um ein sinnverkehrendes Mißverständnis, also um ein kränkendes Unrecht. In mir blieb ein Gefühl der Ohnmacht, des hilf- und schutzlos Ausgeliefertseins zurück. Doch hat sich dieses Gefühl meiner niemals im Angesicht eines Feindes bemächtigt, dem ich selber feind war. Entwaffnet zu sein und in der Hand jener, die man tatsächlich bekämpft hat und wieder bekämpfen würde, ließen sie einen frei – das habe ich nie als erniedrigend empfunden. Wie ich nie dem Herbstregen vorgeworfen habe, kalt und feucht zu sein. Die Kälte empfindet man nur im Sommer als ungerecht.

Im Frühjahr 1920 hielt die große sozialistisch-zionistische Partei *Poale Zion* einen Kongreß ab, der mir als eine Reihe höchst dramatischer politischer Auseinandersetzungen in Erinnerung geblieben ist. Die aus aller Welt herbeigeeilten Delegierten waren nur noch scheinbar Mitglieder der gleichen Partei. In Wirklichkeit waren vor allem die Teilnehmer, die aus der Sowjetunion kamen, entschlossen, die Poale Zion ins Lager der Kommunisten überzuführen oder, gelang es nicht, sie zu spalten und die linke Fraktion als unabhängige Partei zu konstituieren. Es gab unter ihnen erstaunlich viele hervorragende Redner, witzige Polemiker und pathetische Propheten, die mit sachlichen Argumenten und demagogischer Entstellung der Wahrheit um die Zukunft einer Bewegung kämpften, deren Gründer und Führer sie gewesen waren. Die sozialdemokratischen Zionisten siegten, die Partei blieb ihrem Programm treu und in der Zweiten oder, wie sie damals genannt wurde, der »Zweieinhalbten« Internationale. Die Minderheit, die sich nach der Spaltung noch einige Zeit »linke Poale Zion« nennen sollte, trieb fortab im kommunistischen Fahrwasser. Fast alle, die sich dann der *Jewsekcija,* der jüdischen Sektion der Kommunistischen Partei, anschlossen, kamen 15 Jahre später in »Isolatoren« und Konzentrationslagern um, andere wurden nach kurzen Prozessen hingerichtet. Von den Delegierten der Mehrheit sind manche als Baumeister und Lenker des neuen jüdischen Staates bekannt geworden.

Ich erinnere mich deutlich der Spannung, mit der ich den Debatten lauschte; ich war nicht imstande, der einen oder der anderen Seite völlig zuzustimmen, denn die Argumente beider Fraktionen beeindruckten mich. Zwar war es offenbar, daß die russischen Delegierten sich durch keinerlei Skrupel stören oder auch nur um Haaresbreite ablenken ließen, aber sie imponierten mir eben dadurch: als ob ihr fragwürdiges Vorgehen bewiese, daß sie der größeren Sache dienten und daher, nur daher so rücksichtslos die Andersdenkenden an die Wand zu drücken, ja zu bedrohen wagten. Ich habe anderthalb Jahrzehnte gebraucht, um zu ermessen, welch ein Unglück die von Lenin und Trotzki eingeleitete und von Stalin bis zum Wahnwitz verschärfte Politik der Spaltung der Arbeiterbewegung heraufbeschwören mußte. Im Jahre 1920 war ich noch kein Kommunist, sondern ein skeptischer

Sympathisant. Was verblendete mich aber so, daß ich die auf die Vernichtung des demokratischen Sozialismus abzielende Verratsanklage gegen die Andersdenkenden nicht als eine Gefahr für die Zukunft der gesamten Bewegung durchschaute?

Man weiß, nur die Dummen kann man eine sehr lange Zeit in die Irre führen, ehe sie dessen gewahr werden. Die Klugen verführt man nicht, es sei denn, sie wünschten, verführt zu werden. Neben der Frage der Gewalt hat die der selbstgewählten Verblendung nie aufgehört, mich zu beklemmen.

Mein Gesundheitszustand verschlechterte sich im Frühling zusehends. Die ständige Fiebertemperatur störte mich, doch noch mehr die Schwächezustände, die immer häufiger auftauchten. Da der Ordinarius meiner Klasse, eben jener antisemitische Deutschprofessor, mir gestattete, dem Unterricht fernzubleiben, sooft ich mich nicht wohl fühlte, verbrachte ich manche Vormittagsstunde im Augarten, doch ebenso oft im Kunsthistorischen Museum. In seinen prachtstrotzenden Sälen und stillen Kabinetten suchte ich vergebens die Stimmung, die mich nur zwei Jahre vorher im Rijksmuseum beherrscht hatte. Es lag gewiß an mir: die Bilder sahen mich nicht an, sie steckten in ihren goldenen Rahmen, als wären sie in prunkvollen Sarkophagen aufgebahrt.

Am 23. Juni 1921 fuhr ich zusammen mit einigen jungen Frauen und Männern nach Gleichenberg in eine Lungenheilanstalt, die das *Joint Distribution Committee,* eine jüdisch-amerikanische Hilfsorganisation, für die Dauer eines Sommers, glaube ich, eingerichtet hatte. Das Datum kenne ich so genau, weil ich es auf der Rückreise eines Photos lesen kann, auf dem etwa 30 Patienten um den leitenden Arzt gruppiert sind. Alle Namen sind ordentlich vermerkt und auch die Dauer meines Aufenthaltes, der bis zum 29. September, also fast 100 Tage gedauert hat.

Wir waren alle Kriegsopfer, doch nicht in gleichem Maße. Nicht wenige der Männer, Frontsoldaten, waren verletzt oder tuberkulös zurückgekehrt. Fast keiner von ihnen hatte sich eine Existenz schaffen können – sie waren Schiffbrüchige, die in dieser Anstalt während einiger Monate sorgenlos dahinleben durften. Natürlich wollten sie genesen, doch nicht zu schnell, damit sie so lange als möglich die gute Nahrung und die schöne sonnige Hügellandschaft der Steiermark genießen und die Sorgen, die ja sowieso nicht »weglaufen« würden, warten lassen konnten.

Ich war der jüngste der Patienten, mein Zimmergenosse war ein fast vierzigjähriger Mann, der schwer gelitten haben mußte. Da er wortkarg war, erfuhr ich nur nach und nach, daß er gleich zu Kriegsbeginn eingerückt war, daß seine Frau und das einzige Kind in einem winzigen Städtel zurückgeblieben und dort an Typhus gestorben waren. Er hatte sonst keine Familie oder er wollte von ihr nichts wissen. Fast immer schloß er unsere kurzen Nachtgespräche mit den Worten: »Die Welt, die ganze Welt hab' ich in der Erd'!« Die merkwürdige Formel »in der Erd'« bezeichnet im Jiddischen äußerste Gleichgültigkeit gegenüber etwas oder jemandem – so, als ob dieser seit urdenklichen Zeiten tot und begraben wäre. Sanwel, so hieß der Mann, hatte alle, auch mich natürlich, »in der Erd'«.

Liegekur im Garten oder, wenn es regnete, auf den gedeckten Balkonen und täglich mehrstündige Sonnenbäder sollten die Kranken heilen. Die schädigende Wirkung dieser Kur war damals unbekannt oder sie wurde unterschätzt. Sanwel erlitt nächtens einige Blutstürze, zumeist nach besonders heißen Tagen. Ich holte den Arzt, der ausharrte, bis die Hämorrhagie gestillt war. Für ihn wie für seine Patienten war das improvisierte Sanatorium nur eine Durchgangsstation. Er tat, was er konnte, doch erwartete er Erfolge nur bei den jugendlichen Kranken, nicht bei Sanwel und seinesgleichen, gebrochenen Menschen, die nicht sterben, aber auch nicht wirklich genesen wollten, weil sie vom Leben nichts mehr erhofften.

Sanwel blickte allen Frauen nach, aber er sprach mit keiner, auch nicht bei Tisch, nicht bei der Liegekur. Er glaubte, daß keine ihn beachten würde, denn jede wollte schöne Reden hören, er aber war nicht der Mann dafür. Im übrigen hatte er die Frauen »in der Erd'« und sich selber auch, wie er mir manchmal versicherte. Nur nach einem schweren Blutsturz wurde er sanft, sentimental, dann fragte er mich über meine Familie und über meine Zukunftspläne aus. Manchmal bat er mich, ihm was vorzusingen, von jedem Lied nur eine Strophe, am liebsten die letzte, weil die gewöhnlich die traurigste war, etwa: »Der König ist gestorben, / die Königin ist verdorben, / die Zweiglein sind zerbrochen, / die Vöglein sind entflogen. / Ach, welch eine Liebe, / ach, welch ein Leben / hab' ich verloren.«

Sobald er wieder fest auf den Beinen war, verschloß sich sein Gesicht, er wurde wieder einsilbig. Sanwel erwartete täglich die Post mit Ungeduld, doch bekam er selten ein Schreiben, gewöhnlich nur eine Postkarte. Noch ehe der Sommer zu Ende war, wurde er nach Wien geschickt, für eine kleine Operation, hieß es, er würde gleich danach zurückkehren. Er kam nie mehr zurück.

Mein neuer Stubengenosse war ein junger Mann, etwa acht Jahre älter als ich. Er studierte Philosophie, wurde aber nicht fertig, weil er für sich selbst und seine Mutter den Unterhalt verdienen mußte. Wir diskutierten viel. Als er entdeckte, daß ich ein recht eifriger Nietzsche-

Leser war, erwähnte er Alfred Adler, den Individualpsychologen, dessen Abendkurse und Seminare in der Volkshochschule er, wie er betonte, mit Interesse und Nutzen besuchte. Wahrscheinlich hätte ich auch ohne ihn den Weg zu Adler gefunden, eben auch unter dem Einfluß Nietzsches; daß dies aber bereits im Herbst 1921 geschah, hatte ich diesem merkwürdigen Philosophen und Handelsreisenden zu verdanken. Die runden Augen in seinem breiten Gesicht sind mir mehr als einmal im Traum erschienen, wegen der Ähnlichkeit mit den Augen zweier Frauen, die mir in der Kindheit Unbehagen und zuweilen Furcht eingeflößt hatten.

Er erwähnte häufig seine Sorgen, an denen er immer schwerer trug; am meisten aber sprach er von seiner rastlosen Bemühung, einen allzu frühen Haarsausfall zu verhindern. Nichts fürchtete er mehr, als noch vor dem dreißigsten Lebensjahr durch eine Glatze entstellt zu werden. Deshalb probierte er die verschiedensten Mittel, nacheinander oder gleichzeitig. Diese Phobie bewirkt, daß, sooft ich eine Reklame erblicke, die ein Mittel gegen den Haarausfall anpreist, der untersetzte junge Mann vor mir auftaucht, wie er, über ein Buch gebeugt, sich den Kopf mit einer grünlichen Flüssigkeit befeuchtet und friktioniert. Wir trafen einander noch einige Male im Winter, dann verreiste er. Es gab niemanden, den ich nach seinem Verbleib hätte fragen können. Er war für mich eine jener Figuren, die im Leben eines jeden genau in dem Augenblick auftauchen, in dem ein Stichwort nötig ist, das sie allein bringen können. Sie mögen dann spurlos verschwinden, etwa wie ein Passant, mit dem man zusammen auf einen Autobus gewartet hat. Ja, es war noch etwas an ihm: er neigte zu Spötteleien, er reagierte oft mit Ironie, aber wandte sie nie gegen sich selbst an. Er hatte die jüdische Wehleidigkeit, jedoch nicht die jüdische Selbstironie, die mit ihr einhergeht und sie erträglich macht.

Nur eine einzige Beziehung, die in Gleichenberg begann, wurde zu einer dauernden Freundschaft, der merkwürdigsten meines Lebens. Leiser Zerwanitzer war ein etwa 34 Jahre alter, blondhaariger Mann mit hellen Augen in einem länglichen Gesicht, das häufig in der Spannung des Lauschenden erstarrte, aus der es jedes Mal ein Lächeln zu lösen schien. Er gehörte zu der kleinen Gesellschaft, welche sich um eine junge Frau scharte, die jüdische, ukrainische und polnische Volkslieder mit einer nicht starken, doch wohlklingenden Stimme sang, sobald sie irgend jemand dazu aufforderte. Das geschah gewöhnlich gegen Ende des Nachmittags, als man sich endlich von den Liegestühlen erheben durfte. Zu jener Zeit fing ich Text und Melodie mühelos auf, das gefiel ihr, wir sangen manchmal zusammen oder abwechselnd. Zerwanitzer, der mit einem ausgezeichneten Gehör begabt war, sang selbst fast nie.

Als er aus dem Krieg heimkehrte, wollte es ihm nicht gelingen, sein Studium an der Technischen Hochschule zu beenden, er gab auch sein Violinspiel wieder auf und ging nur selten in Konzerte. Da er stets adrett aussah und seine Gebärden eine strenge Abgemessenheit bewahrten, mochte man glauben, daß man es mit einem energischen, zielstrebigen Mann zu tun hatte, der sich seines Leidens schnell entledigen würde. In der Tat blieb er während mehrerer Jahre noch ein Schiffbrüchiger, der die Rettung weder für möglich noch für unbedingt wünschenswert hielt: er fürchtete das stürmische Meer, doch weit weniger als das Ufer.

Der Mann, zweimal so alt wie ich, schloß sich mir an und verhielt sich, als ob er sich meiner annehmen müßte. Das war durchaus unnötig und wirkte nicht nur in meinen Augen bizarr. Seine leise, doch wohltimbrierte Stimme kontrastierte mit seiner strengen, abrupten Sprechweise. Er gebrauchte unaufhörlich soldatische Klischees. Mit »Hergestellt« leitete er die Richtigstellung eines vermeintlichen Irrtums ein; er gebrauchte Ausdrücke wie »antreten«, »abtreten«, »drei Schritt vom Leib« und dergleichen. Gewiß, er parodierte diese Befehlsworte, aber es vergingen Jahre, ehe er auf sie verzichten konnte, und ebenso lange, bevor er aufhörte, seine Erlebnisse an der Front oder in der Etappe oder im besetzten Feindesland immer wieder zu erzählen.

Er war einer der empfindlichsten Menschen, denen ich je begegnet bin; die furchtbaren Jahre hatten ihn nicht gestählt, sondern seine seelische Verletzlichkeit so sehr gesteigert, daß es ihm erst spät gelingen sollte, wieder Fuß zu fassen. Er war einsam, bewohnte ein kleines Zimmer in einem Hotel am Rande der Stadt – es verstrichen Tage, ohne daß er das Zimmer verließ und ohne daß ihn jemand aufsuchte. Jedes Jahr verbrachte er mehrere Monate in Lungenheilanstalten. Mit siebzig starb er in Israel an der Tuberkulose, die nie ausgeheilt worden war.

Zerwanitzer unternahm es, mich in die höhere Mathematik einzuführen. Dank ihm habe ich mühsam und unzureichend einige ihrer Grundbegriffe erfaßt; viel zuwenig, doch genug, um fortab meine Ignoranz genau zu ermessen. Und Ähnliches geschah auch auf anderen Gebieten: so groß meine Wißbegier gewesen und zum Teil bislang geblieben ist, damals begriff ich, daß meine Intelligenz – wie die so vieler anderer – ungleichmäßig ist. Wie im Flug gewann ich Kenntnisse und Einsichten auf manchen Gebieten, indes ich auf anderen mutlos kriechen mußte, um auch nur das Mittelmaß zu erreichen. Ich fand mich damit, mit mir ungern ab; es geschah nicht zuletzt dank Alfred Adler, unter dessen Einfluß ich eben damals geriet.

Ich bin eine Woche weg gewesen, in Wien, wo ich für die Büchergilde Gutenberg einen Vortrag halten mußte. In diese Stadt kehre ich seit vielen Monaten in der Erinnerung zurück. Das Gedächtnis leitet mich durch Gassen, die sich so verändert haben, daß sie kaum noch jenen ähnlich sind, in denen ich einmal heimisch gewesen bin; es führt mich in Häuser, in denen ich vor langen Jahren zwei-, dreimal wöchentlich Schülern, die selten jünger waren als ich, Nachhilfestunden gab. Aus Gründen, die sich nicht leicht entdecken lassen, taucht diesmal mit besonderer Deutlichkeit eine halbleere, dunkle Parterrewohnung auf, eine ovale, angeschlagene Tischplatte in der Mitte eines Zimmers, daneben die schäbig gekleidete, völlig reizlose, etwa dreizehnjährige Schülerin auf einem wackligen Stuhl. Sie schreibt mit tintenbefleckten Fingern das Diktat, das ich wie immer improvisiere. Ihr Vater, ein Geizhals, läßt mich wochenlang auf mein Honorar warten, versucht häufig, etwas abzuhandeln, ich verlasse ihn oft im Zorn.

Meine Schülerin läuft mir nach, ruft mich, ich bleibe stehen und warte. Zum erstenmal betrachte ich sie im Tageslicht und finde, daß sie gar nicht häßlich ist, nur ungepflegt bis zur Verwilderung. Sie wollte mir wohl was sagen, aber sie steht stumm da, die Haarsträhnen verdekken ihre Wangen. Ich frage sie ermunternd, was sie denn wünsche; sie räuspert sich, hebt den Kopf und läßt ihn wieder sinken. Ich gehe, sie rennt hinter mir her, schnappt meine Rechte und steckt mir etwas zu; es ist ein Korallenhalsband. Einen Augenblick bleibe ich verdutzt stehen: Tränen rollen aus ihren rötlich entzündeten Augen, die Lippen beben, die dünnen Arme streckt sie weit vom Leibe. Schließlich streife ich ihr die Korallenschnur über den Kopf, um den zu kurzen Hals, verspreche ihr, wieder zu kommen, und verlasse sie schnellen Schrittes.

Undeutlich war mir die Erinnerung an diese Schülerin immer wieder aufgetaucht. Jetzt aber, im März 1974, wir saßen in einem Restaurant, dessen Prunk an die Kaiserzeit erinnern sollte – da sah ich die Kleine so deutlich, als ob sie, von den vergoldeten Wandspiegeln vervielfacht, sich allen Tischen gleichzeitig näherte. Während mehrerer Stunden lenkte mich diese Erinnerung immer wieder ab, warf mich weit zurück in ein trostloses Gäßchen in der Brigittenau, in ein finsteres Zimmer, wo ich einem Kind, das nie in die Schule gegangen war, die deutsche Rechtschreibung beibrachte: »Ich kenne eine Mär von einer Mähre, die übers Meer nach Mähren gebracht wurde.«

Während dieser regnerischen Tage erwog ich, die Gasse, deren Namen ich vergessen hatte, und in ihr das Haus dieses Mädchens zu suchen. Wahrscheinlich hätte ich das Gäßchen gefunden, denn ich weiß genau, in welcher Gegend es liegen dürfte. Schließlich gab ich diese Absicht auf, doch hätte ich gerne gewußt, warum mir von den vielen Schülern und Schülerinnen gerade diese, die ich längst aus den Augen verloren hatte – früher als die meisten anderen –, warum gerade sie mich gleichsam anfiel, etwa 55 Jahre nach der allerletzten Begegnung.

Jedes Mal, wenn ich das Hotel verließ, mußte ich an der Strudlhofstiege vorbeigehen und an Doderer denken, an den Roman, den er nach ihr benannt hat. Und an ihn selbst, dem ich nur einmal flüchtig begegnet war. Wir wollten einander ausführlich sprechen; es ist nie dazu gekommen, da er zu früh gestorben ist. Ich las jedes Mal die Zeilen Doderers, die da eingemeißelt sind:

Wenn die Blätter auf den Stufen liegen,
herbstlich atmet aus den alten Stiegen,
was vor Zeiten über sie gegangen.
Mond darin, sich zweie dicht umfangen

hielten, leichte Schuh und schwere Tritte,
die bemooste Vase in der Mitte
überdauert Jahre zwischen Kriegen.

Viel ist hingesunken uns zur Trauer
und das Schöne zeigt die kleinste Dauer.

In diesen Wiener Tagen drängten sich mir halbverwischte Erinnerungen an Banalitäten auf, an zumeist völlig folgenlos gebliebene Episoden. Um sie von mir abzustoßen, sagte ich mir, daß sie dem Staub auf einer schwachen elektrischen Birne gleichen, deren Licht einen schäbigen Raum nicht weniger verdüstert als erhellt. Was soll es? Hier im 9. Bezirk hätte ich mich nach der Topographie meiner Verliebtheiten orientieren können. Auch wenn diese oder jene Straße einen anderen Namen trägt, ich würde mühelos jede wiederfinden, in der ein Mädchen lebte, die mir je etwas bedeutet hat. Und unweit befindet sich das Café, in dessen Hinterzimmer ich meine ersten psychologischen Kurse gegeben habe, quer gegenüber dem Haus, in dem Sigmund Freud wohnte, und ein anderes, ein »Tschecherl«, in dem ich während eines Herbstes die frühen Abendstunden mit Kartenspiel vergeudete, dem völlig geistlosen, doch aufregenden Siebzehn und vier. Ich bin nie wirklich ein Spieler gewesen, deshalb fiel es mir leicht, früh genug vom Spieltisch aufzustehen, um in mein Stammcafé *Herrenhof* zu gehen und von da in das abendliche Hauptquartier Adlers, in das Café *Siller* am Franz-Josefs-Kai.

Die Zudringlichkeit der Banalitäten ließ mich während dieser märzlichen Spaziergänge in Wien immer wieder stocken; ich fühlte mich belästigt wie durch fette Winterfliegen in einem überheizten Zimmer und zugleich beunruhigt wie durch eine Frage, mit der man nicht fertig wird, weil es einem nicht gelingen will, sie richtig zu formulieren. Warum sollte ich in diesem Buch das Mädchen mit der Korallenkette erwähnen, sie, ihren geizigen Vater, ihr kümmerliches Haus? Hatte es einen unbekannten Grund, einen Sinn, daß sie gerade jetzt aufgetaucht war? Wie, wenn es sich um abortierte oder aus Gleichgültigkeit verkannte Erlebnismöglichkeiten von potentiell großer Bedeutung handelte?

Am vorletzten Tag unseres kurzen Wiener Aufenthaltes stand ich wieder einmal vor unserem Haus, in der so schön, so irreführend benannten Lilienbrunngasse. Es war menschenleer, man bereite den Abbruch vor, sagte mir ein Arbeiter, der sich am geschlossenen Tor zu schaffen machte. Die wenigen Scheiben, die in einigen Fenstern noch heil geblieben waren, wirkten wie erblindet; die leeren Fenster aber erinnerten an ausgeronnene Augen, die wie die lepröse Fassade selbst kein Mitleid mehr erweckten, kein Bedauern oder gar Heimweh nach dem Vergangenen, sondern nur Scheu und Ekel, als ob man über eine vertrocknete Leiche stolperte.

Die Häuser gegenüber hatten einem großen Neubau Platz gemacht. Ich suchte mir die Gesichter von Leuten in Erinnerung zu rufen, die ich während vieler Jahre fast täglich gesehen hatte. Es gelang mir unschwer, sie wie aus einem Tunnel ins Licht treten zu lassen und mich all dessen zu entsinnen, was ich von ihnen gewußt hatte, von ihren Glückstreffern und Unglücksfällen, ihrem Liebeskummer, ihren Sorgen um Frauen, Kinder und Eltern. Da war der Advokat mit dem rötlichen Haarkranz um den kahlen Schädel, der sich von seiner hochnäsigen Frau getrennt hatte, um mit einer viel zu jungen Person ein neues Leben zu beginnen. Die ganze Gasse sah aufmerksam zu, wie er sich verjüngte und mit der neuen Frau bis spät nach Mitternacht »drahte«. Es dauerte einige Monate, dann wurde er, ganz plötzlich, sagte man, ein alter Mann, den die junge Frau vor dem offenen Fenster anschrie, vor allen Leuten beleidigte, demütigte. Eines Tages war sie verschwunden, ihn sah ich oft unschlussig am Fenster stehen, sich hinausbeugen, als spähte er nach jemandem aus, der sich verspätete. Ach, er sah so gar nicht aus wie ein Opfer unzähmbarer Leidenschaft. Nur einmal wurde seine Klage laut — als die alte Hausbesorgerin ihn nicht mehr mit »Herr Doktor« ansprach. »Und wenn ich den Zins noch so lange schuldig bleibe, ein Herr Doktor werde ich bis ans Lebensende sein.« So unähnlich dieser ältliche Mann der Romanheldin Emma Bovary war, so ging er am Ende wie sie nicht an unglücklicher Liebe, sondern an Schulden zugrunde.

Erinnere ich mich zwar an manche Nachbarn viel deutlicher als an ihn, so war er es doch, der diesmal vor mir auftauchte, als hätte ich ihn noch vor kurzem beobachtet, wie er zwischen den hellbraunen Rahmen des gardinenlosen Fensters hinausspähte. Der Grund? Neben dem schnellen Wandel seines Geschicks dürfte mich die Haltung der Gasse ihm gegenüber beeindruckt haben: zuerst die moralische Empörung über die »Verjüngung« und die bösartig ungeduldige Erwartung seines Sturzes; dann der nur scheinbar verhohlene Spott und erst am Ende ein mit Verachtung vermengtes, entwürdigendes Mitleid. Sein Sturz ließ mich ahnen, daß Klugheit nicht vor Torheiten und Intelligenz nicht vor irreparablen Irrtümern schützt. Auch heute fürchte ich die nicht schnell genug durchschaute Selbstverblendung weit mehr als die Gefahren, die uns von außen her bedrohen. Deshalb mag mich der Zweifel noch immer anziehen, fast in jeder Situation — mitten in der Begeisterung, mitten im Sonnenlicht unerschütterlicher Gewißheiten. Er bietet mir einen — allerdings nicht immer wirksamen — Schutz vor der so beängstigenden Selbstverblendung.

Auf der Heimfahrt spähte ich im Flugzeug nach der Erde aus, wie sie von Zeit zu Zeit zwischen riesigen Wolkenbänken in kleinen Stücken sichtbar wurde; ich verzichtete darauf, die Deutung dafür zu suchen, warum von den zahllosen längst entschwundenen Episodenfiguren, die meinen Weg in Wien gekreuzt oder gesäumt hatten, die beschämte Tochter des Geizhalses aus dem Halbdunkel der Vergangenheit aufgetaucht war und nachher jener Rechtsanwalt, der sich so tief ins Unglück gestürzt hatte, daß er für die eigene Gasse aufhörte, der Herr Doktor zu sein.

Die Kur in Gleichenberg hatte mein Leiden nicht geheilt, hingegen mein Krankheitsbewußtsein gefördert. Nein, ich befürchtete nicht einen verfrühten Tod und glaubte nicht einmal, daß ich während langer Jahre das Leben eines Tuberkulösen würde führen müssen. Jedoch wußte ich, daß ich einige Zeit außerstande sein würde, souverän über meinen Körper zu verfügen.

Mir wurde angeordnet, auch weiterhin täglich mehrere Stunden Liegekur zu machen, und untersagt, bei schlechtem Wetter auszugehen. Gegen Ende des Winters, bevor die gefährlichen Februarwinde einsetzten, sollte ich eine neue Kur in einer Lungenheilanstalt beginnen. Früh genug schöpfte ich den Verdacht, daß mir die Krankheit gelegen kam, daß ich aus ihr einen gewiß neurotischen, seelischen Gewinn herausholte und daß die Beschränkung meiner Bewegungsfreiheit aufzuwiegen war durch den Gewinn an Zeit, die ich fürs Lesen verwenden konnte. Das nicht zu hohe Fieber, das gewöhnlich am mittlern Nachmittag einsetzte und sich spät nachts senkte, war mir weniger lästig als andere Begleiterscheinungen meines Zustandes, doch fand ich mich damit ab – vielleicht eben deshalb, weil ich niemals daran zweifelte, daß ich genesen würde.

An den Zusammenkünften des Schomer nahm ich auch weiterhin teil, aber nicht so häufig wie vorher – und dies nicht nur, weil ich abends bei schlechtem Wetter nicht hinaus durfte. Damals absorbierte mich in einem nie vorher gekannten Maße die Lektüre von Büchern über die russischen Revolutionäre des 19. Jahrhunderts, von den Dekabristen bis zu den terroristischen Sozialrevolutionären. Weit mehr als ihre politischen Programme oder, wie man heute sagen würde, ihre Ideologie interessierten mich das Wesen und das Schicksal einzelner Revolutionäre, junger Männer und Frauen, die ohne irgendeinen zwingenden Grund sich der Gefahr aussetzten, nicht nur eingekerkert und in die sibirischen Schneewüsten verbannt zu werden, sondern Schlimmeres: zu sterben, und noch Schlimmeres: zu töten. Was mir damals widerfuhr und in mir unauslöschliche Eindrücke zurückgelassen hat, das war: in Liebe zu Menschen zu entbrennen, die fast ausnahmslos seit Jahrzehnten tot waren. Ich fühlte mich ihnen eng verbunden, besonders in nächtlichen Stunden, wenn ich, vom Lesen müde und dennoch wach, über sie und ihre Taten so sinnen mußte, als ob mein eigenes Schicksal mit dem einer Sofia Perowskaja, Vera Figner, eines Taras Scheliabow oder Kalajew untrennbar verknüpft sein könnte.

Mitten in diese Zeit fällt meine erste Begegnung mit Alfred Adler, dessen Kurs in der Volkshochschule zu besuchen, ich in der Heilanstalt dem Zimmergenossen versprochen hatte. Um es gleich vorwegzunehmen: Als ich, einer von etwa fünfzig meist jungen Hörern dem Begründer der Individualpsychologie zum erstenmal gegenübersaß, blieb mein Blick nicht lange auf ihm haften; nichts an ihm war auffällig, nicht besonders. Was er sagte, war gescheit, doch kunstlos, um nicht zu sagen gestaltlos formuliert. Oft spürte man, daß, was der Dozent aus dem Stegreif vorbrachte, nicht wirklich improvisiert, sondern wiederholt war, ähnliches hatte er wohl schon oft in früheren Kursen vorgetragen. Er sprach vom Machtstreben, doch darüber hatte Nietzsche vorher — und in welch einer Sprache — geschrieben.

Nein, ich ahnte keineswegs, welche Bedeutung Adler und seine Lehre für mich erlangen sollten, doch kam ich jeden Montagabend wieder. Manchmal nahm ich auch an der Diskussion teil, die den Vorträgen folgte. Es fiel mir nicht schwer, öffentlich aufzutreten, ich war's ja vom Schomer her gewohnt. Wie viele meinesgleichen stand ich unter dem Einfluß der Psychoanalyse, die ich jedoch nur ganz oberflächlich kannte, und brachte in ihrem Sinn Einwände vor, die zumeist nicht dümmer und gewiß nicht klüger waren als jene, welche die Freudianer seit 60 Jahren erheben. Adler, der mein Wissen wohl überschätzte, antwortete den Diskussionsteilnehmern mit gleichbleibend wohlwollendem Ernst, so daß jeder sich danach für gescheiter und die eigenen Argumente für interessanter halten durfte, als er es vorher zu glauben gewagt hätte.

So fiel mir der Fünfzigjährige durch seine Art zu debattieren auf: er flößte selbst jenen, deren Meinung er widerlegte, Mut zu sich selbst ein und zugleich den Wunsch, dem Vortragenden zuzustimmen, sich ein für allemal auf seine Seite zu stellen. Einige Jahre später ließ Adler in der *Internationalen Zeitschrift für Individualpsychologie* einen kurzen Text Benjamin Franklins, eine Art Vademekum für Debattierer abdrucken. Uns kamen diese sehr gescheiten und überdies witzigen Ratschläge zugute; Adler bedurfte ihrer nicht, denn er hatte sie angewandt, noch bevor er sie gelesen hatte. Er begann jede Erwiderung damit, daß er dem Vorredner in irgendeinem Punkt recht gab und in einem anderen interessante Hinweise entdeckte, ehe er daranging, ihn mit viel Freundlichkeit zu widerlegen. Oft war der Gegner durch die einleitenden Komplimente so anästhesiert, daß er gar nicht mehr imstande war zu widersprechen. Es gab Hörer, die bei jeder Gelegenheit das Wort ergriffen, junge und alte Käuze, es gab Frauen, deren gepreßte Stimmen eine Schüchternheit verrieten, welche sie daran hinderte, deutlich genug zu sprechen, und es ihnen erschwerte, ihre Ausführungen abzuschließen. Adler verriet nie auch nur die geringste Ungeduld.

Wer über ein Thema referieren wollte, brauchte sich nur zu melden und ein Datum festzulegen. Ich sprach etwa 25 Minuten lang über die *Psychologie des Revolutionärs.* Was ich im einzelnen dargelegt, kühn behauptet und aggressiv proklamiert haben mag? Gewiß habe ich viel zu schnell gesprochen, die Endsilben hastig verschluckt und manche Sätze bis zur Unkenntlichkeit dadurch entstellt, daß ich sie bis zum Bersten mit Parenthesen anfüllte, die sarkastisch und, viel seltener, selbstironisch wirken sollten.

Was drängte mich damals zu einer Art Identifikation mit den Terroristen der Narodnaja Wolja so unwiderstehlich, daß ich bei jeder Gelegenheit von ihnen sprechen mußte, als ob ich ein Zeuge ihres Kampfes gewesen wäre und verspätete Botschaft von ihnen brächte? Gegenwärtig kann ich diese Frage leichter beantworten als vor 53 Jahren. In weit mehr als der Hälfte meiner Schriften, in den frühen, unveröffentlichten und in den späteren Romanen, Essays, Artikeln und in meinen Vorträgen – überall da geht es um Probleme der Revolution, um jene, die sie herbeisehnten, vorbereiteten und gegebenenfalls entfachten.

»*... wäre es selbst so, daß seit undenklicher Zeit eine Generation nach der andern den gleichen Irrtum gehegt hat, gerade sie wäre berufen, ihre Existenz an die letzte Vorbereitung eines völlig neuen Zustandes zu setzen, und sie hätte die Chance, die die vorangegangenen Generationen nicht haben konnten — eh bien, dann* *wurde bisher das Beste geleistet in der Bemühung um ein unverwirklichbares Ziel; dann ist das Beste, was der Mensch mit seinem Leben anfangen kann, es wie eine Vorbereitung auf den unerreichbaren Zustand zu leben, in dem alles, was Wert an ihm ist, Dauer und — wer weiß — Größe finden könnte.«*

Diese Worte, die ich 1941 schrieb, ließ ich einen kommunistischen Intellektuellen im Sommer 1932 formulieren, in einem Augenblick, als er und seinesgleichen das Nahen der katastrophalen Niederlage zum erstenmal spürten.

»Vorbereitung auf den unerreichbaren Zustand...« Etwa sechzig Generationen meiner Ahnen hatten sich auf den unerreichbaren Zustand vorbereitet und oft mit ihrem Leben den Unglauben büßen müssen, den sie der Verkündung entgegensetzten, daß der Erlöser schon gekommen wäre und mit seinem Opfertod die Menschheit erlöst hätte. Diesen Unglauben teile ich nach wie vor, aber nicht den Glauben an die messianische Zukunft, in welchem man mich erzogen hat. Der Junge, der sich herausnahm, die Psychologie der Revolutionäre darzulegen, glaubte, daß nur Revolutionäre den erhabenen Zustand herbeiführen würden. Und ich mußte 20 Jahre älter werden als jener Referent, um mit einem schmerzlichen Zweifel von der Vorbereitung auf den *unerreichbaren* Zustand sprechen zu können.

Zur Zeit der Narodniki, also vor fast genau 100 Jahren, erzählte man sich eine Geschichte, die ich in meinem Vortrag zitiert haben dürfte: Bauern bemächtigen sich eines Narodnik, der ins Dorf gekommen ist, um sie aufzuklären und für den Kampf um ihr Recht zu gewinnen. Sie liefern den Revolutionär aus, er wird gehängt, und jeder Bauer will nun wenigstens ein Stückchen von dem Strick ergattern, da doch der Galgenstrick sicher Glück bringt, sagt man. Mir ging es darum, das Unglück des zu früh Gekommenen zu zeigen und die Einsamkeit jenes, der bereit ist, sich für alle zu opfern. Ich sprach im Schatten der Vergangenheit und im Lichte der siegreichen russischen Revolution, die, so meinte ich, nachträglich die Taten eines Alexander Solowjow, einer Perowskaja und all ihrer Kampfgefährten rechtfertigte.

Gleich nachdem ich geendet hatte, nahm Adler Stellung, ohne wie sonst Wortmeldungen angeregt zu haben. Und entgegen seiner Gewohnheit begann er nicht mit Lobesworten für den Referenten, sondern ging methodisch auf die wichtigsten Punkte des Vortrags ein, freundlich, aber kritisch. Er ließ mancherlei gelten, jedoch fast immer mit Einschränkungen; ich sollte sofort antworten. Wahrscheinlich stimmte ich einigen seiner Einschränkungen zu, doch nicht allen; ich erinnere mich nicht, worin ich ihm am energischsten widersprochen habe, aber ich weiß auch heute, daß diese Auseinandersetzung in mir das Gefühl einer beunruhigenden Freude zurückließ. Sie wurde dadurch verstärkt, daß Adler mir beim Hinausgehen sagte: »Sie haben wie ein Individualpsychologe gesprochen, der noch nicht weiß, daß er einer ist.« Ich durfte ihn ein Stück Weges begleiten; als er mir zum Abschied die Hand reichte, kam ich auf diesen Satz zurück. »Ich bin kein Individualpsychologe, aber vielleicht sollte ich es werden«, sagte ich, wohl mit unsicherer Stimme. Er antwortete: »Gewiß, ich werde Ihnen helfen; wir alle werden Ihnen helfen.«

Erst zwei, drei Wochen später erfuhr ich, wer mit »wir« gemeint war. Er lud mich ein, an den Sitzungen seines engern Kreises teilzunehmen; sie fanden damals in dem Kellerlokal *Die Tabakspfeife* statt, das in einer Seitengasse des Stephansplatzes lag. Viele Teilnehmer waren Mitglieder des Psychoanalytikervereins gewesen und etwa zehn Jahre vorher, zusammen mit Adler, ausgetreten. Andere waren erst später, nach dem Krieg, hinzugekommen. Es waren Ärzte, Philosophen, Professoren, einige Frauen, unter ihnen Sophie Lazarsfeld und Gina Kaus, eine junge hübsche Journalistin. Mein Erscheinen löste Verwunderung aus, doch blieb sie auch am ersten Abend diskret. Wahrscheinlich hatte Adler angekündigt, daß er einen ganz jungen Menschen eingeladen hatte. Nun sie mich in ihrer Mitte sahen, fragte sich wohl jeder — nicht länger als einen Augenblick —, welche Bewandtnis es wohl mit mir haben mochte. Ich trug einen grüngefärbten, hochgeschlossenen Soldatenrock, Breeches und rotbraune Ledergamaschen. Noch immer war ich schlecht, nicht gemäß meinem Geschmack, sondern gemäß den Launen des Zufalls gekleidet — wie in jenen Jahren so viele, die aus den Resten der Militärdepots fast alles bezogen, was sie auf dem Leibe trugen.

Man dachte wohl, daß ich bald wieder verschwinden würde, aber ich kam sehr oft, wenn auch nicht regelmäßig wieder. Manche meinten, ich müßte wohl einer von Adlers Patienten sein, und sie mochten mir nicht zuhören, wenn ich in der Diskussion das Wort ergriff; andere zogen mich ins Gespräch, interessierten sich wirklich für den Jungen und halfen mir so, mich in dem Kreis heimischer zu fühlen. Dank ihnen erfuhr ich sehr schnell, was ich alles noch lesen, lernen mußte, um die zumindest formale Gleichberechtigung, die mir Adler von vornherein zuerkannt hatte, wirklich zu verdienen. Ich war nicht einmal dessen sicher, daß ich ein Adlerianer sein mußte oder werden wollte; es gab ja noch immer den Schomer, die Revolution, die Literatur. Es gab auch den tatsächlich oder nur scheinbar verführerischen Traum vom stillen, einsamen Leben des Dorfschullehrers, des Leuchtturmwächters. Und sollte ich nicht, sobald meine Lungen geheilt waren, sofort nach Palästina auswandern, wie es die Besten unter den Schomrim taten?

Adlers Einladung hatte meiner Eitelkeit geschmeichelt und mich auch aus besseren Gründen gefreut, aber ich erkannte nicht sofort, welch ein belangreiches Beginnen es war. Mir erschien's als eine der zahlreichen Korridorepisoden, die man auf dem Umweg zu einem Ziel durchschreitet. Ich wußte schon damals, daß manche Menschen nie aus dem Korridor hinauskommen – gleich Booten, die im toten Arm des Stroms kreuzen und schließlich verfaulen, ehe sie, leck geworden, unter dem Wasser verschwinden. Ich hielt es für gewiß, daß ich alle Korridore schnell hinter mir lassen würde. Während eines ganzen Jahres oder vielleicht noch länger verkannte ich die Bedeutung, die Adler für mich gewinnen und die seine Lehre trotz aller Wandlungen für mich bewahren sollte.

Jetzt noch, in meinem neunundsechzigsten Lebensjahr, fiele es mir leicht, eine relativ detaillierte Liste all meiner Enthusiasmen aufzustellen. Selbst von mancher flüchtigen Verliebtheit wüßte ich anzugeben, unter welch besonderen oder banalen Umständen, wo und wann sie begann, und wodurch sie mir damals begründet erschien; ich erinnere mich mühelos, wann und wie ein Buch, ein Musikstück, ein Bild oder der Anblick einer Landschaft mich hinriß; von fast jeder Freundschaft, die ich seit meinen Jugendjahren angeknüpft habe, kann ich heute noch den Beginn nacherleben; die Erinnerung an ihn ist auch durch einen Bruch, etwa durch ein verfrühtes Ende, kaum je verwischt worden.

Enthusiasmen, sagte ich. Ja, wie alle jungen Menschen liebte ich es, mich zu begeistern, und empfand tiefe Dankbarkeit gegenüber jedem, der mir dazu Anlaß bot. Der Zweifel dämpfte sie nicht, grenzte aber ihre Gültigkeit ab: vom Stein nicht verlangen, daß er Wasser gebe – das war eine der ersten Regeln warnender Weisheit, die ich sehr früh begriffen und zumeist befolgt habe. (Moses, er allein, durfte das gelobte Land nicht betreten, weil er dieser Regel zuwidergehandelt hatte.)

Die Verliebtheit endete, die Begeisterung verlosch schnell wie das Licht einer vom Windstoß ausgelöschten Kerze. Oder sie verflüchtigte sich allmählich, unmerklich. Für das Ende einer Freundschaft sucht man in gehäufter Enttäuschung eine psychologische Erklärung, einen traurigen Trost. Und in all diesen Fällen gibt man der Neigung nach, den Brunnen, aus dem man gierig getrunken hat, zu vergiften und sich und andere davon zu überzeugen, daß er bereits von Anbeginn vergiftet gewesen ist. Mein Gedächtnis ist vielleicht auch deshalb dem Erlebnis treu geblieben, weil ich dieser Neigung zur retroaktiven Entwertung beinahe mühelos widerstehen konnte. Der Anblick des Spülichtwassers verdunkelt mir nicht die Erinnerung an den Quell, aus dem es einmal kristallklar geflossen war.

Ich hatte mich unterbrochen, um mich zu fragen, wie es wohl geschehen konnte, daß ich damals, in den Jahren 1921/22, nicht sogleich erkannt hatte, welche Bedeutung Alfred Adler zukam. Er beeindruckte mich während der ersten zwei Jahre wie so viele seiner Hörer, er begeisterte mich nicht. Warum nicht, warum gerade er nicht? Von mehreren Gründen drängt sich mir einer auf, der zwar nicht triftig, aber dennoch bemerkenswert ist. An seiner Sprache lag es, an der Überzahl alltäglicher Wörter, die er in einem Satzbau ohne Relief ebenso mühelos wie glanzlos aneinanderreihte; daraus erklärt sich auch, daß mir – wie so vielen seiner Kritiker, insbesondere den Freudianern – das Neue, durchaus Originelle seiner Auffassungen nicht sofort auffiel. Ausdrücke wie »Minderwertigkeitsgefühl, Unsicherheitsgefühl, Streben nach Überlegenheit, Herrschsucht, Kompensation, Gemeinschaftsgefühl« – nun, das ist bekannt, dachte man, das kann ja jeder so ausdrücken, indes Freud Termini benutzte, die oft genug nicht die seinen waren, sich jedoch dem Leser als die originelle Terminologie seiner Lehre einprägten.

Gewiß, ich war sehr jung, in der Tat zu jung. Adler überschätzte den Sechzehnjährigen, den er in den Kreis seiner engsten Mitarbeiter einführte. Ich hatte damals kein einziges Buch von ihm gelesen. Und merkwürdigerweise — erst jetzt staune ich darüber — ließ ich, ein leidenschaftlicher Leser, fast ein Jahr verstreichen, ehe ich sein repräsentatives Werk *Über den nervösen Charakter* zur Hand nahm. Ich las es, die zahlreichen medizinischen Fachausdrücke waren mir zumeist unbekannt und oft auch nicht erratbar; das inhaltsreiche Werk beeindruckte mich aber sehr, es flößte mir tiefen Respekt für den Autor ein. Ich machte ihm Komplimente — ach, ich ahnte ja gar nicht, wie dummdreist es von mir war und wie sehr ich mich damit lächerlich machte. Ich schlug ihm sozusagen ermutigend, wenn nicht gar gönnerhaft auf die Schulter. Solches tat ich nicht das erste und hélas, beileibe nicht das letzte Mal. Er aber nahm es gut auf und riet mir, seine späteren Bücher und die einiger anderer Psychologen zu lesen.

Erst nachher, Monate später, »entdeckte« ich sein Genie. Das geschah, als er — in seiner Wohnung auf der Dominikanerbastei — seinen nächsten Gefährten einen Fall von manisch-depressivem Irresein darlegte und daran Erwägungen über das Wesen solcher Fälle und über die Möglichkeiten ihrer Heilung anknüpfte. An jenem Abend erfuhr ich über Seelenkranke weit mehr, als ich vorher oder je nachher aus Büchern oder von irgendwem hätte lernen können. Und seit damals wußte ich, daß die Einwände gegen seine oft allzu platte Sprache zwar nicht unbegründet, aber durchaus unerheblich waren. Es kam darauf an, wie man ihm zuhörte: wie man an seinem lauten Denken teilnahm.

An jenem Abend hatte Adler einige beschriebene Blätter vor sich, die Krankengeschichte, die er als Ausgangspunkt seiner Erwägungen gewählt hatte. Er sprach wie zu sich selbst, hörbar genug in einem lauten Denken, das beispielhaft war für seine angewandte Zusammenhangsbetrachtung, für jenen alternierenden Prozeß des Auseinandernehmens und Zusammenfügens, dank dem Teile zu einem Ganzen werden. Erst an jenem Abend wurde ich ein Adlerianer und machte mich daran, alles zu lesen, was er je veröffentlicht hatte. Und nicht viel später begannen die Gespräche, in denen er mir, wenn wir allein waren, Einzelheiten aus seinem Leben mitteilte.

Mehrere Jahre nachher, als alles zu Ende war, fragte ich mich, warum er gerade mir, dem Adoleszenten, so vieles anvertraute. Es ist wahr, damals erstaunte es mich nicht und flößte mir auch kein Gefühl von Stolz ein, weil es ja nicht das erste Mal geschah, daß Erwachsene zu mir so sprachen, als wären sie meines vollen Verständnisses und verschwiegenen Einverständnisses sicher. Und erst in späteren Jahren verwunderte ich mich darüber, daß Adler mir niemals angeboten hatte, mich zu behandeln. Daß ich nicht die Mittel hatte, eine Psychotherapie zu bezahlen, kann für ihn kein Hindernis gewesen sein. Er bewies mir gegenüber in all den Jahren eine so freundschaftliche Großzügigkeit, daß ich auch heute nicht ohne Rührung an sie denken kann. Gewiß, ich war kein Fall akuter Neurose, das heißt, ich wurde mit meinen Schwierigkeiten allein mehr oder minder rasch, mehr oder minder gut fertig, dennoch wäre mir seine therapeutische Hilfe sehr zustatten gekommen; das wußte er sicher. Meine Mittellosigkeit verbot es mir, ihn darum zu bitten, er selbst brachte es nie zur Sprache. Ja, erst jetzt wundere ich mich darüber, aber damals, in der Sonne seiner stets gleichbleibenden Gunst, suchte und fand ich nur Gründe, ihn zu bewundern, mit ihm in allen wesentlichen Fragen übereinzustimmen. Und er ermutigte mich am wirksamsten dadurch, daß er auf all meine Einwände sehr ernst einging und manche sogar gelten ließ. Er war mir ein vorbildlicher Lehrer, dem mein Leben lang dankbar zu bleiben, ich mir in jenen Jahren versprach. Dabei ahnte ich recht früh, daß es nicht immer leicht sein würde, denn in meiner Gegenwart äußerte er sich zuweilen ungerecht, mit geradezu grausamer Strenge über Freunde und Anhänger, gegen die er plötzlich ein Mißtrauen gefaßt hatte. In solchen Fällen war er unfähig, selbst den geringsten Einspruch zugunsten der ungerecht Verstoßenen auch nur ruhig anzuhören. Und dann mochte er mich plötzlich so feindlich anblicken, daß mir bange wurde im Gefühl, einem fremden Mann gegenüberzusitzen, sosehr hatte er sich unversehens verwandelt. Er wies mich scharf zurück, mit einer abweisenden Handbewegung, die dann zur resignierenden Geste wurde. Ich wußte, nein, ich ahnte, ich begann zu befürchten, daß er eines Tages auch über mich so vernichtende Urteile fällen und keinen Rekurs zulassen würde. Und ich vermutete, daß, während sein böser Blick auf mir ruhte, er wohl denken mochte: »Auch dieser wird mich eines Tages verraten!« Doch gleich darauf schien er es nicht mehr zu glauben, und auch ich verscheuchte eiligst alle Befürchtungen.

Daß er in den zehn Jahren unserer merkwürdigen Beziehung mich nicht als fremd empfand, obschon uns außer dem Altersunterschied von 35 Jahren seine bedeutende Position und so vieles andere trennten, lag wohl daran, daß er, der große *Errater,* herausfand und es schätzte, daß auch ich fast absichtslos, ob ich nun zuhörte oder sprach, ob ich in ein fremdes oder bekanntes Gesicht blickte, stets wie ein Jagdhund Spuren suchte und ihnen unermüdlich folgte. Also erriet er, daß ich erriet – zum Beispiel dieses: daß die Kränkung, die Freud und seine Getreuen ihm in den Monaten vor dem Bruch angetan hatten, in ihm nachwirkte, als ob es eben erst geschehen wäre –, doch war seither ein Jahrzehnt vergangen. Und welch ein Jahrzehnt ... In den Gesprächen mit mir kam er immer wieder auf jene Intrigen und Anfeindungen, auf die gezielten Mißverständnisse und tückischen Verdächtigungen zurück. Fasziniert hörte ich ihm zu – gewöhnlich war es schon die späte Nacht, wir hatten eine Stunde vorher oder länger das Stammcafé verlassen, nun saßen wir bei einem Glas Bier im »Griechenbeisl« oder in einem Kaffeehaus »mit verlängerter Sperrstunde«.

Adler mag angenommen haben, daß ich alles noch in der Nacht oder am Morgen danach aufzeichnen würde, aber ich habe nie etwas notiert, sondern mich auf das Gedächtnis verlassen. Wie alle ganz jungen Menschen habe ich ein-, zweimal ein Tagebuch zu führen begonnen, es aber schnell aufgegeben. Im übrigen wäre es später wie fast alle meine Papiere vernichtet worden – in Berlin, Wien oder Paris ...

Wer seine Jugend in Wien verbracht hat, der hat's an sich selbst erlebt, welch unwiderstehliche Anziehung das Theater selbst auf jene ausüben kann, die weder Schauspieler noch Regisseure oder Dramatiker werden wollen. Wir wohnten den meisten Premieren bei, blieben unbewegt, wenn das Stück uns mißfiel, klatschten ausdauernd, wenn es uns gefiel, am meisten dann, wenn das Parkett demonstrativ apathisch blieb.

Im Herbst 1922 ließ sich ein jüdisches Ensemble, das sich Wilnaer Truppe nannte, für mehrere Wochen in der Leopoldstadt nieder. Sie präsentierte als erstes eine von chassidischem Mystizismus und Aberglauben inspirierte Tragödie, *Der Dibbuk,* die seither in viele Sprachen übersetzt und überall mit Erfolg aufgeführt worden ist. Ich sah alle Stücke, die die Wilnaer aufführten. Sie und die Vorlesung eines Dichters, die etwa um die gleiche Zeit stattfand, haben mein Verhältnis zur jiddischen Sprache völlig gewandelt.

Perez Markisch, so hieß der junge sowjetische Dichter,

der in europäischen Großstädten aus seinen Werken rezitierte; in Wien war er der Gast der *linken Poale Zion.* Diese Fraktion teilte mit der alten Partei eine Etage in einem verwahrlosten Haus nahe der Taborstraße. Zu den Rechten gelangte man durch die linke Tür, zu den Linken durch die Tür, die rechts von der Treppe zu zwei winzigen, besonders schlecht beleuchteten Räumen führte. Ich dürfte der einzige junge Mensch unter den etwa 40 Personen gewesen sein, die geduldig auf den verspäteten Gast warteten. Endlich erschien er; er trug einen vom Regen ganz steifen, modischen Trenchcoat, den er sichtlich ungern ablegte. Noch ehe die nicht enden wollende, belanglose Einführungsrede eines Parteimannes zu Ende war und er zu rezitieren begann, hatte Perez Markisch gewonnen, denn er sah genauso aus, wie jeder glaubte, daß ein Poet aussehen müßte. Es war, als hätte seine Schönheit gerade da, im verdüsternden Licht der jämmerlich schwachen elektrischen Birne, eine nicht mehr übertreffbare Vollkommenheit erreicht. Nur einen Augenblick lang verrieten seine Züge, wie sehr ihn der Anblick des spärlichen Publikums deprimierte; er meisterte die Verstimmung und sprach uns mit Worten an, die jeden gewannen, weil jeder glauben durfte, sie wären gerade an ihn gerichtet.

Ich erinnere mich nicht, ob er die Texte vor Augen hatte, doch gewiß kannte er sie auswendig. Und er trug sie vor, als ob sie gerade in diesem Augenblick entstünden. Markisch gebrauchte Wörter, die ich nicht verstand, zumeist russischen oder ukrainischen Ursprungs, wie sie sich im Jiddischen oft mit dem Germanischen und Hebräischen vermengen. Es störte mich nicht, mir war's, als müßte man diese Dichtung verstehen, selbst wenn man die Sprache überhaupt nicht kannte. Tonfall, Musik, Gebärde, der bewegte Oberkörper des Rezitators und sein in Trauer verdüstertes oder in Empörung leuchtendes

Gesicht mit den großmütigen Zügen — all das bewegte, begeisterte uns.

Er las Gedichte aus den Zyklen *Der Haufen* und *Wehland:* der erste war unter dem Eindruck der Pogrome in der Ukraine entstanden, deren Zeuge er während des Bürgerkriegs selbst gewesen war; den anderen hatte die entmenschende Hungersnot im Wolgagebiet und in anderen Teilen Rußlands inspiriert.

Perez Markisch, damals etwa 27 Jahre alt, erschien mir einzigartig; später, endgültig in die Sowjetunion zurück gekehrt, paßte er sich an und schrieb, wie das Regime es erlaubte, das Regime, das ihn zusammen mit mehr als 20 anderen jüdischen Schriftstellern aus den Konzentrationslagern nach Moskau bringen und dort am 12. August 1952 ermorden ließ.

Das höchst Eigenartige an dem jungen Dichter war, daß er mühelos ein apollinisches Lebensgefühl mit jüdischer prophetischer Klage und Anklage und einer nicht weniger jüdischen, dem Irrsinn nahen, leidgequälten Ironie so ausdrückte, daß seine Hörer den Atem zu verlieren drohten. Seinethalb begann ich jiddisch zu lesen, zuerst die neue Prosa, die ich vor allem dank der von Markisch und *Uri-Zwi Grinberg* herausgegebenen Revue *Die Chaliastre* (Die Bande) kennenlernte. Grinberg, dessen Dichtung gerade damals einen durchschlagenden Erfolg errang, begegnete ich im Jahre 1923 gelegentlich eines Kongresses in Karlsbad und ein zweites Mal in Ramat Gan, 35 Jahre später. Er hatte inzwischen das Jiddische zwar nicht völlig aufgegeben, aber er war the great old Man der hebräischen Poesie geworden. 1958 schrieb ich über ihn:

»Der Mann in den Sechzigern hat sich wenig verändert, der schlanke Körper hat die gleiche Beweglichkeit bewahrt; seine lebhaften Augen forschen im Gesicht seines Gesprächspartners nach der Zustimmung oder aber nach einer trotzig bewahrten Meinungsverschiedenheit, die er sich sofort zu bekämpfen anschickt.

Er beginnt mit dem langen Monolog eines in seiner Einsamkeit stolz verharrenden Schriftstellers, dessen Ohr sich jedem Widerhall verschließt, der nicht aus ihm selber kommt... Worauf er aus ist, das ist gewissermaßen eine lebende Mythologie. Mag sein, daß die Blasphemien seines berühmten ›Mephisto‹ nichts anderes gewesen sind als die wilden Schreie einer verzweifelten Suche nach Gott, eines unbekennbaren Heimwehs. Jetzt, 35 Jahre später, scheint er alles von einer Wiedergeburt der Mythen und der Überlieferung zu erwarten. Alles? Ja, eine Rückkehr nach Zion, die total sein soll. Aber eine Rückkehr ist niemals vollkommen. Wer wiederkommt, ist nicht mehr der gleiche, der ausgegangen war. Grinberg ist nach wie vor der Dichter des unglücklichen Bewußtseins.«

Noch bevor ich jiddisch zu lesen begann, also bevor ich die Dichtungen von Markisch, Grinberg und später von *Kulbak, Glatstein* und *Leivik* kennenlernte, hatte ich meine Wahl getroffen: kein Poet hat mir damals oder jemals später solche Bewunderung eingeflößt wie *Hölderlin.* Selbst heute kann ich seinen Namen nicht erwähnen, ohne daß sich meiner die Bewegung bemächtigt, mit der ich an ihn, an seine Einsamkeit und an sein langes Erlöschen so oft zu denken pflegte.

Baudelaire las ich zuerst in deutscher Übersetzung, auch ihm bin ich treu geblieben. Auf meinen täglichen Spaziergängen im Luxembourg mache ich oft einen kleinen Umweg zu seinem Standbild, das ihn, der berühmten Fotografie nachgeformt, als die Inkarnation des unglücklichen Gewissens den Fußgängern zeigt, die selten oder in größter Eile diesen Pfad am Rande des Gartens benutzen. Weder sein verquälter Glaube geht mich an noch der von ihm verherrlichte Spleen noch seine freudlose Erotik Nur sein Ton, seine Stimme, die ich nie gehört habe, sind mir so gegenwärtig, als verstummte aller Lärm, das leiseste Geräusch, wenn er heiser, herausfordernd, fast widerwillig seine Gedichte zu sprechen beginnt.

Wie alle, die zur gleichen Zeit jung waren, las ich *Rilke* und rezitierte gern, wenn ich allein war, Teile aus seinen Dichtungen. Fast alle kannten wir seine »Weise von Liebe und Tod« auswendig. Ich sprach auch gerne Villons Verse, die in der Klabundschen Nachdichtung unter dem Titel *Der himmlische Vagant* erschienen waren. Als ich englisch und französisch zu lesen begann, erweiterte sich für mich die poetische Welt fast ins Grenzenlose. Ich singe noch viel, wenn ich allein bin, obschon meine Stimme fast nichts mehr taugt, doch zitiere ich viel seltener. Das Gedächtnis hat, glaube ich, alle Melodien, die ich je gekannt habe, treulich bewahrt, doch nur unvollständig den Text von Gedichten. Und ich lese schon seit Jahren viel weniger Poesie. Das ist – nicht nur in meinem Falle – eines der sichersten Zeichen des Alters.

Den Sommer 1922 verbrachte ich auf einem niederösterreichischen Landgut, wo ich drei Kinder für Aufnahmeprüfungen vorzubereiten hatte. Der Hof lag weit von jeder Siedlung in einem winzigen Tal, das von recht steilen, bewaldeten Hügeln eingeschlossen war. Ich mochte meine Schüler und trieb mich mit ihnen und ihren Freunden, Kindern der Gutsknechte, viel umher. An Vorabenden, die wir gewöhnlich auf den Halden verbrachten, wurde ich häufig von einer kindlichen Sehnsucht erfaßt: Ich fand die Stimmung wieder, die die Erinnerung an Tracz erweckte, an jenes trostlose stille Dorf, in dem wir 1914 Zuflucht vor der russischen Invasion gefunden hatten.

Eine Außentreppe führte zu meinem Dachzimmer, dessen Tür ich gewöhnlich offenließ, weil durch die Dachluke nicht genug Luft eindrang und Licht. So saß ich in meinen freien Stunden vor der Tür und las. Eines der ersten Bücher, die ich aus dem Rucksack herausfischte, der Hölderlins *Hyperion.* Und es geschah mir zum erstenmal, daß eine Dichtung in mir das Gefühl eines Glücks hervorrief, das keinem andern glich. Im Städtel brachte man den Kindern bei, das Gebetbuch oder den Pentateuch, aus dem sie gerade lernten, nicht zu schließen, ohne zuvor die Lippen auf die Stelle zu drücken, mit der sie das Gebet oder die Lektüre beendeten. Ich hatte dergleichen nie getan. Doch erfüllte mich solche Liebe zu *Hyperion,* daß es mir nicht lächerlich erschienen wäre, auf das Buch einen Kuß zu drücken. Ich tat's natürlich nicht – wie man fast täglich so vieles unterläßt, nur weil es mit dem Alltag zu sehr kontrastieren würde.

Als ich wieder in Wien war, fand ich zur Prosa zurück, doch beurteilte ich fortab nicht nur Romane und Novellen, sondern auch Essays und selbst philosophische Werke nicht zuletzt nach der Fülle der in ihnen gleichsam insinuierten, eingewobenen Poesie. Dies erklärt, warum Knut Hamsuns Romane für mich um jene Zeit eine unvergleichliche Bedeutung erlangten, obschon seine oft spöttische, hämisch kommentierende Prosa der Hölderlins äußerst unähnlich war. (Mein erster Vortrag über einen Dichter und sein Werk galt Dostojewski, aber mein erster in der *Internationalen Zeitschrift für Invidualpsychologie* veröffentlichter Essay war ein Versuch, die Hamsunschen Helden zu analysieren.) Auch später, als Hamsuns Sympathie für die Nazis offenkundig wurde, fuhr ich fort, jede Zeile, die er veröffentlichte, mit größtem Interesse zu lesen: *»Endlich würde er die weißen Nächte erleben, die er aus den Büchern des großen Norden kannte, dachte Dojno. Seit mehr als 40 Jahren plagiierte sich der alte norwegische Dichter, erzählte er immer wieder die gleichen Geschichten, in denen es politische Pointen von unvorstellbarer Dummheit gab. Aber in Dojno, den seine Bücher begeistert hatten, als er noch sehr jung war, stieg eine tiefe Dankbarkeit auf, sooft er an den alten Mann dachte.«*

Die Erinnerung an das Unglück Hölderlins und an die

Jahrzehnte seiner Umnachtung berührt mich auch heute noch so, als wäre ich Zeuge seines Untergangs gewesen. Solch sentimentale, bizarr intime Beziehung zu einem, der seit 130 Jahren tot ist, mag abstrus erscheinen. Um so mehr, als er nicht der einzige Tote vergangener Zeiten ist, der »in mir wohnt«. Die Erklärung ist recht einfach: Sehr früh stellte man mich in den *Zeit-Raum,* der alle Kinder Israels verbinden soll, indes sie im geographischen Raum seit Jahrtausenden voneinander getrennt, »zersät und zerstreut« sind. Die linear verlaufende, banale Zeit war für mich stets die der Individuen. Sie bezog, so lehrte man mich, ihren Sinn aus dem Zusammenhang, aus dem Platze, den sie im Zeit-Raum gewann. Nicht nur jene Ahnen, die Weggenossen Mosis waren, hatten am Fuße des Berges Sinai die Zehn Gebote angenommen, sondern alle, die nachher kamen: wir, auch ich, wir alle, die noch Jahrtausende warten mußten, ehe wir auf die Welt kommen durften — wir waren dabei und unsere Urenkel werden dabei gewesen sein. Im Zeit-Raum bildet das Vergangene einen Teil des Gegenwärtigen, das Gewesene bleibt und wird mit jeder neuen Gegenwart unmittelbar benachbart sein.

»Wir werden zu den wandelnden Friedhöfen unserer ermordeten Freunde werden, ihre Leichentücher werden unsere Fahnen sein.«

Als mir, am Ende eines Romans, diese Worte aus der Feder flossen, die ein Kommunist ausspricht, der verzweifelt ins Nichts springt, um Stalins Verbrechen nicht gutheißen zu müssen — als sich mir dieses Bild aufdrängte, fragte ich mich nicht, ob die eigene Trostlosigkeit sie mir eingegeben hatte. Als ich sie aber, einige Jahre später, in eine andere Sprache übersetzt wiederlas, da wußte ich auf einmal, daß ich das jüdische Zeitraum-Erlebnis im Sinne des *unglücklichen Bewußtseins* verbildlicht hatte: Nicht nur am Sinai haben wir uns alle die erdrückende Bürde der

Gesetzestafeln aufgeladen, nein, noch heute fallen wir unter den Wällen des von Nebukadnezar zerstörten Jerusalem, sitzen wir weinend an den Wassern Babylons, sterben wir wieder in dem von Titus eroberten Jerusalem und später in Massadah, verbrennen wir in den Autodafés Spaniens und ... und ... und ... Nach so vielen Toden werden wir zu wandelnden Friedhöfen und unsere Fahnen zu Leichentüchern. Welch eine Intimität mit dem Tode. Nicht mit den Toten, sondern mit den dem Tode durch Erinnerung und Identifizierung immer wieder aufs neue entrissenen Vorfahren.

Je älter man wird, um so näher rückt man den fernen Generationen. Lange Zeit habe ich mich mit den intellektuellen und politischen Strömungen des achtzehnten Jahrhunderts in Deutschland und Frankreich beschäftigt, besonders seit 1937, nach meinem Bruch mit der kommunistischen Bewegung. Aber erst jetzt, als älterer Mann, werde ich retroaktiv der Zeitgenosse von Menschen, die vor zwei Jahrhunderten jung gewesen sind. Diese Annäherung an die Besiegten der Vergangenheit, die sich genau in dem Maße vollzieht, in welchem die zeitliche Entfernung wächst, ist ein psychologisch erklärlicher Vorgang, doch bleibt er zumeist auf den engen Bereich individueller Erlebnisse beschränkt. Wer von Kindheit an dazu erzogen wurde, sich einem Zeit-Raum zugehörig zu fühlen und wohl auch deshalb schon in seiner frühen Jugend darauf versessen war, ein historisches Bewußtsein zu erlangen, den treibt dieser Annäherungsprozeß weit über die eigene Vergangenheit hinaus.

Wieder einmal kam alles zusammen, blieb unvermengt, denn ein jedes fand seinen Platz in meinem Zeit-Raum: die Individualpsychologie und die Zusammenkünfte mit Adler und seinem stetig wachsenden Kreis; die Poesie, die Entdeckung der jiddischen Dichtung und die Wilnaer

Truppe; die Symphoniekonzerte, in denen man, noch immer auf Stehplätzen, vor allem Beethoven und Gustav Mahler lauschte; die Vorlesungen von Karl Kraus und schließlich die Fußballmatchs.

Die revolutionäre Welle begann abzuebben, die KPD bereitete eine allgemeine Erhebung vor, doch kam es nur zu lokal begrenzten Aktionen, die schnell niedergeschlagen wurden. Die Konterrevolution machte Fortschritte, in manchen neuen Staaten lösten nationalistische Diktaturen die demokratischen Regierungen ab. Der italienische Faschismus bot sich den verelendeten kleinbürgerlichen Schichten, den Bauern und dem Lumpenproletariat als ein nachahmenswertes Beispiel an.

Ohne dessen gewahr zu werden, löste ich mich allmählich von der Politik ab. Das kommunistische Rußland hatte die NEP eingeführt, den privaten Sektor neu zugelassen und offiziell gefördert; das veränderte die dortige Situation nicht nur wirtschaflich, sondern auch sozial, jedoch nur für eine kurze Zeit, für die Dauer einer notwendigen Atempause, hieß es. Das glaubten wir durchaus, doch interessierte uns die Sowjetunion nicht mehr so wie früher, obschon – und vielleicht gerade weil – um jene Zeit schlechthin alles, was russisch war, Mode wurde im Westen. Dies sowohl wegen der siegreichen Oktoberrevolution wie auch umgekehrt dank der konterrevolutionären Emigration. Der *Chor der Donkosaken*, das Kabarett der *Blaue Vogel*, Ballette und Theatertruppen, Rezitatoren, Sänger und Virtuosen traten überall mit größtem Erfolg auf. Russisch, rot oder weiß, war Trumpf. Man mußte den nach einer Novelle von Tolstoi gedrehten Film *Polikuschka* sehen, der, sagte man, mitten im Bürgerkrieg von hungernden und frierenden Künstlern unter unvorstellbar schwierigen Umständen hergestellt worden war; ebenso bewunderte man die revolutionären Plakate Majakowskis und las die Manifeste des Dichters und *Die*

Zwölf von Alexander Blok sowie viel anderes, was, glaubten wir, die Überlegenheit der von der Revolution inspirierten Kunst bewies.

Ohne irgendwelche politische oder ideologische Begründung lehnten wir das Amerikanische ab – in der Kleidung, im Gehaben, in Musik und Tanz. Wir kannten von der amerikanischen Literatur Walt Whitmans *Grashalme*, die wir gerne rezitierten, die Bücher Mark Twains und jene Werke von Upton Sinclair, die den Leser schaudern machten vor den amerikanischen Zuständen. Einige Jahre später sollten die Prozesse der jungen Neger von Scottsborough und bald danach der Prozeß Sacco und Vanzetti in uns eine extreme Verbitterung gegen die herrschenden Schichten der USA hervorrufen. Diese Gegnerschaft wurde durch die Lachstürme, die Charlie Chaplin und Buster Keaton und andere Filmkomiker auslösten, keineswegs gemindert, aber durch Dreisers *Amerikanische Tragödie* und Sinclair Lewis' *Babbitt* bedeutend verschärft.

Die merkwürdige Mischung von rebellischer Verachtung gegenüber der Gesellschaft einerseits und von kulturellem Konservatismus anderseits fand ihren bald pathetischen, bald satirischen, stets polemischen Ausdruck vor allem in einer Wiener Zeitschrift von unbestimmter Periodizität: in der *Fackel*, die, als ich sie – im Jahre 1920 – zu lesen begann, ihren 24. Jahrgang abschloß. Ich dürfte ihren Herausgeber, Karl Kraus, als Vorleser und Coupletsänger, genauer als ein »Einmann-Ensemble« im Jahre 1921 gesehen haben. Der Zufall fügte es, daß er gerade an jenem Tag seine »magische Operette« *Literatur oder Man wird doch da sehen* zum erstenmal seiner Hörerschaft präsentierte. Die Anwesenden quittierten jede Pointe und Replik mit einer Begeisterung, die zuerst meine Verwunderung erweckte und schließlich meinen Widerwillen erregte. Mit schülerhaftem Übereifer taten die Krausianer dem Meister und einander kund, daß sie all seine Anspielungen verstanden und willig waren, über jede zu lachen, die an ihren Spott appellierte.

Ich ahnte bald, daß ich kein guter, kein geschulter Zuhörer war in diesem Kreise. Zum Unterschied von meinen Sitznachbarn wußte ich nicht einmal, daß der Ort der Handlung dieser seltsamen Operette das berühmte Café Central war. Ich vermutete nur, daß Franz Werfel gemeint war und erriet nicht die Identität der anderen Schießbudenfiguren. Ich kannte ja kaum das Milieu jener Wiener jüdischen Bürger, deren Familien seit mehr als einer Generation in der Hauptstadt niedergelassen waren. Karl Kraus, der als Kind mit seinen Eltern aus einer böhmischen Kleinstadt eingewandert war, kannte bis ins letzte Detail Sprache, Wort und Tonfall und die hektischen Gebärden, die in diesen Familien, also auch in seinem Elternhaus, üblich waren. Die Figuren seiner Operette wandten sie in einer Art an, die jede von ihnen in eine Spottgeburt verwandelte.

Gewiß, es gab viel Witziges in der Operette, unter anderen Umständen hätte ich in das Gelächter eingestimmt. Doch saß ich da, erfüllt von einem Mißbehagen, das ich überwand, als ich mitten im unzähmbaren Gelächter zu entdecken glaubte, was andere lange vor mir gewußt hatten: daß Juden seit ihrer Emanzipation in West- und Mitteleuropa, seit dem 19. Jahrhundert also, auf der mißglückten Flucht vor dem Judesein im Selbsthaß eine Zuflucht suchten.

Die zweite Schrift, die der junge Karl Kraus veröffentlicht hatte, »Eine Krone für Zion«, war ein Manifest zugunsten der radikalen Assimilation gewesen; wenige Jahre später hatte er sich taufen lassen. Nicht katholischer Glaubenseifer hatte ihn dazu bewogen, sondern das gebieterische Bedürfnis, von seiner furchtbaren Krankheit geheilt zu werden: von seiner Un-Zugehörigkeit zur Welt der Anderen.

Ich bewahrte lebhaftes Interesse für alles, was Kraus schrieb, und das bis zu den letzten Zeilen, die er vor seinem Tode veröffentlicht hat. Ich bewunderte vieles an ihm und empfand tiefen Respekt vor seinem Mut, den er in schwierigen Situationen auch dann aufbrachte, wenn er kaum auf wirksamen Beistand hoffen durfte. Er war ein unvergleichlicher Polemiker, zuweilen ein Prophet biblischer Art. Er hatte Mut zu allem, nur nicht zum Judesein ...

Gleich so vielen Schriftstellern gerate ich, während ich an einem Buch schreibe, zumindest einmal unversehens in Schwierigkeiten. Mehrere Tage müssen vergehen, ehe die bestimmende Ursache dieser Behinderung offenbar wird. Die körperliche oder seelische Müdigkeit des Schreibenden, die Nachwirkung einer Entmutigung, einer deprimierenden Begegnung oder schließlich ein bedrohliches politisches Geschehen — aus alldem kann man Erklärungen dafür ableiten, daß man ins Stocken geraten ist. Man will nur verschnaufen, sagt man sich, den Blick in die Ferne schweifen lassen, wie man es zuweilen während einer mühsamen Bergtour tun muß.

Nicht aus äußerlichen Gründen unterbricht man das Schreiben, sondern weil man plötzlich des Weges nicht mehr sicher ist und nicht des Ziels, zu dem man hinstrebt, vor allem aber, weil man dem sonst so verläßlichen Kompaß nicht mehr traut; man verdächtigt die Magnetnadel, daß sie »den Norden verloren« hat, wie es der Franzose von jemandem sagt, der sich nicht mehr zurechtfindet. Es ist, als ob man sich selbst in einen Hinterhalt gelockt hätte und aus der Sackgasse nicht hinaus, nicht zurückfände. Solche Streiche spielen manchmal Romanfiguren dem, der sie ersonnen hat, jedoch nur dann, wenn er selbst sie auf einen Abweg gebracht hat.

Ich nähere mich der Mitte dieses autobiographischen

Buches und mache halt. Was ist denn Beunruhigendes daran? Ich lese, als wären sie völlig neu für mich, die vorhandenen Seiten langsam durch, mit jener pedantischen Aufmerksamkeit für das Unwichtige, hinter dem sich die Entwertungstendenz schlecht verbirgt. Aber auch mit der sachlich kritischen Überlegung darüber, was hier zu lang geraten sein mag und was dort zu elliptisch ausgedrückt ist; und schließlich mit der Erwägung, wie sich das alles am Ende zu einem Ganzen zusammenfügen wird. Schreibt man einen Roman, so findet man gewöhnlich leicht heraus, ob und wo man abgeirrt ist und wo man wieder Fuß wird fassen können. Der Romancier ist frei, einschneidende Veränderungen vorzunehmen; er ist nicht so frei, wie man denken möchte, aber freier als in den meisten Lebenslagen und geradezu selbstherrlich im Vergleich mit jenem, der sein eigenes Leben erzählt.

Was sollte leichter sein, als den Weizen von der Spreu zu sondern – das Belangreiche, also Nachwirkende, von dem Unwichtigen, Zufälligen, Folgenlosen zu unterscheiden? Der Romancier ersinnt Erlebnisse und Geschehnisse und stellt sie in einen Zusammenhang, in dem sie sich wie Ursache und Wirkung verbinden. Er schaltet fast alles aus, was für sein Vorhaben unnütz ist. So verwendet er souverän das von ihm allein mehr oder minder bewußt und planmäßig erwählte Ausleseprinzip. Was er nicht ins Licht hebt, ist nicht, war nie, wird nie sein. Für den Autobiographen gilt dies natürlich auch, aber er ist belagert, umzingelt, umdrängt von so vielem, das bleibt, auch wenn er es unerwähnt gelassen hat. So kommt er zuweilen kaum vorwärts, weil Vergangenes, das er hinter sich lassen will, als ob es nie gewesen wäre, sich an ihn heftet und sich nicht abschütteln läßt. Und es ist unwichtig, daß es außer in seinem Gedächtnis nirgends eine Spur hinterlassen hat.

In jenem Sommer, den ich als »Hofmeister« auf einem Landgut verbrachte, tauchte eines Abends K., ein Freund aus dem Schomer, auf. Er war um einige Jahre älter als ich, ein großgewachsender Bursche, in dessen hellgrauen Augen sich Staunen verriet und Güte; sie schienen zu erlöschen, sooft K. sich in einer schwermütigen Nachdenklichkeit verlor. Er war ein Wanderer und mochte zuweilen glauben, daß sich seine langen Beine auch ohne seinen Willen in Bewegung setzten, immer auf dem Wege zu einem *Nicht-Hier,* das sie schleunig wieder verließen, sobald es sich in ein *Hier* verwandelte. Er aber glaubte, daß es ein *Dorten* gibt, das niemals *Hier* wird. Er glaubte auch, daß er eines Tages von dem Mädchen, das ihn stets brüsk abwies, doch geliebt werden würde, weil es, wie er meinte, »ganz unmöglich ist, daß eine wahrhaft große Liebe unerwidert bleibe«.

Wir trafen einander oft in Parks, vor allem im Augarten; auch während des späten Herbstes und während der Wintermonate zog es uns hin. Wir gingen stundenlang auf den vereinsamten Pfaden hin und her, unter den nackten Zweigen, unter den eingeregneten oder eingeschneiten Bäumen. Seine Art zu erzählen war bäuerlich: bedächtig, umwegig, zähflüssig. Er hatte Humor, zeigte ihn aber nur dort, wo er am wenigsten zu passen schien.

K. war mir ein treuer Freund; wir sprachen über alles miteinander, doch nie über seine Ratlosigkeit, die Ziellosigkeit, der er kein Ende setzen konnte, obwohl es Zeit war, daß er sich für einen Beruf entscheide und für ein Mädchen, das ihn lieben würde.

Und nun war er plötzlich da, er hatte sich nicht angesagt und er verriet nicht, weswegen er gekommen war. Er würde vielleicht einige Tage bleiben, sagte er, doch blieb er nur die Nacht. Ich wußte nicht, ob ihn eine Erwartung zu mir gebracht hatte, die enttäuscht worden war. Es war noch früher Morgen, als er seine Sachen in die beiden

Brotsäcke packte. Der Regen würde sicher noch den ganzen Vormittag anhalten, auch deshalb sollte er wenigstens bis nach dem Mittagessen bleiben, bat ich ihn. Nein, er bliebe ja so gerne, nach dem so guten Gespräch, mit dem wir ein gut Teil der Nacht ausgefüllt hätten, aber er müßte weg, zurück nach Wien, sofort.

Ich sah ihm nach, wie er im strömenden Regen auf der lehmigen Straße mühsam ausschritt, und ich wiederholte immerfort die ersten Zeilen des Liedes: »In diesem Wetter, in diesem Braus, nie hätte ich gelassen die Kinder hinaus.« Sooft ich seither Mahlers *Kindertotenlieder* singen hörte, immer tauchte vor mir das Bild auf und immer erweckte es in mir jenes sonderbare Gefühl der eigenen Hilflosigkeit, das uns heimsucht, sooft wir uns als unfähig erweisen, dem zu helfen, dem wir unbedingt beistehen möchten.

Sieben Jahre später tauchte K. ebenso unerwartet bei mir in Berlin auf. Er hatte inzwischen einige Jahre in Palästina verbracht und war nun nach Europa zurückgekommen. Um dazubleiben oder nach einigen Monaten in seinen Kibbuz zurückzukehren? Ich weiß es nicht. Gleich nach seiner Ankunft überreichte er mir ein großes Paket mit Fotos, die er auf seinen Wanderungen in Palästina und Ägypten aufgenommen hatte – Landschaften, wie ein Mann sie sieht, der ganz allein durch die Welt wandert, der Wüstenhügel, ausgetrocknete Flußbetten und Oasen aus der Ferne erblickt und sie viele Minuten oder Stunden lang nicht aus den Augen verliert, ehe er sie endlich erreicht. Im Wust der Fotos, die mir zufällig geblieben sind – die meisten sind zwischen 1933 und 1941 vernichtet worden –, finde ich noch einige von jenen, die mir K. gebracht hat. Er hätte mir so viel zu erzählen, erklärte er, noch ehe er über die Schwelle trat. Im Verlauf der Tage, die er bei uns blieb, setzte er oft wieder an, aber ich hatte keine Zeit; selbst bei Tisch bot sich keine Gelegenheit zu diesem Gespräch, denn fast immer waren Gäste da, denen ich mich widmen mußte.

So handelt es sich in diesem Fall wohl nicht um eine Gedächtnislücke, sondern darum, daß ich damals gegenüber K. in einer unvorstellbaren Weise, ohne es selbst zu merken, versagt und die Hoffnungen enttäuscht habe, derethalb er vielleicht die weite Reise unternommen hatte. Man ließ es ihm an nichts fehlen, natürlich. Man bot ihm das hübsche Gastzimmer, Theater, Kino, auch etwas Geld und am Ende eine Fahrkarte. Ich versagte ihm nichts von alldem und blieb ihm gerade das schuldig, worauf es ihm allein ankam. Daher erfuhr ich nicht, weiß ich nicht, warum er gekommen war, was er von mir erwartete. Und als er uns wieder verließ — wußte ich da auch nur, wohin er ging, zu wem, welchen Gefahren entgegen? Ich blickte ihm nicht nach. »In diesem Wetter, in diesem Braus ...«

Hätte ich K. nicht erwähnen müssen, als ich vom sommerlichen Landaufenthalt sprach? Und ist es notwendig, diese Berliner Episode zu erwähnen, nötig im Sinne meiner Autobiographie? Oder um außerhalb jeder chronologischen Ordnung die jedenfalls zu spät auftretenden Gewissensbisse schnell zu bewältigen? Diesen moralischen Verdacht muß ich gleicherweise verstärken und abschwächen: Während der 45 Jahre, die seit K.'s Abreise verstrichen sind, habe ich keinen einzigen Versuch unternommen zu erfahren, wie es ihm seither ergangen ist, wie er durch die schwere Zeit hindurchgekommen, ja ob er überhaupt noch am Leben ist. In der Tat hat ihn nicht ein Schuldgefühl, sondern »die Logik des Schreibens« wieder in mein gegenwärtiges Leben zurückgebracht. Einer Melodie, eines Tonfalls wegen: »In diesem Wetter, in diesem Braus, nie hätte ich gelassen die Kinder hinaus.« (Ich zitierte es übrigens oft falsch: »Nie hätte ich sollen lassen ...«)

In der Tat könnte ich jedem meiner Romane und Essays einen bestimmten Satz oder einen Satzteil voranstellen, der nur mir das beherrschende Motiv des Werkes anzeigt. Die Worte, die ich in der Kindheit so oft psalmodieren hörte: »*Lo hamethim jehallelu — Jo, welo kol jordé duma* — Nicht die Toten werden Gott loben und nicht, die ins Schweigen hinabsteigen«, diese Psalmzeile wurde mir zum Kehrreim während der Jahre, in denen ich die Trilogie *Wie eine Träne im Ozean* schrieb. Shakespeares »All our yesterdays...« begleiten mich wie ein Refrain, besonders eindringlich aber, seit ich diese Autobiographie schreibe.

Nichts Erheiterndes an diesen Schlüsselworten oder gar an Rückerts *Kindertotenliedern.* Und nichts an Hölderlins »Doch uns ist gegeben, / Auf keiner Stätte zu ruhen, / Es schwinden, es fallen / Die leidenden Menschen / Blindlings von einer / Stunde zur anderen...« Doch handelt es sich nicht um sie, sondern jeweils um eine Musik, um winzige Melodien — sie sind Bojen gleich, die anzeigen, wo wir, zu weit ins Meer hinausgefahren, Schiffbruch erlitten haben.

Ich dachte nicht daran, Schriftsteller zu werden. Ich veröffentlichte meine ersten Artikel unter einem ausgeklügelten Pseudonym, das aus den Silben der Namen einiger Narodniki zusammengesetzt war. Dem ambitiösesten dieser überladenen Texte, die in etwa tausend Worten alles, ja alles Wichtige enthalten sollten, gab ich einen Untertitel, der seinen pathetisch-ironischen Charakter betonte. Keinem meiner Freunde habe ich von diesen Artikeln erzählt oder je das Pseudonym gelüftet. Und keinem habe ich mein erstes großes Manuskript zu lesen gegeben — eine Erzählung von etwa 180 Seiten, die ich als Novelle bezeichnete; ebensowenig zwei längere Romane, die der damals bekannte, kluge Journalist Leo Lederer von seiner Sekretärin abtippen ließ. Albert

Ehrenstein, der unvergessene Autor der seinerzeit berühmten Erzählung *Tubutsch,* las meine Romane und sandte sie mit einer Empfehlung an einen kleineren deutschen Verlag, der sie annahm. Nicht von mir, sondern von Ehrenstein erfuhr es Adler, der mich tags darauf warnte: »Wenn Sie schon jetzt eine literarische Karriere anfangen, dann werden Sie nie ein Psychologe sein.«

Ich war damals neunzehn Jahre alt und stand in der Gunst des Meisters, der mich ermutigte, Kurse zur Einführung in die Individualpsychologie zu geben, die sich dann in Arbeitsgemeinschaften verwandelten. Adler übergab mir überdies Fälle von Kindern und Jugendlichen, recht schwierige, überaus lehrreiche Grenzfälle, denen ich sehr viel Zeit widmete. Ich schrieb, weil ich mich dazu gedrängt fühlte, ich liebte die Literatur, doch besessen war ich damals nur von der Psychologie.

Als ich mich nach einer schlaflosen Nacht damit abfand, meine Romane vorderhand nicht zu veröffentlichen, erfaßte mich die Trauer dessen, der um einen Toten klagt, den zu retten er nicht alles getan hat. Nach wenigen Tagen jedoch faßte ich mich wieder – ich hatte beschlossen, mit 35 Jahren die Psychologie aufzugeben und Schriftsteller zu werden. Das lag in weiter Ferne – eine fast so lange Zeit zu warten wie die, die ich bereits gelebt hatte. Ich blieb einige Tage vom Café Siller fern, wo Adler seinen Stammtisch hatte, wanderte durch die Straßen abgelegener Bezirke, saß in Parks, die ich kaum kannte. Ich war unglücklich, wollte es aber geheimhalten, weil ich keinen wahren Grund dazu hatte und kein Recht darauf. Und ich tröstete mich immerfort mit einem einzigen Gedanken, mit einer Jahreszahl: 1941.

Eine Erinnerung aus jener Zeit ist nie verblaßt: während einer Woche oder länger arbeitete ich zusammen mit anderen jungen Leuten in einem Landhaus bei Klosterneuburg. Eine große Zahl von Kindern im Alter zwischen 5 und 14 Jahren waren dort provisorisch untergebracht worden; sie alle waren verwaist, ihre Eltern waren von Soldaten der ukrainischen Armee des Hetmans Petljura massakriert worden. Ein älterer Mann, auf dessen Namen ich mich leider nicht mehr besinnen kann, suchte in den verwüsteten Städteln und Städten wie Proskurow die verschreckten, verhungernden Kinder aus, sammelte sie in Transitlagern und brachte sie schließlich nach Palästina. Er begleitete selbst jeden der Transporte, mobilisierte in den Großstädten, wo er haltmachte, materielle und pädagogische Hilfe. Es schien, als hatte er das Fürchten verlernt; ihn erinnerte der Anblick der Kinder daran, daß er kein Recht hatte, mutlos zu werden. Zur Einführung erklärte er uns: »Denkt nie an die furchtbaren Erlebnisse dieser Waisenkinder, wenn ihr mit ihnen seid. Behandelt sie, als ob sie hier in Ferien wären, zeigt ihnen niemals euer Mitleid. Jedes dieser Kinder hat genug Vergangenheit für ein ganzes Leben; sie brauchen Zutrauen zur Gegenwart und Hoffnung auf die Zukunft. Den Vater, die Mutter kann ihnen niemand ersetzen, aber ihr könnt ihre Freunde werden, ältere Brüder und Schwestern.«

Es war leicht, mit den Kindern, den kleineren wie den größeren, fröhlich zu sein, zu spielen und zu tanzen; den Schauer des Erlebten schienen sie vergessen zu haben. Doch nachts riß das Unvergessene viele aus dem Schlaf, aus dem sie mit Angstschreien auffuhren. Am Tage empfanden es die Kinder deutlich genug, daß sie nichts mehr bedrohte, daß auch die lautesten Geräusche, die an ihre Ohren drangen, keine Gefahr ankündigten. So durften sie kindlich dahinleben, als hätte es das *Andere* nie gegeben, die Flammen der in der in der Finsternis brennenden Häuser, nie die Gewalt der plündernden Mörder noch die schrillen Schmerzensschreie; nie die Flucht ins Ungewisse und nie die Angst in der Einsamkeit, entdeckt zu werden, und die Angst, von den Eigenen vergessen, für ewig verlassen zu sein.

Nebeneinander, durcheinander, gegeneinander – für alles, ich sagte es schon mehr als einmal, für alles hatte das Leben Platz. Um jene gleiche Zeit, als sich noch immer nicht die nächtlichen Angstschreie der Pogromwaisen desaktualisiert hatten, wurden wir – einige Freunde aus dem Schomer und ich – Felskletterer. Im Sommer und im Frühherbst fuhren wir an Samstagabenden nach Payerbach-Reichenau, wo wir um Mitternacht ankamen, wanderten von dort in eines der Täler, von denen aus man zu den Gipfeln der *Rax* oder des *Schneebergs* aufstieg. Wir machten nur kurz halt, nahmen einen Imbiß zu uns, zogen statt der Goiserer die Kletterschuhe an und brachen auf, sobald die Gipfel in Schein der aufgehenden Sonne erglühten. Einige von uns erwiesen sich als gute Kletterer; nach wenigen Wochen wagten wir es, auf schwierigen und bald auch auf den schwierigsten Steigen, den sogenannten Nuller- oder Doppelnullersteigen, angeseilt zu zwei oder zu dritt, zum Plateau hinaufzuklettern.

Mein behandelnder Arzt, selbst ein erfahrener Alpinist, war der Meinung, daß zwar die Anstrengung des langen Anmarsches für mich zuviel sein könnte, mir aber anderseits die Höhenluft nur gut tun könnte. Die ermüdende Wirkung des Kletterns spürte man erst, wenn man oben angekommen war. Die Eltern, die jeden Montagmorgen in ihrer Zeitung Berichte über die zumeist tödlichen Unfälle in den Bergen lasen, waren unruhig, aber sie hatten es längst aufgegeben, meine Lebensweise zu beeinflussen. Sie blieben an Sonntagsnächten wach, bis sie meine

Schritte im Hof hörten. Manchmal trieb sie die Unruhe, mich vor dem Haustor oder an der Straßenecke abzuwarten, um mich schon aus der Ferne zu erblicken.

Solange der wahrscheinlich einzigartige Rausch der *nüchternen* Sinne währt, den dem Felskletterer sein lebensgefährliches Tun verschafft, bleibt die gesicherte Welt in die Ferne entrückt, unerheblich, unbeachtlich. Ich hatte mir sehr früh gelobt, nicht »für nichts«, sondern für etwas Sinnvolles zu sterben und deshalb frivole Todesgefahren zu meiden. Doch sooft sich eine Gelegenheit bot, einen Tag in den Felsen zu verbringen, vergaß ich das Gelöbnis. Nein, auch in späteren Jahren habe ich mir keine Vorwürfe deswegen gemacht, daß ich mit meinen Kletterpartien allwöchentlich meinen Eltern soviel Kummer bereitete. Seit meiner Kindheit kannte ich die Qual des ängstlichen Wartens auf die Wiederkehr eines geliebten Menschen und nahm dennoch nicht die geringste Rücksicht darauf.

Im Rahmen eines vom Jugendamt organisierten Zyklus von Kursen zur Ausbildung von Gruppenführern der jüdischen Jugendbewegung hielt ich eine Reihe von Vorträgen über die Beziehung zwischen dem Einzelnen und der Umwelt, der organisierten Gemeinschaft, etwa einer Jugendgruppe. Die Probleme, um die es da ging, haben übrigens nie aufgehört, mich zu interessieren. Meine Hörer waren junge Menschen zwischen 16 und 19 Jahren, die von ihrer Organisation delegiert worden waren. Mit etwa vierzig von ihnen fuhr ich im Sommer 1923 nach Karlsbad, wo sie sich dem Zionistenkongreß als Ordner zur Verfügung stellten.

Ich hatte früh aufgehört zu glauben, daß der Zionismus – selbst wenn ihm die Errichtung eines jüdischen Staates gelänge – je die Judenfrage lösen könnte. Was ich aus den Millionen Worten, die man auf jenem Kongreß zu hören bekam, entnehmen konnte, änderte nichts an dieser Überzeugung. Es schwächte aber auch nicht meine Bewunderung für jene ab, die in Palästina unter den schwersten Bedingungen eine neue Lebensart für sich selbst schufen und Stück um Stück ein Asylland für die Verfolgten und Vertriebenen dem Sumpf, dem steinigen Boden und der Wüste entreißen wollten. Sooft ich an diese jungen Menschen dachte, die ja meinesgleichen waren, mußte ich mich des Gefühls erwehren, daß ich versagte, wenn ich mich ihnen nicht zugesellte. Aber selbst in solchen Augenblicken zweifelte ich nicht daran, daß das Schicksal der Juden nicht sosehr in Palästina als in Europa und Amerika durch den Sieg des Sozialismus entschieden werden würde, der, glaubte ich, mit Riesenschritten nahte und in zehn, fünfzehn Jahren Wirklichkeit werden mußte.

In Karlsbad traf ich auch einen älteren Mann, der häufig in meine Kurse kam, wo er nichts zu suchen hatte. Er hatte sich mir schon in Wien vorgestellt, aber erst während des Kongresses, nach einer sehr langen, ermüdenden Sitzung, sprach er mich an. Er sagte mir, daß er als Kammer- oder Debattenstenograph für Plenarsitzungen und Komiteeberatungen engagiert worden war. Polyglott, stenographierte er mühelos in fünf Sprachen und mit einiger Schwierigkeit in zwei anderen. Sein Honorar war recht beträchtlich, aber nicht deswegen war er froh, daß man gerade ihn gewählt hatte, sagte er. Er erklärte, ein Zionist zu sein, aber – das unterstrich er – nicht Herzlscher Observanz. Darüber, aber vor allem in einer anderen sehr dringlichen, ja vitalen Angelegenheit, müßte er mich sofort sprechen. Als ich zögerte, wandte er sich an meine Begleiterin: »Ich sehe Sie beide fast immer zusammen. Er wird Sie heiraten und sein Leben mit Ihnen verbringen. Sie haben also Zeit, ich habe keine. Also lassen Sie mir Ihren Freund für ein Stündchen.«

»Sofort?« fragte ihn Mirjam, die, wie er prophezeite, in der Tat einige Jahre später meine Frau werden sollte.

»Ja, sofort«, erwiderte er ganz ernst. »Es ist nämlich wichtig und dringend. Zwar handelt es sich nicht um ein Geheimnis, trotzdem lassen Sie uns beide allein.« Er wehrte meinen Vorschlag, uns in ein Café zu setzen, mit einer ungeduldigen Gebärde ab. Wir ließen uns auf dem winzigen Hügel hinter dem Schulgebäude nieder, in dem unsere Gruppe untergebracht war. Im schnell verdämmernden Licht des Vorabends blickte ich dem Stenographen, der äußerst intensiv, aber langsam sprach, ins längliche Gesicht. Alles an ihm war schmal – die Stirne, die Augenbrauen, die Nase, das Bärtchen.

Die zu ausführliche präliminäre Bemerkung lief darauf hinaus, daß die Errichtung einer Heimstätte, die das ganze jüdische Volk oder die Hälfte aufnehmen könnte, vielleicht gegen Ende des Jahrhunderts, gewiß nicht früher möglich sein würde. Die Judenschaft wächst indessen stetig, behauptete er und legte mir dar, warum. Endlich kam er zu seiner *Idee,* ohne deren rechtzeitige Verwirklichung die Juden der Gefahr eines schnellen, totalen Untergangs ausgesetzt blieben.

»Warum Untergang, warum total? Alle Menschen sterben«, sagte ich, »aber wir sind das einzige Volk, das seit Jahrtausenden untergeht und doch bestehen bleibt.«

»Stimmt, so ist es bisher gewesen. Aber jetzt haben die Feinde ein Mittel, uns ohne Schwert und ohne Feuer zu vernichten. Sie können uns zum Hungertod verurteilen. Verstehen Sie mich?«

Ich sah ihn an, zögerte, ihm zu sagen, daß ich verstünde und nicht verstünde, aber er wartete gar nicht auf meine Antwort. Er legte seine Hand auf meine Achseln, sah mir tief in die Augen und rief, die zwei Silben reinlich trennend: »Pilze, Pil – ze, Pil – ze!« Dann ließ er meine Achseln so brüsk los, als ob er sie zurückstieße, näherte sein Gesicht dem meinen und flüsterte mir wie ein geheimes Losungswort zu: »Keller. In den Kellern!« Und verstummte. Ich fragte ungeduldig, aber auch unsicher geworden: »Was für Pilze, welche Keller?«

»Ein jeder Jude verfügt, auch wenn er arm ist, über einige Quadratmeter Erde in seinem Keller. Nun, das genügt, um Pilze zu züchten – jedenfalls so viele, als eine Familie braucht, um sich kärglich, aber dennoch ausreichend zu ernähren – während vieler Tage, ja sogar während mehrerer Wochen. Pilze sind nahrhaft«, wiederholte er einige Male und informierte mich, daß man sie, kalt oder warm, schmackhaft zubereiten kann. »Ich habe alles selbst ausprobiert. Ich habe auch ein Heft mit Rezepten zusammengestellt. Also?« schloß er triumphierend.

Nein, er war nicht verrückt. Gegen seine fixe Idee gab es wahrscheinlich allerlei einzuwenden, und ich wußte im übrigen gar nicht so genau was, da ich von Pilzen nichts verstand und zum Beispiel auch heute nicht imstande wäre, einen giftigen Pilz zu erkennen.

»Sie werden doch zugeben«, begann er wieder, »es ist möglich, also notwendig, daß jeder Jude in seinem Keller Pilze züchte.«

»Ja, aber ich habe ja mit alldem nichts zu tun. Warum wenden Sie sich an mich?«

»Diese Frage habe ich erwartet. Ich werde sie beantworten, auf alle Fragen weiß ich eine Antwort, auf alle.« Nach reiflicher Überlegung, erklärte er, hätte er mich ausersehen, nachdem er sich in meinen Kursen davon überzeugt hätte, daß ich auf junge Menschen einen starken Einfluß ausübte. Und um etwas Neues durchzusetzen, braucht man die Jungen, weil sie nicht durch Gewohnheit und Routine völlig beherrscht wären. »Sie sind mein Mann! Sorgen Sie sich nicht, lassen Sie sich alles durch den Kopf gehen, und Sie werden einsehen, daß Sie diese Aufforderung nicht ablehnen dürfen.« Ich wollte ihm widersprechen, er ließ mich nicht zu Worte kommen. Erst in Wien sollte ich ihm meine wohlüberlegte, unwiderrufliche Zustimmung geben, und gleich danach würde er mir den Plan darlegen, den er zur totalen Mobilisierung erst einmal aller europäischen Juden ausgearbeitet hatte.

In der Tat suchte er mich mehrmals am frühen Morgen bei mir zu Hause auf oder fing mich an Straßenecken ab. Es wollte mir nicht gelingen, ihn davon zu überzeugen, daß er auf mich keinesfalls rechnen könnte. Das lag nicht nur an seiner Monomanie und an seiner Einsamkeit, sondern wohl auch an seinem nicht unbegründeten Eindruck, daß er mich interessierte, daß seine Idee mir zuerst zwar lächerlich vorkam, ich aber die tragische Warnung trotzdem ernst nehmen mußte. Zu den Anekdoten, die ich gerne erzähle, gehörte eine Zeitlang jene, deren Held er war. Sie erheiterte meine Zuhörer und natürlich mich selbst. Seit langer Zeit habe ich sie jedoch nicht mehr erzählt – seit ich erfahren habe, daß meine Großmutter Fejgy verhungern mußte, weil die Nazis vergessen hatten, die alte Frau ins Vernichtungslager zu deportieren, als sie die ostgalizische Stadt Kolomea judenrein machten. Und weil die Nachbarinnen, statt sie zu ernähren und sich so selbst zu gefährden, darauf gewartet hatten, daß die kranke Greisin endlich zu rufen, zu atmen aufhören sollte.

Was aus dem Stenographen geworden ist, weiß ich nicht; ich erinnere mich auch nicht, wann ich ihn das letzte Mal gesehen habe. Es geschah wahrscheinlich im Herbst 1927, kurz vor meiner Abreise nach Berlin. Der Umgang mit ihm war mir lästig geworden, wie es der Umgang mit käuzigen Erlösern immer wird. Ich habe es nie über mich gebracht, sie gleichgültig und kalt abzuweisen. Mit den Jahren bin ich sogar vorsichtiger geworden in der Ablehnung der Heilsbotschaften, die jeder von ihnen zuerst schüchtern-freundlich, bald jedoch eindringlich und schließlich zudringlich fordernd dem bringt, den er als Apostel erwählt hat. Ich habe solcher Werbung stets widerstanden und mich ihr schließlich entzogen – nicht immer leichten Herzens. Im Gegenteil, fast von jedem dieser bizarren Fälle habe ich einen, wie soll ich sagen, einen bitteren Nachgeschmack behalten, wie er dem aufsteigt, der sich damit abfinden muß, jemandes große Erwartungen brüsk enttäuscht und ihn so in seine gefährliche Einsamkeit zurückgeworfen zu haben. Wie es alle tun, lachte auch ich über Käuze, die meinen Weg kreuzten, und ärgerte mich jedesmal, wenn ich ihnen gestattet hatte, mich zu lange aufzuhalten. Aber seit langem flüstere ich mir nach jeder Begegnung mit einem von ihnen zu, daß nicht sehr viel dazu gehören würde, aus mir einen Kauz zu machen – aus mir wie aus jedem Schriftsteller, der ein Jahr oder länger tagaus, tagein Stunden damit verbringt, Worte aneinanderzureihen, die er findet, indem er sich selbst aushorcht. Und der in den anderen Stunden des Tages daran denken muß, was er geschrieben hat, was er hätte schreiben sollen und was er am folgenden Tag oder irgendwann wird schreiben müssen – all das in der unbeweisbaren Annahme, daß, was er da zu Papier bringt, andere, völlig Fremde interessieren, sie so angehen wird, als wär's ein Stück von ihnen selbst.

Zum Unterschied von jenen Käuzen lebe ich in der Mitte von Menschen, die mir sehr nahe sind. Wie sehr vereinsame ich dennoch jedesmal, wenn ich schreibe... Auf welch' lange Wanderung durch eine verschneite Wüstenei begibt man sich, wenn man ein neues Buch beginnt. Unermüdlich sucht man unterwegs Samenkörner, entdeckt oder erfindet sie, eines nach dem andern, um sie in den Wind zu säen.

Im frühen Sommer habe ich die Arbeit an diesem Buch unterbrochen, nun ist es Herbst, mit den Strapazen, mit den Reisen muß ich Schluß machen, Begegnungen, die nicht unbedingt notwendig sind, auf später, auf den kommenden Sommer verschieben, mich wieder einkapseln und die Isolierung in einer Zelle mit einem Buch teilen, das erst werden soll.

Im Mai mußte ich nämlich wieder nach Wien, um zu Studenten über den »freien Menschen« zu sprechen und um dann mit einem Team des Saarländischen Rundfunks durch die Stadt zu ziehen und an jenen Stellen, die für mich einmal Bedeutung gehabt haben, vor Kamera und Mikrofon zu erzählen, »wie all dies geschah«. Wir kamen gerade noch rechtzeitig an, um die letzte Brandmauer meines Elternhauses und mich davor zu fotografieren; anderntags war die in jeder Etage mit einer anderen Farbe bestrichene Wand dem Erdboden gleichgemacht. Ich wurde auf der Augartenbrücke und auf dem Ufer des Donaukanals interviewt und vor dem Justizpalast, der 1927 angezündet worden war, und vor der Hofburg; im Augarten vor dem Hause, in dem Mozart und später Beethoven konzertiert hatten, und schließlich vor der Zwingburg, die die Nazis als Flakturm in der Mitte des Gartens errichtet hatten, der nun alles verschandelt, weil die Sprengung dieses Eisenbetonbaus die umliegenden Wohnhäuser schwerstens gefährden könnte.

Dann flogen wir nach Split, von wo wir nach Korčula und Dubrovnik fuhren. Während dieser Wochen machte ich eine eigenartige Erfahrung: die Erinnerungen, die die Stätten vergangener Ereignisse in mir wachriefen, waren zumeist weit weniger lebendig, weniger unmittelbar als jene, die das Schreiben in mir seit dem Tage erweckt, an dem ich begonnen habe, von »all dem Vergangenen« zu erzählen.

Nun, im Mai 1974, saß ich auf der Uferböschung des

Donaukanals, genau an der Stelle, wo wir Schomrim zahllose Nachmittage und Abende zu verbringen pflegten. Das Bild, das sich dem Blick bot, war gar nicht so verschieden von jenem, das wir damals – vor mehr als 50 Jahren – stets vor Augen hatten. Und mein Gedächtnis gab auf jede Frage, die ich ihm stellte, genaueste Antwort. Es war, als ob ein Damm gebrochen wäre, so strömte die Erinnerung auf mich zu. Doch brauchte ich sie nicht und wandte mich fast von ihr ab. Nein, sie ließ mich nicht kalt, die Erlebnisse wurden bis ins letzte Detail präsent, aber sie waren nichts als gut erhaltene Leichen. Doch 1200 Kilometer von da, mit dem leeren Blick auf die Wand des Raumes, in dem ich schreibend die Erinnerung rufe, werde ich jedesmal völlig der Gegenwart entrückt, und was einmal gewesen ist, wird aufs neue Erlebnis.

Gewiß, ich beantwortete alle Fragen, die man mir in Wien stellte, spontan, aufrichtig, ausführlich. Und darauf kam es ja an. Doch erst in Dalmatien war ich wieder imstande, das Gewesene wie im Prozeß des Schreibens nicht nur zu erinnern, sondern wieder zu erleben. Gleich am ersten Abend in Split, am schwach beleuchteten unteren Rande eines verwinkelten Platzes, stießen wir auf eine Gruppe junger Männer, die alte Kirchen- und Volkslieder *a cappella* sangen. Es waren an die acht Mann, die vor einem unbeleuchteten Schaufenster einen Halbkreis bildeten. Es störte sie nicht, daß man stehenblieb, ihnen zuhörte oder an ihnen vorüberging. Als ihr Gesang aus der Ferne leise an mein Ohr drang, war mir's, als vernähme ich ein Signal, das mich rief; in die Nähe der Sänger gelangt, hätte ich sagen mögen: »Endlich – wir sind angelangt, ich habe heimgefunden.«

Im Frühling 1932 hatte ich mit Freunden auf dem oberen Teil dieses Platzes gesessen, wir waren nach einer opulenten Mahlzeit bis spät nach Mitternacht zusammengeblieben. Die Zeit sollte nicht verfließen, viele Stunden in einem einzigen, unveränderlichen Augenblick enthalten sein. In ihm war alles eine Gegenwart, die dem Vergangenen nichts schuldete und vom Zukünftigen nichts verlangte. Selbst die verwitterten venezianischen Löwen, die die Balkone der Patrizierhäuser des Platzes stützten, schienen seit langem dazu ausersehen, am Rande unseres Seins Dekor zu spielen.

Einer der wenigen Überlebenden, stand ich nun, fast auf den Tag genau 42 Jahre später, im Halbdunkel auf diesem Platz, die Augen bald weit geöffnet, um die Gesichter der Sänger zu erspähen, bald geschlossen, um die Gesichter der Freunde wiederzufinden. Das Gefühl, heimgefunden zu haben, war töricht, das wußte ich. Dennoch verflog es nur langsam.

Es kam in Korčula wieder, noch stärker, bewegender, mitten am hellichten Tag. Nein, ich brauchte der Illusion nicht zu widerstehen, denn ich blieb dessen eingedenk, daß es keinen Weg zurück gibt. Was Dalmatien, was insbesondere Korčula mir gewesen ist, werde ich an anderer Stelle berichten. (Mir fällt ein, daß ich der ganzen Autobiographie den Titel geben könnte: *Die ewige, die unmögliche Heimkehr.* Diese Worte haben mich wie ein unentrinnbarer Kehrreim während dieser Expedition begleitet.)

Alexander Weissberg wohnte ganz nahe der Augartenbrücke; wenn er nachmittags oder abends in die Stadt hinüberging, erblickte er unsere Gruppe auf der Böschung. Manchmal blieb er minutenlang stehen, um auf unsern Gesang zu lauschen. Viele von diesen Liedern hatte er schon öfters gehört, denn seine Familie stammte aus einem Krakauer jüdisch-bürgerlichen Milieu. Im Frühjahr 1923 stieg er eines Tages die lange Rampe hinunter, ließ sich in unserer Nähe nieder. Als es Abend wurde und wir auseinandergingen, kam er auf mich zu. Er wollte wissen, wer wir waren und warum wir da statt in einem Lokal zusammenkamen. In diesem Augenblick begann eine Freundschaft, die erst 41 Jahre später enden sollte, als Alex, schwer herzkrank, am 4. April 1964 in Paris plötzlich verstarb.

Der junge Mann, der mich da freundlich und selbstsicher ansprach, trug einen modischen Anzug, ein weißes Hemd mit gesteiftem Kragen und eine seidene Krawatte. Er hatte ein eher volles, hübsches Gesicht, eine hohe weiße Stirn über leicht gewelltem Haar und braune Augen; er war gut gewachsen und in den Schultern breiter als irgendeiner von uns. Er war ein junger Bürger in den Augen der romantischen, nicht sehr gepflegten Jugendbewegler. Mitten im Gespräch stellte er sich vor: er studierte Physik an der Universität und an der Technischen Hochschule, stand im 22. Lebensjahr, war aktives Mitglied der sozialistischen Studentenbewegung und überzeugter Marxist. En passant nannte er Sozialistenführer sowie bekannte Journalisten und Schriftsteller; sie alle schien er persönlich zu kennen. Er erriet meinen Verdacht, daß er mir imponieren wollte, und lächelte selbst darüber. Ich lachte auf, er lachte mit. Wir stiegen langsam die Brücke hinauf, er begleitete mich nach Hause, zwei Brücken weiter. Auf dem Wege trat er zweimal in eine Konditorei ein, er widerstand der Lockung der im Schaufenster ausgestellten Torten nicht. Ich war ein leidenschaftlicher Raucher; er hat nie in seinem Leben eine Zigarette angerührt.

Alex führte mich in den Kreis seiner Freunde, Bekannten und Genossen ein und wurde seinerseits in meinem Kreise heimisch. Wir diskutierten viel, zeitweise bis zum Morgengrauen miteinander und mit vielen unseresgleichen; wir alle waren wissensdurstig und sehr beredt. Von keinem hätte man sagen können, er wäre der Intelligenteste, aber in manchen Hinsichten dürfte Alex der Klügste unter uns gewesen sein. Mit seiner weit überdurchschnittlichen Fähigkeit zur logischen Fragestellung, Erörterung und Schlußfolgerung hing, so paradox es klingen mag, seine zeitweise kaum beherrschbare Spielleidenschaft zusammen. Es ging in seinem Falle nicht um Gewinnsucht und nicht um ein Streben nach Überlegenheit, sondern um einen Sieg über den Zufall, aus dem der Spieler ohne Verzug das Wahrscheinliche filtriert, um es sodann so zu behandeln, als ob es bereits Gewißheit wäre – wozu es dank seiner klugen Berechnung in der Tat werden kann. Sein Leben lang blieb Alex vom Aleatorischen, jenem Möglichen angezogen, auf das nicht nur der Kartenspieler zu rechnen wagt. Er hätte ein ganz großer Spekulant im Sinne des berühmten amerikanischen Financiers Baruch werden können, aber er wollte nicht am Reichtum der Welt teilhaben, sondern an ihrer sozialistischen Umgestaltung teilnehmen. Und eben dieses Ideal dürfte ihn davor bewahrt haben, sich im Kartenspiel unrettbar zu verlieren. Wir nannten ihn manchmal den »großen Kombinator«, nicht ohne Ironie und echte Bewunderung. Wenn wir, spät in der Nacht im Stammcafé allein geblieben, in Ruhe die Zeitungen lasen, konnte es geschehen, daß Alex mir erklärte, wie leicht man innerhalb zweier Tage ein kleines Vermögen verdienen könnte. Er sah voraus, daß zwischen bestimmten Börsenkursen in Zürich, Wien und London eine Differenz eintreten müßte, die erst 24 Stunden später ausgeglichen werden würde. Hier galt es, die Initiative zu ergreifen; die zweieinhalb Punkte konnten je nach Einsatz eine bedeutende Summe ergeben. Ich überprüfte hie und da, ob sich seine Voraussagen tatsächlich bewahrheiteten, und wußte daher, daß er sehr oft recht hatte. Es ist um so bezeichnender, daß keiner von uns je erwogen hat, daraus Profit zu ziehen.

Alex neigte dazu, seine Freunde zu überschätzen und von ihnen in Superlativen zu sprechen. Mir klang dies zuweilen wie eine ironische Übertreibung, doch fand ich bald heraus, daß ihm diese großmütige Überschätzung eine besondere Freude bereitete. All jenen, denen er mich mit der Zeit vorstellte, hat er mich rühmend angekündigt. Zur Rede gestellt, mochte er gestehen, des Guten zuviel getan zu haben, begründete es aber mit seiner Absicht, mich wirksam zu »managen«. So managte er alle, die er gern hatte, besonders eindringlich, um ihnen bei hübschen Mädchen eine günstige Aufnahme zu sichern. Er ist sein Leben lang ein knabenhaft guter, hilfsbereiter Freund geblieben, der sich von der eigenen Scharfsicht nie daran hindern ließ, gar nicht mehr junge Frauen so anzusehen, als ob sie gerad erst erblüht wären; und den oder jenen Freund für so genial zu halten, wie er ihm in früher Jugend erschienen war.

Von Alex wird in diesem Buch noch oft die Rede sein, von ihm, seinem Tun, seinem widerspruchsvollen Lebenslauf und seinem verfrühten Tod. Frei von aller Friedhofspietät, finde ich mich jedes Jahr am 4. April auf dem Friedhof von Thiais bei Paris ein, in jenem entlegenen Teil, in dem polnische Exilierte begraben sind und seit einiger Zeit, nur durch einen schmalen Pfad getrennt, auch muselmanische Kinder. So stehe ich an Alex' Grabstein, sehe seiner Witwe Sofia zu, wie sie frische Blumen aufs Grab pflanzt und dessen marmorne Platte blank putzt. Zumeist ist das Wetter milde, immer wieder wird ein Stück des perlmutterfarbenen Himmels sichtbar. Manchmal mache ich eine Handbewegung, als wollte ich die Aufmerksamkeit meines Freundes auf das rasche Wolkentreiben hinlenken, auf die impressionistischen Farben, die auch nach unser aller Tod immer wechseln und immer die gleichen bleiben werden.

Nein, die da unter der Erde modernden Knochen

gehen mich nichts an, sie sind nicht Alex. Würde er plötzlich zu sprechen anfangen, um eine unserer Diskussionen in Gang zu bringen, irgendeine gewagte These von sich geben, ich wäre nur halb erstaunt. Es könnte zu einer nicht enden wollenden Auseinandersetzung kommen, wo wir einander bald auf die Nerven gehen würden. Und wie gewöhnlich würde dies nicht einen Augenblick lang das Band lockern, das wir an einem Vorabend im Frühling 1923 geknüpft haben.

Durch Alex lernte ich zwei junge kommunistische Intellektuelle kennen, die sich nicht nur vom Oberleutnant Grimme auffällig unterschieden, jenem konfusen, peinvoll ungeduldigen Revolutionär meiner späteren Kindheit, sondern auch von den anderen Kommunisten, denen ich gegen Ende des Krieges und in den Jahren nach dem Umsturz begegnet war. Die Mitglieder der KP Österreichs und ihre aktiven Sympathisanten, die ich traf, waren marginal, genau wie diese Partei sowohl in sozialer wie ökonomischer und politischer Hinsicht am Rande der Dinge und Geschehnisse. Die Arbeiterklasse, auf die sie sich beriefen, war sozialdemokratisch, sie interessierte sich zwar für Rußland, aber keineswegs für österreichische Kommunisten. Die *Rote Fahne,* das Zentralorgan der KP, hatte zuerst einige Aufmerksamkeit erregt, aber mit dem Abflauen der revolutionären Welle in den Nachbarländern schrumpfte ihre Käuferzahl bis zur Unerheblichkeit ein. Und den jungen Mann, der das Blatt tatsächlich redigierte und fast alles, was darin lesbar und interessant war, selber schrieb, stellte mir Alex eines Abends vor: Willi Schlamm. Auf den breiten Schultern trug er einen wohlgeformten Kopf, ein einnehmendes Gesicht, in dem die Augen hinter der Brille oft heiter, belustigt aufleuchteten. Man traf einander im Café, unweit der Druckerei seiner Zeitung, im 9. Bezirk, glaube ich, also weit vom *Herrenhof,* das unser Stammcafé war. Ich begegnete Willi auch manchmal sonntags im Wienerwald und schließlich bei Alex, der in der elterlichen Wohnung viele Leute zusammenbrachte.

Etwa um die gleiche Zeit »entdeckte« Alex einen polnischen Kommunisten, den ich Rudolf Walka nennen will. Es war nicht ganz klar, ob er ein politischer Flüchtling war, der fürchten mußte, in seiner Heimat verfolgt zu werden, oder ob er, wie so viele andere polnische Juden, im Ausland studieren mußte, weil an den Universitäten seiner Heimat der *numerus clausus* praktiziert wurde.

Noch hatte Stalin seine Macht über die KP nicht völlig ausgebreitet, noch war Trotzki nicht ausgeschlossen, offene Diskussionen waren noch bis zu einem gewissen Grade innerhalb der kommunistischen Parteien möglich. Lenin war tot, doch sprach man noch immer vom Marxismus und nicht vom Leninismus; vom Stalinismus war noch keine Rede. In dieser Phase, in der Mitte der zwanziger Jahre, repräsentierten Willi Schlamm und Rudolf Walka zwei miteinander unversöhnbare Typen junger Kommunisten. Uns schien es, daß ihre Verschiedenheit hauptsächlich individualpsychologischer und überdies intellektueller Natur wäre. Wie Alex, ich und so viele unsere Freunde liebte es auch Willi, Witze zu erzählen, jüdische, doch noch öfter politische Anekdoten aus Moskau und Leningrad, Kiew und Minsk, die die Führer der Sowjetunion recht boshaft verspotteten. »Die Welt wird natürlich kommunistisch sein – in dreißig Jahren, oder – dank dem unermüdlichen Eingreifen der Bolschewiki und der Komintern – erst in hundert Jahren.« So witzelte man.

Walka blieb stets auf der Wacht, um die Linie der Partei vor jeder Kritik zu beschützen. Und er schien unfähig, irgend etwas als unpolitisch zu betrachten. Er brachte es tatsächlich fertig, einem Jungen eine *sehr gefährliche Rechts-*

abweichung vorzuwerfen, weil er mit einem Mädchen ging, das den ewigen politischen Diskussionen und insbesondere den kommunistischen Sprachklischees ganz entschieden die Liebe vorzog. Abweichungen nach rechts oder links, zentristische Versöhnlerei, ultralinke Kinderkrankheiten und vor allem kleinbürgerliche Sentimentalität – das waren die Vorwürfe, die er in jedem Gespräch mit staatsanwaltlicher Strenge gegen den oder jenen erhob. Er wurde unerbittlich, wenn er einen gefährlichen „Fraktionismus" witterte. Wir belächelten oder verlachten auch in Walkas Gegenwart die Stereotypie seiner Ausdrucksformen. Doch schien ihn das keineswegs zu stören, denn er war seiner Sache sicher und glaubte an die Macht, die hinter ihm stand. Anderseits imponierte er manchen von uns trotz alledem, denn er ließ uns vermuten, daß er direkt mit der obersten Führung der Bewegung verbunden war, in ihrem Auftrag handelte und sprach.

Es dürfte zu Ostern 1926 oder 1927 gewesen sein. Im kalten Regen trotteten wir in finsterer Nacht zu einer kleinen Bahnstation, um noch vor Tagesanbruch ein Industriedorf zu erreichen, wo am Morgen der Jahreskongreß des Kommunistischen Jugendverbandes eröffnet werden sollte. Alex und ich gehörten nicht zu ihm, hatten aber gerne die Einladung angenommen, an der Tagung teilzunehmen. Wir »latschten« auf der lehmigen Landstraße im aufgelösten Haufen dahin – etwa 40 junge Menschen, die sich die Laune durch das schlechte Wetter nicht verderben ließen. Mitten in unsere Heiterkeit fiel ein Schatten. In der Finsternis näherte sich jedem von uns ein Mann. »Paß auf«, flüsterte er, »hier heiße ich nicht Walka, hier heiß' ich Weiss.« Ich folgte ihm mit den Augen, wie er von einem zum andern ging, immer mit der gleichen Botschaft, die völlig unnütz schien, aber überaus gut zu ihm und seiner bürokratischen Konspiration paßte.

Einige Zeit später sollten wir merken, wie sehr er in der Tat der Prototyp des Kommunisten war, den die stalintreue Partei erforderte – mit der am falschen Ort falsch angewandten Konspiration, mit der Paranoia der Ketzerverfolger und der Stereotypie der pseudorevolutionären Liturgie. Übrigens hat Walka alles überlebt: Stalins Siege und Liquidationen, den Zweiten Weltkrieg, den polnischen Oktober 1956 und alles, was danach folgte. Er war Chefredakteur eines der wichtigsten Parteiblätter, ehe er in die Ecke gestellt wurde; auch mit der von der polnischen Regierung praktizierten Judenfeindschaft hat er sich wohl abgefunden und zum Unterschied von den meisten polnisch-jüdischen Kommunisten das Land nicht verlassen.

Willi Schlamm, der bei jenem Jugendkongreß eine führende Rolle spielte, trat bald aus der Partei aus, denn er war nach einem Konflikt mit der Führung in der Minderheit geblieben. Er und seine charmante Gefährtin und spätere Gattin Steffi feierten dieses Ereignis im Freundeskreise. Wir sangen alle den Refrain, den er zu diesem Anlaß gedichtet hatte: »Von jenseits der Barrikaden an recht schönen Gruß!« Keiner von uns, wohl auch sonst niemand in der Welt, hätte damals voraussehen können, was zehn Jahre später während der berüchtigten Jezhowtschina in der Sowjetunion und innerhalb der kommunistischen Parteien geschehen sollte.

Schlamm traf ich noch einige Male, eher zufällig, vor Hitlers Machtergreifung in Deutschland. Später las ich seine Artikel in der Prager *Weltbühne,* deren Chefredakteur er geworden war. Er war ein witziger Polemiker, aber vom Stil Karl Kraus' so beherrscht, daß er, dem es an Originalität nicht gefehlt hätte, nun häufig wie ein selbstvergessener Nachahmer oder wie ein Parodist wirkte.

In den vierziger Jahren suchte er mich einige Male auf. Er kam aus Amerika mit dem Projekt, eine bedeutende europäische Zeitschrift zu gründen, hinter der organisatorisch und finanziell der Herausgeber von *Time-Life*, der damals berühmte Henry Luce, stand. Der Plan scheiterte, Schlamm fuhr in die USA zurück, arbeitete an Publikationen konservativ-liberaler Richtung führend mit. Dann ließ er sich wieder in Europa nieder; als Leitartikler deutscher Zeitungen erzielte er große Erfolge und provozierte viel Widerspruch. Er vertrat und vertritt weiterhin eine extrem antisowjetische Politik, die ihm im deutschsprachigen Gebiet die gehässige Gegnerschaft nicht nur linker, sondern auch liberaler Kreise zugezogen hat. Er ist ein Einzelgänger geworden; vielleicht verbittert – ich weiß es nicht, denn wir haben seit Jahrzehnten keinen Kontakt mehr miteinander. Alex aber, der von sich aus nie eine Jugendbeziehung aufgab, traf mit ihm häufig zusammen; ihre Dispute dürften auf beide eine vorübergehend verjüngende Wirkung ausgeübt haben.

Schlamm und Walka, so verschieden voneinander, als ich zum erstenmal diesen intellektuellen kommunistischen Parteifunktionären begegnete, haben dennoch etwas Wesentliches gemeinsam: die totale Unfähigkeit, die Welt anders als im Hinblick auf den Kommunismus und im Verhältnis zu ihm zu betrachten. Und ich habe ihnen hier so viele Zeilen gewidmet, weil beide an dem gleichen überpersönlichen Beziehungszwang leiden: verfolgend und verfolgt um den Kommunismus kreisen zu müssen.

Gab es unter den sozialistischen Studenten einige, die, durch Walka beeinflußt, sich der KP näherten und für sie insgeheim warben, so gab es auch solche, wenige an der Zahl, die von einer mit der Romantik der Jugendbewegung verknüpften Deutschtümelei erfaßt wurden. Die »Kluft«, die auffällige Kleidung, mit Runen geschmückte Spangen und Gürtel, altgriechische Sandalen, die aus irgendeinem Grunde altgermanisch sein sollten, die betont verständnisinnige Art, beim Händedruck einander lang und tief in die Augen zu blicken – mit diesen Sonderlichkeiten begann es, damit endete es in den meisten Fällen. Warum sich einige dieser jungen Menschen mir immer wieder näherten, mich einluden, in ihren Kreisen zu sprechen, habe ich nie zu ergründen versucht. Manchmal, nicht oft, nahm ich ihre Einladung an; mich interessierte ihre Romantik, die sachlich etwas Künstliches, zuweilen sogar Kitschiges an sich hatte, jedoch subjektiv gewiß aufrichtig war. Einige von ihnen waren Söhne reicher Juden, die sich oder jedenfalls ihre Kinder hatten taufen lassen und auch sonst alles taten, um ihr Herkommen in Vergessenheit zu bringen. Mein selbstverständliches, selbstbewußtes Judesein dürfte eben deshalb dem einen oder andern imponiert haben. Durchaus zu Unrecht, denn ich hatte keinerlei Verdienst daran; es lag an meinen Eltern und an der Erziehung, die sie mir gegeben hatten.

Einem dieser Studenten, der übrigens am Ende doch bei den Sozialisten geblieben ist, verdanke ich eine Erfahrung und eine weitreichende Einsicht. Erst in seinem Elternhaus, einem Palast am Schwarzenbergplatz, begegnete ich dem kapitalistischen Reichtum, denn was ich bis dahin gekannt hatte, war kleinbürgerlich oder mittelständisch gewesen. Mich beeindruckten die marmornen Treppen, die Läufer und Teppiche, die vom Parkett nur schmale Ränder sehen ließen, die hohen Räume, von denen mancher größer war als unsere ganze Wohnung, die Möbel, die Gobelins und Gemälde an den Wänden – all das betrachtete ich, wenn nicht immer mit Bewunderung, so doch mit Staunen darüber, daß man so wohnen, sich also von den Dingen so einkreisen lassen konnte.

Während der Butler uns die Jause servierte, erinnerte ich mich an all die haßvollen Anspielungen auf die herausfordernde Prasserei der Reichen, von der in Broschüren und Zeitungen so oft die Rede war. In Wahrheit hatte mich diese Anklage nie beeindruckt: mich drängte zur Revolution das Elend der Armen, der Wasserträger meiner Kindheit, der Kohlengräber des »*Germinal*«, doch nicht der Überfluß der Reichen. Ich dachte und denke auch heute, daß der Klassenneid nicht ein Motiv echter revolutionärer Gesinnung ist, sondern nur jenes Verkürztheitsgefühl nährt, das die Besitzgier und die Flucht vor der eigenen Klasse fördert. Und ich habe nie jenen Genossen ganz getraut, die am beredtsten wurden, wenn in ihrer sozialen Empörung der Neid zu halluzinieren begann.

Den Verkehr mit Reichen habe ich nicht nur nie gesucht, sondern ihn stets als zu schwierig empfunden. Abgesehen vom zu großen Unterschied des Lebensstandards, der alles kompliziert, macht sich der oft beschriebene Umstand geltend, daß die Hochbegüterten sich mit dem Alltag viel schwerer abfinden als die anderen und nur Menschen brauchen, die stets neue Mittel erfinden sollen, um sie vor deprimierender Langeweile zu bewahren.

Im Adler-Kreise tauchten immer häufiger neue Gesichter auf; neben Ärzten, Psychologen und Philosophen, kamen auch sehr wohlhabende Patienten aus aller Welt. Manche blieben mehrere Monate und verschwanden dann völlig, andere kehrten häufig wieder. So ergab es sich, daß ich im Verlauf der Jahre mehreren von ihnen begegnete. In meinem Stammcafé jedoch lernte ich vor allem viele Intellektuelle kennen, von denen manche eine gewisse Bekanntheit erlangt hatten – politische Journalisten, Theaterkritiker, Schriftsteller, Maler und Musiker und schließlich »Personnagen« – Männer und Frauen, die mit dem *Da*-sein so vollauf beschäftigt waren, daß sie gar nicht die Zeit aufbrachten, auch noch etwas zu tun.

Jeder kannte diese Originale, doch wenn einer von ihnen verschwand, wurde man dessen gewahr, daß man von ihm so gut wie nichts gewußt hatte.

Frau Dr. Genia Schwarzwald war gewiß eine Personnage, sozusagen: ein Genie des *Da*-seins. Wo immer sie war, stand sie im Mittelpunkt, doch von ihr wußte man alles – sogar das einzige Detail, das sie unbedingt verheimlichen wollte: nämlich, daß sie eine Jüdin aus dem südöstlichen Randgebiet der Monarchie war. Sie hatte ein Mädchengymnasium gegründet, das man die Schwarzwaldschule nannte, und früh genug einen Kreis junger Intellektueller um sich geschart, von denen die meisten recht schnell bekannt und einige zumindest in Wien berühmt wurden. Ihr ungewöhnlich kluger Gatte, ein bedeutender Bankfachmann, half ihr bei zahllosen Unternehmungen, blieb aber im Hintergrund. Alles drehte sich um Frau Doktor, eine körperlich reizlose, zu massive, doch charmante, unermüdlich tätige Person, die zwar immer spontan handelte, aber die Wirkungen ihrer Spontaneität im voraus zu berechnen wußte. Sie hat erstaunlich vielen Menschen viel Gutes getan, sie hat notwendige Aktionen, etwa für alte Leute, für unterernährte Kinder, für mittellose oder kranke Intellektuelle und für verkannte Künstler und vieles andere in Gang gebracht, gewöhnlich mit Erfolg. In das von ihr gegründete Ferienheim für Intellektuelle in Grundlsee kam ich im Frühjahr 1924 als zahlender Gast. Das große Haus, mit Recht *Seeblick* genannt, erhob sich auf einem Hügel, der den freien Ausblick auf den See und auf die ihn umschließenden Berge bot. Selbst wenn es regnete – und das war oft der Fall –, bot sich die Landschaft in Formen und Farben wie ein in sich geschlossenes Kunstwerk dar, dessen Harmonie auch an Sommertagen so gefährdet war wie das Gleichgewicht eines Seiltänzers, der im Sturm über einen Abgrund schreitet. Riesige rote Felsenplatten drohten auf die Bauern- und Fischerhäuser zu fallen; zu bestimmten Stunden des Tages verwehrten die bewaldeten Hügel den Sonnenstrahlen, bis zum Seeufer vorzudringen. Selbst wenn der Himmel verhängt war, ging das Spiel der wechselnden Lichtströmungen weiter. Der plötzlich einsetzende und ebenso schnell aufhörende stürmische Regenguß, der phlegmatisch selbstzufriedene Landregen – jeder Wechsel verfärbte die Landschaft ebenso wie die Sonne, die an lichten Sommertagen den See in einen Spiegel verwandelte, in dem der Himmel, blau und goldfarben, zum Greifen nahe war.

Während mehrerer Jahre bin ich im Sommer, manchmal nur für wenige Tage, wiedergekehrt. Die Gelegenheit, geistvollen Menschen zu begegnen, war verlockend, mein Wunsch, mich gerade in ihren Augen zur Geltung zu bringen, blieb lebhaft, verlor aber recht schnell seine Dringlichkeit. Ein Mann wie Egon Friedell, dem Anschein nach darauf bedacht, eher Personnage als Persönlichkeit zu sein, spielte sich selbst wie eine ihm auf den Leib geschriebene Rolle; er war witzig, stets schlagfertig und so bizarr wie seine elefantische körperliche Erscheinung. Er verhielt sich genauso, wie man es von ihm erwartete, siezte laut seinen häßlichen Köter vor dem begeisterten Publikum und gebrauchte hie und da ein zu starkes Wort. Jedoch war es unverkennbar, daß Friedell ein überaus ernster, nachdenklicher Mann, ein offener, fruchtbarer Geist war, der in spöttischem Spaß nur Trost suchte und Zuflucht.

Als im Frühjahr 1938 Österreich »heimfand« ins Reich, da ging es ans Sterben. Friedell hörte die Schritte der braunen Schergen; was folgen sollte, brauchte er nicht mehr zu erleben, denn er wohnte hoch genug, um tödlich zu stürzen. Als sein schwerer Körper aufs Pflaster schlug, endete weit mehr als nur das Leben eines Schriftstellers und Schauspielers, einer Wiener »Type«, eines Helden zahlloser Anekdoten, die zur Wiener Kultur gehörten und über sie weit hinauswiesen. Dieser Freitod war eine winzige Episode des erzwungenen Untergangs einer ungewöhnlich fruchtbaren, gleichermaßen traditionellen und rebellischen Kultur, die durch eine bis zur Vollendung gelungene Dosierung heterogener Elemente möglich geworden war – und dies im Schatten eines durch Schlampigkeit gemilderten oder verschärften Absolutismus. In jenen Nachkriegsjahren, während deren Genia Schwarzwalds *Seeblick* der ideale Ort der Begegnung wurde, ahnte niemand, daß das Ende so nahe war und so mörderisch werden sollte.

Es gab allerdings nicht wenige Gäste in diesem Heim, die seit Jahren oder seit Jahrzehnten in einer Stimmung des Untergangs lebten, welche keineswegs melancholisch anmutete, sondern im Gegenteil durch eine – wie soll ich sagen – postpurgatorische Heiterkeit charakterisiert war. Zu meinen liebsten Gesprächspartnern während eines Sommers im *Seeblick* gehörte ein Mann mittlern Alters, der das beschauliche Leben eines bescheidenen Rentiers führte. Er war ein Privatgelehrter, der sich hauptsächlich für das »Kleingedruckte« interessierte, im besonderen für das unnötige und ihm desto genehmere Wissen, das einerseits verkannte oder vergessene Miniaturisten des 16. Jahrhunderts betraf und anderseits einige Erfinder von Automaten, die einmal Müßiggänger an mitteleuropäischen Fürstenhöfen amüsiert hatten.

In der Inflation war sein Vermögen zu einem Trinkgeld zusammengeschmolzen, er mußte daher seinen Unterhalt verdienen und wurde Archivar. In der großen Wohnung seiner verstorbenen Eltern blieb er ganz allein, ärmer als ein qualifizierter Fabrikarbeiter. Er hatte fünf Jahre in der Uniform gesteckt, nun trug er schonungsvoll seine Vorkriegsgarderobe ab. Er war, sagte er, niemals mit den anderen im Schritt gegangen, weil er es nicht wollte und nicht mußte; nun mußte er es zwar, doch tat er es nicht. Er beklagte nicht den Untergang des Kaiserreichs und nicht den Sturz der Schicht, der er durch Geburt angehörte.

Er interessierte mich nicht nur, weil er mir manches von seinem Wissen übermittelte und weil er nur dem Schein nach ein Oblomow, in Wirklichkeit aber ein tätiger Mensch war und keineswegs schwankend in Geschmack und Urteil. Ich begleitete ihn auf seinen langen Spaziergängen, obschon die schwedischen Junglehrerinnen, die jährlich zu einem Deutschkurs nach Grundlsee kamen, eine ganz besonders anziehende Gesellschaft waren. Ihnen zog ich oft den Archivar vor, denn in ihm begegnete ich zum erstenmal einem Menschen, der in seinem Sein beruhte, als ob die Zeit so bewegungslos wäre wie der Raum. Er behauptete, nie eine Zukunftsperspektive gehabt zu haben. Seine Verarmung schützte ihn noch viel wirksamer als der verlorene Wohlstand vor jeder Zukunftsperspektive und erlaubte ihm, seelenruhig in der Vergangenheit zu »marodieren«. An diesen Unzeit-Genossen, den ich recht früh aus den Augen verlor, habe ich öfter zurückgedacht als an die so vielen namhaften Gäste des *Seeblicks.* Er war frei von jeder Hoffnung und von aller Furcht vor der Zukunft; frei von jeglichem Ehrgeiz, frei von intensiven Gefühlen. Er dürfte der einzige Mensch gewesen sein, dem ich die souveräne Gleichgültigkeit glaubte.

16 Jahre später, im Juni 1940 – Frankreich hatte kapituliert, wir waren verloren, der letzte Rest unserer Kompanie von Kriegsfreiwilligen machte hinter Grenoble halt, endlich konnten wir eine ganze Nacht ruhen –, da tauchte die Erinnerung an den Archivar auf: an seine Figur, doch nicht an sein Gesicht, das sich mir wie in einem Nebel verbarg, an seine Gangart, seine Sprechweise, vor allem aber an seinen Gleichmut. Müde bis zur

Regungslosigkeit lag ich neben meinen schlafenden Kameraden. Ich hätte alles und alle vergessen wollen, einschlafen und lange oder überhaupt nicht mehr erwachen. Da dachte ich an diesen Meister der Indifferenz, zum erstenmal schien es mir vorstellbar, daß auch ich gleichgültig werden könnte; das allein mochte vielleicht die Rettung, die verächtliche Rettung sein.

Im Spätherbst 1925 fuhr ich nach Meran, wo ich in einer Lungenheilanstalt so lange bleiben wollte, bis ich ausgeheilt war. In der Tat war ich nun körperlich und ganz gewiß seelisch so weit: nicht nur war ich vom Willen zur Genesung wie besessen, sondern geradezu außerstande, der Krankheit weiterhin auch nur den kleinsten Platz in meinem Leben einzuräumen. Kranksein, das war: die eigene Zeit mißbrauchen, ein Irrtum, eine Verfehlung und überdies ein Unsinn – das warf ich mir vor. Bei der Liegekur auf der gedeckten Veranda hatte ich einen Nachbarn, den ich aus Gleichenberg kannte. Es war ein spindeldürrer, hochgewachsener Mann mit einem länglichen, grauen Gesicht; dieser sephardische Jude, der einem El-Greco-Bild entstiegen schien, befolgte aufs genaueste alle ärztlichen Anweisungen mit einer Feierlichkeit, als ob er damit einen sakralen Dienst ausübte. Nur während der abendlichen Liegekur handelte er ihnen zuwider: er pfiff, obschon es ihm der Arzt widerraten hatte und es ihn so sehr ermüdete, daß er nachher nur torkelnd in sein Zimmer gelangen konnte. Dank seinem ungewöhnlichen Gehör konnte er ganze Symphonien fast ohne einen einzigen Mißton zum besten geben. Wir starrten die Lichter auf dem schneebedeckten Vigeljoch an, als ob sie unserethalb und wegen des Konzerts auf unserer Veranda leuchteten. Auch jene Patienten, denen Musik auf die Nerven ging, unterbrachen die Lektüre der Kriminalromane, sobald mein Nachbar Schuberts *Unvollendete* pfiff. Wann immer ich sie seither höre, taucht der Schnee auf den Dächern der Stadt zusammen mit den Lichtern auf dem Vigeljoch auf. Im Halbdunkel lagen wir bewegungslos da und warteten, daß die berühmten Akkorde des zweiten Themas der *Unvollendeten* wiederkehrten.

Die meisten waren jüngere Menschen, nur wenige älter als 35 Jahre oder jünger als 25. In ungeduldiger Erwartung dachten sie an das tätige Leben, in das sie zurückfinden wollten – auch darin waren sie den Patienten der improvisierten Gleichenberger Heilanstalt sehr unähnlich. Überdies kamen viele aus Siegerländern; es gab Italiener unter uns, nur wenige waren politisch interessiert. Mein Antifaschismus schien auch jenen übertrieben, die zugaben, daß die Ermordung des Sozialistenführers Matteoti ein schändliches Verbrechen war, das die gefährliche Verderbtheit der faschistischen »Retter« enthüllte. In Meran selbst spürte man kaum etwas vom diktatorischen Charakter des Regimes, aber das hatte ich schon vorher begriffen, daß der Fremde das Häßliche, Unsoziale und jede Art von Unordnung in freien Ländern, sofern es ihn interessiert, aber auch gegen seinen Willen ohne weiteres entdecken kann, indes es der Diktatur ein Leichtes ist, fast alles unsichtbar zu machen, was ihr Prestige schädigen und ihre Propagandalügen enthüllen könnte. Schon damals, Ende 1925, begegnete man dem zugunsten der Schwarzhemden vorgebrachten Argument, daß nun die Züge in Italien pünktlich abfuhren und ankamen, daß man von den Geldwechslern nicht mehr beschwindelt wurde und dergleichen mehr. Ich lehnte solche Rechtfertigung heftig ab, doch kam es selten zu Diskussionen. Die Kranken interessierten sich für ihre Krankheit, träumten von ihrer Genesung und dem nahen Glück. Es ist erstaunlich, daß ich erst damals, also mit 20 Jahren, entdeckte, daß die Mehrheit politisch gleichgültig ist oder, nach kurzen Phasen politischer Aufwallung, immer wieder in ihre

Gleichgültigkeit zurückfällt. Erst viele Jahre später sollte ich begreifen, welch ungewöhnliche Bedeutung der Gleichgültigkeit zukommt, wie sehr sie dem Terror seit jeher und überall förderlich ist.

Als ich im Frühjahr die Heilanstalt verließ, zögerten die Ärzte, mich für geheilt zu erklären, stimmten aber darin überein, daß sich mein Zustand dank der langen Kur wesentlich gebessert hatte. Am Abend vor meiner Abreise ließ ich mein Fieberthermometer so fallen, daß es zerbrechen mußte; der Hausarzt, ein traurig resignierter und humorvoller Prager Jude, der dabei war, verstand, daß es sich nicht um eine ungeschickte Gebärde oder um eine Fehlleistung handelte, sondern um eine wohlüberlegte Handlung. »Sie haben, scheint's, einstimmig beschlossen, von heute an gesund zu sein. Nun, wohl bekomm's!« sagte er. Ich könnte mir eine Krankheit einfach nicht mehr leisten, erwiderte ich. »Und ohne Thermometer wird es Ihnen ohnehin nicht gelingen, krank zu sein, das ist gewiß. Wenn Sie eines Tages Ihre pausbäckige Gesundheit anwidern sollte, so kommen Sie halt wieder her. Die Anstaltsleitung wird immer ein Thermometer und ein hübsches blaues Flascherl für Ihr Sputum bereit halten.« Der Arzt wollte nicht an meinen Genesungswillen glauben, weil es ihm nicht gelang, sich dem Meraner Glück im Winkel zu entziehen und nach Prag, in das bewegende und bewegte Leben, zurückzukehren.

Wir haben einander nie wiedergesehen; ich bin nie in die Heilanstalt zurückgekehrt, der Zustand meiner Lungen hat mich nie mehr interessiert. Die individualpsychologische Selbsterziehung erwies sich da als sehr wirksam; überdies wandte ich eine gewisse »Vorstellungstherapie« an – nicht etwa das übrigens nur scheinbar banale oder komische »Es geht mir täglich besser« des seinerzeit so berühmten Coué. Statt dieser autosuggestiven Liturgie, die unter Umständen recht wirksam sein kann, entwikkelte ich Vorstellungen, in denen ich die unmittelbare Zukunft erprobte, das heißt gewisse Haltungen seelisch trainierte. Ich rollte vor meinen Augen nicht den Film des leichten Gelingens ab, sondern im Gegenteil bildete ich überdeutliche Vorstellungen von Schwierigkeiten, von unvorhergesehenen Hindernissen, die mühsam überwunden werden mußten. Diese Methode habe ich später noch weiterentwickelt. Vor eine schwierige Alternative gestellt, habe ich die möglichen negativen Folgen im Falle der einen oder anderen Entscheidung mit schonungsloser Deutlichkeit in Betracht gezogen, mich also nicht durch optimistische Visionen, sondern im Gegenteil durch die Erwägung der ungünstigsten Hypothesen ermutigt. Ja, ermutigt, denn immer ergab es sich, daß es auch im schlimmsten Falle nicht so schlimm sein würde, daß ich seinetwegen etwas unterlassen mußte, das mir logisch, richtig, anständig und somit notwendig schien. Die gleiche Strategie der Vorstellungen habe ich auch in der Heilpädagogik und der Psychotherapie angewandt, natürlich stets im Sinne der grundlegenden Einsichten Alfred Adlers.

Da ich hier von einem Erfolg in meiner Selbsterziehung spreche und damit andeute, daß ich auch als Psychologe, Pädagoge und Therapeut mancherlei zustande gebracht habe, bemächtigt sich meiner die Erinnerung an ein immer aufs neue wiederholtes Versagen, an eine wiederholt erlittene Pein, die mich eben damals, zwischen 1924 und 1926, keinen Tag vergessen ließ, wie ohnmächtig ich sein konnte, gerade da, wo es auf eine psychologische Wirkung ankam. Y., meine damalige Freundin, war von einer Eifersucht besessen, die sie, aufs äußerste gesteigert, in Depressionen stürzte. Sie war dann unfähig, an anderes zu denken als an den Verrat, dessen Opfer sie zu sein glaubte, und an die Demütigung, die ihr durch meine vermutete Untreue ohne Unterlaß zugefügt wurde.

Gelang es mir nicht, sie sofort diesem Zustand zu entreißen, so griff sie zu jener Waffe, die nur den Feind oder die Gleichgültigen nicht ängstigt: zur Selbstmorddrohung.

Zwei Jahre lebte ich unter diesem Terror; was auch immer ich unternahm, um die Freundin vor dem Leid zu bewahren, das sie sich selbst zufügte und mir aufzwang, bewirkte nur eine Beruhigung von kurzer Dauer. Die Erfolge, die ich damals erringen konnte — sie erscheinen mir selbst jetzt, da ich nicht ohne Skepsis an sie zurückdenke, beträchtlich, ja sogar erstaunlich —, sie alle wurden in meinen Augen völlig entwertet, weil ich nicht imstande war, Y. zu helfen. Obschon ich wußte, daß Y. mit dem gleichen neurotischen Extremismus eine frühere Beziehung bereits zur Hölle gemacht hatte, konnte ich mich der Einsicht nicht verschließen, daß ich manche Krise hätte vermeiden können, wenn ich nicht dies unterlassen oder jenes getan hätte. Rückblickend erfasse ich aufs deutlichste, daß jene permanente Niederlage eine tiefe, dauernde Wirkung auf mich ausgeübt hat. Ich sollte diese Enklaven der Finsternis nie vergessen und nicht jene Enklave der Monaden-Verschlossenheit, die ich schon einige Zeit vor der Begegnung mit Y. in mir entdeckt hatte.

Ich fuhr mit einer Freundin ins Salzkammergut, das, wie das ganze Land, in jenem Winter so eingeschneit war wie nie vorher. Wir unternahmen trotzdem lange Wanderungen und stampften mit unglaublicher Mühe durch den meterhohen Schnee. Damals nun geschah's: Der Abend fiel ein, wir waren übermüdet und hätten aufgeben müssen, aber ich dachte nicht daran, denn das Ziel stand fest, wir sollten den Ort erreichen, in dem wir übernachten wollten. Ich ging voran, die Freundin hatte es somit leichter, sie brauchte nur in meine Fußstapfen zu treten. Vor einer Brücke machte ich halt, drehte mich um und erschrak: sie war nicht hinter mir. Ich ging zurück und fand das Mädchen im Schnee, sie war gefallen und liegengeblieben, hatte mich gerufen, immer wieder, und mich weiterstapfen sehen, als ob ich allein oder taub wäre. Das bestürzte mich, denn nun war's, als besänne ich mich: Ja, ich hatte rufen hören und hätte mich umwenden, umblicken sollen, hatte es jedoch nicht getan, sondern den Ruf weggescheucht, ihn wie das Summen eines zudringlichen Insekts abgewehrt. Den Ruf ungehört verhallen lassen, diesen Nichtbeantworten, dieses Nichtverantworten, das paßt doch gar nicht zu mir, dachte ich, und begriff nicht, wie es hatte geschehen können. Ich suchte dafür dramatische Deutungen, ehe ich eine relativ einfache fand, deren Gültigkeit mir erst viel später einleuchtete, nachdem ich mich – im Verlauf von Jahrzehnten – einige Male bei solchem Versagen ertappt hatte.

In Bewegung auf ein Ziel zu, wenn man von der Zielstrebigkeit beherrscht wird und gleichzeitig der magnetischen Wirkung unterliegt, mit der das Ziel uns zu sich zieht, kann es geschehen, daß riesige Scheuklappen fast jede Wahrnehmung verhindern. In einem Blackout folgt man nur jener Lichtspur, die uns dem angestrebten Punkte nähert, alles andere bleibt im Dunkel, wird von ihm verschlungen. Eine geradezu lebensgefährliche Zieltreue hat mich recht oft dazu verführt, in einer Aktion, in einer Bewegung entgegen dem gesunden Menschenverstand auch dann fortzufahren, wenn kein zwingender Grund bestand, sondern umgekehrt äußerste Übermüdung und zu große Schwierigkeiten eine Unterbrechung unbedingt notwendig machten. Ich wäre auch heute imstande, so dumm auf der Ausführung eines Projekts zu beharren wie jener Neunzehnjährige, der da, mit jedem Schritt im tiefen Schnee versinkend, keinen Augenblick erwägt, seinen Plan zu ändern, sondern im Gegenteil alle Kraft auf die Überwindung der Hindernisse konzentriert, so daß er für alles, was um ihn sonst geschieht, blind und taub wird. Schon als Fünfjähriger widerstand ich zäh der Lockung, eine zu mühsame Handlung abzubrechen: ich trug im Dampfbad meinem Vater die Scheffel kalten Wassers bis auf die höchste Stufe hinauf, dorthin, wo es am heißesten war. Davon habe ich bereits berichtet: ich wollte des Vaters Erwartungen nicht enttäuschen. Während ich von Stufe zu Stufe stieg, dachte ich nur an eine einzige Möglichkeit, wieder zu Atem zu kommen und mich des Scheffels zu entledigen: so schnell wie möglich die oberste Stufe erreichen, auf der mein Vater saß. – Mag sein, daß von daher das spätere unsinnige Verhalten herrührt.

Doch warum hat die Erinnerung daran, daß ich imstande gewesen war, den Hilferuf meiner Freundin zu überhören, so lebhaft und unangenehm mahnend in mir weitergelebt? Eine zusätzliche Erklärung ist nicht abzuweisen: Der in Not geratene und ohne Hilfe gelassene Rufer hätte ich selber sein können, könnte ich auch jetzt noch in jedem Augenblick sein. Auf den ersten Blick war es die Identifikation mit meiner Freundin, die mein Entsetzen über meine späte Hilfe hervorrief; der zweite Blick durchschaute meine Angst um mich selbst.

Einige Monate nach meiner Rückkehr aus Meran veröffentlichte ich mein erstes Buch, ein dünnes Bändchen, mit dem Titel: *»Alfred Adler, der Mensch und seine Lehre«;* es war die erste Monographie über den Begründer der vergleichenden Individualpsychologie. Im biographischen Teil verwandte ich recht ausgiebig die mündlichen Mitteilungen, die er mir über seine Kindheit, seinen Werdegang und, besonders ausführlich, über sein Zerwürfnis mit Freud gemacht hatte. Weniger als fünf Jahre waren vergangen, seit ich das erste Mal in seinen Kurs gekommen war; weder er noch ich konnte voraussehen, daß er wieder fünf Jahre später, im frühen Herbst 1932, mit mir brechen würde.

Der erste Satz dieses biographischen Essays lautete: »Alle Formeln, die man für ihn, den Menschenkenner par excellence, den Weisen ohne äußern und innern Bart fände, müßten sich als nichtssagend vor der Einzigartigkeit der Erscheinung eines Menschen erweisen, der so restlosen Mut zum Menschsein aufbringt.« Und am Schluß heißt es » . . . diese Leistung konnte nur der hervorbringen, der vom Pathos der Gemeinschaft beseelt war, der sich gedrängt fühlte, jene Lehre zu schaffen, die alle, die sie kennenlernen, mit einer Lebensaufgabe belastet: voranzugehen bei dem Abbau des Strebens nach Macht und bei der Erziehung zur Gemeinschaft... Alfred Adler ist das soziale Genie unserer Zeit.«

Die Bewunderung, der ich so dithyrambischen Ausdruck gab, war echt, denn ich empfand das Bedürfnis, sie jedem kundzutun. Es gab welche, die meinten, Adler hätte meine Jugend mißbraucht, indem er mich dazu gedrängt hätte, diesen Lobgesang anzustimmen und zugleich gegen Freud dreist zu polemisieren. Ich widersprach dem aufs heftigste – mit Recht, meine ich heute noch, ein halbes Jahrhundert danach. Ich hatte damals die erste Gelegenheit, die sich mir bot, ergriffen, um mich zu Adler zu bekennen, was ich um so dringender wünschte, als ich tatsächlich über das Vorgehen Freuds und der Freudianer gegen Adler und alle übrigen Ketzer tief empört war. Alles, was seither, während der letzten 50 Jahre, publik geworden ist, beweist, daß Adlers Darstellung objektiv war. Freuds sukzessive Brüche mit so vielen seiner intimsten Mitarbeiter erhärten diesen Beweis.

Es ist wahr, ich wollte dem bewunderten Mann auch Dank abstatten für das Vertrauen, das er mir von Anbeginn erwiesen hatte. Und ich wollte ihm auch eine Freude bereiten. Er war der erste Leser, für den ich in wenigen Wochen diesen Essay schrieb, ich durfte ihm größere Stücke aus dem Manuskript vorlesen.

Handelte es sich nur um eine naive, juvenile Geste? Das behauptete Hans Sperber, der bedeutende Linguist, ein Freudianer. Und er sagte mir voraus, ich würde diese Schrift einmal sehr bereuen. Wir pflegten einander nur während der Sommerwochen in Grundlsee zu treffen, wo er ein Gast Genia Schwarzwalds war. Professor Sperber war ein gescheiter, wohlwollender Mann, dessen Urteil mir auch deshalb wichtig war, weil sein Buch über den Bedeutungswandel der deutschen Sprache mich beeindruckt hatte. Seine Äußerung stimmte mich nachdenklich, in den Jahren des Bruchs mit Adler und auch später habe ich manchmal an sie gedacht. Er hat sich geirrt, denn ich habe nie bereut, dieses Büchlein geschrieben zu haben, auch nicht in jenen für mich so schlimmen Jahren, in denen Adler und sein sektiererisches Gefolge, wahllos in den Mitteln, mir bösartige Kränkungen zufügten. Natürlich bedeutet das nicht, daß ich im Jahre 1936 über ihn so geschrieben hätte, wie ein Jahrzehnt vorher. Nein, das hätte ich nicht vermocht, und ich habe es in *Alfred Adler oder das Elend der Psychologie,* das ich 1971 veröffentlicht habe, auch nicht getan.

Die Zahl der Teilnehmer an meinen psychologischen Kursen vermehrte sich fortwährend. Zu meiner Arbeitsgemeinschaft gehörten nicht wenige meiner alten Freunde, auch frühere Schomrim, so die Brüder Joshua und Immanuel Bierer, die nach einander die Kwuzah (Gruppe) geleitet hatten, in die ich im Jahre 1917 als einer der jüngsten Schomrim aufgenommen worden war.

Die heilpädagogische und therapeutische Arbeit, die mir Adler immer häufiger zuwies, war lehrreicher, als ich je zu hoffen gewagt hatte; die Begier zu lernen, neue und tiefere Einsichten zu gewinnen, beherrschte mich fast in jedem Augenblick meines wachen Seins. Ein Traum aus jener Zeit: Ich stand vor einer Prüfungskommission und wurde gefragt: »Was wissen Sie über die Qualität und Quantität der Imponderabilien auszusagen?« Ohne Zögern antwortete ich: »Noch wissen wir davon zuwenig, aber ich bin davon überzeugt, daß wir in einiger Zeit alles darüber wissen werden.«

Bin ich heute auch viel reicher an Erfahrungen, vielleicht auch an Einsichten, somit ungleich ärmer an Illusionen und an Hoffnungen, so ist es mir dennoch gewiß, daß jener Zwanzigjährige oft genug einen schärferen Blick bewies und eine kühnere, blitzartig erleuchtende Intuition. Dennoch war er – also ich – so dumm, daß ich nicht merkte und erst viel später entdecken sollte, daß mein Büchlein mir bei vielen Adlerianern, besonders bei einigen seiner frühen Weggefährten, eine sorgsam verhehlte und um so unversöhnlichere Feindschaft zugezogen hatte. Ich ahnte nicht, daß die Nichterwähnung ihrer Namen in meiner Monographie von ihnen als eine beleidigende Herausforderung aufgenommen werden könnte. Ich hätte dem Umstand Rechnung tragen müssen, daß sie sich nicht als Anhänger Adlers ansahen, sondern als seine Gefährten – sie, die zusammen mit ihm Freud verlassen hatten. Sie waren auf mich um so wütender, als sie gar nicht wagen konnten, diesen Vorwurf an Adler selbst zu richten, da sie damit die gleichsam rebellische Eifersucht enthüllt hätten, die seine Erfolge bei ihnen hervorriefen; diese Erfolge, die ja auch ihnen in jeder Hinsicht zugute kamen, aber Adler weit über seine frühere Position als Primus inter pares hinaushoben. Mich bestürzt noch heute das völlige Versagen jenes Scharfblicks und jener Intuition, die ich soeben an dem Zwanzigjährigen gerühmt habe. Was ich da ahnungslos angestellt hatte, wurde mir erst von dem Augenblick an klar, als sich

Adlers Freundschaft für mich in eine zuerst zaghafte, wahrscheinlich ihn selbst befremdende Mißgunst zu verwandeln begann. Da erst traten jene Kollegen vor, um ihn vor mir, insbesondere vor meiner für die Individualpsychologie so gefährlichen politischen Tätigkeit zu warnen. Das geschah fast ganz offen nach dem Wahlsieg, den die Nazis im September 1930 bei den Reichstagswahlen errangen.

Anläßlich einer internationalen Tagung der Individualpsychologen fanden wir marxistischen Adlerianer uns zu längeren Diskussionen zusammen, um uns über die Grundsätze zu einigen, die wir in unserer psychologischen Tätigkeit und im Rahmen der Arbeiterparteien und sonstigen linken Organisationen vertreten wollten. Wurde zwar bei unseren Besprechungen der Einfluß des Austromarxisten Max Adler spürbar, an dessen Arbeitsgemeinschaften viele der begabtesten marxistischen Pädagogen und Führer der sozialistischen Jugendbewegung seit Jahren teilnahmen, so machte jedoch Alice *Rühle-Gerstel* auf uns alle den stärksten Eindruck.

Die aus Prag stammende Gattin des revolutionären Sozialisten Otto Rühle war die intelligenteste und wohl auch die gescheiteste Frau, der ich je begegnet bin. Im Verlauf der zahlreichen Gespräche, die wir in Wien, in ihrem Hause bei Dresden, in Berlin und – kurz vor Kriegsausbruch – in Paris geführt haben, hat sie mich nur zweimal enttäuscht, ja vor den Kopf gestoßen: Sie erklärte mir, daß sie ihren viel älteren Mann nicht überleben wollte und deshalb gleich nach seinem Ableben Selbstmord verüben würde. Sie saß entspannt auf dem Drehstuhl vor dem Klavier, sie hatte mir etwas aus Verdis »Macht des Schicksals« vorgespielt und vorgesungen; die Sonne drang durch die Fenstertüren langsam bis in die Ecken des breiten Zimmers vor. Alice wollte mich von der verkannten Größe Verdis überzeugen; ich hörte ihr recht gleichgültig zu, sie merkte es, verstummte, dann bedauerte sie, daß Otto trotz seiner Erkrankung in die Stadt hinuntergefahren war, statt im Bett zu bleiben. Ohne Übergang, ja im gleichen Tonfall eröffnete sie mir dann ihren Beschluß. Mir schien er unsinnig, es lohnte nicht, darüber zu sprechen. Nur einen Augenblick lang stieg in mir der Verdacht auf, daß sie diese Drohung eines Tages wahr machen könnte, doch wehrte ich ihn energisch ab ... Sie hat sie wahrgemacht – etwa 15 Jahre später.

Alice hatte gerade ein Buch veröffentlicht; dessen Titel *Der Weg zum Wir* mich natürlich ganz besonders ansprach. *Wir*, das Wort und das Versprechen, das es für mich seit langem enthielt, bezeichnete Weg und Ziel. Es war ein gutes Buch, wie fast alle Werke, die sie allein oder mit ihrem Mann in jenen Jahren veröffentlichte. Sie formulierte darin mit Umsicht und Mut Auffassungen, auf die die marxistischen Adlerianer sich einigen konnten. Im Unterschied zu Otto, der zuweilen nur mühsam seine Ungeduld zähmen konnte, die schlecht begründete Einwände oder nutzlose Abschweifungen in ihm erzeugten, gelang es Alice, auch in ermüdenden Debatten Gleichmut zu bewahren, ihren Witz weise zu benutzen, das heißt sich die Ironie zu verwehren, wenn der Gegner intellektuell oder psychisch zu schwach war. Sie argumentierte wie ein virtuoser Florettfechter, ohne verwunden zu wollen, denn sie blieb der Verletzlichkeit des Mitmenschen stets schmerzlich, mitleidend bewußt, weil sie ihre eigene Empfindlichkeit so gut kannte und sich nur schwer, zu langsam, klagte sie, und nie ganz mit ihr abfand. Alice war, als wir einander das erste Mal trafen, etwa 35 Jahre alt, also gut 15 Jahre älter als ich und um ebenso viel Jahre jünger als ihr Mann. Sie war keineswegs häßlich, auch nicht schön, doch schien sie es zu werden, wenn sie in einer reizvollen Mischung von Mädchenhaftigkeit und leuchtender Luzidität sehr komplizierte Sachverhalte analysierte.

Otto Rühle war der Autor sozialpsychologischer, pädagogischer und und später – unter dem Pseudonym Karl Steuermann – auch politischer Schriften. Sein *Karl Marx* ist eine höchst interessante, tiefschürfende, dogmenfreie Biographie; seine Arbeiten über das proletarische Kind unter den Erziehungsbedingungen der kapitalistischen Gesellschaft bewahren noch heute ihre Aktualität. Und er war ein Revolutionär, der der Verlockung von Prestige, Karriere und Macht mühelos widerstanden und den höchst seltenen Mut aufgebracht hatte, eher die politische Einsamkeit zu wählen, als sich dem Bürokratenapparat einer Partei eingliedern zu lassen. In einer persönlichen Auseinandersetzung mit Lenin hatte er dessen freiheitsgefährdende diktatorische Haltung kritisiert und mit der KP gebrochen – er, der einer der ersten, so seltenen Sozialisten war, die von Anbeginn gegen den Ersten Weltkrieg und gegen die Opportunisten im eigenen Lager tapfer gekämpft und wie Karl Liebknecht im Reichstag gegen die Kriegskredite gestimmt hatten. Gleich Rosa Luxemburg lehnte er es später ab, die Diktatur der bolschewikischen Partei als eine proletarische Demokratie anzuerkennen. Er solidarisierte sich mit der Oktoberrevolution, doch brach er mit ihren Führern, als er nach langen Auseinandersetzungen zur Überzeugung gelangte, daß die Bolschewiki ihre Diktatur nie zugunsten einer wirklichen, proletarischen Demokratie aufgeben würden.

Rühle half die *Kommunistische Arbeiterpartei* gründen, die das kommunistische Endziel anstrebte, doch die Anwendung bolschewikischer Methoden unter allen Umständen vermeiden wollte. Nach einiger Zeit trennte sich Otto Rühle auch von der KAP, weil er das Parteiwesen als solches ablehnte. Damit war seine parteipolitische und parlamentarische Laufbahn zu Ende. Er behielt bis zuletzt

Kontakt mit aktiven Sozialisten und Kommunisten, doch gehörte er keiner Gruppe mehr an. Die Psychologie nahm in seinem Leben und seinem schriftstellerischen Wirken einen immer größern Platz ein, gewiß auch unter dem Einfluß von Alice, die er inzwischen geheirat hatte, doch wurde er nie ein Adlerianer. Machte er sich zwar die wichtigsten Grundsätze der Individualpsychologie zu eigen, so blieben die Probleme der proletarischen Erziehung, der Volksbildung und der Emanzipation der Frau im Mittelpunkt seiner vielen sozialpsychologischen und politischen Untersuchungen und Initiativen.

Adler kannte Alice sehr gut, schätzte sie und begrüßte alles, was sie für die Verbreitung seiner Lehre tat. In *Der Weg zum Wir* handelte es sich, wie der Untertitel dieses Buches anzeigte, um den »Versuch einer Verbindung von Marxismus und Individualpsychologie«. Adler versicherte Alice, daß er gegen eine solche Verbindung nichts einzuwenden hätte, und sagte mir, daß er natürlich uns gegenüber ebenso unabhängig und neutral bleiben müsse wie gegenüber den Bemühungen katholischer oder protestantischer Psychologen, seine Auffassungen mit irgendeiner Glaubenslehre zu verbinden. Gegen diese Stellungnahme hatten wir unsererseits nichts einzuwenden.

Damals, um die Mitte der zwanziger Jahre, lebte man in einer Prosperität, deren längere Dauer man allerdings für unwahrscheinlich hielt. Doch die großen revolutionären Spannungen hatten sich inzwischen nach Asien, vor allem aber nach China verlagert, indes Europa aus der gefährlichen Nachkriegssituation allmählich den Weg zum Frieden zu finden schien. Die nichtmarxistischen Adlerianer, selbst die konservativen unter ihnen, fühlten sich weder beunruhigt noch kompromittiert dadurch, daß eine große Zahl, vielleicht sogar die Mehrheit der Mitarbeiter und aktiven Anhänger Alfred Adlers der Sozialdemokratischen Partei oder ihr nahestehenden Organisationen angehörten. Gewiß, es gab Sezessionen; so hatten sich von Adler einige Ärzte getrennt, die man der Rechten zurechnen konnte. Diese Trennung war jedoch durch andere Gründe bestimmt und eher die Folge von Meinungsverschiedenheiten, die kaum mit Politik und nur wenig mit Weltanschauungsfragen zusammenhingen.

Die erste, anscheinend schnell und folgenlos beendete Verstimmung zwischen Adler und mir hatte einen besonderen und, könnte man meinen, paradoxen Grund: Während einiger Monate widmete ich mich ununterbrochen, bei Tag und bei Nacht, der Beobachtung und Behandlung eines halbwüchsigen Patienten, eines Falls von *Dementia praecox*, den Adler mir anvertraut hatte. Ich wohnte allein mit dem Kranken in einer am Rande der Stadt gelegenen Wohnung und führte ihn einmal in der Woche Adler vor, der meinen jeweils kurzen oder längeren Bericht anhörte und danach einige Fragen an mich und an den Kranken stellte; im übrigen ließ er mich völlig frei gewähren.

Es war die lehrreichste Zeit meines Lebens – und dies nicht nur für mich als Psychologen und als Erzieher, sondern fast noch mehr im Hinblick auf anthropologische Fragen und Zweifel, die mir während dieses Zusammenlebens mit einem Geisteskranken immer deutlicher, bedrängender aufstiegen. Natürlich wußte ich schon vorher, daß es zwischen der seelischen Störung, die man – terminologisch verkehrt – Neurose nennt, und der Geisteskrankheit, die man ebenso verkehrt als Psychose bezeichnet, nicht etwa nur quantitative Unterschiede gibt. Das stand überall zu lesen, damit stimmte auch Adler im Prinzip überein. Zugleich aber war es eine nicht ganz eindeutig formulierte Tendenz Sigmund Freuds sowie Adlers und ihrer Gefährten, die Psychose als psychotherapeutisch ansprechbar und – unter gewissen

Umständen — heilbar anzusehen. Sie übernahmen oft die Behandlung von manisch-depressiven und von schizophrenen Fällen, am häufigsten von Paranoikern jeden Alters. Damit verschärften sie den Gegensatz, der von Anfang an zwischen der offiziellen, klinischen Psychiatrie und ihnen bestanden hatte. Die Psychiater und Neurologen argumentierten etwa so: »Entweder es liegt eine Heilung vor, dann handelt es sich nicht um eine Psychose; und war es eine Psychose, so ist der Psychotherapie keine Heilung gelungen, sondern eine unzulässige Verwechslung einer Remission, einer unvorhersehbar kurzen oder langen Unterbrechung des akuten psychotischen Zustandes, mit einer in der Tat unmöglichen Heilung. Hat der Therapeut Glück, so stirbt sein vorgeblich geheilter Patient, bevor die Remission ihr sonst unvermeidliches Ende findet.«

Joseph war sechzehneinhalb Jahre alt, zweites Kind, doch einziger Sohn einer wohlhabenden Familie, die unansehnlich und in ihrem Äußeren armselig wirkte. Erst acht Monate nach dem Ausbruch der Krankheit, die mit einer schnellen Folge von Gewalttätigkeiten und irren Reden begonnen hatte, wandten sich die Eltern an Adler. Die inzwischen außer Gebrauch geratene Kraepelinsche Bezeichnung *Dementia praecox* entsprach genau diesem Fall, den man in der einschlägigen Literatur ausführlich beschrieben fand.

Joseph war untersetzt und dicklich, im Schlaf hatte er ein schwammiges Knabengesicht, das im Wachen durch den immer wieder verstohlen von unten her starrenden und schnell wieder abgewandten Blick einen unangenehmen Ausdruck annahm und häßlich wurde. Ich entdeckte sehr bald, daß er, glaubte er sich allein, vor dem Spiegel diesen starren Blick und seine schnelle Abwendung unermüdlich wiederholte. Er übte auch andere Grimassen vor dem Spiegel ein. Nachts erhob er sich manchmal vom Bett, ging ins Vorzimmer und, nur mit Nachthemd oder Pyjama bekleidet, spielte er sich selbst den wilden Mann vor. So mißtrauisch er in den ersten Wochen auch war, er sollte niemals entdecken, daß die Spiegel in allen Räumen so angebracht waren, daß er stets zumindest von einem Raum aus indirekt beobachtet werden konnte.

In seinem Verfolgungswahn war Joseph darauf gekommen, daß sich seine Verfolger durch Geräusche mit der Nase verständigten und in dieser geheimen Sprache seine Ermordung vorbereiteten. Er lauschte auf die Geräusche, die ich in meinem Bett machen würde, sobald ich die Leselampe abgedreht hatte. Er wußte nicht, daß ich sehr lange unbeweglich mit geschlossenen Augen daliegen konnte; das tat ich seit meiner späten Kindheit jedesmal, wenn ich vor dem Einschlafen die Ereignisse des Tages »abrollen« ließ. Da ich die erwarteten oder gefürchteten Geräusche nicht machte, verminderte sich sein Mißtrauen mir gegenüber, denn er schloß daraus, daß ich mich an der Verschwörung vielleicht nicht beteiligte. Auch deshalb gelang es mir, früher als vorgesehen, in ihm den zwar überaus schwachen, doch zeitweise wirksamen Willen zu einem Kontakt zu wecken. Er öffnete einen schmalen Spalt im Panzer, in dem er, der rastlos Verfolgte, ein Asyl gefunden zu haben glaubte. Er lugte durch diesen Spalt hinaus, spähte mir nach, um herauszufinden, ob ich in der Verschwörung gegen ihn irgendeine Rolle spielte. Zugleich aber wuchs auch sein Interesse für mich, das heißt, es kam öfter vor, daß meine Existenz in ihm eine Neugier hervorrief, die mit ihm, das heißt mit dem Komplott gegen ihn, nichts zu tun hatte.

Man weiß, daß Mathematiker neben unserer Welt einen anderen, ebenso denkbaren, das heißt mathematisch in sich schlüssigen Kosmos errechnen könnten. Im Zusammenleben mit Joseph tat sich mir eine ganz andere, eine winzige, in sich geschlossene Welt auf, deren einziger Bewohner von der Gewißheit beherrscht war, daß nur er allein die volle Wahrheit kannte, sie aber, wollte er sein Leben retten, mit allen Listen verheimlichen müßte. Ein Paranoiker zieht große Stücke der erlebbaren Wirklichkeit in seine fixe Idee mit ein, läßt aber zahllose Bereiche gleichsam als riesige Enklaven bestehen. Sein Beziehungswahn bleibt also begrenzt und erlaubt ihm häufig, seine Arbeit ordentlich auszuführen, meistens zu ordentlich, pedantisch, und sich im Alltag zurechtzufinden und nicht aufzufallen, außer durch Eigenheiten, die man ihm nachsieht, weil doch fast jeder einmal launisch oder schrullig reagieren kann.

Josephs Wahrnehmungsweise aber verzerrte alles Sein, das eigene und das der anderen. Er praktizierte eine totale Weltanschauung, die nur ihm eigen war und allen andern verborgen bleiben mußte. Diese autistische Seinsauffassung erlaubte die Existenz nur eines einzigen Wesens – und das war er. Die Mimik, die er vor dem Spiegel einübte, war ein Teil der Komödie, die er anderen vorspielte, obschon er allein existierte – einfach, doppelt, vielfach. Er war alle Schauspieler und zugleich das ganze Publikum. Er allein war Subjekt: Gott. Die anderen waren Objekte, nützlich, da sie ihn ernährten und vor Unannehmlichkeiten schützten. Aber sie waren vor allem gefährlich. Wenn er schlief, konnte nichts geschehen, denn sobald er die Augen schloß, hörten die anderen, die menschlichen Objekte auf zu existieren.

Josephs Zwiesprache mit sich selbst blieb unhörbar, sie wurde nur laut, wenn er sich allein glaubte. Die Worte, nicht immer deutlich genug artikuliert, bildeten verknäulte Satzfetzen. Es brauchte einige Zeit, bis ich sie fast so gut verstand, als ob sie ganze Sätze wären; sie drückten in schnellem Wechsel Warnungen, Drohungen und triumphale Genugtuung aus. Die Stereotypie der Äußerungen erschwerte zuerst das Erraten, machte es aber dann um so leichter, denn Joseph drehte sich in einem ganz engen Kreise herum; er lief wie das Eichhörnchen auf den Speichen eines freischwebenden Rades, ohne sich fortzubewegen. Wenn wir in die Stadt fuhren, um Adler aufzusuchen, oder wenn wir im nahen Walde längere Spaziergänge machten, erweiterte er nur scheinbar die Front, an der er in seinen Reden unentwegt den Kampf fortsetzte.

Vielleicht werde ich eines Tages ausführlich über diese Klausur mit einem geisteskranken Jungen erzählen, über die Behandlung und ihre Folgen berichten und eingehend schildern, wie diese Krankheit sich mir darbot, aufdrängte, in ihrer häßlich-jämmerlichen Verzerrung aller Wahrnehmungen, in der Verwirrung der Gefühle und schließlich in der negativen Faszination, die diese *Gegenwelt* auf mich ausgeübt hat. Hier spreche ich nur davon, weil diese Episode, wie angedeutet, Adlers erste Verstimmung gegen mich hervorgerufen hat. Das geschah, als Adler in Josephs Zustand eine erstaunliche Besserung feststellte, eine – schien's ihm – normale Kontaktfähigkeit, die den Gesichtsausdruck des Jungen so auffällig verwandelte, daß er gar nicht mehr dem Kranken ähnelte, den man zu ihm gebraucht hatte. Adler führte mit ihm ein längeres Gespräch, das noch wenige Wochen vorher völlig unmöglich gewesen wäre, und erörterte mit ihm die nahe Zukunft.

Am Abend des gleichen Tages rief mich Adler an und sagte, er hätte die Eltern vom Erfolg der Behandlung verständigt und mit ihnen abgemacht, daß sie vor Ende der Woche ihren Sohn abholen sollten. Er fand höchst rühmende Worte für meine Arbeit und forderte mich auf, ungesäumt einen Bericht zu schreiben und ein langes Referat über diesen Fall in einer der wöchentlichen Sitzungen des Individualpsychologischen Vereins zu halten.

Fast betreten dankte ich ihm für seine Worte und bat ihn, mir trotz seines Zeitmangels wenigstens eine halbe Stunde zu widmen. Er, der mir nie etwas verweigert hatte, stimmte auch diesmal mit gewohnter Herzlichkeit zu. Zwei Tage später empfing er mich mit Worten freudigen Triumphs, ich aber war gekommen, um ihm eine enttäuschende Mitteilung zu machen: Ich glaubte nicht an die Dauer, ja nicht an die Echtheit dieser Heilung, sondern betrachtete sie als eine – wer weiß wie schnell – vorübergehende Besserung, als eine Remission. Ich gab zu, daß diese durch die Behandlung beschleunigt, vielleicht auch ausgelöst und dank ihr eindrucksvoller ausgefallen sei. So wäre die einzige Schlußfolgerung, daß diese besondere Psychose, die Hebephrenie, wie Adler sie mit Recht schon vorher genannt hatte, psychisch gut ansprechbar wäre. Das könnte ich in dem Referat darlegen und zuvor den Fall so analysieren, als ob es sich um eine Psychoneurose handelte. Gleich danach würde ich hinzufügen, daß jedoch ein Fall von Psychose vorlag, die Analyse somit nur den *Mittelbereich* der kranken Persönlichkeit deuten konnte, nicht aber die »extremen Ränder«. Adlers Gesicht verdüsterte sich, während ich sprach, schließlich unterbrach er mich mit der Bemerkung, daß ich nach diesen sehr anstrengenden Wochen übermüdet wäre und auch deshalb nicht nur meine eigene Leistung verkenne, sondern auch die für die Individualpsychologie so interessanten Folgerungen unterschätzte. So wäre es also das beste, ich ließe mir Zeit mit dem Referat und hielte es nach reiflicher Überlegung einige Zeit später. Er selbst behielt sich vor, in den einleitenden Worten und in der Diskussion seine von meiner Deutung abweichende Meinung vorzutragen.

Die Verdüsterung wich wieder aus seinem Gesicht, sein Ton verlor die schlecht verhohlene Strenge. Er las mir einen interessanten Brief vor, den er gerade aus New

York bekommen hatte, und begleitete mich dann bis zum Treppenabsatz.

Im Haustor blieb ich eine Minute stehen, als ob ich auf jemanden warten müßte, der mich beruhigen würde. Dann ging ich die Dominikanerbastei hinunter zum Franz-Josephs-Kai, ich machte halt an der Stelle, an der ich elf Jahre vorher das nicht enden wollende Spektakel des prunkvollen Begräbnisses des alten Kaisers betrachtet hatte. Ein Jahrzehnt war seither vergangen, ich war ein anderer geworden. Doch in diesem Augenblick war ich nicht glücklicher als der Flüchtlingsbub. Die Erinnerung an das Kind, das ich gewesen war und das sich so oft versprochen hatte, nichts zu vergessen, verscheuchte meinen kummervollen Ärger, denn nun wußte ich, daß ich nicht nachgeben durfte. Der Gedanke an die in der Öffentlichkeit auszusprechende Meinungsverschiedenheit blieb äußerst beklemmend. Und natürlich zweifelte ich nicht einen Augenblick daran, daß Adler von der Heilung Josephs überzeugt war. Daß ich seine Überzeugung nicht teilen konnte, hatte nichts mit irgendeiner vorgefaßten Meinung zu tun, sondern mit dem Ergebnis meiner Erfahrungen, die ich während jenes Zusammenlebens mit dem Halbwüchsigen gewonnen hatte: Gewiß gab es, wie in der Neurose auch in diesem Fall, das mehr oder minder bewußte, jedenfalls vom Kranken selbst mißverstandene *Arrangement* im Sinne Adlers, es gab die Spiegelkomödie, in der Joseph seine Rolle unermüdlich probte, die des wilden Mannes so gut wie die des ungerecht bestraften, hilflosen Kindes. Er wiederholte auch eine Reihe von anscheinend sinnlosen Zwangshandlungen, die zu einer Zwangsneurose gepaßt hätten. Trotz alldem mußte der Beobachter zur Gewißheit gelangen, daß all das und die Streitgespräche mit der nur dem Kranken hörbaren Stimme nicht ein *Organdialekt* waren, in dem eine schwere seelische Störung ihren Ausdruck suchte, sondern umgekehrt eine Störung von Organen, die sich in einem psychischen Dialekt äußerten. Im Verlauf eines späteren Gesprächs sagte ich Adler, daß es mir schiene, als wäre Josephs Psychose das Erbrechen eines schwer Besoffenen oder eines Vergifteten.

Mein Referat fand einige Wochen später im großen Hörsaal des Anatomischen Instituts in der Schwarzspanierstraße statt. Einleitend wies Adler auf das ungewöhnliche Interesse meines Experiments, meiner Beobachtungen und ihrer Resultate hin, und in der Debatte brachte er seinen praktisch unbegrenzten therapeutischen Optimismus zur Geltung. Er war souverän wie in seinen besten Stunden. Gleich allen anderen lauschte ich ihm, wie er da alle überlieferten Etiketten in Frage stellte und alle Grenzpflöcke beseitigte. Neurose, Psychose – jeder wußte, was diese Worte bezeichneten, jedoch seien die Grenzen zwischen ihnen fließend. Jedes Krankheitsbild erforderte seine besondere Deutung im Sinne einer Ganzheitsbetrachtung, ohne sie blieben Verzerrungen und tendenziöse Akzentverschiebungen unvermeidlich.

Im Schlußwort widersprach ich kaum merklich dem Lob, das mir gespendet worden war. Viele Einzelheiten, die ich erwähnte, waren eher geeignet, Adlers Argumente zu erhärten. Begann ich einen Satz des Widerspruchs, so schwächte ich ihn alsbald so ab, daß er nicht mehr klar genug war. Spätnachts, als ich wieder allein war, empfand ich zum erstenmal, wie widerlich ein Erfolg sein kann, doch erst am Morgen des übernächsten Tages ermaß ich seine Abscheulichkeit. Es klingelte ununterbrochen an unserer Tür, Männer und Frauen kamen, alle mit dem gleichen Zeitungsblatt in der Hand. Sie beriefen sich auf einen Artikel, in dem über jenen Abend berichtet und ich als ein Wundertäter gerühmt wurde, der junge Geisteskranke nach kurzer Behandlung in normale Menschen verwandle. Es war eine der schlimmsten Stunden meines

Lebens, diesen unglücklichen Vätern und Müttern ununterbrochen wiederholen zu müssen, daß alles falsch war und sie von mir nichts zu erwarten hätten. Schließlich lief ich aus dem Haus, zuerst zu meinem Namensvetter, dem damals sehr bekannten Anwalt Dr. Hugo Sperber, der mir entschieden abriet, irgend etwas gegen die mächtige Zeitung und gegen den Reporter zu unternehmen, da ich ihnen ja weder eine Beleidigung noch eine Berufsschädigung vorwerfen konnte. Ich flüchtete mich dann nach Neuwaldegg zu meinem Freund Zerwanitzer, bei dem ich einige Tage blieb, bis ich mich auf eine zehntägige Wanderung begab.

Einsam bestieg ich Berge und zog durch spärlich bewohnte Täler. Endlich hörte ich keine Worte mehr, sprach sie nicht, dachte sie nicht oder nur als ganz kurze Unterbrechungen der Stille, als winzige Wüsten in der Oase der Wortlosigkeit. Der Anblick der in Farben und Umrissen so oft verwandelten Landschaft nahm mich völlig gefangen; ich betrachtete sie gedankenlos, ohne das Bedürfnis, ohne den Wunsch, die Eindrücke zu formen. Meine Sehgier fand unaufhörlich Befriedigung, doch anders als jene, die ihr Straßenpassanten oder Museen boten. Ich stand der Landschaft nicht gegenüber, sondern war in ihr; sie und ich, wir atmeten in gleichen, gleichmäßigen Zügen. Wie man gespannt und fast atemlos lauschend »ganz Ohr« sein kann, so war ich während jener Sommertage »ganz Auge«. Ich erfuhr, daß es für mich eine Zuflucht im Raume gibt – ähnlich der Flucht nach vorn in der Zeit, jener *Gegenwartsentrückung,* mit der ich 1915, im Städtel, unter dem Kanonendonner in eine kommende Zeit auszuweichen versuchte. In der äußersten Einsamkeit und Stille wurde mir der zeitlos gewordene Raum zur Rettungsinsel.

Um jedes Mißverständnis zu vermeiden: wie auch immer eine Landschaft beschaffen sein mag, mein Verhältnis zu ihr bleibt völlig frei von heidnischen Vorstellungen, von Mythen und Symbolen. In den zerstiebenden Nebelschwaden erspähe ich keine Elfen, hinter den Bäumen keine Waldgeister, im Wasser keine Nixen. Die Dinge der Natur sind für mich, wie seinerzeit für den impressionistischen Maler, nur sie selbst — im steten Spiel von Licht und Schatten, in ihren wechselnden Farben und Formen. Ich kann fast unbewegt Stunde um Stunde meinen Blick auf einem See, auf einem Ufer ruhen lassen, auf Brücken, Bäumen, Hügeln, Hainen und Bergen. Ich erwarte nichts, auch nicht, daß sie mich an andere Landschaften erinnern. Ihr Sein allein befriedigt das meine, wenn nichts anderes mich befrieden kann.

Am Tage nach meiner Rückkehr ging ich abends in Adlers Café. Er beantwortete meinen Gruß mit gewohnter Wärme, fragte mich aus, wo ich mich in der letzten Woche vergnügt hätte. Alles war wie früher; der eine oder andere der Stammtischgäste erwähnte den Fall Joseph, um mir Komplimente zu machen; es genierte mich nicht mehr, weil ich kaum hinhörte. Zwischen Adler und mir ist nie wieder die Rede auf diesen Fall gekommen; den zuerst gefaßten Plan, über ihn ausführlich zu schreiben, gab ich dann auf. Man weiß, daß manches Unglück viel lehrreicher ist als das Glück. Der Irrsinn ist solch ein Unglück; aber nur wer von ihm nicht selbst betroffen ist, kann etwas daraus lernen — nichts Tröstliches, das ist wahr. Aber er kann Einblicke gewinnen in jenen Vorgang der vollkommenen Alienation des Menschen, für den man philosophische und soziale Teilerklärungen finden mag, die aber so lange fragwürdig bleiben werden, als man den organischen Prozeß nicht erforscht haben wird, der diese für unseren Geist so beängstigende Katastrophe herbeiführt. An anderer Stelle werde ich vielleicht noch auf diese Frage zurückkommen.

Etwa anderthalb Jahre später erfuhr ich durch einen

Zufall, daß Joseph nach einem schweren Rückfall in der großen Wiener Irrenanstalt Steinhof interniert worden war ...

Der 15. Juli 1927, ein schöner, nicht zu heißer Freitag, versprach ein angenehmes Wochenende. Am mittlern Vormittag verbreitete sich jedoch mit Windeseile eine Nachricht, ein unglaubwürdiges Gerücht, das nur sehr leichtsinnige Leute ausgestreut haben konnten, um sich »a Hetz« zu machen. Der Justizpalast brannte, hieß es, die Brandstifter, eine Masse von wilden Gesellen, verhinderten mit Gewalt die angerückte Feuerwehr, den Brand zu löschen. Den Bürgermeister Karl Seitz, der sie aufforderte, ja beschwor, die Löscharbeiten nicht zu stören, hätten sie beschimpft, ihn körperlich bedroht, sagten die einen, erschossen, behaupteten die anderen und führten als Beweis an, daß man ja in der Innern Stadt, jedenfalls am Ring, ununterbrochen schießen hörte. Noch vor der Mittagsstunde kannte jeder die Wahrheit: empört über die Freisprechung der Heimwehrler, welche in Schattendorf (Burgenland) Mitglieder des Republikanischen Schutzbundes provoziert, unschuldige Menschen getötet hatten, waren Demonstranten vor den Justizpalast gezogen, um nicht nur gegen dieses Urteil, sondern auch gegen frühere Gerichtsentscheidungen von gleicher Parteilichkeit zu protestieren.

Man weiß, nichts setzt Menschen in solch leidenschaftliche Bewegung wie das *symbolträchtige Unrecht;* es erweckt in ihnen das Gefühl, daß die Justiz die Gerechtigkeit und mit ihr die Opfer verhöhnt, so daß deren Mörder als Helden paradieren dürfen. Eben deshalb trieb es die Empörten vor das Gebäude, das ihnen nach dem Schattendorfer Urteil als der Palast des Unrechts erschien, das jeden von ihnen heute oder morgen schutzlos den Übeltätern auslieferte.

Wie es zur Brandstiftung gekommen ist, wer sie gewollt, vorbereitet oder improvisiert hat, konnte weder damals noch später mit Sicherheit festgestellt werden. Es gibt eine negative Gewißheit: weder die Sozialdemokratische Partei noch irgendeine ihrer vielen Organisationen, auch nicht der Republikanische Schutzbund – niemand, der zum sozialdemokratischen Lager gehörte, hat diese politisch wahnwitzige Tat gewünscht, geplant oder verübt. Man erwog, ob der Brand nicht das Werk lumpenproletarischer Elemente sein könnte, die sich immer dort, wo Massenaktionen im Gang sind, als Müßiggänger einstellen, die dabeisein wollen, als Taschendiebe und als Gewalttäter, und der Polizei den erwünschten Grund zu Unterdrückungsmaßnahmen liefern. Die Brandstifter mochten zielsichere Provokateure sein, die mitten in der Stadt einen Zusammenstoß der sozialistischen Massen mit der Polizei auch dadurch auslösen sollten, daß sie die Löscharbeiten verhinderten. Um der Feuerwehr die Rettung des Justizpalastes zu ermöglichen, schossen die Polizisten ohne Warnung, behauptete man, auf die Masse der Demonstranten und leerte so den Platz vor dem Haupttor des brennenden Gebäudes.

Im Verlauf des Tages und bis in den Abend setzte die Polizei die bewaffnete Aktion gegen größere und kleinere Gruppen von Manifestanten fort, die ohne Waffen irgendwelcher Art anmarschierten. Von dem Rathaus bis zum Volkstheater tauchten auf dem Ring und hinter ihm nie vorher in der Stadt gesehene Kampfwagen auf, aus denen die mit Gewehren ausgerüsteten Wachleute von ihren Sitzen aus nach beiden Seiten ihr Feuer richten konnten.

Wir – Alex, ich und viele unseresgleichen – standen dem Parlament gegenüber, an der Ecke, wo der Ring in der Richtung Bellariastraße umbiegt. Wir hatten den Blick bis zum Justizpalast frei und bis zur Auerspergstraße, Ecke Lerchenfelder Straße. So konnten wir das Anrollen dieser Wagen und die Aktion der in wilde Krieger verwandelten Schutzleute beobachten, die, am Platz angekommen, aus den Wagen sprangen, 10 bis 15 Meter vorwärts liefen und feuerten, ohne stehen zu bleiben und ohne genau zu zielen. Man empfing den Eindruck, daß sie auf Beine von Menschen schossen, die wir nicht sahen. In der Tat schoß die Polizei nicht selten aufs Pflaster, so daß die aufprallenden Patronen ähnliche Verletzungen wie Dumdumgeschosse bewirkten. Noch ehe der Lärm des Schnellfeuers verhallte, drangen Rufe der Empörung und Schmerzensschreie an unser Ohr.

Blickten wir zur Bellaria und weiter bis zur Ecke der Babenbergerstraße, so sahen wir Gruppen von jüngeren und älteren Menschen, Männern und Frauen, die, sommerlich gekleidet, häufig mit aufgekrempelten Hemdsärmeln, in breiten Reihen ohne Banderolen und ohne Fahnen anmarschierten. Sie waren aus ihren Fabriken und Werkstätten zusammengeströmt, zweifellos auf die Nachricht hin, daß die Polizei unbewaffnete Menschen wie sie selbst in der Nähe des Parlaments wie tolle Hunde abknallte. Wie sie nun näher kamen, mußten sie in fast gleichen Abständen das Knattern der Gewehre wahrnehmen; das gab ihnen genau die Richtung an, in der sie vordringen mußten – um was zu tun? Als Verstärkung gegen die Schützen einzugreifen? Und war dem so – wie wollten sie den Bedrängten zu Hilfe eilen und die Angreifer zurückschlagen? Glaubten sie wirklich, mit ihren nackten Fäusten schwerbewaffnete Menschenjäger abschrecken und in die Flucht schlagen zu können? Oder erwarteten diese Manifestanten, daß ihr Anblick allein genügen würde, um der feuernden Polizei zum Bewußtsein zu bringen, daß sie kein Recht und keinen Grund hatte, Mitbürger zu töten, die ihnen nur mit ihren Leibern, mit ihren nackten Händen widerstehen konnten?

Fast 48 Jahre trennen mich von jenem Ereignis, dem Erlebnis des abgründigen Staunens, von dem Entsetzen über jenes mörderische Geschehen im Herzen der alten Stadt, die an diesem Tag, unter dem weiten, blauen Himmel, im kaum spürbaren, zärtlich kühlenden Wind, während langer Stunden in einen Kriegsschauplatz verwandelt blieb, auf dem nur jene den Krieg führten, die bestellt waren, das Leben der Wiener zu schützen – sie, die Wach- und Schutzleute. Und die anderen? Die anderen, die starben. Warum waren sie gekommen, warum aus fernen Stadtteilen, aus Vorstädten herbeigeeilt? Jede Gruppe ging für sich allein, so wie sie losgezogen war, auf die Gewehrläufe zu und löste sich erst auf, sobald das Feuer gegen sie eröffnet wurde. Fast hundert waren es, die den Abend nicht mehr erleben durften.

Was bedeutete das alles, welch widersinniger, verwirrender Traum war es, mit offenen Augen geträumt? Und da all das in tagheller Wirklichkeit geschah – wo war denn die Führung der Sozialdemokratischen Partei, warum griff sie nicht ein? Verhandelte sie mit der Regierung, mit dem Polizeipräsidenten von Wien, diesem friedlichen Herrn Schober? Warum drängte sie nicht darauf, daß die Polizei sofort in die Kasernen zurückbeordert werde? Wo war der Republikanische Schutzbund, die militärische Organisation der SP, die, hieß es, in Wien allein über Zehntausende von gut ausgebildeten, kampfbereiten Männern verfügte? Ihr Aufmarsch hätte genügt, die Angreifer zu verjagen, die reaktionäre Regierungspartei einzuschüchtern, die sich andernfalls durch die Geschehnisse ermutigt, ja berechtigt fühlen konnte, die Unterdrückung der Opposition zu verschärfen und den faschistischen Kampfverbänden freies Spiel zu lassen.

Und wir, was taten wir hier? Wir, die ja gar nichts ausrichten konnten, sondern nur Schlachtenbummler spielten, die sich hinter Bäume oder ins Gebüsch des Volksgartens flüchteten, wenn das Feuer sich so näherte, daß wir plötzlich in die Schußlinie gerieten. Nun, wir waren keine Gaffer und keine leichtsinnig kühnen Sensationsjäger. Alex so gut wie ich und unsere Freunde, die sich ohne Verabredung an der gleichen Ecke eingefunden hatten – jeder von uns wußte, daß es unnütz, ja hirnrissig und gefährlich war dazubleiben und daß man sofort verschwinden mußte. Ich glaubte auch keineswegs, daß wir Solidarität dadurch bewiesen, daß wir uns nicht von der Stelle wegrührten; wir alle dachten überdies, daß die Gruppen, die da anmarschierten, unbedingt aufgehalten werden mußten. Einige Leute, die wahrscheinlich von der Parteiführung dazu beauftragt waren, versuchten es tatsächlich, die selbstmörderische Konfrontation mit der Polizei zu verhindern. Die Manifestanten zögerten zwar, zogen aber dann doch in die Richtung des Volkstheaters und des Justizpalastes weiter. Warum? Weil, was sie da erlebten, nicht wahr, ja gar nicht möglich sein konnte. Unmöglich, daß sich in ihrer Stadt irgend jemand fände, der auf sie schießen würde, als ob sie Hasen wären. Wenn aber so etwas möglich war, ja, dann hatte alles ja sowieso keinen Sinn mehr. Und wie unter der Wirkung eines blitzschnell wirkenden, schweren Giftes bemächtigte sich ihrer eine Erbitterung, die sie unwiderstehlich zu einem gleichsam passiven Amoklauf ins Nichts antrieb.

Woher ich das weiß? Weil jeder von uns auf dem Beobachterposten, auf den uns niemand gestellt hatte, ebenso empfand wie sie alle: Es ist nicht möglich, das darf und kann nicht sein! Sofort, in einer Sekunde, in einer Minute wird etwas geschehen und plötzlich wird die Situation völlig verändert sein, jeder wird sich selbst und sein Heim, das Vertrauen zu seinesgleichen, zu allen wiederfinden. Und wenn nicht? Was dann? Dann ist es eben gleichgültig, ob man leben bleibt oder hier krepiert oder erst einmal selbst ein Mörder wird.

Es lösten sich trotzdem aus den Reihen der Marschierenden, sobald sie ins Feuer gerieten, Leute los, liefen auseinander oder blieben wie wir ganz nahe an einer Ecke im toten Winkel stehen; andere entfernten sich, so schnell sie konnten.

Als am späten Nachmittag die offenen Kampfwagen vor uns haltmachten und aus ihnen Polizisten heraussprangen, die ihre Gewehre gegen uns in Anschlag brachten, während ihre Vorgesetzten uns schreiend aufforderten zu verschwinden, trotzten wir nicht und zogen es nicht vor, an Ort und Stelle erschossen zu werden, sondern liefen durch das nahe offene Tor in den Volksgarten und kehrten auf unsern Posten erst zurück, als die Wagen wieder weg waren. Der Tag war noch nicht zu Ende, alles war noch möglich, der Schutzbund konnte endlich auftauchen, von Ottakring oder anderen Arbeiterbezirken hinter dem Gürtel und – ein Gerücht ließ es uns hoffen – von Floridsdorf kommen, wo, hieß es, Tausende Schutzbündler in voller Kampfrüstung auf den Befehl zum Eingreifen warteten. Kamen sie, so wollten wir uns ihnen anschließen; endlich würden wir Waffen in die Hand bekommen.

Man weiß, sie kamen nicht. Gegen Abend wurde das Feuer spärlicher, es rückten auch keine neuen Kolonnen mehr an. Erinnere ich mich recht, so bedeckte sich der Himmel, es regnete, nicht überall in der Stadt, aber über der Brandstätte, die Pflastersteine wurden reingewaschen, vom vergossenen Blut blieben noch Spuren in den Rillen zwischen den Steinen.

Auf unserem Heimweg, wir hatten uns kaum mehr als etwa 300 Meter von unserem »Posten« entfernt, war uns, als kämen wir von weit her, denn wir entdeckten, daß in der gewohnten Welt sich nichts verändert hatte: die Straßenbahnen verkehrten wie an allen Wochentagen, die Cafés und Restaurants waren offen, nirgends fehlte es an Kundschaft, man konnte sich auf den Terrassen bedienen lassen, wenn man Zutrauen zum Wetter hatte und die paar Tropfen des Abendregens nicht scheute.

Wir blieben stumm, bis wir uns an der Hollandbrücke trennten. Zum Abschied brachten Alex und ich, als ob wir es so verabredet hätten, den gleichen Satz hervor: »Ein zweites Mal lassen wir uns den Otto Bauer nicht erschlagen.« Vom Gelächter, das einmal dieses spöttische Scherzwort begleitet hatte, blieb nur doch der gleiche bittere Geschmack zurück wie nach einer demütigenden Kränkung, die man nicht rechtzeitig erkannt und nie abgewehrt hat.

Eines Morgens hatte sich in den Arbeiterquartieren und in vielen Fabriken das Gerücht verbreitet, Otto Bauer, der von allen verehrte Führer der SP, wäre ermordet worden. Das geschah nach einigen tödlichen Angriffen der Heimwehrleute, die ja wußten, daß sie auf milde Strafen, wenn nicht gar auf Freisprüche rechnen konnten. Auf die Nachricht vom Tode Otto Bauers hin bemächtigte sich der Belegschaften eine ungeheure Empörung, man sprach von Streik und Demonstrationen, von der Notwendigkeit, das Verbrechen am gleichen Tag zu rächen. Sehr bald erfuhr man aber, daß der Genosse Bauer heil, das Gerücht also völlig aus der Luft gegriffen war. Am Abend erzählte man sich nicht nur im Café Herrenhof, daß Otto Bauer dem Chefredakteur der *Arbeiter-Zeitung*, dem autoritären und sehr kompetenten Austerlitz, am Morgen gesagt hätte: »Und hättten die mich wirklich erschlagen, so hättet ihr die Schlagzeile für die AZ fertig gehabt: ›Ein zweites Mal lassen wir uns den Genossen Bauer nicht erschlagen.‹ «

»Nicht ein zweites Mal«, das war der Kehrreim der schwächlichen, stets unausgeführten Drohungen, mit denen die Sozialisten auf die wachsende Aggressivität der herrschenden Christlichsozialen Partei und der Bürgerkriegstruppen reagierten.

Man weiß, daß der verantwortliche Polizeipräsident nicht gemaßregelt und nicht zur Verantwortung gezogen, sondern einige Zeit darauf zum Regierungschef auserkoren wurde; man weiß, daß nicht Polizisten vor Gericht gestellt wurden, sondern Demonstranten, manche von ihnen, noch ehe ihre Verletzungen ausgeheilt waren. Am 12. Februar 1934, sechseinhalb Jahre später, schon zu spät oder viel zu früh, erhob sich ein – viel zu geringer – Teil der Arbeiterklasse gegen den sogenannten Ständestaat und wurde niedergeschlagen. Wenige Monate nach diesem seinem Sieg wurde der Bundeskanzler Engelbert Dollfuß in seinem Amt von einem Nazikommando umgebracht. Österreich schickte sich an, ein zweites Mal zu sterben.

Es ist erstaunlich, wie wenig über den 15. Juli 1927 geschrieben worden ist, wie wenige Erlebnisberichte ihn für die Nachgeborenen festgehalten haben. Denn wir waren Tausende, die ihn unmittelbar erlebt und wie einen oft wiederkehrenden Alptraum im Gedächtnis bewahrt haben. Man scheut vor der Schwierigkeit zurück, zu intimen, verwirrenden Erlebnissen gewordene Vorgänge zu schildern, die in ihrem Ablauf so einfach waren wie das Szenario eines unbegabten, phantasielosen Autors, der seine Effekte nur in der unaufhörlichen Wiederholung des gleichen dramatischen Zwischenfalls sucht. Dieses zugleich sinnwidrige und monotone Geschehen erweckte in jedem die Vermutung, daß es einen verborgenen Sinn und überdies leichtfertig verkannte Gründe haben könnte. Es war ein *symbolträchtiges Unrecht*, so aufrührend wie der Justizmord an Sacco und Vanzetti, der seit Jahren vorbereitet und 38 Tage nach dem 15. Juli tatsächlich ausgeführt wurde. Man erinnert sich, daß das

Schicksal dieser italo-amerikanischen Anarchisten überall in der Welt Millionen Menschen in Bewegung gesetzt hatte, nicht aus politischen Gründen – obwohl die Organisatoren der zahllosen Aufmärsche in den Großstädten politische Zwecke verfolgten –, sondern aus einem unzähmbaren Zorn über ein Unrecht, das einen jeglichen erschütterte, als ob er dessen Opfer wäre oder werden könnte.

Ich bin gewiß nicht der einzige, auf den dieses Erlebnis nie aufgehört hat zu wirken. Es hat in lebenswichtigen Situationen mein Verhalten fast so stark mitbestimmt wie das Geschehen auf dem Zablotower Friedhof im Winter 1915. Und von beiden ist mir noch etwas geblieben, das nur dem Anschein nach harmlos ist: ein *negatives* Staunen über die Ereignisse und über jene, die darin als Täter, Opfer, Zeugen einbezogen waren – und über mich selbst. Dieses Staunen will nicht enden, es vermindert meine Fähigkeit, mich mit dem Selbstverständlichen abzufinden, ohne welches der Alltag jedoch nicht denkbar wäre.

Ich stimmte dem Marxismus – den ich ernsthaft studierte – in allem Wesentlichen zu; ich bekannte mich zum historischen Materialismus und zur Notwendigkeit, in unserer Lebenszeit, also ohne Verzug, die klassenlose Gesellschaft zu schaffen. Ja, das alles schien mir erwiesen und dennoch nicht selbstverständlich. Das negative Staunen, das meine Zweifel an Gottes Macht und Gerechtigkeit und schließlich an seiner Existenz geweckt hatte, nährte später meine Zweifel an der Rationalität der Menschen als Gestalter ihrer eigenen Geschichte, ihres kollektiven und individuellen Geschicks. Die Vernünftigkeit des Irrationalen, das Methodische des Wahnsinns, die Schlüssigkeit einer Kette von Irrtümern, die unangreifbar bleibt, solange man den Initialirrtum als unantastbare Wahrheit gelten läßt – auf all das stieß ich täglich in meiner psychologischen Arbeit, enttäuscht, doch gleichzeitig ironisch-belustigt bei der kritischen Betrachtung meines eigenen Tuns.

Als ich die seinerzeit vielbeachtete Biographie Wilhelm des Zweiten von Emil Ludwig besprechen sollte, begann ich die Geschichte des Weltkriegs in seinen Voraussetzungen, Ursachen und Anlässen und schließlich in seinem Ablauf eingehend zu studieren. Schon waren zahllose Memoiren erschienen, in denen Staatsmänner, Feldherren, Politiker und Diplomaten sowie Agenten aller Art »auspackten«. Auch da kam ich aus dem Staunen nicht heraus. Denn diese vernünftigen Darstellungen ließen in dem jungen Leser, der ganze Nächte über ihnen verbrachte, nur eine Gewißheit zurück: Nie war solch mörderischer Wahnwitz zum Unglück der ganzen Menschheit mit so viel Logik und so viel abwägenden Bedenken vorbereitet und so *methodisch* viereinhalb Jahre lang, tagaus, tagein, in Gang gehalten worden. Die *vernünftigen Irrtümer* verraten sich selbst wie bellende Hunde; so verrät sich die Fälschung dadurch, daß sie soviel echter ist als das Original, das ja fehlerhaft sein darf.

Ich wüßte nicht mit Bestimmtheit zu sagen, wer, die Rühles oder Adler, zuerst die Meinung äußerte, daß die Berliner Gesellschaft für Individualpsychologie jemanden wie mich, gerade mich brauchte. Adler wünschte, daß ich die Vereinigung davor bewahren sollte, vom rechten Weg abzuweichen. Er fand in den Arbeiten Fritz Künkels, der führenden Persönlichkeit der Berliner Vereinigung, recht vieles, was zwar noch nicht im Gegensatz zur Individualpsychologie stand, aber immer deutlicher eine Loslösung von ihr anzukündigen schien. Alice Rühle, die Künkels Fähigkeiten richtig, somit sehr hoch einschätzte, befürchtete ihrerseits, daß seine Neigung zu einer christlichen

Philosophie ihn dazu verführen könnte, sich einem Mystizismus deutsch-protestantischer Prägung zuzuwenden; Otto Rühle schließlich sah in ihm einen Mann der Rechten, zwar weit klüger als die Deutschnationalen, aber doch einen Nationalisten. Die Rühles glaubten zuversichtlich, daß ich, dank ihrer Hilfe, der individualpsychologischen Bewegung in Berlin und überall in Deutschland einen »Linksruck« geben würde.

Ich kannte Deutschland kaum und Berlin überhaupt nicht; Wien war mir zur Heimat geworden und das kleine Österreich war mir ein Vaterland. Warum sollte ich nun weg von Wien nach Berlin? Dafür gab es neben Adlers Wunsch mehrere Gründe, auch politische; und diese fielen seit dem 15. Juli entscheidend ins Gewicht.

»Dem Kiebitz ist kein Spiel zu hoch«, wiederholte man im engeren Kreise Otto Bauers, wenn es darum ging, die Ablehnung jeder »Abenteurer«-Politik und mancher offensiven Initiative zu rechtfertigen. Nicht nur in der Jugend wuchs nach dem 15. Juli der Unmut über die zaudernde Taktik der SP; die Kritik, die die winzige KP Österreichs an ihr übte, hätte überzeugen können, hätte sie nicht wie das Gekeife eines gehässigen Hysterikers Mißtrauen und Widerwillen erzeugt. Gemäß der Generallinie der Kommunisten wurden die Sozialdemokraten als Verräter der Arbeiterklasse, als Agenten des Kapitalismus und schließlich als »Sozialfaschisten« enthüllt. Kam es in Fabriken und Werkstätten zu Diskussionen, die gewöhnlich von den wenigen Kommunisten im Betrieb durch diese verleumderischen Anwürfe provoziert wurden, so endeten sie nicht selten mit Schlägereien; und jedesmal wurden sie von der *Roten Fahne* als neuer, endgültiger Beweis für die richtige Parteilinie der Komintern bezeichnet: »Sozialfaschisten überfallen klassenbewußte Proletarier. Höher die Fahne des Kommunismus!«

So war es für uns, für Alex, mich und unsere Freunde,

ebenso unmöglich, die Taktik der Sozialdemokratie gutzuheißen, als der KP zuzustimmen oder ihr gar beizutreten. In Deutschland aber, wiederholten wir, war die KP nicht eine zusammengewürfelte Gruppe von Lumpenproletariern, kauzigen Intelligenzlern und raunzenden Industriearbeitern, sondern eine große, wohlorganisierte Bewegung, eine wirkliche Massenpartei, die auch auf nichtproletarische Schichten in Stadt und Land einen steigenden Einfluß ausübte. Nach dem 15. Juli bedeutete das für uns: Man muß Kommunist sein – in Deutschland, aber nicht in Österreich, wo die KP ebenso aggressiv in Worten wie hilflos in Aktionen ist. Diese Erwägung gab den Ausschlag, als ich beschloß, nach Berlin zu übersiedeln.

Ich verließ Wien erst im späten Herbst. Während mehrerer Wochen veranstalteten meine Freunde und Schüler Abschiedsfeste, als ob ich mich expatriierte oder eine abenteuerliche Reise in ein fernes Land anträte. Ja, ich wurde gefeiert und muß es wohl mit einiger Verwunderung, aber nicht ohne Vergnügen und Dankbarkeit aufgenommen haben.

In Dresden unterbrach ich die Reise, hielt dort einen Vortrag und blieb einige Tage im Hause der Rühles in Buchholz-Friedewald. Wir diskutierten ständig, zu zweit oder zu dritt. Niemand war geeigneter als Otto Rühle, mich vor dem Eintritt in die KP zu warnen. Unvergleichlich erfahrener als ich, hatte er schon seit langem den sozusagen immanent oder konstitutiv konterrevolutionären Charakter jeglicher Partei erkannt. Gewiß, er ahnte so wenig wie irgendein revolutionärer Sozialist, daß die bolschewikische Parteidiktatur sich unaufhaltsam in ein totalitäres Regime verwandeln und im Namen des Kommunismus den menschenfresserischen stalinschen Despotismus als höchste Errungenschaft der Menschheit glorifizieren würde. Das ahnte damals keiner, Rühle nicht, auch

Trotzki nicht, der um jene Zeit aus der KP ausgeschlossen wurde.

Wir saßen morgens im kleinen Garten, es war ein sonniger Oktobertag. Otto, den geliebten großen Hund zu Füßen, brachte gut gelaunt zwischen den Argumenten Anekdoten aus seiner politischen Vergangenheit an. Sein Vater, königlich-sächsischer Bahnwärter, war stets sehr ungehalten darüber, daß sein Sohn ein militanter Sozialist war und alle, auch ihn immerfort drängte, in die Gewerkschaft einzutreten. Daher kam es zu heftigem Streit, sooft Otto die Eltern besuchte. Dann brach der Krieg aus, Otto stellte sich dem Kriegspatriotismus seiner Partei entgegen, die ihn in den Reichstag entsandt hatte, und kritisierte aus gleichem Grunde die Gewerkschaften. Als er sich nach Kriegsende frei machte und seine Eltern besuchte, trat ihm der Vater strahlend entgegen: »Otto«, sagte er freudig und gerührt zugleich, »diesmal wirst du mit mir zufrieden sein, denn ich bin der Gewerkschaft beigetreten.« Und der Sohn antwortete: »Da ist's aber höchste Zeit, daß du aus der Gewerkschaft wieder austrittst.« Der Bahnwärter sah seinen Sohn versteinert an, endlich gefaßt, klagte er: »Dir kann man es aber auch nie recht machen.«

Auch ich konnte es Otto nicht recht machen. Einerseits stimmte ich seiner kritischen Auffassung von dem Wesen jeder Partei im allgemeinen zu, ließ auch die meisten Einwände gelten, die er gegen die KP und die Leitung der Komintern vorbrachte, blieb aber trotzdem dabei, daß man nur in den Reihen einer solchen Partei am großen Kampf teilnehmen könne und außerhalb ihrer zum untätigen Zusehen verurteilt bleibe. Ohne es auszusprechen, dachte ich dabei an ihn selbst, der sich wenige Jahre vorher zurückgezogen und sich so selbst aus der Politik verbannt hatte – er, den Mut, Charakterstärke und Wissen befähigt hätten, ein bedeutender Führer der deutschen und der internationalen Arbeiterbewegung zu werden. Ich meinerseits beabsichtigte keineswegs, ein Berufspolitiker oder – um mit Lenin zu sprechen – ein professioneller Revolutionär zu werden, sondern nur ein Militant, ein aktives Mitglied einer revolutionären Partei.

An jenem Vormittag berichtete ich Otto Rühle von meinen ersten politischen Abenteuern, von dem einarmigen Oberleutnant Grimme, seiner Roten Garde und dem so absurden und traurigen Ende seiner Aktion. Verblüfft merkte ich, daß mich eine tiefe Rührung übermannte, während ich von dem ersten Revolutionär sprach, dem ich je begegnet war, von seiner Misere und seinem Ende. Rühle meinte, aus dieser winzigen Erfahrung sollte ich keine Schlüsse ziehen auf die Notwendigkeit, nur an Aktionen einer großen Organisation teilzunehmen. Dann bat er mich, ihm in allen Einzelheiten von jener Episode zu erzählen. Das tat ich zögernd.

Eine der Hauptfiguren meines Romans war ein einarmiger Mann, ein fanatischer Revolutionär, der im Bürgerkrieg eine bedeutende militärische Rolle spielt, sich aber bald nach dem Sieg selber aus der Bahn wirft; er weiß mit dem Leben nicht mehr viel anzufangen. Mein Romanheld war Grimme weit überlegen und ihm vielleicht nur äußerlich, wegen des verlorenen Armes ähnlich, doch in diesem Gespräch, während ich Rühle stockend von den Botengängen für die nicht existierende Rote-Garde-Fraktion erzählte, ging es mir auf, daß jenes Erlebnis noch immer in mir nachwirkte. Die Disproportion zwischen der Größe des Ziels und der Armseligkeit der Mittel, mit denen es erreicht werden sollte, machte mir bange. So war mir diese Erinnerung zur Warnung geworden, ich trug ihr Rechnung, sagte ich mir, wenn ich nun – neun Jahre später – entgegen so vielen triftigen Gründen und trotz Rühles Warnung dabei blieb, mich der Partei anzuschließen.

Bei Tisch mußte ich Alice die ganze Geschichte noch einmal erzählen, aber nun war ich wieder ganz gefaßt und brachte eher die grotesken Zwischenfälle zur Geltung. Am Ende lachten wir alle drei — nicht spöttisch, eher wohlwollend — über den Dreizehnjährigen. Alice verbarg nicht ihre Enttäuschung darüber, daß ich über das weitere Schicksal Grimmes nichts zu berichten wußte. Ich hatte einmal einen seiner »Pfeifendeckel«, den zwielichtigen Ulrich, getroffen. Er ließ durchblicken, daß Ingenieur Jonas, so nannte er Grimme, die Textilfabrik seines Vaters ausgebaut hätte, daß er die ganze Zeit in Skandale verwickelt wäre — wegen seiner Frau und wegen seiner Geliebten und wegen großer Spielverluste im Kasino von Zoppot. Das alles ließ er durchblicken und fügte mancherlei hinzu, was diese Informationen überaus fragwürdig machte. Am Ende schien es nicht einmal bewiesen, daß Grimme überhaupt noch am Leben war.

Ich verbrachte noch 24 Stunden in Dresden, wo ich gemäß dem dringenden Wunsch der Rühles in der Wohnung einer Frau übernachtete, die ich in ein persönliches Gespräch verwickeln sollte, damit sie sich endlich mit einem vertrauenswürdigen Psychologen aussprechen könnte. Sie war eine Rohköstlerin strengster Observanz. Während wir gleich nach meiner Ankunft das von ihr zubereitete Abendbrot verzehrten, ließ die große, hagere Frau durchblicken, daß sie nur schwer Zutrauen fassen könnte zu einem Menschen, der sich gewöhnlich mit Tierleichen anfüllte. Nur für die Rühles ließ sie eine Ausnahme zu und für einen Mann, der in ihr und auch in sein eigenes Leben dadurch eine zerstörerische Unordnung brachte, daß er auf den Genuß von Leichen keinesfalls verzichten konnte. Sie schaute mich an, wenn ich sie nicht ansah, und wandte ihr Gesicht ab, sobald ich den Blick auf sie richtete. Ich aß genau so viel, als ich mußte, um den Hunger zu verscheuchen, und machte ihr dann ein übertriebenes Kompliment, bevor ich zur Zigarette griff. Sie zögerte einen Augenblick, ehe sie die Dachluke ihrer großen Mansardenstube öffnete. Ich stellte mich so, daß der Rauch sich schnell verflüchtigte, erwog dabei, meinen Koffer aus dem kleinen Schlafzimmer herauszuholen und in ein Hotel zu fahren. Sie merkte es, trat auf mich zu, sah mir zum erstenmal ins Gesicht und sagte: »Otto und Alice, beide glauben, daß Sie mir helfen könnten. Aber ich glaub's nicht und Sie ja auch nicht. Ich interessiere Sie nicht, ich mißfalle Ihnen sogar.«

»Das scheint nur so, umgekehrt mißfalle ich Ihnen«, antwortete ich. »Ich fülle mich gerne mit Tierleichen an, trinke dazu Wein oder Bier, rauche vorher, nachher und zwischendurch Zigaretten und finde überdies, daß Vegetarier viel zuviel vom Essen reden. Aus diesen Gründen und wohl auch aus anderen gefalle ich Ihnen nicht. Damit müssen wir beide uns bis morgen früh abfinden, dann bringe ich das Gepäck zum Bahnhof. Abends fahre ich nach Berlin weiter, und wir werden einander nie mehr sehen.«

Etwas versöhnlicher, sagte sie: »Sie sind ja ein Genosse, ich habe nichts gegen Sie, aber anderseits können Sie ja gar nicht verstehen, warum ich mit Edgar unglücklich bin – eben weil Sie kein Vegetarier sind.«

Es war offenbar, daß sie nun sprechen wollte, nicht weil sie von mir Rat oder Hilfe erwartete, sondern weil sie es nötig hatte, die eigene Klage zu hören. Sie sprach bis spät in die Nacht, ohne sich auch nur einmal vom Küchenstuhl zu erheben, auf dem sie aufrecht, fast unbeweglich saß; nur der Kopf sank ihr auf die Brust in den kurzen Pausen, die den Redestrom unterbrachen; zuweilen war's, als gäbe sie etwas zu Protokoll. Sie berichtete mit vielen Einzelheiten über ihre Kindheit, ihre Arbeit in der Fabrik, über ihre frühe politische Aktivität und über Edgar. Schließlich auch darüber, wie sie Vegetarierin wurde. Ihre Art zu erzählen glich einer komplizierten Arbeit an mehreren Webstühlen, sie verließ den einen, eilte zum andern, zu einem dritten, kam zum zweiten zurück, zum dritten und so fort. Ihr zuzuhören, war ermüdend und, sooft sie Einzelheiten ausbreitete, eher langweilig. Dennoch beeindruckte sie mich so sehr, daß ich schon damals dachte, ich würde sie nie vergessen.

Sie haßte ihren Namen Hildegard, fand ihn häßlich und beschämend – sie verriet mir nicht, warum. Vielleicht, weil er von jenem Mann gewählt worden war, der ihre Mutter nicht heiraten und sie selbst nie anerkennen wollte. Sie mußte ihn Herr Eschenheim nennen; er kam zweimal im Monat, ließ sich eine große Mahlzeit servieren, die er allein aß. Die Mutter und Hildegard sahen stehend zu, immer bereit »zu springen«, wie er das nannte, auf einen Wink von ihm das Glas nachzufüllen, neue Gänge aufzutragen, ihm die Serviette, die ihm oft entglitt, aufzuheben und dergleichen mehr. Nicht nur in der Gasse, in der ganzen kleinen Stadt wußte jeder, daß Hildegard Eschenheims uneheliche Tochter war, die, traf sie ihren Vater draußen, ihn nicht grüßen durfte.

Diese dreißigjährige Frau, die da zu dem Fremden sprach, als ob sie sich ein für allemal aller Worte, all des Ungesagten, dessen sie bis zum Ersticken voll war, entledigen müßte, suchte täglich – in der Rohkost, in der Teilnahme an anarcho-kommunistischen Manifestationen und der Zugehörigkeit zu proletarisch-pädagogischen Gruppen, in ihrer Arbeit als gelernte Buchhänderin und in der »freien Liebe« – Rettung vor der Erniedrigung, die, obschon nur noch Erinnerung, täglich in ihr wiedererstand.

Ich war gewiß nicht der erste, dem sie »alles« von sich erzählte. Alice und Otto Rühle hatten ihre Lebensgeschichte schon gehört und die Klage über ihre Unfähigkeit, die Angst vor Erniedrigung zu überwinden. Und natürlich habe ich in jener Nacht nichts anderes für sie tun können als ihr zuhören. Als ich, 15 Jahre später, die Romanfigur Erna und ihr klägliches Ende in einer Mansardenstube ersann, dachte ich gar nicht an Hildegard. Aber als ich die von einer sehr guten Schauspielerin verkörperte Erna 1970 in einem Film sah, der nach meinem Buch *Der verbrannte Dornbusch* gedreht worden war, konnte ich kaum den Tränen wehren.

Damals aber, nach jenem Gespräch mit dieser Frau, die ich nie wiedersehen sollte, wandelte ich durch die Straßen der schönen Stadt und dachte nur an die nahe Zukunft, an mein Neubeginnen in der Fremde. War ich meiner selbst zwar recht sicher, so vergaß ich nicht, daß ich imstande war, vielerlei Fehler zu begehen, mich übermäßig zu begeistern, mich arrogant oder umgekehrt allzu entgegenkommend zu zeigen. Das alles blieb ohne Folgen da, wo ich von Freunden umgeben war. Aber in der Fremde würde ich jeden Fehler büßen müssen, vor allem meinen größten, wenn auch nicht dauerhaften, unverschuldeten Fehler: so jung zu sein, viel zu jung für alles, das ich unternehmen sollte. Ich gelobte mir, nicht zu schnell aufzugeben, selbst wenn sich im Laufe der ersten Monate kein einziger Erfolg einstellen sollte. Mein Vater hatte mir versprochen, mir während der ersten sechs Monate zu helfen, aber die Summe würde gering sein, gerade genug, um die Miete eines nicht zu teuren Zimmers zu bezahlen und mich vor Hunger zu bewahren.

Im vollbesetzten Coupé hörte ich den laut geführten Gesprächen zu und summte dabei kaum hörbar ein Lied nach dem andern. Zwei Reisende, alte Bekannte, die der Zufall nach Jahren wieder zusammengeführt hatte, berichteten einander, wie es ihnen inzwischen ergangen war. Mich interessierte ihre Sprechweise mehr als ihre Geschichten. Die Witzigkeit, die mitten im Trivialen immer wieder aufblitzte und die Plattheit ihrer Sprache vergessen ließ, war Folklore und nährte sich von wohlplacierten Klischees des Berliner Volksmundes. Manche von diesen kannte ich aus der Literatur, aber nun erst vernahm ich sie in der als schnoddrig verschrienen preußischen Mundart, die der Ironie weit stärkere Wirkung verleiht als die Sprache der Wiener. Als wir uns Berlin näherten, färbte sich der nächtliche Himmel rosarot, orange und grau. Ich dachte an den Himmel über dem brennenden Städtel und bewunderte den Widerschein des Lichtmeers, das die Wolken über der Riesenstadt illuminierte. Zum erstenmal sah ich ein solches Farbenspiel, es war der allererste Eindruck, den ich von Berlin empfing. Und er war wohl stärker, als ich es damals empfunden habe, denn ich mußte später die viel zu zahlreichen Anspielungen auf dieses wohlbekannte Phänomen in den Manuskripten meiner Romane streichen. Mit Wien hatte mich seit meiner frühen Kindheit, lange bevor ich dort hinfuhr, eine hoffnungsfreudige Intimität verbunden; mit der Hauptstadt des Deutschen Reiches verband mich keinerlei Traum, ich hegte weder ein Vorurteil gegen sie noch den Wunsch, sie zu lieben.

Zweiter Teil

Die vergebliche Warnung

War Berlin keineswegs so häßlich, wie es in Büchern zu lesen stand, so fehlte ihm doch der Reiz jener alten Städte, die am Ufer eines Flusses oder eines Sees gleichsam organisch gewachsen sind. Außer den zudringlichen neugotischen Bauten war fast nichts wirklich störend an dieser riesigen Agglomeration, aber vieles blieb an ihr – in mehr als einem Sinne dieses Wortes – *beziehungslos.* Ich habe keines der bequemen, groß angelegten Häuser vergessen, in denen ich gewohnt habe, aber die Erinnerung an sie weckt keinerlei Gefühl. Und dennoch habe ich während meiner Berliner Jahre, also eben in diesen Häusern so vieles mit solcher Intensität erlebt, daß ich glauben mußte, ich wäre auf einem Höhepunkt angelangt, und es ginge nur noch darum, ihn nicht zu geschwind zu überschreiten. Nicht in Jahren lebte ich da, sondern in Tagen und Nächten, in Stunden – so dicht folgten einander Tun und Geschehen, Begegnungen und Bindungen, Absichten und Verwirklichungen. Das lag nicht nur an mir, sondern an der Stadt, wie sie eben damals war. Die Berliner, die eingeborenen und die zugewanderten, schienen während der letzten Jahre der Nachkriegsprosperität unerschöpfliche Energien zu entwickeln, sie nahmen jeden Tag aufs neue den höchst spannenden, begeisternden Wettlauf mit der Zeit auf. Zuerst fragte man sich mißtrauisch, ob diese hektische Regsamkeit nicht ein überwertetes Getue, ob diese Vitalität nicht das Ergebnis eines künstlich erzeugten Rausches wäre, auf den Ermüdung und Stumpfheit folgen müssen. Die Erprobung sollte bald folgen. Die Wirtschaftskrise, die gegen Ende 1929 einsetzte, traf Berlin mit besonderer Härte und griff grausam in die Existenz aller Einwohner dieses ungeheuern Industrie-, Handels- und Verwaltungszentrums ein.

Mir gefielen die Berliner vom ersten Tag an, wohl auch deshalb gelang es mir schnell, guten Kontakt mit ihnen zu erlangen, nicht nur mit den Intellektuellen, sondern mit Menschen in allen Lebenslagen, vor allem mit Arbeitern.

Ein etwa vierzigjähriger Mann von mittlerem Wuchs, stämmig, unter aschblondem Haar ein helles, volles Gesicht, eine wohlgeformte Stirn, hinter blitzenden Gläsern gescheite Augen, die spöttisch winken und schnell abwinken können, ein beweglicher, dünnlippiger Mund, dem eines Kleinkindes ähnlich, das mühsam das Weinen zurückhält. Ein erster Eindruck, der immer wiederkehrt: ein protestantischer Theologe, der viel schreibt, insgeheim wohl auch Gedichte. Ein leerer Ärmel des wohlgeschnittenen Rocks – der Arzt und Psychologe *Fritz Künkel* hatte im Krieg einen Arm verloren; am gleichen Tag, wahrscheinlich in der gleichen Stunde, an einem andern Abschnitt derselben Front, erlitt sein Bruder die gleiche Verletzung. Künkel glaubte nicht an einen Zufall, auch nicht an eine simple, wenn auch statistisch höchst seltene Koinzidenz, denn er blieb in allen Lebenslagen ein deutender Denker, der überall einen Sinn vermutete, welcher nicht unbedingt, ja überhaupt nicht vernünftig sein mußte. Dieser überaus scharfsinnige Psychologe war ein dialektischer Nachfahre Ekkehardts, des deutschesten aller christlichen Mystiker. Künkel war auf eine eigene Art gläubig – was auch immer er war, er war's auf eine eigene Art, so auch deutschnational. Er hatte recht, sich als niemandes Jünger zu betrachten; war er geneigt, von jedem zu lernen, der etwas Neues zu sagen hatte, so ging er doch stetig vorwärts auf einem Weg, der sein eigener war. Schon gab es welche, die ihm folgten, obschon er noch mit der Sicherung der Grundlagen beschäftigt war, auf denen er sein Lehrgebäude errichten wollte.

Fritz Künkel wußte von mir und zweifelte nicht daran, daß ich nicht nur mit Adlers Zustimmung, sondern auf dessen Wunsch nach Berlin gekommen war. Als Vorsitzender der *Berliner Gesellschaft für Individualpsychologie* hieß er mich willkommen und drückte seine Gewißheit aus, daß meine Mitarbeit sich für alle als überaus nützlich erweisen würde. In unserem ersten längeren Gespräch erwähnte ich mehrfach die beiden Rühle, die er natürlich kannte, und gab ihm zu verstehen, daß auch mir wie diesen beiden sehr viel daran läge, die Verbindung zwischen Individualpsychologie und Marxismus enger zu gestalten. Er wollte erfahren, was das praktisch bedeuten konnte. Zweierlei, erwiderte ich: erstens, die Kenntnis der Individualpsychologie innerhalb der Arbeiterbewegung zu verbreiten, auf sozialistische Jugendführer und Sozialfürsorger und Leiter pädagogischer, staatlicher und städtischer Institutionen Einfluß zu gewinnen; zweitens, innerhalb der individualpsychologischen Bewegung die Kenntnis sozialer Sachverhalte zu fördern und damit die richtige Einschätzung ihrer Bedeutung für das bessere Verständnis individueller und sozialer Phänomene.

Er fragte mich nicht, ob ich darauf ausginge, die gesamte individualpsychologische Bewegung in Deutschland zu politisieren, ließ aber durchblicken, daß er solche Absicht nicht gutheißen könnte, fügte jedoch nicht hinzu, daß er sich ihrer Ausführung widersetzen würde. Unser Gespräch nahm bald darauf eine andere Wendung, wir diskutierten über Dialektik – nicht die hegelsche oder marxsche, sondern über die von ihm vorgezogene *vitale Dialektik,* die er als die Quelle aller Motivationen ansah. Er drückte sich klar aus, wie unabsichtlich gelangen ihm frappante Formulierungen; ähnlich wie Heidegger und

C. G. Jung benutzte er häufig alltägliche Worte und eher verbrauchte Redensarten in einer Weise, die ihnen eine andere, tiefere Bedeutung und damit eine unvermutete Originalität verlieh. Lange bevor ich Heideggers »Sein und Zeit« gelesen hatte, war ich in Dichtungen auf solch erstaunliche Aufwertung von abgebrauchten Worten gestoßen. Bewunderte ich sie nun auch bei Künkel, so konnte ich ihm jedoch nur da zustimmen, wo er als Charakterologe sprach. Als Mystiker aber interessierte er mich nur ästhetisch, denn sein Gott war, sofern überhaupt vorhanden, ein bläßlicher Zivilist, ein leicht zu verscheuchender Schatten des jüdischen Gottes, den mein Urgroßvater Boruch überall antraf und sein Leben lang mehr liebte als irgendein Wesen auf der Welt.

Für Adler wie für Rühle war es eine abgemachte Sache, daß Künkel und ich immer schärfer abgegrenzte, entgegengesetzte Positionen einnehmen würden. Wir waren zwar in der Tat Gegner, aber wir diskutierten gerne privat und in öffentlichen Veranstaltungen, stets neugierig auf des anderen Argumente und seine Art, sie vorzubringen. Nach unserer ersten Begegnung stellte Künkel seinen Ordinationsraum und das Wartezimmer für meine Kurse zur Verfügung. Damit begann meine Karriere in Berlin. Er selbst blieb manchmal nach seinem ermüdenden Arbeitstag auch da, um zuzuhören, und riet Leuten, die ihm nahestanden, seinem Beispiel zu folgen.

Während ich diese Zeilen schrieb, versuchte ich, mir diese Begegnungen auch bildlich genau in Erinnerung zu rufen. Manchmal gelang es mir, Künkel, den ich seit 1933 nicht wiedergesehen habe, und Ruth, seine früh verstorbene Frau, die mir ein sehr guter Freund gewesen war, auferstehen zu lassen, mit allen Einzelheiten ihrer äußeren

Erscheinung, ihrer Gebärden, des charakteristischen Tonfalls des einen und andern. Am undeutlichsten, ja fast verschwommen blieb mir mein eigenes Bild. Ich könnte – nicht ohne Mühe, das ist wahr – Zug für Zug des Gesichts wiederfinden, Gesten, Körperhaltung des Vortragenden und natürlich die schnelle Gangart, mit der ich, ohne es zu wissen, die Allüre meines Vaters nachahmte. All das zusammen ergibt jedoch nur die Kennzeichen eines Signalements und kein Porträt. Die Erklärung? Ich werde sie jetzt nicht suchen, doch dünkt es mich, daß es mit jener das Gesichtsfeld einengenden Zielstrebigkeit zu tun hat, die ich bereits erwähnt habe. Ich war nach Berlin gekommen, wo ich kaum jemanden kannte, sollte eine schwierige Aufgabe erfüllen und auch zu diesem Zweck schnell Menschen gewinnen: für Adler, für die marxistische Individualpsychologie, für die Revolution und schließlich für mich. Oder für mich, damit sie mir trauten, glaubten und sich so leichter für die Sache gewinnen ließen.

Adler hatte mir vor meiner Abreise zwei Bogen in die Hand gedrückt – sie enthielten in doppelter, handschriftlicher und maschinegeschriebener Ausfertigung eine Empfehlung, die mich als den »besten Interpreten seiner Anschauungen« bezeichnete und sein »vollstes Vertrauen« in meine Person und zu meinen Initiativen nahezu hyperbolisch ausdrückte. Diese Empfehlung habe ich nie benutzt, ja ich habe nicht einmal erwogen, sie jemandem zu zeigen oder ihrer Erwähnung zu tun. Und es hatte dieser seltsamen Bescheinigung gar nicht bedurft, um in mir das sichernde Bewußtsein zu stärken, daß ich nicht etwa für mich, sondern vor allem als Abgesandter für eine Sache einzutreten hatte.

Das Sendungsbewußtsein paßte gewiß zu meinem Wesen wie zu dem so vieler junger Menschen, die in Zeiten großer Katastrophen den eigenen Weg ins Leben suchen und, um ihn zu finden, sich Bewegungen anschließen, die sich ihrerseits darauf berufen, daß sie eine historische Aufgabe zu erfüllen haben, da ihnen allein die hohe Sendung zuteil geworden ist, einen Stamm, ein Volk, eine Klasse, die ganze Menschheit zu befreien. Ohne ein Sendungsbewußtsein hätte wohl keiner der jungen Narodniki den Willen, geschweige denn den Mut aufgebracht, »ins Volk« zu gehen, um in verworfene Dörfer, wo sie niemand erwartete und kaum jemand verstand, die Botschaft des Menschenrechts und des Aufruhrs zu tragen; keiner von ihnen hätte sich auch nur einen Augenblick für fähig gehalten, sich in einen Kopfjäger, in einen Mörder zu verwandeln. Das Undenkbare wurde möglich, ja zur unerläßlichen Pflicht, sobald diese jungen Leute überzeugt waren, in Treue zu einer Sendung als *Abgesandte* zu handeln.

Die Frage, wie bescheiden oder unbescheiden ich seinerzeit in persönlichen Angelegenheiten gewesen sein mag, scheint mir unerheblich, ja nicht einmal interessant. Daß ich nie ein Ausbund an Bescheidenheit gewesen bin, ist wohl gewiß; in der Tat wünschte ich gar nicht, bescheiden zu sein, und war es dennoch gegenüber Menschen, deren Geist oder Edelmut, unverdientes Leiden oder Alter mir das Gefühl einflößte, daß ich ihnen etwas schulde: Respekt, vielleicht Bewunderung und jedenfalls den Vortritt in allem. Doch wo es darum ging, sich für eine Sache einzusetzen, da galt in erster Linie das Gesetz der Aktion, das persönliche Einschränkungen nicht gelten ließ.

Was ging einen aus dem ostgalizischen Städtel Zablotow stammenden blutjungen Juden der Kampf des deutschen Proletariers an? Mit welchem Recht maßte er sich an, in jenem eine Rolle – und wäre es auch nur die winzigste – zu spielen? Wen repräsentierte ich? Gewiß nicht die Arbeiter von Berlin-Wedding, von Essen oder von

Chemnitz. War ich ein Abgesandter? Nicht einmal die Eigenen hätten mich dazu erkoren; die frommen Juden nicht, weil ich ungläubig war; die Zionisten nicht, weil ich an ihre Lösung der Judenfrage nicht glaubte; meine Freunde aus der Jugendbewegung nicht, weil ich es abgelehnt hatte, ihre Mühsal zu teilen, weil ich bestenfalls ein skeptisch freundlicher Beobachter blieb, indes ich am Aufbau ihrer Kibbuzim als einer von ihnen hätte teilnehmen müssen. Und war ich ein »Abgesandter« Adlers, so vergaß ich im Gespräch mit Künkel nicht, daß er ein repräsentativer Psychologe Deutschlands war oder werden konnte – er, nicht ich.

In meiner Erinnerung bleibt, wie gesagt, das äußere Bild dessen, der ich damals gewesen bin, so verschwommen, als ob ich mich – so merkwürdig es klingen mag – bei diesen Begegnungen ausgeschaltet hätte. Das Unsicherheitsgefühl, das mich hätte hemmen können, kam gar nicht auf, solange ich mich nicht um mich kümmerte, nicht um den Eindruck, den meine Person hervorrufen mochte. Deshalb kannte ich kaum das Lampenfieber. So überaus persönlich meine Art vorzutragen anderen erschien, mir war sie stets ein lautes Denken, bei dem es nur darauf ankam, alle Mittelbarkeit so auszuschalten, daß der Hörer unmittelbar teilnehmen, das heißt, den Gedankengang als einen eigenen Denkakt erleben könnte. Das zu erreichen, dürfte mir damals recht häufig gelungen sein. Ich ermaß meine Wirkung erst viel später: als die frühe Jahreszeit meines Lebens, als diese Phase triumphaler Juvenilität vorbei war. Daß ich mich somit während mehrerer Jahre in einer besondern, überaus förderlichen Weise verkennen konnte, war ein Ergebnis individualpsychologischer Selbsterziehung. Dank ihr konnte ich mich dem Vergleichszwang relativ leicht entziehen. Weit mehr als heute war ich damals fähig, jedes Menschen Eigenart zu entdecken und seine Unvergleichbarkeit anzuerkennen. In allen Fällen galt für mich: jeder ist allen Menschen unendlich ähnlich, keiner ist dem andern gleich. Allen andern ungleich, konnte ich den einzelnen nur verstehen, wenn ich unterstellte, daß ich er sein und wie er handeln könnte.

Die durch diese Einsicht beeinflußte, doch nicht immer erreichte Haltung hinderte mich nicht, ehrgeizig zu sein und eitel, manchmal zornig und, wenn auch nur vorübergehend, borniert. Der Wille und das Bewußtsein, für eine Idee einzustehen, haben so viele andere, die um jene Zeit jung waren, vor dem Egozentrismus bewahrt, aber nicht vor der Selbstsucht, sofern diese sie nicht in offenen Widerspruch mit den Forderungen des Kampfes für die *Sache* brachte. Was immer das Interesse für mich als Vortragenden erweckt haben mochte – meine Jugend, meine Fähigkeit zu improvisieren, laut zu denken, eigenen Widersprüchen eindeutig Ausdruck zu geben und sie sodann überzeugend aufzulösen oder umgekehrt in ihnen vorerst weiter zu verharren – das wie so vieles andere konnte meinen damaligen Erfolg erklären.

In Wahrheit habe ich mich erst viel später danach gefragt: als ich auf der verbrannten Erde des Niemandslandes alles, was ich je unternommen hatte und zugleich mich selbst und den Sinn meines Seins so kritisch zu überprüfen begann, als ob es gälte, über die Berechtigung meiner Fortdauer zu entscheiden. Ich betrachtete alles im unguten Licht des zerstörenden Feuers, das im allmählichen Erlöschen nur noch die verkohlten Trümmer beleuchtete. An den bitteren Geschmack der Hoffnung hatte ich mich schon gewöhnt; ich fand mich schwer mit dem Geruch kalter Asche ab, der die Erinnerung an die »Erfolge« der Berliner Jahre unleidlich machte.

Es gab nur wenige Deutsche, die Achtung oder auch nur geduldige Sympathie für die Weimarer Republik aufbrachten; sie wurde von erbarmungslosen Extremisten rechts und links ausdauernd verachtet und gehaßt. Es fand sich kaum jemand, der ihr die ungeheure Leistung des Wiederaufbaus des entehrten, zerschlagenen, verarmten Reiches und den kulturellen Aufschwung gutgeschrieben hätte, dessen Ergebnisse selbst heute, fünfzig Jahre später, überall in der Welt gerühmt werden. Mehr als anderswo war die ungeliebte Republik in Berlin zu Hause – und dies nicht nur, weil es die Hauptstadt des Reiches war.

Zehn Jahre nach dem Ende des Krieges war Deutschland wie berauscht von einem scheinbar unaufhaltsamen Aufstieg, hingerissen von der eigenen Betriebsamkeit und dem täglich beschleunigten Wachstum seiner Produktivität und seines Lebensstandards. Das Kleinbürgertum und der niedere Mittelstand vergaßen nicht, daß Krieg und Inflation ihre Ersparnisse völlig entwertet, sie aus Rentnern mit gesicherter Zukunft in Mittellose ohne Gegenwart verwandelt und ihre Nachkommen enterbt hatten. Sie verziehen es nicht und verabscheuten deshalb die Republik, deren Beseitigung durch die Rechtsextremisten sie herbeisehnten. Alle anderen aber, vor allem die Arbeiter und Angestellten, deren Reallöhne seit dem Ende der Inflation stetig wuchsen, hofften, daß die Besserung ihrer Lage ungestört anhalten würde. Am Rande der Städte erstanden neue Siedlungen, in denen die werktätige Bevölkerung Luft, Licht und modernen Komfort, kurz, all das fand, was sie sich in den alten Arbeiterquartieren hatte versagen müssen. In den sehr häufigen Festveranstaltungen der linken Organisationen gab es natürlich auch Reden, die die bevorstehenden Entscheidungskämpfe, das vielbesungene »letzte Gefecht« ankündigten. Das Publikum klatschte frohgemut in geduldiger Erwartung des künstlerischen Programms, dem dann endlich die Tanzmusik folgen würde.

Nur wenige Jahre später begegnete ich diesen Männern, Frauen und Jungen; ich sah sie viel öfter als in den ersten Monaten meines Berliner Aufenthaltes, doch nun handelte es sich nur selten um Feiern, fast immer um politische Versammlungen, um Straßenmanifestationen, denen Zusammenstöße mit der Polizei und immer häufiger auch mit den Nazis ein Ende bereiteten. Die Züge der verhärmten Gesichter spiegelten nun keinerlei Frohmut wider, am öftesten verrieten sie Unmut, Zorn und ungeduldige Hoffnung.

Die Vorträge und Kurse ließen mir nur wenige Abende in der Woche frei, daher suchte ich Veranstaltungen und Cafés erst nach zehn Uhr auf, häufig von Hörern begleitet, die weiterdiskutieren wollten oder mit mir zusammen entspannende Unterhaltung suchten. Das vielgenannte *Romanische Café* enttäuschte mich und rief in mir das Heimweh nach dem *Herrenhof* wach. Die »Berühmtheiten«, die man hier, im Schatten der Wilhelm-Gedächtnis-Kirche antraf, waren kaum interessant, zumeist »Originale«, Typen, verspätete Bohemiens. Dort lernte ich – vorerst nur flüchtig – den überaus populären »rasenden Reporter« Egon Erwin *Kisch* kennen, mit dem ich später, im Pariser Exil, oft zusammenkommen sollte.

Kisch war ein warmherziger, humorvoller Mensch, der seinen Witz nur ausnahmsweise, hauptsächlich in der politischen Polemik, boshaft verwandte. Er wußte fast alles »auf alle«, wie man in Prag sagte; dieser höchst begabte Journalist benutzte das große Geschehen nach Belieben als Rohstoff für Reportagen ebenso wie für ausführliche und erheiternde Anekdoten, anderseits verwandelte er Zwischenfälle, lokale Ereignisse und persönliche Begegnungen in politischen Lehrstoff. Seine Leser mußten den Eindruck gewinnen, daß er seine Reportagen mühelos aus dem Ärmel schüttelte. In der Tat kam ihn jedoch das Schreiben so schwer an, als müßte er die Worte erst erfinden oder einzeln in einem schlecht gedruckten Wörterbuch zusammenklauben. Er saß stundenlang über dem entmutigend gleichgültigen Papier, schrieb zwischendurch altmodische, kalligraphische Buchstaben und zeichnete daneben Männchen und Tiere, um nicht ganz allein zu bleiben und um sich selbst zu beweisen, daß er doch irgend etwas zustande bringen konnte. Man weiß und wird es übrigens gewiß bald wieder entdecken, daß er in der Tat trotz dieser Mühsal viele gescheite, witzige Bücher veröffentlicht hat. Ein treuer Kommunist, schrieb er die Wahrheit über die Lage der Armen und Unterdrückten, in Reportagen und Erzählungen schilderte er, was er selbst gesehen, gehört, hinter den Fassaden und Kulissen entdeckt hatte. Doch dauerte es nicht lang, und er wurde schieläugig und schließlich halbblind: Er sah das Übel nur auf der anderen, von den Kommunisten bekämpften Seite; im eigenen Lager erblickte er nur das Gute oder zwang sich dazu, nur dieses wahrzunehmen. Oder er durchschaute es mit seinem scharfen Blick, entdeckte Lug und Trug und verschwieg es ... Viele Leute, auch solche, die er kaum kannte, drängten sich um seinen Tisch, nannten ihn mit erschlichener Intimität *Egonek*, und er ließ es geschehen, weil er, wo auch immer er war, die Prager Stimmung brauchte, um sich heimisch zu fühlen.

Ich fand in Berlin kein Café, in dem ich Stammgast hätte sein wollen, wie ich es im *Herrenhof* war, sooft ich wieder Wiener Boden betrat. Auch im *Romanischen Café* gab es einige Personnagen, hauptsächlich solche, die man verkrachte Existenzen nannte; unter ihnen fanden sich Mädchen und junge Frauen, die, schien es, aus düsteren Provinzstädten oder aus besonders strengen Pastorenhäusern ausgerissen und atemlos ins Lokal gerannt waren, um der Welt zu zeigen, »was 'ne Harke ist«. Am Ende kam es in den meisten Fällen darauf an, ob sie einen arrivierten Partner fanden oder einen Mäzen oder ob sie sich mit einem verkannten Genie zusammentun mußten. Manche dieser Frauen tauchten in meinen Kursen auf und verschwanden bald wieder.

Was auch immer man gegen unser Jahrhundert vorbringen mag, den Vorwurf, Genies verkannt zu haben, verdient es weit weniger als irgendein anderes. Und in jener Zeit war Berlin die anerkennungsfreudigste Stadt der Welt. Während der Hauptsaison verging kaum ein Tag, an dem man nicht aus dem Morgenblatt oder spätestens durch die Abendzeitung den Namen eines neuen Genies erfuhr. Um das Tempo, auf das alle so stolz waren, nie zu verlangsamen, war es notwendig, jedem Tag einen neuen Glanz zu verleihen. Jongleure und Lebensphilosophen, Schauspieler und Begründer neuer Glaubenslehren, Tänzer mit weltanschaulichem Programm und von ungeduldigen Erbprinzen bedrohte oder gestürzte orientalische Könige mit auffälligem Gefolge, auch der Korruption verdächtige Präsidenten und Bürgermeister großer Städte — sie alle zog es nach Berlin. Und die Stadt entdeckte sie so schnell und adoptierte sie so musterhaft, daß man vermuten mußte, sie hätte sie gezeugt und geboren. Nein, niemand wurde verkannt. Um jeden, der etwas zu sagen, zu lehren, vorzuführen oder gar »vorzuleben« hatte, bildete sich geschwind ein Kreis; winzige oder umfangreiche Gruppen von Glaubensdurstigen scharten sich um sakrale oder profane Wahrheits- und Heilbringer.

Während mehrerer Monate erschienen in einem meiner Kurse einige Männer und Frauen zusammen mit ihrem Meister, einem außerhalb ihrer Gruppe kaum bekannten Philosophen. Dieser isolierte sich gleich, nachdem seine Begleiter im Vortragsraum Platz genommen hatten; er setzte sich in ein kleines Zimmer daneben, ließ aber die Tür offen, so daß er dem Kurs folgen konnte. Von Zeit zu Zeit begab sich einer seiner Anhänger zu ihm, bekam von ihm irgendeinen Auftrag, der wohl die nachfolgende Diskussion betraf. Den Meister, Dr. Goldberg, der tatsächlich ein interessanter Denker gewesen sein soll, traf man häufig im *Romanischen Café* in der Mitte seiner Jünger an. An ihm, der ein Mann mittleren Alters war, schien alles zu schwer und linkisch zu sein: das zu volle Gesicht, der massive Leib und die Gebärden. Viel später hörte ich, daß Thomas Mann sich bei seiner Konzeption der Joseph-Tetralogie von Goldberg hätte beraten oder beeinflussen lassen. Der seltsame Hörer verschwand bald aus dem Kurs, doch einige seiner Leute kamen immer wieder. Es gab unter ihnen gelehrte Männer, Autoren philosophischer Abhandlungen, Redakteure und Pressefotografen. Auf den einen oder andern stieß ich in der Pariser Emigration wieder. Ob Juden oder Nichtjuden, sie alle erinnerten mich lebhaft an Chassidim, die sich im Städtel häufig um einen Wunderrabbi scharten, der nur wenige Anhänger fand, weil er kein »Enkel« war, kein Nachkomme einer großen Dynastie von Rabbis. Und es mutete mich höchst kurios an, daß dieser kleine Meister in Berlin das Gehaben eines Wunderrabbis nachahmte, indem er sich in meinem Kurs und wahrscheinlich auch bei anderen Gelegenheiten genauso verhielt wie sie, die am Gebet der Gemeinde zwar teilnahmen, jedoch abgesondert in einem Nebenraum, wo sie sichtbar bleiben sollten.

In jenen Jahren kamen viele politische Emigranten aus Ländern der faschistischen und militärischen Diktaturen. Sie wohnten Tür an Tür mit Familien, die aus dem kommunistischen Rußland geflohen und seit Jahren eifrig damit beschäftigt waren, exilierte Russen zu sein. Ihre echte Nostalgie wurde praktikabel, eine Einnahmequelle: russische Restaurants, Bars in jeder Preislage gehörten fortab zum permanenten *Berliner Betrieb,* von dem man zwar spöttisch, doch mit nie erlahmendem Interesse und oft mit Bewunderung sprach. Auch die ultralinken Gäste des *Romanischen Cafés* aßen gerne in diesen russischen Lokalen und wurden in vorgerückter Stunde gefühlsduselig beim Anhören der Balalaikas und der Zigeunerromanzen. Die nicht mehr jungen, skrupellos geschminkten Sängerinnen erinnerten an die noch immer berüchtigt verführerischen Huren von Babylon, doch verhüllten sie ihre Fülle in farbigen ukrainischen Gewändern.

Alles Fremde war à la mode, doch das Russische allein blieb jahrelang Trumpf, vielleicht weil es gerade in Berlin alle Gegensätze umfaßte, ohne sie im mindesten zu versöhnen oder zu verwischen. Von den ultrareaktionären Monarchisten bis zu den streng marxistischen Menschewiki und den Anarchokommunisten, die sich auf Kropotkin beriefen, von bigotten Prawoslawen bis zu Juden strengster Observanz; von pogromistischen Hetzern bis zu Schriftstellern, die zwischen einer strikt apolitischen, antibürgerlichen Ästhetik und einem ästhetisch reaktionären, doch politisch revolutionären Aktivismus schwankten — sie alle fanden sich hier zusammen, stets beobachtet und nicht selten von Agenten des Sowjetregimes benutzt, das nun seit Jahren jeden Morgen vor seinem unmittelbaren Zusammenbruch stand.

Unter meinen Hörern fanden sich von Anfang an russische Emigranten, fast ausnahmslos Menschewiki. Die jüngeren unter ihnen sollten sich immer mehr den Kommunisten nähern; einige sind schließlich in den dreißiger Jahren heimgekehrt und später in Lagern und Gefängnissen zugrunde gegangen. Nach Hitlers Machtergreifung sind die anderen über Frankreich oder England nach Amerika geflüchtet, wo sie Wurzel faßten und endlich aufhörten, Emigranten zu sein.

Die menschewikischen Hörer wußten natürlich genau, wo ich politisch stand und wie entschieden ich für die Sowjetunion eintrat Doch hinderte es sie nicht, mit mir herzliche Beziehungen anzuknüpfen. Sie waren wirklich liberal und tolerant, überdies hatten sie sich damit abgefunden, daß sich auch ehrliche und gescheite Leute weigerten, die Zeugenschaft von Emigranten gelten zu lassen.

»Warum willst du uns nicht glauben? Warum ziehst du die Lügen der anderen, ihren Betrug vor?« Mit diesen Worten riß mich, noch ehe der Morgen graute, Cl. aus dem Schlaf. Schluchzend wie ein Kind, dem niemand den Schmerz glauben will, wiederholte sie: »Warum, warum?«

Cl. war eine erst spät aus Rußland geflüchtete junge Frau, die Tochter eines bekannten linken Sozialrevolutionärs. Während der wenigen Wochen unserer Freundschaft hatte sie stets politische Diskussionen vermieden und war stumm geblieben, sooft man in ihrer Gegenwart über die Vorgänge in der Sowjetunion gesprochen hatte. Nun erst brach es aus ihr heraus, es gelang mir nicht, sie zu beruhigen; meine Argumente überzeugten sie nicht, sie verschärften ihre Verbitterung. Als sie sich endlich faßte und mich bat, ihr die Heftigkeit ihrer Vorwürfe zu verzeihen, war's schon Tag. Der graue Himmel kündigte Regen an; als ob es eine ungeduldig erwartete Botschaft wäre, lauschten wir auf das Geräusch, mit dem das Haustor geöffnet und metallene Kübel aufs Trottoir geschoben wurden.

Cl. sagte: »Du hast Panait Istratis Romane gelesen und sie gemocht, nicht wahr? Lies nun auch seine Rußland-Bücher!« Ich antwortete, daß ich die erste dieser Reportagen bereits gelesen hatte, und fügte hinzu, daß ich Istrati glaubte, aber dafür hielt, daß er die von ihm beobachteten Fälle administrativer Ungerechtigkeit in der Sowjetunion unzulässig verallgemeinerte und daher falsche Schlüsse aus ihnen zog. Cl. wandte sich stumm ab. Nach einer Weile sagte sie: »Verzeih, ich fühle mich sehr schwach und will versuchen, noch einige Stunden zu schlafen. Am besten, du stehst gleich auf und gehst nach Hause.« Als ich mich über sie beugte, um Abschied zu nehmen, fügte sie hinzu: »Wir werden einander nicht mehr sehen. Ich fahre weg, weit weg und werde nie wiederkommen.« Sie winkte ab, als ich ein Rendezvous für den Abend oder den Tag darauf vorschlug. Ich habe Cl. nie wiedergesehen und nur durch Zufall Jahrzehnte später erfahren, daß sie in einer kleinen Stadt in Amerika lebte und daß es ihr gut ging.

Sie war älter als ich, fast dreißigjährig. Der Zufall fügte es, daß wir in später Nacht eine größere Gesellschaft verließen; wir wohnten im selben Viertel und hatten den gleichen Weg. Während wir in der lauen Nachtluft durch die endlich beruhigten Straßen gingen, begann sie leise zu singen; sie kannte auch die Lieder, die ich von den ruthenischen Bäuerinnen in Tracz gehört hatte. Sie sah jedoch keineswegs wie eine Bäuerin aus, sondern wie eine jener jungen russischen Revolutionärinnen, zu denen ich in romantischer Liebe entbrannt war im gleichen Jahre, da ich von Adler entdeckt wurde, als ich in seinem Seminar von russischen Revolutionären sprach.

Cl. trug ihr aschblondes Haar wie einen Kranz um den Kopf geschlungen, die Wangen ihres ovalen Gesichtes röteten sich schnell und häufig, die hellgrauen Augen wechselten oft den Ausdruck: man las in ihnen Staunen, freudige oder unangenehme Überraschung, dann folgte stets eine Bewegung des Kopfes, die Abwehr bedeuten mochte oder die Entschlossenheit, gleichgültig zu bleiben. Wo immer sie war, sie blieb zumeist ganz nahe der Tür, als ob sie sich den Fluchtweg freihalten müßte. Gesprächig war sie nur, wenn die Rede auf die ferne oder nahe Geschichte des russischen Reiches, besonders der Ukraine, kam. Sie war Historikerin, durch eine Scheinheirat mit einem Reichsdeutschen hatte sie die Staatsbürgerschaft erlangt und hoffte, sich so aussichtsreicher um eine Dozentur an einer deutschen Universität bewerben zu können.

Cl. hörte mich gern über Menschen sprechen, auch wenn sie sie gar nicht kannte, und über Bücher. Meine juvenile Begeisterung für Narodniki mißfiel ihr nicht, obwohl sie ihr abwegig schien. Romantiker in der Politik, meinte sie, seien nicht weniger gefährlich als die skrupellosesten, machtsüchtigsten Despoten.

Das Ende dieser winzigen Episode, dieser Passade, hat in mir einen dauerhaften Eindruck hinterlassen. Die nächtliche Szene, die Verzweiflung jener klugen Frau darüber, daß jemand, der ihr nahe war, die in die Augen springende Wahrheit nicht sehen wollte und die Nöte verkannte, deren Zeugin und Opfer sie selbst geworden war, hat in mir seit jener Nacht immer wieder eine besondere Art von Ungeduld mir selbst gegenüber wachgerufen. Man findet in meinen Romanen die Verzweiflung jener russischen Emigrantin in Szenen wieder, deren Heldinnen zwar keinerlei Ähnlichkeit mit Cl. haben, aber gleich ihr wie in einer Verstörung mit dem Partner brechen, weil sie sich mit seiner energisch gegen die Wahrheit geschützten Unwissenheit nicht abfinden können.

Den leidenschaftlichen Leser, der ich seit meinem zwölften Lebensjahr gewesen bin, beeindruckte am nachhaltigsten, daß in allen Tragödien die Warnung rechtzeitig erfolgt, aber ungehört verhallt, daß sie, mißdeutet oder mißachtet, den so nutzlos Gewarnten nur noch unaufhaltsamer zu Taten drängt, die das Unheil erzwingen. *»Wer gewarnt werden muß, willst du unbedingt wissen? Sag mir doch lieber: wer ist nicht gewarnt? Ich weiß nicht, wie das früher gewesen ist, jetzt nützt keine Warnung mehr. Nicht, weil die Leute mutiger sind als früher, sie sind feig. Sie haben schon Angst davor, die Warnung zu verstehen.«* Diese Worte legte ich einem vorübergehend an sich selbst verzweifelnden Apparatschik in den Mund; so sprach er im Sommer 1938.

Während einiger Monate kam in meine Kurse ein hochgewachsener, auffällig magerer Mann, der den mit einem Pelzkragen aufgeputzten Mantel stets anbehielt, auch wenn er ganz nahe der Heizung zu sitzen kam. Seine dunklen Augen blieben, wenn er zuhörte, fast immer geschlossen, doch sandten sie, sobald er sprach, aus tiefen Augenhöhlen Blitze, die man zuerst als Signale der Feindschaft empfand. Man merkte jedoch rechtzeitig, daß sie nichts anderes verrieten als seinen Willen, schnell und widerspruchslos überzeugend zu wirken. Es vergingen Wochen, ohne daß sich seine Anwesenheit bemerkbar machte, er blieb im Winkel neben der Heizung, wie zugedeckt von seinem zu weiten Mantel, als ob er auf der Ofenpritsche eines russischen Bauernhauses läge und, ungestört von all dem Gerede, in der wohligen Wärme eingeschlummert wäre.

In Wahrheit aber blieb er stets wach, denn er wollte alles genau verstehen, mußte aber scharf aufpassen, da er es mit der deutschen Sprache nicht leicht hatte, besonders wenn sehr schnell gesprochen wurde. Das erste Mal hatte er mich vor dem Haustor abgefangen, seinen Namen unverständlich gemurmelt und mir dann erklärt, aus Gründen, die er mir nicht in zwei Worten darlegen könnte, wäre es absolut notwendig, daß er an meinen Kursen teilnähme. »Aber gratis!« fügte er mit blitzenden Augen hinzu. »Ich bin arm, hab' kein Geld für solche Dinge. Ich bin nur vorübergehend hier, nämlich das ist so: ich bin ein Machnowatz.« So begegnete ich das erste Mal einem nahen Kampfgefährten des im Zwielicht verbliebenen bäuerlichen Anarchisten Machnow, der in den Bürgerkriegsjahren eine nicht unbedeutende Partisanengruppe um sich geschart hatte, die sich vor allem aus Bauern, Arbeitern und aus Deserteuren sowohl der konterrevolutionären Truppen wie der Roten Armee zusammensetzte. Der schlechte Ruf der Machnowtzi war gewiß auch ein Ergebnis der sowjetischen Propaganda, die sie als eine im Dienste der Weißen mordende und sengende Bande von Pogromisten und Henkersknechten hinstellte. In Wirklichkeit wußte man wenig von ihnen, außer daß sie sich nach Art der Guerilleros recht erfolgreich geschlagen hatten, aber schließlich besiegt worden waren. Machnow und einige seiner Gefolgsleute waren über Rumänien und Polen nach dem Westen, nach Paris geflohen.

Mein Machnowatz kam zuerst in den Kurs, nur um herauszufinden, ob ich überhaupt imstande wäre, etwas für seine Leute zu tun, das heißt die Wahrheit über sie und ihre wahren Ziele, über ihren Kampf zu verbreiten und schließlich über ihren furchtbaren, doch, wie er glaubte, nur vorläufigen Untergang zu berichten. Er kam häufiger wieder, als er beabsichtigt hatte, weil ihn die Diskussionen interessierten, obwohl die Debattierer, wie er streng erklärte, sich das Maul trocken redeten, ohne genau zu wissen, worüber sie da stritten.

Er zweifelte nicht im mindesten daran, daß ich geneigt sein würde, von ihm alles, die ganze Wahrheit über Machnow und seine Leute zu erfahren. An einigen aufeinanderfolgenden Sonntagen saß ich ihm gegenüber, jedesmal etwa drei Stunden lang, und hörte seinen umwegigen Bericht an. Sein Wortschatz war begrenzt, aber farbig, drastisch im Adjektivischen und dramatisch in der Wahl der Tätigkeitswörter. Er wirkte überzeugend, wenn er von Aktionen, Scharmützeln, Schlachten, von unerwarteten folgenschweren Begegnungen oder katastrophalen Zufällen berichtete, doch schwach und wie von den eigenen Argumenten verwirrt, wenn er beim Zuhören Zweifel spürte, die zu entkräften und zu zerstreuen ihm nicht sofort gelingen wollte.

Herr Eckert — so sollte ich ihn nennen, er bekannte seinen wahren Namen niemals, damit, sagte er, seine Mörder niemals erfahren sollten, wen sie wirklich gekillt hatten –, Eckert also erwartete von mir genauso wie jener Debattenstenograph mit dem Projekt, in jüdischen Kellern Pilze wachsen zu lassen, absolut nichts für sich selbst. Ich durfte ihm am Anfang jedes Gesprächs einen Tee und am Ende einen Schnaps servieren lassen, die Einladung zu einer Mahlzeit lehnte er jedoch stets ab mit dem Vorwand, er würde zum Essen bereits erwartet. Was erhoffte er von mir? Daß ich, was er mir berichtete, schriftlich niederlegen und einmal veröffentlichen sollte? Für ihn war ich ein Psychologe, kein Schriftsteller. Suchte er Rat? Er ließ mich nicht einmal ahnen, wie, wo, wovon er lebte. Ihm lag daran, daß ich die ganze Wahrheit über die Machnowtzi erfahren und nie mehr vergessen sollte, das wiederholte er mir einige Male. Als die wärmere Jahreszeit kam und man nicht mehr heizte, blieb der Stuhl neben der Heizung unbesetzt, oder es saß ein anderer darauf; Herr Eckert blieb aus. Einmal, etwa zehn Jahre später, in Paris, in der Rue Monsieur le Prince, glaubte ich ihn erblickt zu haben, wie er um die Ecke bog, doch war er es wohl nicht.

Wie Cl. brachte auch er mir eine Warnung, der die unmittelbare Wirkung versagt blieb, doch tauchte sie immer wieder auf – so, als ich die Geschichte der Brigade jugoslawischer Partisanen ersann, die nach vielen Kämpfen und Siegen schließlich zugrunde ging, weil – wie einer von ihnen erklärte – *»es selbst im Märchen noch nie vorgekommen ist, daß einige Weizenkörner die Mühlsteine zerrieben«.* Die kleinen Gruppen zwischen den Mächten, die wenigen zwischen den Majoritäten, erwecken unschwer die Sympathie nachdenklicher Menschen, die sich fragen mögen, warum sie selbst sich niemals den wenigen zugesellen. Die Lächerlichkeit Don Quichottes war in meinen Augen niemals gewisser als seine paradigmatische Größe, dennoch war ich entschlossen, kein Don Quichotte zu werden.

Einer der aktivsten linken Individualpsychologen, der Sozialpädagoge Heinz Jacoby, brachte mich mit extrem pazifistischen Anarchisten zusammen, vor denen ich von Zeit zu Zeit Vorträge hielt, gewöhnlich im Rahmen des »Nie wieder Krieg!«-Museums, das in einem nördlichen Arbeiterviertel installiert war. Der Saal, der kaum 80 Personen faßte, war gewöhnlich voll; die meisten Zuhörer waren belesene Arbeiter, die die Müdigkeit überwanden, sobald man Fragen behandelte, die ihnen am Herzen lagen. Ich sprach gerne zu diesem Publikum, weil mich die Diskussion, die jedem Vortrag folgte, stets interessierte und weil ich da, mehr als anderswo, der überaus glücklichen Verbindung des trockenen, penetranten Berliner Mutterwitzes mit dem Radikalismus aufrührerischer Menschen begegnete, die ohne jeglichen Willen zur Macht gegen alle Machthaber, auch gegen die zukünftigen der »proletarischen« Diktatur, kämpften und ihre Niederlage im voraus in Kauf nahmen. Auch sie waren Weizenkörner, die nur wenige Jahre später zwischen den Mühlsteinen zerrieben werden sollten.

Beziehungen, die potentiell eine unübertreffliche Bedeutung erlangen konnten, jedoch niemals über den Ansatz hinauskamen – solche Beziehungen hat ein jeder mehr als einmal angeknüpft und sehr bald verkümmern lassen: mit Frauen, die man hätte lieben können, mit Männern, denen man sich nahe zu fühlen glaubte. Warum hat mir der Radikalismus der Anarchisten zwar sehr gefallen, aber nie Zutrauen zu ihren Aktionen eingeflößt? Darauf wüßte ich eine Antwort, die jedoch sofort durch eine dem Anschein nach entgegengesetzte abgelöst würde: »Warum habe ich mein Leben lang für die Anarchisten Sympathien bewahrt, obgleich ich seit jeher ihren

Weg, so die individuellen Terrorakte und ihre voluntaristische Geschichtsauffassung, entschieden ablehne? Warum die Partisanen der Djura-Brigade ersinnen, die schon im voraus der Niederlage geweiht sind? Und warum überhaupt das Mißtrauen gegen Sieger, selbst wenn sie für die bessere Sache gekämpft haben, und warum der Zweifel am Sieg? *»Nur die Kürze des individuellen Lebens macht aus, daß gewisse Leute als Sieger in die Geschichte eingegangen sind: sie haben die Umwandlung ihres Sieges in eine Niederlage nicht mehr erlebt... Hat Alexander, hat Cäsar, hat Napoleon gesiegt? Hat Cromwell, Danton oder Robespierre gesiegt? ... Es gibt keine Sieger.«* Diese Worte habe ich im Jahre 1941, im Schatten der militärischen Siege Hitlers, geschrieben.

Doch wenn es je eine Zeit gegeben hat, in der ich den Sieg für möglich hielt und mich als einen von vielen Millionen Menschen auf dem Wege zu ihm glaubte, so waren es eben die Berliner Jahre, deren jedes ganz nah bevorstehende, weltgeschichtliche Entscheidungen anzukündigen schien. Was ich tat – eifrig, unermüdlich und zumeist mit sichtbarem Erfolg –, hatte nichts oder nur ungefähr etwas mit diesen imminenten Entscheidungen zu tun. Für mich jedoch fügte sich alles in einen umfassenden, unlösbaren Zusammenhang.

Dank Otto Müller-Main, der unter uns der weitaus beste, stets verläßliche Organisator war, gelang es der Berliner Gesellschaft für Individualpsychologie, ein Institut zu schaffen, das eine wachsende Zahl von Psychologen, Pädagogen, Ärzten und Sozialarbeitern anzog, die regelmäßig die Kurse belegten. Je deutlicher sich die Trennung Künkels und seiner Anhänger von uns Linken abzeichnete, um so mehr bemühten wir uns, wir alle, die Zusammenarbeit innerhalb des Instituts ungestört fortzusetzen. Künkels und meine Kurse wurden zeitlich so anberaumt, daß man beiden folgen und so gleichsam aus erster Hand erfahren konnte, was uns einte und was uns voneinander entfernte. Einige Male im Jahr organisierten wir Weekendtagungen, die gewöhnlich mit einem öffentlich Zwiegespräch zwischen Künkel und mir endeten. Es ging da in erster Linie um die Grundlagen einer Charakterologie, um die Notwendigkeit und Möglichkeit, diese mit einer Soziologie, einer Geschichtsauffassung, einer Weltanschauung oder einem Glauben und schließlich mit einer sozialen Praxis zu vereinen. Im gleichen Maße wie die Wirtschaftskrise die Sorgen des Alltagslebens drükkender gestaltete, nahmen die sozialen Probleme in unseren Debatten einen immer breitern Platz ein; in allem wurde die politische Fragestellung unausweichlich.

Ich wirkte als psychologischer Experte für die *Berliner Zentrale für Wohlfahrtspflege,* die, von Sidonie Wronski, einer ungewöhnlich energischen, umsichtigen Frau, geleitet, schon vor der furchtbaren Krise den Bereich sozialer Fürsorge wesentlich erweitert hatte; ich lehrte an mehreren Fachschulen, die Fürsorger und Sozialpädagogen ausbildeten, und überdies am Sozialpolitischen Seminar der Preußischen Hochschule für Politik, das unter anderem Juristen psychologische und pädagogische Kurse bot, damit sie in den neugeschaffenen Jugendgerichten ihre Funktion mit Kompetenz ausüben könnten. Im Auftrag der Stadt Berlin gab ich in einigen Fürsorge-Erziehungsheimen, die sich außerhalb der Stadt, zumeist in der Mark Brandenburg befanden, Kurse und Beratungsstunden für die Heimerzieher. Noch viel anderes müßte ich in diesem Zusammenhang aufzählen, doch im Schreiben verwundere ich mich über den so tätigen jungen Mann, der ich gewesen sein muß und der wohl gar nicht wußte, was Müdigkeit ist. Ich glaubte, mich gar keiner Aufgabe entziehen zu dürfen, und verfügte über die Zeit, als ob sie so elastisch wäre, daß man in ihr das und jenes und immer mehr unterzubringen vermöchte, nicht zuletzt die psychotherapeutische Tätigkeit, der ich jeden Tag durchschnittlich sechs Stunden widmete, die Kurse im Individualpsychologischen Institut und in den Fachschulen und überdies öffentliche Vorträge und Debatten über psychologische, pädagogische und politische Probleme. Recht oft klingelte spät in der Nacht das Telefon, ein Freund hatte es dringend nötig, sich auszusprechen; oder es läutete am Haustor unten ein dem Heim entlaufener Fürsorgezögling, der Rat, etwas Geld und sofort eine Bleibe für die Nacht brauchte und Schutz vor der Polizei, die ihn suchte, um ihn ins Heim zurückzubringen.

Am Sonnabendabend gab ich in meiner Wohnung einen Vortragszyklus vor einem geschlossenen Kreis jener Teilnehmer der anderen Kurse, welche mich am meisten interessierten. Im Mittelpunkt der Vorträge und Debatten standen abwechselnd: das Wesen der psychologischen Deutung, ihre Technik und ihre Grenzen, und Erwägungen über die Voraussetzungen einer adlerisch-marxistischen Sozialpsychologie. Jeder konnte Fragen und Einwände vorbringen; auch deshalb zog der Kurs viele Leute an, darunter recht viele Ausländer, die nur einige Wochen oder Monate in Berlin blieben.

Erst jetzt frage ich mich erstaunt: Was begründete mein Selbstvertrauen? Was erweckte und nährte das Vertrauen der anderen zu dem so jungen Menschen, der ich war? Die Antwort muß vielerlei einbegreifen, was nicht nur mich und nicht nur die besondere Situation betrifft, in der sich mir damals alles so darbot, als ob es hinter der Kulisse nur auf ein Stichwort gewartet hätte. So die Begegnung mit Menschen, die mich fördern konnten oder jedenfalls zu fördern wünschten, und mit anderen, die mich brauchten oder gerade mich zu brauchen glaubten. Um es schon hier ohne Umschweife festzustellen: mitten in dieser nicht nur dem Anschein nach so erfolgreichen

Tätigkeit verstärkte sich, zuerst langsam und fast unmerklich, der Zweifel am Wert meiner Erfolge. Nicht nur der meinen, sondern der psychologischen Erfolge im allgemeinen, ihrer Reichweite, ihrer Tiefe, ihrer Dauerhaftigkeit. Und schließlich drängte sich mir immer wieder die Frage auf: Wer behandelt wen? Zum Beispiel, traf es zwar zu, daß mein Selbstvertrauen das Vertrauen jener förderte, die sich an mich wandten, so wußte ich dennoch von Anbeginn, daß ich meinerseits ihr Vertrauen brauchte wie einen Bissen Brot.

Thomas Manns Romanheld Joseph, Jakobs Lieblingssohn, hatte eine Art, älteren Leuten gute Nacht zu wünschen, die ihnen wohltat und für die Dauer einer Nacht Kummer und Gebrechen zu lindern schien. Vielleicht weil ich selbst viel und gerne sprach, rief meine Art zuzuhören in jenen, die zu mir kamen, oft die Gewißheit hervor, daß ihre Worte so aufgenommen wurden, daß zugleich mit dem, was sie mitteilten, offenbar wurde, was ihnen unausgesprochen als Erlebnis und Leid zugrunde lag. Die Regentropfen wurden nicht vom Boden verschlungen, sondern von einer tiefen Zisterne aufgenommen und bewahrt. Anderswo habe ich, gewiß nicht als erster, den Verdacht ausgesprochen, daß zu den Beweggründen des Psychologen auch ein Streben nach Macht und Überlegenheit gehören kann und in seiner Bemühung, den andern so zu verstehen, als ob er sich mit ihm identifizierte, ein Bedürfnis nach Selbsterweiterung. Weil nichts, beinahe nichts dergleichen mich damals beseelte, wenn ich einem Leidenden gegenübersaß, hörte ich oft viel mehr, als er aussprach.

Es gab natürlich auch Mißerfolge. Ihnen verdankte ich präzisere Fragestellungen betreffs der Beziehung des Menschen zu sich selbst und zu seinen beabsichtigten, vollbrachten oder unterlassenen Taten. Ausgehend von unserer Fähigkeit zu irren und unserer Unfähigkeit, niemals zu irren – besonders da, wo es um uns selbst geht – bemühte ich mich, die Psychotherapie als eine eigenartige, im voraus zweckgebundene Beziehung zweier Menschen, als eine gemeinsame Suche nach Wahrheit und als einen fortgesetzten Solidaritätsakt, aber auch als eine Verführung zu analysieren, bei der die Rollen des Verführers und des Verführten immer wieder, zumeist unmerklich, miteinander vertauscht werden können.

Den Ausdruck »fauler Zauber« konnte man überall hören, doch wohl nirgends so oft wie in Berlin; auch deshalb gefielen mir die Berliner so gut. Ich war entschlossen, kein Zauberer zu sein, mich von den Bezauberten nicht bezaubern, durch das Echo der eigenen Stimme nie verführen zu lassen. Ich blieb nicht immer auf der Höhe dieses ernüchternden Vorsatzes, sondern erlag oft genug dieser und manch anderer Lockung. Dann war ich enttäuscht über mich, doch nicht entsetzt, denn spätestens seit meiner Begegnung mit Alfred Adler wußte ich, daß ich in nichts exemplarisch war, es nie sein würde und – bei Lichte besehen – auch gar nicht sein wollte.

Ein junger Philosoph, der schlechthin alles gelesen zu haben schien, führte in meiner Gegenwart ein langes Gespräch mit Adler, der auf dessen zahllose, fast durchwegs kritische Fragen mit Geduld und Gleichmut und einem Humor einging, der allerdings dem Interviewer fast völlig entging, so daß er immer ungeduldiger, fordernder und schließlich herausfordernd wurde. Am Ende, die Unterredung hatte sicher zwei Stunden gedauert, verlangte der Philosoph wieder einmal vorwurfsvoll, daß Adler doch zugebe, daß seine Lehre bestimmte Fehler habe. Da holte Adler nach einer Pause anscheinend tiefer Nachdenklichkeit seine Virginiazigarre ganz sachte aus dem Mund, sah dem strengen Prüfer in die Augen und antwortete: »Jo, was wollen S' denn, mein Lieber, gar kane Fehler soll meine Sache haben?«

Am Sonnabendkurs nahmen zeitweilig einige Fremde teil, die sich unter falschem Namen vorstellten. Es war in jedem Falle besser, nur die falschen Namen zu kennen und auch sie schnell genug wieder zu vergessen. Doch sind diese Männer meinem Gedächtnis nie entschwunden, denn Teile ihrer Lebensgeschichte und auch jene Schwierigkeiten, derenthalb der eine oder andere sich an mich wandte, bewahrten für mich weit mehr als ein psychologisches Interesse, das mit den Jahren nicht geringer wurde.

So verschieden sie voneinander waren, ein auffälliges Merkmal hatten sie gemein – eine banale Unauffälligkeit in ihrer korrekt mittelständischen Kleidung, in der Bescheidenheit und diskreten Höflichkeit ihrer Reaktionen; ihr Deutsch hatte einen fremden Akzent, der slawischen Ursprungs sein konnte, doch schwer auszumachen war; ergriffen sie – selten genug – in der Diskussion das Wort, so faßten sie sich immer kurz. Jeder von ihnen war unterwegs und blieb in Berlin nur bis zum Augenblick, da er seine Marschorder bekam, die ihn zumeist auf Umwegen etwa nach Shanghai oder Detroit, nach Hongkong oder San Franzisko, nach Brasilien oder Italien, nach Finnland oder nach Indien versetzte. Der eine ließ sich dann im fremden Land als Korrespondent großer europäischer Zeitungen nieder oder als Vertreter einer internationalen Import-Export-Agentur oder als Kunsthändler, als Impresario oder als reicher russischer Emigrant, der an den Börsen vieler Länder spekulierte, oder aber als Privatgelehrter. Sie waren in Berlin, um sich »auszulüften«, sich an die neue Identität zu gewöhnen und sich selbst nur noch mit dem falschen Namen anzusprechen. Sie sollten in jeder Zeitung erst einmal den Börsenbericht studieren, Bekanntschaften in dem oder jenem ihnen vorher völlig fremden Milieu anbahnen, um sich auf sie gelegentlich berufen zu können.

Ich entdeckte, daß sie, mit einer einzigen Ausnahme, noch etwas anderes gemeinsam hatten: jeder von ihnen hatte im Bürgerkrieg bedeutende militärische und politische Funktionen ausgeübt, stets in unmittelbarer Verbindung mit Trotzki, dem Kriegskommissar und Chef der Roten Armee. Später attachierten sie sich an ihn als den Führer der Opposition innerhalb der Partei. Aus diesem Grunde wurden sie nach 1925 allmählich »abgehängt«, auf dekorative, doch unwichtige Posten, in der Tat aufs Abstellgleis gestellt und schließlich wenige Tage vor oder nach Trotzki aus der Partei ausgeschlossen. Kurz darauf brach jeder von ihnen öffentlich mit der Opposition, verpflichtete sich in demütigen Reueerklärungen zu unwandelbarer Treue gegenüber der Parteiführung und bat um Wiederaufnahme in die Partei. Diese wurde ihnen gewährt; sie behielten ihren militärischen Rang, den sie natürlich in der neuen, geheimen Funktion, die jedem von ihnen im Ausland zugewiesen wurde, keineswegs zur Geltung bringen durften.

Einer dieser Männer – ich will ihn Robert Plontin nennen – ist mir besonders deutlich in Erinnerung geblieben, weil er, gleichviel wovon er mit mir sprach, sei es von seiner großen und doch völlig entwerteten, fast sinnentleerten Vergangenheit oder von seiner Klaustrophobie, durch die er, der so viele Beweise von Tapferkeit gegeben hatte, sich grenzenlos gedemütigt fühlte. Wovon Plontin auch immer sprach, es endete immer mit der Klage über die Trennung von seinem dreijährigen Sohn. Er verging vor Sehnsucht nach ihm, ihn bedrängte eine unerträgliche Bangnis um das Kind, das zusammen mit seiner Mutter, einer jungen, nicht allzu gescheiten Frau, jeder Gefahr schutzlos ausgesetzt blieb. Träume rissen ihn aus dem Schlaf, in denen er hilflos zusehen mußte, wie sein Sohn von einem Lastwagen überfahren wurde; wie er in ein finsteres Loch geworfen wurde; wie er von einem uniformierten Mann mit einer Nagaika geschlagen und mit lackierten Stiefeln getreten, furchtbar zertreten wurde. Eine Pein, die ihm, auch wenn er endlich erwacht war, das Herz verkrampfte, begleitete den Wiederholungstraum, in dem er Schura, sein Kind, in einer Bande von Besprisorny, elternlosen, obdachlosen Kindern, erblickte, bis auf die Knochen ausgedörrt, Tränenrinnen im farblosen Gesicht.

Plontin wandte sich gerade an mich, weil er sich aussprechen mußte und dafür jemanden brauchte, der seine Geheimnisse unter allen Umständen wahren würde. Das traute er mir zu, nachdem er mich während einiger Kursstunden beobachtet hatte. Ihn frappierten meine Traumdeutungen, er hoffte, ich würde ihm helfen, sich von den peinigenden Wiederholungsträumen frei zu machen und damit vielleicht auch seine Sorgen um das Kind zu mindern. Während der Monate, die er in Berlin blieb, kam er dreimal wöchentlich zu mir. Die Klaustrophobie, die er vielleicht auch allein hätte meistern können, verschwand recht bald; die ängstigenden Träume wurden seltener, doch suchte ihn sein Kind als Besprisorny noch manchmal heim.

Plontin war einer dieser neuen Männer, die vor der Machtergreifung zu jung gewesen waren, um der Partei anzugehören, und erst nach dem Bürgerkrieg im Staat und im Machtapparat der bolschewikischen Partei Leiter von Ausführungsorganen wurden, die die Beschlüsse der obersten Parteiführung zwar beeinflussen, aber nur in ihrem engeren Tätigkeitsbereich Entscheidungen treffen konnten. Keinen von ihnen überraschte es, für Mißerfolge der ihnen anbefohlenen Aktionen verantwortlich gemacht zu werden, und jeder von ihnen fand sich damit ab, daß seine Erfolge als Triumphe der Führung, des Zentralkomitees der KP, des Politischen Büros und schließlich als das alleinige Verdienst des Generalsekretärs gepriesen wurden. »Wer befehlen will, muß gehorchen lernen«, dieses alte Prinzip war schon wieder bestimmend. Plontin und seinesgleichen waren in den Augen des Generalsekretärs und seiner Gefolgsmänner um so gefährlicher, als sie während des Bürgerkriegs Initiative und Kühnheit bewiesen hatten und, von der Führung oft abgeschnitten, aus eigenem Entschlüsse getroffen und zu oft recht behalten hatten. Der Generalsekretär hatte ihre Beseitigung längst beschlossen, jedoch mußten sie ihm vorerst noch dienen, Trotzki abspenstig werden und Strafexpeditionen leiten, Schrecken säen und Haß ernten; nachher sollten sie im Ausland auf gefährliche Posten gestellt werden, die sie nicht überleben durften, ohne den Argwohn des Verrats zu erregen.

Weder Plontin noch ein anderer dieser Männer berichtete mir ausführlich, wo und wann sie nach der Niederwerfung des Kronstädter Aufstandes und der Beendigung des Bürgerkriegs geplante oder befürchtete Aufstände »liquidiert« und so jegliche Neigung zu Widerstand in Stadt und Land rechtzeitig gelähmt hatten. Der Wiederholungstraum ließ jedoch vermuten, daß der Anblick der Besprisorny in Plontin gleichzeitig Mitleid und Haß, ja einen Willen zu ihrer Vernichtung erzeugt haben dürfte.

»Nein, keinen Haß!« wiederholte Plontin. Als ich stumm blieb, fragte er: »Und wieso Haß, warum?« Ich schwieg und er verstand, daß ich stumm bleiben würde, bis er über jene Geschehnisse und Taten berichtet haben würde, die wahrscheinlich im Wiederholungstraum nachwirkten. So blieben wir beide stumm, bis ich mich erhob und damit das Ende des Gesprächs anzeigte. An der Schwelle sagte er zögernd: »Ich muß es mir noch gründlich überlegen, ob es einen Sinn hat, daß ich wiederkomme.« Er kam zwei Tage später wieder, niedergeschlagen, unsicher im Sprechen, fahrig in den Gebärden, die er nicht mehr ganz zu beherrschen schien. Noch ehe er sich im Fauteuil zurechtgesetzt hatte, stieß er die Worte hervor: »Ich bereue nichts, ich habe mir nichts vorzuwerfen. Würde die Partei mir heute wieder solche Aufgaben zuteilen, so würde ich nicht zögern, sie zu erfüllen.« Diesen Satz wiederholte er im Laufe der Stunde mehrere Male, jedesmal begleitete eine Geste der in die Höhe geworfenen Arme die zu laut, ja gebieterisch ausgesprochene Versicherung seines guten Gewissens. Umgekehrt artikulierte er sehr deutlich, doch leise, nachdenklich das Bekenntnis, das er auch wiederholte: »Nein, keinen Haß. Ich kann nicht hassen, das ist meine unheilbare Schwäche. Nie ist es mir gelungen, das Hassen zu erlernen.«

In dieser Stunde erfuhr ich zum erstenmal aus seinem Munde, was die sogenannte Dekulakisierung wirklich gewesen war. Wir alle glaubten, daß der Boden kolchosfeindlicher Groß- und Mittelbauern zugunsten der Kollektivwirtschaft enteignet werden sollte. Wir kannten aus großen Reportagen und aus sowjetischen Filmen den rücksichtslosen Kampf, den die Kulaken gegen die landarmen Bauern führten, welche in den vom Staat mit allen Mitteln geförderten Kolchosen die endgültige Lösung all ihrer Probleme sahen. Im Kolchos, der die gesamte Landbevölkerung proletarisierte, vollendete sich die sozialistische Revolution, denn dank ihm wurde die Trennung von Stadt und Dorf endgültig aufgehoben — es war seit Oktober 1917 die größte soziale Wandlung —, das verkündeten die Führer der Sowjetunion, das wiederholten begeistert die Kommunisten in der Welt; das leuchtete mir ein, so daß ich noch Jahre nach meinem Bruch mit dem Kommunismus fortfuhr, den Kolchos als eine vorbildliche Einrichtung zu betrachten.

Plontin war einer der obersten Kommandeure der Truppen, die die Dekulakisierung durch Strafexpeditionen erzwangen. Sie schlugen so hart zu, daß kein Verdächtiger entkommen konnte — und wenn dabei hundert unschuldige Verdächtigte mitbetroffen wurden. In diesen Feldzügen des Argwohns war der Sieg über die unbewaffneten Bauern zwar im voraus sicher, es kam jedoch überdies darauf an, einen solch wilden Schrecken zu verbreiten, daß in keiner der zahllosen bäuerlichen Siedlungen des riesigen Landes auch nur einer überleben könnte, ohne von einer lähmenden Angst erfaßt zu werden, sooft er auch nur insgeheim an einen offenen oder getarnten Widerstand gegen *Wlast*, gegen irgendeinen Befehl des Staates oder der Partei zu denken wagte.

Plontin selbst kam fast nie in ein Dorf, er lenkte den Einsatz vom Hauptquartier aus, doch wußte er genau, was da geschah, was seine Truppen und was die spezialisierten Detachements der GPU anrichteten. Als er sich anschickte, mir darüber ausführlicher zu berichten, unterbrach ich ihn mit den Worten: »Sofern es nicht unmittelbar Sie selbst betrifft, lassen Sie bitte Personen- und Ortsnamen, ebenso besonders schlimme Episoden aus.« Gewiß, ich wollte mich nicht unnütz mit der Kenntnis von Geheimnissen belasten, überdies aber scheute ich vor einem Wissen zurück, das mir sowohl politische wie seelische Schwierigkeiten bereiten würde. Somit versuchte ich da, zum erstenmal bewußt, den Blick von einer die Sowjetunion betreffenden, unbequemen Wahrheit abzuwenden, zum ersten-, doch beileibe nicht zum letztenmal. Plontin sah mich erstaunt an, zuckte die Achseln und antwortete auf russisch, was er weder vorher noch nachher je getan hatte: »Nu ladno, nu charascho!«

Er hatte eine rigorose Art zu erzählen, man hörte gleichsam die Absätze, in denen er seinen Bericht gliederte. Ihm ging's darum, mir zu beweisen und sich selbst in Erinnerung zu rufen, daß im Bürgerkrieg die Logik des Kampfes beide Seiten beherrschte. Gemäß dieser Logik wurde die Grausamkeit unvermeidlich, für den Sieg war kein Preis zu hoch. Daher die Fälle von namenloser Grausamkeit — hüben wie drüben. Ohne sie wäre es in einem Bürgerkrieg zuweilen unmöglich, die Fronten reinlich zu scheiden.

In der Expedition gegen die Kulaken genügte die kriegerische Grausamkeit nicht, deshalb griff man auch die Zukunft an: man nahm den Bauern alle Lebensmittelvorräte weg, sehr oft auch das Saatgetreide, so daß sie alle, um nicht zu verhungern, ihre Dörfer freiwillig verließen. Es geschah aber etwas, das Plontin und seinesgleichen nicht gewollt, das niemand geplant hatte: an vielen Orten wurden Eltern und Kinder auseinandergerissen. Wie das Vieh aus den Ställen verschwand, erschlagen wurde oder mit aufgeschwemmten Bäuchen in Flüssen davonschwamm, so flüchteten die Kinder, von den Soldaten verjagt oder von den Eltern weggeschickt, die ihnen das eigene Schicksal ersparen wollten, oder von Ängsten gehetzt wie Pferde, die die Nähe von Wolfsrudeln wittern. Man begegnete ihnen häufig in Städten, sie traten in Haufen auf, wie Herden furchtsamer Tiere, früher oder später schlossen sie sich den Banden der Besprisorny an.

Als Plontin eines Morgens mit seinem Adjutanten aus dem Wagen stieg, tauchten plötzlich zwischen ihnen und dem Kasernentor einige Rudel dieser halbnackten, völlig verwahrlosten Waisen auf und starrten wortlos die Offiziere an. Plontin gab dem Adjutanten die Anweisung, diese Bande sofort verjagen zu lassen. Da fiel sein Blick auf den kleinsten unter den Kindern: er fror in seinem löchrigen Bauernhemd, ein Arm war nackt. Plontin hatte den Eindruck, als ob das Kind weinte, unhörbar und ohne Tränen. Er wollte sich dem Buben nähern, da riß ihn der Adjutant mit einem harten Griff zurück und rief böse die Wache am Tor, die zugesehen und sich nicht gerührt hatte. Nun griff sie ein, schlug mit den Gewehrkolben auf die Rücken der auseinandergetriebenen Kinder. Der

Kleine fiel nach einigen Schritten zu Boden, zwei größere Jungen kamen zurück und schleppten ihn fort.

»Wölfe!« sagte der Adjutant, »das sind Wölfe, in wenigen Jahren werden sie das Gebiß von Wölfen haben. Man muß sie liquidieren, ehe es soweit ist — jetzt, sofort.« Plontin erwiderte: »Ordnen Sie an, daß man sie in Lastzügen verfrachten und nach dem Süden abschieben soll — heute noch, sofort! Man muß sie aus der Stadt verjagen.«

»Warum sprechen Sie von Haß?« fragte er mich und fügte hinzu: »Ich habe es Ihnen schon erklärt: im Krieg habe ich das Mitleid verlernt, wie alle, die die Pflicht hatten zu töten, Menschen in den Tod zu schicken. Vorher hatte ich mir ein Leben ohne Mitleid gar nicht vorstellen können. Anderseits hatte ich ja auch nicht geglaubt, daß der Sohn eines kleinen jüdischen Schneiders aus einem winzigen litauischen Nest irgendwo bei Marjampol ein Divisionsgeneral und Generalstabschef einer Armee werden würde. Ohne Krieg und Revolution hätte ich mit viel Glück vielleicht eine Privathandelsschule absolvieren dürfen und es sodann zum Buchhalter der winzigsten Bankfiliale Rußlands gebracht.«

So hatte denn der kleine frierende Besprisorny in ihm das »verlernte« Mitleid wieder erweckt. Das hatte nicht nur mit seinem Sohn zu tun, sondern auch mit seiner eigenen Vergangenheit, mit einem Erlebnis des Kindes, das er selber gewesen war. Dieses Erlebnis ließ sich der Vergangenheit entreißen. Plontin erfaßte schnell genug, daß ein Mensch, der es billigt oder auch nur zuläßt, daß einer zugrunde geht, obgleich er ihn retten könnte, damit das Todesurteil über den Bruder, über das eigene Kind fällt. Alles menschliche Sein ist von Anbeginn ein Zusammenhängen, aus dem man sich nicht lösen kann. Im Wiederholungstraum, der ihn mit dem Anblick seines in einen Besprisorny verwandelten, hoffnungslos verelendeten Sohnes quälte, ging es um weit mehr als um das Kind und um ihn selbst, den uniformierten Missetäter, und um seine Angst vor einer Zukunft, deren Gefahren er ahnte, aber nicht erkennen wollte.

»Ja, worum geht es also?« fragte er. »Um welche Zusammenhänge handelt es sich denn?« Ich antwortete umwegig, das heißt, ich schob ihm Fragen zu, so daß er selbst erklären und deuten mußte, was ihn, das frierende Kind aus dem Städtel, zur Revolution und in den Bürgerkrieg geführt hatte. Daß kein Kind mehr frieren, durch Armut verkürzt und gedemütigt werden sollte, darum hatte seinesgleichen gekämpft. Und nun, so viele Jahre nach dem Siege, stand er plötzlich sich selbst gegenüber, wie er mit drei Jahren gewesen war, und zugleich vor den Tausenden, deren Elend unvergleichlich größer war als jenes, das er je gekannt hatte. Grund des Seins, Ziel des Seienden – was war aus allem geworden? Und wer, was hatte am 7. November 1917 gesiegt – in den Bürgerkriegen, in den Strafexpeditionen, in der Dekulakisierung? Die Vergangenheit und die Zukunft verschmolzen miteinander in den quälenden Träumen des Schläfers: der kleine Junge aus dem Städtel bei Marjampol im Jahre 1893, das verhungernde Bauernkind und der kleine Sohn, 36 Jahre später, sie hingen zusammen, gingen ineinander über, gingen ineinander ein.

Der Mensch ist Produkt und Produzent seiner Umstände, und die Revolution sollte beweisen, daß er weit mehr Produzent als Produkt seiner Umstände ist, hieß es bei Marx. Plontin war in der vordersten Reihe jener gewesen, die in der vorangekündigten *letzten* Umwälzung der gesellschaftlichen Verhältnisse wahrhaft radikal gehandelt hatten. »Radikal sein heißt, die Sache an der Wurzel fassen. Die Wurzel für den Menschen ist der Mensch.« Doch in welchen Zustand hat die Umwälzung ihre Urheber selbst versetzt? Was und wen hat sie wirklich von Grund auf verändert, verbessert? In der Tat dauerte es noch Jahre, bis ich wirklich so weit war, nicht nur diese Fragen zu stellen, sondern auch reif und mutig genug, die Antworten, die schon so lange warteten, nicht zu verkennen, ihnen nicht auszuweichen. Ja, damals, nach der Begegnung mit Plontin, hätte meine *zweite* oder *dritte* Lehrzeit beginnen können. Doch geschah es noch lange nicht, denn ich brauchte den Glauben an die Sowjetunion, an jenes Sechstel der Erde, das, wiederholte man unermüdlich, zur Heimat des Sozialismus geworden, die Ausbeutung des Menschen durch den Menschen abschaffte, ja unmöglich machte. Glaubte ich wirklich, daß die Wasserträger gesiegt und alle Macht und Unterdrückung ein für allemal abgeschafft hatten? Das *wollte* ich glauben, also deutete ich alles um, wie man eine Geliebte metamorphosiert, damit sie dem Bilde gleiche, das allein man wirklich liebt.

Plontin, der »Abgehängte«, der ausgesandt war, um unter gefährlichsten Bedingungen einen weitverzweigten, höchst geheimen, parallelen Ausforschungsdienst zu organisieren, hätte keinen Augenblick gezögert, sich dem Befehl zu unterwerfen, selbst wenn seine Familie nicht als Geisel zurückgehalten worden wäre. Das Schicksal seines Sohnes hing davon ab, daß Plontin sich nicht noch mißliebiger mache und nicht den Verdacht erwecke, er könnte sich dem exilierten Trotzki wieder nähern. So war dieser mit vielen Orden ausgezeichnete rote General ein Gefangener, der sich selbst bewachte im Dienste jener, die beschlossen hatten, ihn langsam, auf nützliche Weise umzubringen. Das wußte er, doch kein Wissen konnte nutzloser sein.

Dank Plontins Einblick in die internen Vorgänge und seiner ausführlichen Schilderung der Umstände, unter denen die folgenschwersten Entscheidungen während und nach der Revolution getroffen wurden, erfaßte ich, wie wenig das Geschehen jener Jahre das dramatische Exempel eines weise angewandten dialektisch-revolutionären Denkens, wie sehr es ein Durcheinander von bald widerstreitenden, bald erzwungen übereinstimmenden Meinungen gewesen war, von nicht oder nur halb ausgeführten Beschlüssen, deren unerwünschte Folgen durch entgegengesetzte Maßnahmen teilweise beseitigt oder zumindest gemildert werden mußten. Kein Fehlschlag, den die verantwortlichen Männer nicht dazu benutzt hätten, ihre Machtposition dadurch zu stärken, daß sie die Schuld an ihm der Opposition außerhalb oder innerhalb der herrschenden Partei auferlegten und die Kritiker der Sabotage verdächtigten, indes sie die Andersmeinenden als Feinde entlarvten. Diese Dialektik hat kein Aristoteles, kein Hegel und kein Marx entdeckt, sie hat seit jeher jede absolute Macht gerechtfertigt und sie von jeder Verantwortung befreit.

Plontins wahren Namen hätte ich wahrscheinlich entdecken können – spätestens nach der Destalinisierung im Jahre 1956, aber ich habe es nie versucht; die Romanfigur, die ich in Erinnerung an ihn ersonnen habe, nannte ich *Litwak* – Litauer.

Hede Eisler, die einmal die Frau des aus Wien stammenden professionellen deutschen Kommunisten Gerhard Eisler gewesen war, nahm an dem schon erwähnten Samstagabendkurs teil und brachte immer wieder Leute mit. Einer von ihnen war ein sehr gut aussehender junger Mann, der mir wegen seiner klugen Art zuzuhören auffiel. Seine Augen quittierten die leiseste ironische Anspielung. Saß er nahe genug, so suchte ich in seinem Gesicht die Komplizität, die einem Vortragenden willkommener ist als die lauteste Zustimmung. Er ergriff nur selten das Wort, was er sagte, war intelligent, aber weniger gescheit, als ich erwartet hatte. Als Hede Eisler ihn mir vorstellte, deutete sie halb an, daß er gerade beschäftigungslos wäre, aber es nicht mehr lange bleiben würde. Ich sollte wohl vermuten, daß er ein wichtiger Mann der Komintern war. Er hieß Richard Sorge.

Jahrzehnte später erfuhr ich durch den Headwarden des Oxforder St. Antony College, William Deakin, der im Besitze einer ungeheuren Masse von Informationen war, sehr viele Einzelheiten über Sorge, über den er ein Buch schreiben sollte. An der Karriere dieses »Meisterspions« erstaunte mich nur, daß er imstande gewesen war, das Vertrauen der Nazis zu gewinnen, so, als ob er zu ihnen gehörte. Deakin, der als britischer Offizier in Titos Hauptquartier die gefährlichste Phase des jugoslawischen Partisanenkriegs miterlebt und mit scharfem Blick beobachtet hatte, wunderte sich seinerseits darüber, daß ein Psychologe über Sorges Mimikry staunen konnte. Ich erklärte ihm, daß junge Intellektuelle, die zu einer revolutionären Bewegung stoßen, fast ausnahmslos *bekenntniswütig* sind. Sich offen angesichts der ganzen Welt für die Sache einzusetzen, sich zu ihr in Wort und Tat zu bekennen wie der Liebende zu seiner Leidenschaft, wird ihnen zu einem drängenden Bedürfnis. Deshalb kann man sie so erfolgreich als Werber in ihrem eigenen Kreis benutzen – sie wirken ansteckender als die Träger virulenter Bazillen. Und aus dem gleichen Grunde versagen sie dort, wo sie ihre Überzeugung verheimlichen sollen oder gar vorgeben, sie zu bekämpfen. Plontin zum Beispiel war ein hochintelligenter, tatkräftiger Mann, aber kein Intellektueller wie Sorge. Das mochte ihm ein raffiniertes Doppelspiel von ganz kurzer Dauer erleichtern und ihm die Existenz eines Spions unmöglich machen – doch gelang sie ihm vortrefflich. Wer sich so meisterhaft verstellen kann, verstellt sich vielleicht gar nicht. Es handelt sich nicht um eine fintenreiche doppelte Beleuchtung, sondern um eine zwittrige Zweideutigkeit. Die erstaunlichsten Wagnisse von Übeltätern und Betrügern erklären sich häufig aus einer Bewußtseinsverdunkelung, dank der sie ihrer Gewissenlosigkeit nur selten, niemals während der Aktion, gewahr werden.

Viele Stunden verbrachte ich täglich damit, Männer und Frauen anzuhören, die glaubten, einer längeren psychologischen Beratung oder einer Psychotherapie zu bedürfen, weil sie »mit sich nicht fertig wurden«; weil sie ihre Schwierigkeiten, Hemmungen, Ängste oder Süchte aus eigener Kraft nicht überwinden konnten, weil sie täglich vor unausweichlichen, stets dringlicher werdenden Entscheidungen zurückschraken; weil sie sich immer aufs neue in winzige Sackgassen verrannten; weil sie in der Beziehung zu ihren Eltern und Kindern, zum Ehepartner, zum Geliebten, zu ihren Vorgesetzten oder Untergebenen versagten oder nie die Anerkennung erhielten, die sie zu verdienen glaubten; weil sie ununterbrochen Konflikte erzeugten und sich als deren Opfer fühlten; weil sie unglücklich liebten oder gar nicht liebten, weil sie sexuell gleichgültig oder besessen waren oder nur das eigene Geschlecht zu lieben glaubten; weil die eigene Eifersucht oder die des Partners die Ehe zur Hölle machte; weil sie es nicht länger mit dem Partner aushielten, die Trennung von ihm aber mehr fürchteten als das größte Übel.

Es gab solche, die zu sprechen begannen, ehe sie sich zurechtgesetzt hatten, und nicht aufhörten, ehe sie wieder im Stiegenhaus waren; andere brauchten viele Stunden, ehe sie über kümmerliche Ansätze hinauskamen, mühsam Klagen über ein Leiden hervorbrachten, das sie mit zu oft genutzten, verbrauchten Worten unzulänglich beschrieben; andere sprachen schnell, stockten aber immer wieder — hastige Läufer, die immer zu früh oder zu spät ankamen, weil sie gar zu häufig über die eigenen Beine stolperten. Schließlich gab es die »Wanderpatienten«; sie kannten alle angesehenen Spezialisten, behaupteten, alle wichtigen Bücher gelesen zu haben und daher genau zu wissen, was Freud, Jung, Adler, Steckel und andere gerade über ihren so ungewöhnlichen Fall denken würden.

Beinahe alle dachten, sie wären besondere, interessante Fälle. Adler sprach oft davon, daß der Neurotiker schnell stereotyp wird: seine Art, Konflikte zu provozieren und auf sie zu reagieren; zu leiden und die Nächsten zum Mitleiden zu zwingen; schließlich die »Arrangements« der neurotischen Lebensmethode — all das, auf den ersten Blick so eigenartig, wenn auch nicht einzigartig, erweist sich auf den zweiten Blick als eine zwar fehlerhafte, aber automatisierte Mechanik, als eine Maschine, Altes zu erzeugen — ein Mutterbauch, der Greise in die Welt setzt.

Dennoch hörte ich stets so zu, als wär's das erste Mal, daß ich solchem Fall begegnete. Es geschah kein Wunder, das Alte blieb alt, aber es ging um etwas anderes: um die Herstellung einer besonders gearteten Beziehung, um eine Partnerschaft, die weder der des Paares noch der Freundschaft noch einer beruflichen Zusammenarbeit gleichen konnte oder auch nur gleichen durfte. Dem Anschein nach ging es dem einen um alles: um sich selbst, seine Gegenwart und seine Zukunft, dem andern aber nur um eine Episode seines beruflichen Wirkens zugunsten eines Fremden, der, einmal entlassen, vielleicht nie mehr auch nur ein Lebenszeichen geben würde.

»Ich brauche nur einen Rat« — damit führten sich die meisten ein und erfuhren zu ihrer Bestürzung, daß der Psychologe den Rat weder geben konnte noch wollte, daß er keinen Weg zu weisen hatte, sondern dem Hilfsbedürftigen nur zum Mut und zur Einsicht verhelfen wollte, Weg und Ausweg selbst zu suchen, allmählich zu finden und damit die nahen und die fernen Gründe seiner Hilflosigkeit zu entdecken.

Die meisten, die sich an mich wandten, gehörten der sogenannten bürgerlichen oder kleinbürgerlichen Intelligenz an, nicht wenige unter ihnen waren Intellektuelle von Bedeutung, begabte Künstler, renommierte Schauspieler. Fast alle hatten bereits viel über Psychologie, besonders über Psychopathologie gelesen. Die Psychoanalyse war damals in ihren Kreisen *en vogue,* in Cafés und Salons wurde Freud ausgiebig, wenn auch nicht immer text- und sinngetreu zitiert. Ein neuer Schicksalsglaube trat in den Selbstdarstellungen dieser ultramodernen »Aufgeklärten« zutage: traumatisierende Handlungen besonders des Vaters oder der Mutter waren an fast allen Fehlentwicklungen schuld, ihre Wirkung wurde durch andere traumatische Erlebnisse verstärkt. Hier kündigte sich ein sonderbares, ganz neues Phänomen an, das nur wenige Jahre später für das Geschehen in unserm Jahrhundert Bedeutung erlangen sollte: das Phänomen der *verdüsternden, verfinsternden Aufklärung,* eines Obskurantismus sui generis. Er erreichte seine Vollendung in einem Atheismus, der den Gottesglauben nicht wirklich abschaffte, sondern ihn nur ersetzte, so in Emanzipationsbewegungen, deren Dynamik zur Errichtung absolut versklavender, entfremdender Tyranneien mißbraucht wurden. Der Neurotiker, der alle seine Taten, sein Versagen und sein Leiden psychologisch auf seine Vergangenheit und diese wiederum auf die Vergangenheit anderer, der Eltern vor allem, zurückführte, hoffte, solcherart eine schrankenlose Freiheit zu erringen. In der Tat vernebelte er jedoch damit seine Gegenwart. War er sich selbst ein Produkt — wie sollte er wahlfrei seine Zukunft produzieren? Die *Freiheit von* ist notwendig, total wäre sie jedoch nur einem Toten erreichbar, wenn ihm überhaupt etwas erreichbar wäre ... Die *Freiheit zu* hat nur Wert, wenn sie von dem errungen wird, der die Verantwortung für sein Werden und sein Tun auf sich nimmt, statt sie bei Eltern, bei Vorfahren zu suchen und stets mühelos da zu finden; er würde sie in den Gräbern Adams und Evas aufstöbern, hätte er nur Zugang zu ihnen.

Man kennt die Anekdote vom Passagier im Schlafwagen, der fast ohne Aufhör stöhnt: »Gott, habe ich einen Durst!« und so den Schlaf seines Mitreisenden stört. Dieser verläßt schließlich sein Bett, bringt dem Stöhnenden ein Getränk und hofft auf ungestörten Schlaf. Doch wird er bald wieder geweckt, denn nun ächzt der Mann auf dem Oberbett: »Mein Gott, hab' ich einen Durst gehabt, hab' ich einen Durst gehabt!«

Aus dem gleichen Grunde, aus dem er sich mit dem Durst nicht abfinden kann, sich jedoch das Getränk nicht selbst holt, sondern diese Mühe dem Nächsten aufbürdet, aus eben diesem Grunde fährt er fort, dessen Schlaf zu stören, weil und solange er selbst nicht eingeschlafen ist. Da der Neurotiker aus seinem Leiden nichts lernt, bleibt es gegenwärtig, auch nachdem es vergangen ist. Die Psychotherapie — und nicht nur die der Freudianer — scheint die retroaktive Klage »Hab' ich einen Durst gehabt!« zu legitimieren, ja ununterbrochen hervorzurufen.

»Ich bin unglücklich darüber, daß ich nicht glücklich bin, jedenfalls nicht so glücklich, wie manch anderer an meiner Stelle wäre.« Mit dieser Klage wenden sich, vor allem in den reichen Städten der USA, viele an den Therapeuten. Als Saint-Just, der Erzengel der Französischen Revolution, freudig verkündete: »Eine neue Idee ist in Europa geboren, die Idee des Glücks«, leitete er eine Ära ein, in der der Anspruch auf Glück ein unverbrüchliches Recht werden sollte; er ist in vielen Fällen zu einer unerfüllbaren Pflicht geworden. Das fehlende Glück wurde den Menschen unerträglich wie eine fortdauernde Demütigung, als sie nicht mehr der Einsicht widerstanden, daß das Diesseits alles, das Jenseits aber nichts ist.

Wilhelm *Reich,* der übrigens gleich mir der Sohn einer

jüdischen Familie aus Galizien war, hatte etwa zwei Jahre später als ich Wien verlassen und in Berlin Fuß gefaßt. Er war Kommunist und stand mit seinem Meister Sigmund Freud in einem vorerst nicht deklarierten, doch sich schnell verschärfenden Konflikt, der gewisse Ähnlichkeit hatte mit der noch verhohlenen, wachsenden Entfremdung zwischen Adler und mir. Nicht nur deshalb entstand zwischen Reich und mir gleich bei unserer ersten Begegnung ein Einverständnis, das eher freundschaftlich als sachlich war, denn wir stimmten in zu vielen Fragen gar nicht überein. Willi Reich, ein stämmiger Mann, dessen bäuerliches, oft gerötetes Gesicht anzuschwellen schien, wenn er sich im Gespräch ereiferte, konnte aggressiv wirken: er war von der Gewißheit durchdrungen, daß seine Auffassungen so überzeugend, so unanfechtbar richtig wären, daß sich ihnen niemand verschließen könnte, verschließen dürfte. Es kam nicht selten vor, daß er in der Lebhaftigkeit der Diskussion, wurde sie stehend geführt, den Partner tatsächlich immer mehr an die nächstliegende Wand drängte, ohne es zu merken. Er hatte Humor und stimmte laut in mein Lachen ein, wann immer ich ihn darauf aufmerksam machte.

Reich meinte, daß Freud seine Psychoanalyse gleichsam kastrierte, indem er den Antagonismus von Lust- und Realitätsprinzip durch einen Kompromiß: die *Sublimierung,* aufheben wollte. Erwies sich Freud somit als ein Reformist, so war Wilhelm Reich nicht nur als Kommunist ein Revolutionär, sondern aus gleichen Gründen auch als Psychoanalytiker. Die Psychoanalyse, sagte er, könnte ihr einziges Ziel, die psychische Gesundung der Kranken, nur erreichen, wenn sie eindeutig nicht nur die Verdrängung, sondern auch die kompromißlerische Sublimierung durch eine absolut unbeschränkte Triebbefriedigung anstrebte. Nur eine orgastische Menschheit könnte psychisch gesund sein, das war seine Folgerung. Für die revolutionäre Bewegung bedeutete das, daß sie dieses radikale psychoanalytische Programm zu ihrem eigenen machen müßte, nicht nur um zu siegen, sondern um nach dem Sieg die klassenlose Gesellschaft durch eine absolut triebfreie Erziehung zu formen. Aber schon jetzt, sofort, in der Phase der Vorbereitung der Revolution, müßten die Kommunisten dieses Programm propagieren und in ihrem eigenen Triebleben verwirklichen.

Ebenso wie ich gab Wilhelm Reich Kurse an der von der KP geschaffenen Marxistischen Arbeiterschule (MASCH) und leitete in ihrem Rahmen und in Verbindung mit anderen Parteiorganisationen Arbeitsgemeinschaften, die der von ihm so genannten Sexpol (Sexualpolitik) gewidmet waren. Bei einer von Parteileuten organisierten Besprechung im engeren Kreise kam es zu einer ernsten Auseinandersetzung zwischen uns. Am Ende sagte ich: »Willi, wenn du die Sexualität politisieren willst, tue es. Was auch immer es bedeuten mag, es kann unserem Kampf nicht schaden, sondern eher nützen. Wenn du aber die Politik sexualisieren willst, so begehst du einen doppelten Irrtum, einen psychologischen und einen politischen. Ich bin dagegen.«

Er reagierte sehr scharf und brachte ein, wie er glaubte, ebenso frappierendes wie überzeugendes Argument: Der propagandistische Erfolg der Nazis, erklärte er, wird äußerst gefördert, wenn nicht gar bestimmt dadurch, daß das Hakenkreuz als Sexualsymbol auf die Massen eine ungeheure Anziehung ausübe, indes unser Hammer und unsere Sichel unter diesem Gesichtspunkt völlig wirkungslos und daher unbrauchbar seien.

Wir trafen einander nach dieser Sitzung noch einige Male. Wie vorher störte die wachsende Meinungsverschiedenheit keineswegs unsere gute Beziehung. Im Exil sah ich ihn nur einmal in Oslo, im Sommer 1936. Er nahm mich sehr herzlich in seinem Hause auf, berichtete mir von seinen therapeutischen Erfolgen, von seinen neuen Einsichten, vor allem von der überragenden Bedeutung seiner Orgasmustheorie und den ungewöhnlichen Wirkungen, die er dank ihr erzielte. Vier Jahre waren vergangen, seit wir einander in Berlin das letzte Mal getroffen hatten. Er schien mir verändert, nicht äußerlich, sondern in seiner Art, von sich selbst zu sprechen: er hatte den Weg zu Heil und Heilung entdeckt, er allein besaß den Schlüssel, der das Tor des Paradieses öffnet. Mehr als einmal unterbrach ich ihn, um ihn daran zu erinnern, wie sehr unsere Auffassungen seit jeher auseinandergingen. Er fuhr jedoch fort, zu mir wie zu einem potentiellen Apostel seiner neuen Religion zu sprechen. Ich mußte gehen, er begleitete mich ein Stück Weges, bei dem Königsschloß nahmen wir herzlichen Abschied. Er hatte mich nicht gefragt, weswegen ich nach Oslo gekommen war und ob sich meine Stellung zur Partei nicht geändert hätte. Und doch war er es gewesen, der, durch eine norwegische Journalistin von meiner Ankunft informiert, darauf bestanden hatte, daß wir einander unbedingt wiedersähen. Die monomanische Besessenheit hatte ihn gehindert, von etwas anderem als seiner Theorie und seinen Erfolgen zu sprechen. Im Gegensatz zu Freud, der sich in seinem sechzigsten Lebensjahr jenseits des von ihm selbst so eindringlich vertretenen Lustprinzips gestellt hatte, glaubte Reich an das Glück und daß es durch die Schrankenlosigkeit der sexuellen Lustbefriedigung erreicht werden könnte. Er blieb auf seine Art der Revolution treu, denn er glaubte, daß es ohne die vollkommene, beliebig wiederholbare Befriedigung im Orgasmus keine Befreiung geben könnte.

Seit etwa 15 Jahren haben junge Menschen gemäß Reichs Auffassung zu leben und im Sinne seiner Sexpol zu rebellieren versucht. Sie haben es darauf angelegt, sich von jeglicher Bindung zu befreien und sich im »Ausleben« der endlich befreiten Triebe durch nichts hemmen zu lassen. Es besteht nicht der geringste Grund dafür, anzunehmen, daß sie tatsächlich psychisch gesünder, glücklicher, freier geworden sind als die anderen. Reich ist zu früh gestorben, doch hätte er wahrscheinlich, selbst wenn er länger gelebt hätte, allen Erfahrungen getrotzt, die ihn von seiner Obsession hätten abbringen können. Er ist kein Scharlatan gewesen, sein guter Glaube darf nicht bezweifelt werden; sein Abweg hat ihn von der orthodoxen Psychoanalyse entfernt, aber er hatte ihn beschritten, weil er glaubte, in unwandelbarer Treue zur Psychoanalyse die äußerste Konsequenz aus ihr ziehen zu müssen. Karikierte er so die Lehre Sigmund Freuds? Wahrscheinlich. Doch wer wüßte nicht, daß die Karikatur oft nur eine übertreibende Enthüllung ist!

Ich habe Willi Reich gern gehabt; bei unserer letzten Begegnung machte er den Eindruck eines Kauzes, der seine beträchtlichen Fähigkeiten und seine erstaunliche vitale Energie für die Verwirklichung der Idee des *vollkommenen Glücks* verbrauchte, somit für eine der ältesten, verführerischsten und unseligsten Illusionen der Menschheit. Er ist nicht ihr Wegbereiter, sondern eines ihrer zahllosen Opfer geworden.

Das sexuelle Problem taucht natürlich in der psychologischen Beratung und in der Therapie sehr häufig auf; in nicht wenigen Fällen bildet es – zumindest während einer bestimmten Phase der Behandlung – das zentrale Thema, doch variiert sein Inhalt von Fall zu Fall. Zuerst geht es da um die Schwierigkeit, einen Partner zu finden, beziehungsweise ihn zu behalten; um die bei Männern in unzähligen Formen verhüllte Angst vor der Frau; um psychische Impotenz, Frigidität und Eifersucht. Für den Adlerianer wie für den Freudianer ist die Erforschung der Kindheitserlebnisse und die genaueste Durchleuchtung der Beziehung zu den Eltern, den Geschwistern und allen anderen Personen der engeren Umwelt natürlich die erste Voraussetzung für das Verständnis des einzelnen Falls. Das soziale Erdbeben des Weltkrieges und der Nachkriegszeit hatte alle Grundfesten aufgerissen und in Trümmer gelegt – das galt besonders für die besiegten Länder. Die Töchter der durch die Inflation verarmten Familien, die für eine standesgemäße Ehe erzogen worden waren, hatten mit ihrer Mitgift ihren sozialen Stand verloren. Im Kriege, der zehn Millionen junge Europäer sinnlos hingemordet hatte, waren sie verwitwet, ohne je geheiratet zu haben. Es galt, einen Beruf zu erlernen, um sich vor dem Absturz ins Nichts zu bewahren und um einen Gatten oder zumindest einen Geliebten zu finden. In mehr als einer Hinsicht bildeten diese Frauen die Avantgarde einer radikalen Emanzipation, einer sexuellen Revolution. Auf der Suche nach einer dauernden Bindung, trugen sie nicht selten dazu bei, die Bindung anderer zu lösen, ja den Sinn jeglicher Bindung in Frage zu stellen. In ihren Fällen, wie später in denen der durch Arbeitslosigkeit deklassierten Menschen, denen ich als Berater der Wohlfahrtspflege immer häufiger begegnete, traten die Probleme einer charakterologischen Sozialpsychologie mit besonderer Schärfe hervor. Die Verbindung des Marxismus mit der Individualpsychologie wurde so eine praktische, täglich umfassendere Aufgabe.

»Das gesellschaftliche Sein bestimmt das Bewußtsein.« Gewiß, aber wie, in welchem Vorgang, in welchem Maße? Und wie steht es umgekehrt mit der Rückwirkung des Bewußtseins auf das soziale Sein im allgemeinen und auf das individuelle Dasein im besonderen? Als mir sowjetische Kollegen im Herbst 1931 vorschlugen, die Leitung einer Forschungsgruppe zu übernehmen, arbeitete ich im Handumdrehen einen Plan aus, in isolierten

Nestern Tadschikistans Untersuchungen über die Bewußtseinsänderungen anzustellen, dank denen Menschen jeder Altersstufe in wenigen Jahren den Sprung über Jahrhunderte in ein technologisches Zeitalter machen und wie, durch welche Bewußtseinsvorgänge sie sich von den Ängsten und Versprechungen der Magie lösen und »wahrnehmungsfrei« werden.

Eines der Grundthemen der Dichtung war seit jeher die Bindung gewesen, die vorgeblich angeborene der Familie, die affektive, die leidenschaftliche und die durch Schuld oder Versagen gefährdete und schließlich zerstörte Bindung. Dieser Bruch der Bindung, doch nicht ihre Entwertung trennte meine Kindheit von meiner Jugend, entfremdete mich meiner Familie und ihrem Gottesglauben. Auch infolgedessen war ich Psychologe geworden. In Berlin hatte ich es dann in vielen Fällen mit der zumindest teilweisen Vernichtung des Bindungssystems und ihren Folgen zu tun. Die Wirtschaftskrise, die sich von 1930 an unaufhaltsam verschärfte, bewirkte soziale, politische und psychische Reaktionen, die einander beeinflußten und zu bestimmten Bewußtseinsänderungen führten, denen kein Schema und kein Deutungssystem wirklich gerecht wurde. Und das rief in mir, der mittendrin stak, aber alles beobachten und analysieren wollte, als ob es außerhalb stünde, eine Vibration hervor, welche der erwartungsvollen Erregung der Sinne nicht unähnlich war. Die Hügel hinter den Hügeln sollten sich auseinanderschieben und den Blick in das Unendliche freigeben, das hatte ich so sehnlich als Kind gewünscht; nun war ich schon 25 Jahre alt, aber ich erwehrte mich nur schwer der Empfindung, daß alles Erwünschte ganz schnell herannahte: für alles war's der Vorabend. Wir mußten uns daher fieberhaft für das Schwerste und Beste vorbereiten: für den ersten Tag der Welt, die wir selbst dem Chaos entreißen und gestalten würden. Auch deshalb lehnte ich schließlich das sowjetische Angebot ab. Entscheidende Kämpfe standen in Deutschland bevor; wer da wegging, desertierte. (Wäre ich aber, wie in Aussicht genommen, 1932 in die Sowjetunion gegangen, dann hätte man mich zweifellos aus Tadschikistan geholt und in einem der Isolatoren, wahrscheinlicher im Gulag Karaganda, zugrunde gehen lassen.)

In jenen Krisenjahren mehrte sich fortlaufend die Zahl jener, die es drängte, vom Abstrakten weg zum Konkreten, von der Theorie zu einer ihr gemäßen Praxis, aus der beschränkenden Privatheit zum Sozialen überzugehen. Nicht nur wir marxistischen Sozialpsychologen suchten den einzelnen gleichzeitig in seiner Individualität und in seiner Sozialität, in der *Totalität seiner Existenz* zu erfassen und ihn gesellschaftlich, das heißt politisch zu aktivieren. Überall gab es Psychologen, Soziologen, die von anderen Ausgangspunkten aus ähnlichen Zielen zustrebten. In Wien begründeten Paul Lazarsfeld und Marie Jahoda mit einigen Freunden eine Forschungsgruppe, die soziale Wirtschaftspsychologie in Untersuchungen von größerem Ausmaß betrieb. In Amerika erweiterten sie später ihren Arbeitsbereich und leisteten bedeutende Beiträge zur Entwicklung der modernen Soziologie. In Frankreich und in Deutschland und auch in der Sowjetunion arbeiteten Psychotechniker neue Tests von sozialpsychologischem Interesse aus. Mit manchen dieser Forscher hielt ich ständigen Kontakt, so mit Lahy in Paris und mehreren marxistischen Psychologen in Moskau und Leningrad. Von diesen war allerdings ein halbes Jahrzehnt später kaum einer noch in Freiheit; man kompromittierte sich schwer, wenn man sich nach ihrem Wohlergehen erkundigte.

Einige Male nahm ich an Diskussionsabenden teil, die im Hause des Nervenarztes und Schriftstellers Alfred Döblin, in der Frankfurter Allee, glaube ich, stattfanden.

Dieser bedeutende Dichter wurde seit langen Jahren in engeren literarischen Kreisen sehr geschätzt, errang aber gerade zur Zeit, als wir in seinem Hause zusammenkamen, durch seinen in viele Sprachen übersetzten und auch verfilmten Roman *Berlin Alexanderplatz* jene Berühmtheit, die seine früheren Werke wohl eher verdient hätten. Wenige Monate, bevor das große Publikum Alfred Döblin entdeckte, begann es, das *Theater am Schiffbauerdamm* allabendlich bis auf den letzten Platz zu füllen: der Triumph der *Dreigroschenoper* übertraf damals den der erfolgreichsten, von Piscator inszenierten, mehr oder minder revolutionären Stücke im *Theater am Nollendorfplatz*. Bertolt Brecht, einer der nicht mehr so jungen, auf Teufel komm 'raus provokanten expressionistischen Dramatiker, durch die sich seit langem niemand mehr herausgefordert fühlte, fand sich am Tage nach der Premiere im Mittelpunkt des allgemeinen Interesses. Er hatte die Energie und die Klugheit, diese vorteilhafte Position nicht nur eine Saison, sondern sein Leben lang zu halten.

Fritz Sternberg, der neben Brecht an den Gesprächen in Döblins Haus teilnahm, war ein marxistischer Nationalökonom, der in linken Kreisen vor allem durch seine Interpretation und durch die Verteidigung jener Arbeiten Rosa Luxemburgs bekannt geworden war, in denen sie ihre originellen Thesen über den Imperialismus und die Akkumulation des Kapitals formuliert hatte. Sternberg war ein temperamentvoller Debattierer, der stets im rechten Augenblick interessante Zitate, statistische Daten und kühne Behauptungen vorzubringen wußte. Sein im Jahr 1926 erschienenes Buch *Der Imperialismus* blieb jahrelang im Zentrum ernster Diskussionen, doch erst sein *Niedergang des deutschen Kapitalismus* sollte eine weite Verbreitung finden; in diesem Buch beantwortete er Fragen, die sich jeder denkende Deutsche stellen mußte.

Brecht, der sich damals dem linken Sozialisten Sternberg politisch sehr nahe fühlte, dominierte unsere Abendgespräche nicht sosehr durch die Meinungen, die er vertrat, als durch seine Fragen; in der Tat drehte sich alles um Themen, die in erster Linie ihn interessierten. Es war eine sonderbare Situation, die Döblin und Sternberg akzeptierten, als ob es selbstverständlich wäre. Mir schien es keineswegs so, doch interessierten auch mich Brechts Probleme und Projekte während einiger Abende, dann blieb ich aus.

Auch im Zwiegespräch – Brecht wohnte wie ich im Westen und nahm mich manchmal in seinem Wagen mit – ging es um eine Frage, die ich beantworten sollte: In welchem Maße und mit welchen Mitteln könnte man es zustande bringen, daß das Verhalten der Personen auf der Bühne für die Zuschauer ein Lehrbeispiel würde? Dies nicht nur im Sinne der geistigen und seelischen Beeinflussung, die das Theater ja jedenfalls ausübt, sondern als ein methodisches Training. Der Zuschauer soll durch die dargestellten Vorgänge trainiert werden, etwa wie ein Sportler, dem man Automatisierungen beibringt, dank deren ihm Höchstleistungen gelingen könnten. Brecht, der sich für die Verhaltenspsychologie des amerikanischen Behaviorismus recht ernst interessiert hatte, wollte möglichst genau erfahren, ob und wie die Automatisierung des komplexeren Verhaltens zustande kam und welches der kürzeste Weg zu ihr war. Ich war kein Behaviorist, doch beschäftigte ich mich, das wußte er, sehr eingehend mit der Frage des Trainings von Verhaltensweisen, mit der Analyse menschlicher Beziehungen und mit der Rolle des Bewußtseins bei der Bildung von Leistungsautomatismen.

Bert Brecht, damals etwa 32 Jahre alt, war ein schlanker Mann, der zuerst durch seine Kleidung Aufmerksamkeit erregte. Er trug eine Schirmmütze, die an die Kopfbedekkung erinnerte, welche Lenin in revolutionären Versammlungen wie ein Fähnchen in der Hand schwang, wenn er besonders aggressiv wurde. Niemand, der das Gesicht des Dichters unter dieser Mütze erblickte, konnte glauben, daß es sich um einen Proletarier handelte, denn er sah eher wie ein relativ junger, fanatisch-unduldsamer, die Nächstenliebe selten und ungern praktizierender Mönch aus. Überdies trug Brecht eine Lederjacke – wie die Politkommissare der Roten Armee in den sowjetischen Filmen. Seine Hemden waren von jenem schlecht gefärbten oder entfärbten Werktagsblau, das Fabriksarbeiter aus praktischen Gründen bevorzugten. Es hieß, Brecht ließe sich seine proletarischen Hemden aus matter Seide nach Maß schneidern. All das schockierte mich keineswegs; und daß der Autor von *Baal, Trommeln in der Nacht* und der *Hauspostille* ein eigenwilliger Mann sein mußte, daran konnte man ebesowenig zweifeln, wie daß er sehr intelligent und außerordentlich begabt war. Hingegen mußte es manche überraschen, daß er sich stets so benahm, als ob jeder ihm daher stets eine Überlegenheitsposition in allem einräumen müßte. Zweifellos stärkte ihn das Sendungsbewußtsein, das ihn gerade um jene Zeit auch zum Kommunismus drängte - zum Kommunismus, aber nicht zur Arbeiterbewegung, wie sie wirklich war. Er fühlte sich als Begründer einer besonderen Theaterkunst und eines ihr verpflichteten Ordens. Er scharte Mitarbeiter um sich, die ihm willenlos ergeben sein mußten.

In Diskussionen offenbarte Brecht einen Scharfsinn, der an mittelalterliche Scholastiker und an talmudische Tüftler erinnerte. Geriet er, was oft genug geschah, auf einen Holzweg, so blieb er auf ihm verstockt stecken, ehe seine praktische Klugheit ihn auf eine wegsame Bahn zurückführte, doch übten die Holzwege sein Leben lang eine beinahe unwiderstehliche Anziehung auf ihn aus.

In dem letzten nächtlichen Zwiegespräch, das ich mit Brecht auf dem Heimweg hatte, berichtete er mir von einem Vorfall, der sich bei der Probe seines Stücks *Mann ist Mann* ereignet hatte. Er erzählte diese Anekdote als Beispiel, aus dem sich eine Schlußfolgerung ergab. Einem im übrigen sehr begabten Schauspieler wollte es nicht gelingen, eine bestimmte Replik genau so zu bringen, wie Brecht sie ihm wiederholt vorsprach. Da verlangte Brecht, daß er zur kleinen Verbindungstreppe komme, die während der Proben die Bühne mit dem Saal verbindet, auf der zweiten Stufe haltmache, sich tief bücke und den Schnürsenkel des rechten Schuhs löse. Der Schauspieler verweigerte es, zuerst erstaunt, dann unangenehm berührt und schließlich beleidigt. Der Streit der beiden Männer wurde immer heftiger, die Stimmung auch für die übrigen Anwesenden sehr peinlich. Da sagte Brecht: »Ich bin nicht verpflichtet, Ihnen zu erklären, warum Sie das tun sollen. Und wenn Sie nicht sofort den Schnürsenkel lösen, dann werde ich eben Ihre Rolle gleich umbesetzen.«

Gedemütigt, wortlos gehorchte der Schauspieler. Als er gleich darauf die Replik wiederholte, da klang sie endlich genauso, wie Brecht es von Anfang an gewünscht hatte. Ich glaubte keineswegs, daß Brecht mir das so ausführlich erzählte, um sich zu rühmen, daß er den Willen eines sehr bekannten Schauspielers in Gegenwart seiner Kollegen gebrochen hatte. Nein, das Beispiel sollte nur etwas beweisen, aber es rief in mir ein so heftiges Mißbehagen hervor, daß ich ihn verließ, noch ehe wir die Straßenecke erreicht hatten, an der wir uns sonst trennten.

Einige Wochen später las ich *Die Maßnahme.* Mehrere Jahre sollten noch vergehen, ehe die Moskauer Prozesse der ganzen Welt eine Dramatisierung solch mörderischer Fiktion vorführen sollten; mit der mißbrauchten Dialektik des »Kiebitzes, dem kein Spiel zu hoch ist«, glorifizierte der Autor der *Maßnahme* die grenzenlose Niedertracht, die Millionen Menschen zuerst um ihre Würde und ihre Freiheit, dann um ihr Leben bringen sollte. Ich verabscheute dieses Stück, hörte aber nicht auf, Bert

Brechts ungewöhnliche Begabung zu bewundern, doch nicht seine von der bürgerlichen Intelligenz als Weisheiten bewunderten Banalitäten von der Art: »Nur wer im Wohlstand lebt, lebt angenehm.« Seinen *Dreigroschenroman* habe ich in einer kommunistischen Zeitschrift unter einem meiner Emigrantennamen besprochen und dabei hervorgehoben, daß das Lumpenproletariat keine oder nur eine schädigende Rolle in der Emanzipationsbewegung spielen kann, daß Huren, Lumpen und Verbrecher keineswegs als Bundesgenossen zugelassen, geschweige denn angeworben werden dürften. Und genausowenig wie der Zuhälter Mackie Macheath der *Dreigroschenoper* waren Brechts mörderisch strenge Parteihelden im Bereich einer Revolution gewachsen; sie entstammten den Bilderbuchvorstellungen, die jener sich vom illegalen politischen Kampf macht, der an ihm nie teilgenommen, in ihm nicht einen Fingernagel riskiert hat.

Erst im Sommer 1936 sah ich Brecht wieder. Wir trafen einander in London, wo ein internationaler Kongreß antifaschistischer Schriftsteller über ein von Maxim Gorki vorgeschlagenes und von André Malraux vertretenes Projekt einer neuen Enzyklopädie beraten sollte. Es kam dabei übrigens nichts heraus, nicht nur wegen des geradezu höhnischen Widerspruchs des damals höchst angesehenen H. G. Wells, sondern weil am Vorabend des spanischen Bürgerkriegs und des nahenden Weltkriegs ein auf so viele Jahre berechnetes Projekt nicht ernst genommen werden konnte.

Brecht logierte in einer kleinen Wohnung, die ihm ein anderer Emigrant überlassen hatte. Er nahm mich da auf, wir aßen zusammen, dann kamen einige andere Genossen dazu. Brecht erzählte mir von seinen Arbeiten, sprach belustigt darüber, daß er Geld verdiente mit Songs, die er für den Sänger Richard Tauber, einen Meister besserer Schmachtfetzen, anfertigte. Es war übrigens das erste Mal, daß ich Brecht bei Tageslicht sah. Deshalb wohl entdeckte ich erst bei dieser Gelegenheit an ihm ein Lächeln, das um seinen alten, fest geschlossenen Mund spielte – ja, spielte und das ganze Gesicht erhellte. Es hätte meine Erinnerung an die Demütigung des Schauspielers mildern können.

Wir trafen uns dann in einer anderen, bürgerlichen Wohnung mit dem Komponisten Hanns Eisler, dem ich oft in Paris begegnete. Er war ein geistreicher Mann, der sein bedeutendes Talent oft in Brechts Schatten zu verzetteln schien. Mit einigen anderen faßten wir eine Resolution ab, die die deutschen Delegierten der Konferenz unterbreiten sollten. Als Brecht in einem Gespräch zu dritt oder viert einen Genossen barsch mit den Worten unterbrach: »Genug, das interessiert mich nicht«, stieg in mir mit äußerstem Unbehagen die Erinnerung an jene Episode wieder auf, doch erklärt dies allein nicht, warum ich ihm in scharfem Ton erwiderte: »Es genügt, daß es uns interessiert. Wir setzen das Gespräch ohne Sie fort.« Am Vortag hatte ich indirekt erfahren, wie anpassungsfähig Brecht überall dort war, wo er nur durch Konzessionen oder durch Unterordnung etwas erreichen konnte, worauf es ihm gerade ankam.

Die Jahre, die folgten, bewiesen in der Tat, welch unfehlbaren Sinn er für Opportunitäten da aufbringen konnte, wo es sich nur um sein Interesse handelte. So zum Beispiel, als er auf der Flucht aus Dänemark nicht im Vaterland des Sozialismus blieb, sondern alles unternahm, um in das kapitalistische Amerika zu flüchten; desgleichen, als er nach dem Krieg so viele in Bewegung setzte, damit sie für ihn die österreichische Staatsbürgerschaft erlangten, ehe er sich in Ulbrichts Berlin für ständig niederließ. Und seine posthum erschienenen Aufzeichnungen haben gezeigt, wie leicht es ihm fiel, die Wahrheit zu verschweigen, wie *diskontinuierlich* er »die fünf Schwierigkeiten beim Schreiben« überwunden hat. Dieser Lieblingsautor der bürgerlichen Intelligenz hat die Widersprüchlichkeit seines Verhaltens in seinem klugen Galilei-Drama angedeutet und zur eigenen Zufriedenheit ausgedeutet. Er hat — spätestens seit der Mitte der dreißiger Jahre — stets seine Sendung, seine Arbeit und seine Wirkung als *absolut prioritär* betrachtet und alles andere gemäß diesem Bezugssystem eingeordnet oder untergeordnet. Auch wer ihm jene Bewunderung versagt, die ihm zu seinen Lebzeiten und nach seinem Tode fast überall in der Welt zuteil geworden ist, muß anerkennen, daß nicht Opportunismus, sondern sein Sendungsbewußtsein und seine fanatische Pflichttreue gegenüber dem eigenen Werk sein Verhalten gegenüber dem Stalinismus, gegenüber seinen Verbrechen und mörderischen Fiktionen bestimmt haben. Und damit auch die unwürdige Zweideutigkeit und seine doppelt geheime »Doppelzüngelei«.

Und mein Privatleben oder was man so nennt — hätte ich darüber nicht ausführlich berichten müssen? Diese Autobiographie, in der so viele Seiten über Begegnungen mit anderen berichten, über deren Eigenheiten und Schicksale, gibt kaum Auskunft über mich selbst, über Liebe und Ehe. Ist das nicht merkwürdig, nicht verdächtig? Nun, im einleitenden Teil meiner Erinnerungen habe ich deutlich genug meinen Abscheu gegen jegliche, besonders gegen die publike Indiskretion bekannt. Was zwei Menschen miteinander aufs engste verbunden und sie dann nach Monaten oder Jahren für immer getrennt hat, gehört beiden *gemeinsam,* nicht dem einen oder dem andern allein. Daher ist jede Indiskretion in diesem Erlebnisbereich eine Entwendung, die die Neugier des Lesers zwar befriedigt, ihn jedoch zu einem Eindringling macht und damit degradiert.

Mirjam hatte fast zur gleichen Zeit wie ich dem Schomer angehört; wir begannen sehr früh, »miteinander zu gehen«. Die Bindung schien lose zu sein, da sie oft gestört und unterbrochen wurde; doch nach kurzer Zeit kehrten wir gewöhnlich zueinander zurück, fast immer ohne irgendwelche Erklärungen, die das jeweilige Intermezzo und dessen Ende begründet hätten.

Wir heirateten, noch ehe wir das 23. Lebensjahr vollendet hatten. Wir hatten so vieles gemein und wir liebten einander, begehrten einander. Mirjam war nicht glücklich mit sich und nicht mit mir; ihre Empfindlichkeit steigerte sich immer wieder sprunghaft ins Maßlose, Unbeherrschbare und machte ihr und mir das Leben höllisch schwer. Sie ging weg, kam wieder, erzeugte Leiden. Wir beide entdeckten, daß ich nicht imstande war, ihr zu helfen, indes so vieles, was ich tat, ihr zur demütigenden Kränkung wurde. Ich habe das langwierige Scheitern und den schließlich irreparablen Zusammenbruch dieser Ehe stets als ein schweres Versagen empfunden. Die Erinnerung an das völlig sinnlose Leiden, das uns schließlich auseinandergerissen hat, ist in den Farben zwar verblaßt, doch deutlich genug bleiben beide Niederlagen: die sie mir zugefügt hat und die ich ihr zugefügt habe. Beide stürzten mich seinerzeit in eine Verzweiflung, die nicht weniger tief war als jene, deren ich mich manchmal mitten in den Katastrophen meiner Kindheitsjahre erwehren mußte. Ich habe davon nie zu jemandem gesprochen, denn es wäre so sinnlos gewesen wie diese Zerstörung selbst. Die Wortlosigkeit gehört zum negativen Staunen.

Zum »Privatleben« gehörten auch die winterlichen Kostümbälle, zu denen sich jeden Sonnabend zahllose — nicht nur junge — Intellektuelle einstellten. Ich tanzte sehr gerne und viel, zuweilen auch in später Nacht an Wochentagen. Die Bälle wurden gewöhnlich zugunsten von Zeitschriften, Kunstvereinen, Künstler- und Theatergruppen veranstaltet; sie waren einander ähnlich, weil ein bedeutender Teil der Habitués überall die gleichen waren, doch zeichnete sich jeder Ball durch irgendeine Eigenart aus, etwa durch die Dekoration der Tanzsäle, die Wahl der Kapellen und dergleichen.

Man weiß, daß nach Kriegen, Epidemien und anderen verheerenden Katastrophen eine »tolle« Zeit anbricht, weil eine delirierende Freude sich der Überlebenden bemächtigt, die die nahe Vergangenheit schnell ins Nichts zurückdrängen und die Toten in den tiefsten Abgrund des Vergessens versenken wollen. Wo der Tod die Reihen furchtbar gelichtet hat, da tanzt man viel, wie ums Leben — *janz toll,* hieß es bei den Berlinern, und die Pariser staunten selbst über die »folles années«, die ohne Übergang den Kriegsjahren folgten.

Die erste massenhafte sexuelle Emanzipation war das Werk jener, die nach dem Ersten Weltkrieg jung waren. Die Freiheit fiel ihnen nicht zu, sie mußten sie erkämpfen, doch war das nicht schwer, und in den besiegten Ländern leichter als anderswo. Mehr als ein Jahrzehnt war nach dem Zusammenbruch vergangen, die sichtbaren Spuren des Krieges schienen ausgelöscht, aber der Grund, der so lange die Gewißheiten getragen hatte, brach morsch zusammen. Die ältere Generation war schuldig geworden, deshalb kam der jungen alle Unschuld abhanden, ohne daß sie es merkte. Und sie mußte fortab leben, als ob nichts mehr selbstverständlich wäre; wer die Selbstverständlichkeit verloren hat, ist dazu verurteilt, sein Leben zu improvisieren.

Auf diesen Bällen trafen einander Hunderte junger, reizvoller Männer und Frauen, die im Rummel und Tummel ihr Liebesleben improvisierten; beinahe jeglicher Hemmung ledig, waren sie entschlossen zu verführen und durchaus geneigt, sich verführen zu lassen, sich jedem Genuß hinzugeben und ihn, war er enttäuschend, getrost hinzunehmen und schnell zu vergessen. Werbung und Erfüllung trennte fast nichts, es gab keine Erwartung, kein Bangen und fast keine Freude. Denn nur der Genuß war selbstverständlich, alles andere blieb ungewiß, fragwürdig, vor allem der Wert der Beziehungen, die man mit so stürmischer Eile anknüpfte. Nur einige Stunden oder Tage später verwandelten sie sich in Bekanntschaften zurück, die man gleichgültig vergessen konnte.

Von Montag bis Freitag hatte es der Psychotherapeut mit den Niederschlägen dieser Erlebnisse zu tun. Man wollte von ihm erfahren, wann man lieben könnte, lieben müßte und wie. Clara Zetkin, eine ältere deutsche Kommunistin, wandte sich während der Jahre des Kriegskommunismus an Lenin, um über die kommunistische Jugend Klage zu führen, vor allem über die jungen Männer, die die »Glas-Wasser-Theorie« praktizierten. Sie schliefen wahllos mit den Mädchen, wann immer sie Lust hatten, schwängerten sie und wandten sich dann von ihnen ab, wie man das geleerte Glas wegschiebt, sobald man seinen Durst daraus gestillt hat. Der Psychologe sollte erklären, was denn gegen die »Glas-Wasser-Praxis« einzuwenden wäre. »Nichts«, pflegte ich zu antworten, »nichts, wenn Sie nicht danach fragen ... Sie fragen aber danach, weil Ihnen ein Glas Wasser, ja Millionen solcher Gläser nicht genügen. Und dies, weil jeder lieben und geliebt werden will. Und es mag sein, daß das Lieben schwerer fällt, weil es so leicht geworden ist, eine Frau beziehungsweise einen Mann ins Bett zu kriegen und wieder loszuwerden.«

Nicht nur Wilhelm Reich war davon überzeugt, daß

die unbegrenzte sexuelle »Enthemmung« und die mit ihr einhergehende »Entklemmung«, »Entstauung«, die Menschen in Revolutionäre verwandeln. Doch genauso wie das Hakenkreuz – Sexualsymbol oder nicht – völlig wirkungslos blieb, solange die Deutschen die Vorteile des wirtschaftlichen Aufschwungs genossen, genausowenig förderten der moralische Zusammenbruch und der von ihm begünstigte Prozeß der sexuellen Emanzipation die Neigung zur sozialen Revolution. Befriedigte Genußsucht stimmt nicht aufrührerisch, sondern manchmal, in der Pause zwischen den Genüssen, angenehm melancholisch. Als jedoch die steil ansteigende Arbeitslosigkeit den tollen Jahren und der Prosperität brutal ein Ende setzte, als Millionen Familien täglich um ihr Auskommen bangen mußten, da trieb es zahllose Menschen, junge und ältere, Männer und Frauen zu jenen hin, die ihnen eine Hoffnung boten und sich dafür verbürgten, daß sie sich erfüllen werde: also zu den Extremisten, die den Glauben an ihre einzig mögliche, *totale* Lösung predigten und jede andere als infamen Betrug bekämpften.

Am 20. Mai 1928 stimmten 2,6% der deutschen Wähler für die Nationalsozialisten, aber kaum ein Jahr nach dem Ausbruch der Weltwirtschaftskrise waren es 18,3% und 20 Monate später 37,2%. Gewiß, auch die Kommunisten errangen einen Stimmenzuwachs, der nicht unbedeutend war, aber im Vergleich zur Sturmflut der Nazis unbeachtet bleiben konnte: statt 10,6% im Jahre 1928, erhielten sie am 31. Juli 1932 14,2%, also weniger als die Hälfte mehr, indes die Nazis ihre Stimmen fünfzehnfach vermehrt hatten.

Doch für einen Berliner Linken, ob er nun ein Arbeiter, Angestellter oder Intellektueller war, sah das keineswegs so aus. War zwar der Einfluß der Nazis in der Studentenschaft stetig gewachsen, so hauptsächlich, weil sie innerhalb der nationalsozialistischen Kreise auf Kosten der traditionellen Rechten Anhänger gewannen. Aber nur an den Außenrändern oder in feindlichen Zusammenstößen begegneten die Linke und Rechte einander. Ein linker Intellektueller konnte in Berlin überall: im Café, im Theater, im Konzert und Ballsaal, bei der Lektüre der Wochenschriften, wie etwa der *Weltbühne;* und der großen deutschen »Intelligenzblätter« wie *Frankfurter Zeitung, Berliner Tageblatt, Vossische Zeitung,* beim Anhören der kulturellen Radiosendungen und nicht zuletzt als Leser der literarischen und politischen Neuerscheinungen, den Eindruck gewinnen, daß die Zahl der marxistischen Revolutionäre sich täglich vergrößerte, daß außer den Kommunisten auch die Sozialisten sich auf die nahende, revolutionäre Auseinandersetzung mit den Faschisten vorbereiteten. »Subjektiv – objektiv – konkret« – diese Worte wurden in jeder Diskussion bis zum Überdruß wiederholt. Hatte die Not der werktätigen Schichten *objektiv* eine revolutionäre Situation geschaffen, jedoch nicht *subjektiv,* weil das Bewußtsein der Massen hinter der *konkreten* Entwicklung noch im Rückstand blieb? Oder war es umgekehrt: War das Krisenbewußtsein schon so stark geworden, daß sogar jene armen Teufel, die sich zur SA verirrten, sich für Revolutionäre hielten und tatsächlich glaubten, daß die NSDAP nach der Machtergreifung sofort die soziale Umwälzung erzwingen wird?

Die Führung der KP und ihre zahllosen Funktionäre gaben Antwort auf diese Frage, auf alle Fragen, die der Tag brachte, über Theorie und Praxis, Strategie und Taktik im Kampf »Klasse gegen Klasse«, im Kampf gegen die Sozialdemokraten, die als »Sozialfaschisten« nach wie vor der Hauptfeind blieben, gegen die katholische Zentrumspartei, die als »Zentrumsfaschismus« entlarvt wurde; gegen die »Versöhnler« innerhalb der Partei, gegen die »Luxemburgisten«, gegen die »Abweichler« von links und rechts und gegen jeden, der auch nur die leiseste Kritik an der Politik der Sowjetunion oder der von Moskau anbefohlenen »Bolschewisierung« der kommunistischen Parteien übte. Jeder, der an der Strategie oder der Taktik der KP zweifelte, machte sich verdächtig, wurde »abgehängt«, das heißt aller Funktionen enthoben, kaltgestellt, von den Genossen isoliert und bald ausgeschlossen.

Als die Nazis im August 1931 zu einem Plebiszit gegen die sozialistische Koalitionsregierung Preußens aufriefen, nahmen alle Parteien der Mitte und der Linken für diese Regierung Stellung. Hitler glaubte natürlich nicht, daß die Majorität ihm zustimmen würde, doch ergriff er die Initiative, um alle Unzufriedenen, die politisch nicht festgelegt waren, für die NSDAP zu mobilisieren. Und da geschah das Unfaßliche: Kurz vor der Abstimmung, die umgekehrt die völlige Isolierung der Nazis und der extremen Rechten unter Beweis stellen sollte, und ohne irgendeine Vorbereitung auf eine solche Kehrtwendung forderte die KP ihre Wähler und die der ganzen Linken auf, zusammen mit den Nazis die preußische Regierung zu stürzen. Die Bolschewisierung der Partei war nun so weit gediehen, daß sich kaum ein führender Kommunist erhob, um gegen diesen Beschluß und gegen die Art, wie er – wo? von wem? – gefaßt worden war, öffentlich oder auch nur im Rahmen geschlossener Parteiversammlungen zu protestieren. Die Führung bewies damit ihre Unfähigkeit, den Befehlen »von oben«, den noch so sinnwidrigen Anordnungen der Russen, den Kadavergehorsam zu verweigern. Von da an nahm ich ihre Reden zwar mit Respekt vor ihrer revolutionären Überzeugung auf, aber mit nur sehr beschränktem Zutrauen zu ihrer Urteilskraft und mit Ironie, wenn nicht gar mit einem gewissen Widerwillen gegenüber ihrer »Stampiglien-Sprache«, das heißt ihren wie unter einem unwiderstehlichen Zwang wiederholten Wort- und Satzklischees. Vier Jahre vorher hatte ich in Berlin Vertrauen zur Partei gefaßt und mich bereit gefunden, für diese Klischeesprache eine Rechtfertigung gelten zu lassen, denn ich begehrte zu glauben, daß diesmal die große Hoffnung begründet war, daß dank der Partei – und nur dank ihr – die soziale Revolution in Deutschland siegen und sodann ganz Europa erfassen würde.

Mein Bedürfnis, zu hoffen und deshalb zu glauben, blieb gleich stark, aber seit jenen Wochen im Sommer 1931 begann sich in mir der Zweifel daran zu regen, daß die KPD, die stärkste aller Parteien außerhalb der Sowjetunion, daß diese so gut organisierte proletarische Bewegung mit ihrem Rotfrontkämpferbund, ihrem Jugendverband, den zahllosen kulturellen, sportlichen und anderen Nebenorganisationen, mit ihrer Presse, ihren Verlagen und Buchklubs – daß diese Partei mit ihren fünf Millionen Wählern im entscheidenden Augenblick die großen Taten vollbringen könnte, von denen so vieles für die nahe und ferne Zukunft abhing.

Ich kannte mehrere Führer der Partei und recht viele ihrer höheren Funktionäre. Obschon ich sie mit dem Wunsch betrachtete, sie schätzen, ja vielleicht bewundern zu können, schienen sie mir mit seltenen Ausnahmen eher mittelmäßig; die Schlauköpfe waren zahlreicher unter ihnen als die Klugen; man fand bei ihnen mehr Disziplin als Mut zu eigenen Initiativen. Jedoch traute ich jedem von ihnen zu, sich in Treue zur Partei ohne das geringste Zögern aufzuopfern, wann und wo immer es nötig sein könnte. Die meisten von ihnen stammten aus Arbeiter- und Handwerkerfamilien und waren, ehe die Parteiarbeit ihr Beruf wurde, gelernte Arbeiter, Handwerker, kleine Angestellte oder Volksschullehrer gewesen. Die ihnen zugeordneten Sekretäre jedoch waren in der Mehrzahl junge Intellektuelle, die dem höheren Mittelstand oder dem Bildungsbürgertum entstammten. Sie alle duzten sich untereinander, wie es in der Partei allgemein geschah, aber der Abstand zwischen den führenden Funktionären und ihren Mitarbeitern blieb stets deutlich. Die Intellektuellen schrieben zwar die von ihren Chefs gezeichneten Artikel, Reden und Parteireferate, sie spielten aber nur graue Eminenzen, sie waren es nicht, denn die wichtigen Entscheidungen wurden ja nicht im Karl-Liebknecht-Haus, dem Sitz der Parteileitung, gefaßt, sondern in Moskau. So kam es für die Position der Führer und der ihnen zur Verfügung gestellten Intellektuellen darauf an, eine Woche, einen Tag oder mindestens eine Stunde früher als ihre Rivalen in der Partei zu erfahren oder zu erraten, welche strategische oder taktische Wendungen, welch neue Anordnungen und Parolen von Moskau vorbereitet wurden. »Drüben«, »dort oben« und später »zu Hause« – mit diesen Wörtchen bezeichnete man im engen Kreise die Sowjetunion, Moskau, das *EKKI* (Exekutivkomitee der Komintern) und als letzte, alleinbestimmende Instanz Stalin und seine Leute, die allein die Macht hatten, Befehle zu erlassen – jenen Befehl zum Beispiel, der der KPD den plötzlichen, hirnrissigen Frontwechsel zugunsten des Naziplebiszits aufzwang. Ebenso war es Stalins Clique, die den bestürzenden, gefährlichen Wahlsieg der Nazis im September 1930 als Hitlers Höhepunkt erklärt hatte, dem ohne Aufschub der Niedergang folgen würde. Diese von unbestreitbaren Sachverhalten täglich widerlegte »Analyse« und Prophezeiung mußte sodann Ernst Thälmann, der Führer der deutschen Kommunisten, wie ein Papagei wiederholen und in allen Parteieinheiten bis hinunter zur kleinsten Zelle so lange als unumstößliche Wahrheit verkünden lassen, bis sie die schnell aufeinanderfolgenden Wahlen vor aller Augen als Irrtum und schließlich als blöde Propagandalüge entlarvten.

Im Hochsommer 1931 fuhr ich mit Mirjam nach Moskau, wo wir einige Wochen später am Internationalen Psychologenkongreß teilnehmen wollten. Wir hatten so viele Berichte von Rußlandreisenden gelesen, daß wir nur noch zu überprüfen hatten, ob sich alles wirklich genauso abspielte, wie sie es schilderten. Würde das Herz stärker, höher schlagen im Augenblick, da der Zug in die Grenzstation einfahren und sich langsam dem Torbogen mit der Aufschrift »Proletarier aller Länder – vereinigt Euch!« nähern würde? Oder angesichts der Rotarmisten mit dem roten Stern auf ihrem Helm, die die Pässe kontrollieren würden? Zwar hatte man das und so vieles andere, das den »Pilgrim in die Zukunft« als erstes beeindruckte, oft genug in Fotos und Filmen gesehen, dennoch schlug das folgsame Herz höher, keinerlei Ironie verminderte die Begeisterung, denn ja, es ist wahr, wir liebten die Sowjetunion und hatten gleich Liebenden Augen nur für all das, was unsere Bewunderung für sie und das russische Volk steigern konnte. Für das Volk, das die erste proletarische Revolution zum Sieg geführt, den furchtbaren Bürgerkrieg gewonnen, Hungersnöte und tausend Miseren ohne Klage ertragen und aus allen Prüfungen nur noch mutiger hervorgegangen war. Wir wußten recht vieles, das uns mißfallen, enttäuschen konnte, aber auf unserer Waage wog es leicht gegenüber alldem, was im *Vaterland des Sozialismus* vollbracht worden war. Obschon wir somit durchaus voreingenommen waren, so wollten wir doch dem Beschluß treu bleiben, das Alltagsleben der arbeitenden Menschen aus unmittelbarer Ansicht kennenzulernen. Deshalb verließen wir immer wieder das Hotel Metropol, in dem wir untergebracht waren, und logierten einige Tage in einem alten bürgerlichen Haus im Zentrum der Stadt, ein anderes Mal in einer neuerbauten Vorstadt, die nach Bucharin benannt war.

Der ältere Mann, der uns das Zimmer seiner verreisten

Tochter überließ, war vor der Revolution der Inhaber dieser großen Wohnung gewesen, nun blieben ihm, seiner Frau und seiner Tochter zwei Räume und das Recht auf Küchenbenützung, das sie mit sieben anderen Mietparteien teilten. Läutete es an der Wohnungstür, so lauschten alle und zählten die Klingelzeichen. Unsere Gastgeber brauchten nur bis zum dritten zu zählen, die zwei ersten sowie das vierte und die nachfolgenden galten den Nachbarn. Georg Jossipowitsch Gordon war Direktor einer großen Bank gewesen, wohlhabend, doch nicht reich. Nach der Revolution konnte er in der Wohnung bleiben, wenn er sich auch mit den Zwangseinquartierungen und einem subalternen Posten in der Staatsbank abfinden mußte; nun stand er gerade vor der Pensionierung. Seine ältere Tochter war Psychologin, die jüngere, verheiratet, war Chemikerin, seine Frau übersetzte technische Artikel aus dem Französischen. Gordon, dessen ältere Tochter mich in Berlin aufgesucht hatte, sprach mit mir offenherzig. Nein, er war kein Kommunist, seinerzeit hatte er mit den Menschewiki sympathisiert, aber nur mit den Gemäßigten unter ihnen. Nun brauchte er keine Meinungen zu haben, niemanden interessierte, was er von der Politik dachte. Im übrigen hatte er zumindest einen guten Grund, zufrieden zu sein: Rußland hatte die Revolution und alle dazugehörigen Wirren hinter sich: »Uns ist schon alles geschehen, uns kann nichts mehr passieren! Den anderen Ländern aber, eben Deutschland zum Beispiel – oh, wieviel ihnen noch bevorsteht, bis sie soweit sein werden wie wir.« Es klang spöttisch, ein wenig mitleidig, doch meinte er es ernst. Als ich mit Bewunderung davon sprach, daß der Fünfjahresplan schon nach vier Jahren erfüllt sein würde, wandte er den Blick ab, ehe er zustimmte. Fortab ließ er sich nicht mehr auf politische Gespräche ein. Ich mußte ihm viel von Wien erzählen, wo er vor dem Krieg ein Jahr lang gelebt hatte, von den

Cafés, vom Burgtheater und – das hörte er am liebsten – vom Prater, von der Grottenbahn, dem Riesenrad und von allem, das ihm ein heiteres, jugendlich leichtfertiges Leben in Erinnerung zu bringen schien. An sein »Uns kann nichts mehr geschehen« habe ich später oft denken müssen.

In der Vorstadt wohnten wir bei einer Psychologin, die zum Komitee gehörte, das unseren Kongreß vorbereitete. Während ihres mehrmonatigen Aufenthaltes in Berlin war sie eine aufmerksame Hörerin im Individualpsychologischen Institut gewesen. Sie trat uns eines der drei sehr kleinen Zimmer ihrer Wohnung ab, die in einer Siedlung gelegen war, deren Häuser in Größe, Bauart und Fassade zum Verwechseln ähnlich waren. Die Einwohner gehörten den mittleren Priviligierten, dennoch war ihr Alltag seit 1929, nach den ersten Monaten des Fünfjahresplans, durch die Versorgungsschwierigkeiten zu einem zermürbenden Kleinkrieg geworden. Was ich da genau beobachten konnte, erinnerte mich in zahllosen Einzelheiten an das zum Verzweifeln schwere Dasein während der letzten Kriegsjahre in Wien.

Nikolaj Bucharin, damals der Vorsitzende des Obersten Wirtschaftsrats, dem in der Planwirtschaft eine hervorragende Bedeutung zukam, antwortete auf meine Frage, warum der Versorgung des arbeitenden Volkes im Lande der Revolution nicht absolute Priorität zugestanden wurde, mit den Formeln, die man überall hörte. Wir saßen in seinem großen hellen Büro, das einen weiten Ausblick auf die Stadt bot, auf die Moskwa, auf die Zwiebeltürme einer Kirche, auf einige wenige neue Bauten und auf alte schmutzige Häuser, wie sie in den russischen Romanen des vergangenen Jahrhunderts beschrieben waren. Bucharin, gut gelaunt, mühelos von einer Sprache zur anderen übergehend, sagte an diesem Vormittag viel Kluges, zum Beispiel über Oswald Spenglers Bücher, über das historische Bewußtsein, über Tolstoi, über gewisse russische Intellektuelle in der Emigration. Was er jedoch über die Lebensmittelnot, den Mangel an Gebrauchsgegenständen in der Sowjetunion vorbrachte, konnte nur jene überzeugen, die im voraus überzeugt waren oder sehnlichst begehrten, es zu sein; zu diesen letzteren gehörte ich selbst.

»Kommen Sie in drei Jahren wieder, Ihre Fragen werden dann völlig gegenstandslos geworden sein. Wir werden gutes Brot haben und Fleisch und Gemüse in beliebiger Quantität und ausgezeichneter Qualität. Ja, unsere Kinder werden so viele Bananen und Orangen essen wie die Kinder von Paris«, sagte er zum Schluß mit einem breiten Lächeln, das seiner Prophezeiung mehr Glaubwürdigkeit verlieh als seine Argumente. Ach, wie gut es einem tat, das zu hören und es glauben zu dürfen. Beim Abschied wandte er sich an mich, er wollte wissen, ob die Vorbereitungen für den Psychologenkongreß zufriedenstellend wären. Und da er sich überdies nach dem Thema meines Referats erkundigte, war ich geschmeichelt, ja knabenhaft glücklich.

Während der zwei Wochen, die wir nicht als Touristen und nicht als die umsorgten Gäste des Staates lebten, entging mir kaum etwas von dem, was einem auch nicht sehr aufmerksamen Beobachter den Eindruck vermitteln mußte, daß die Armut des Volkes größer, bedrückender war als selbst in dem von der Krise heimgesuchten kapitalistischen Deutschland mit seinen Millionen Arbeitslosen. Ohne bewußte Absicht paßte ich »wie ein Haftelmacher« auf, so daß ich fast alles wahrnahm, insbesondere das Gute, aber auch das Schlechte, das Armselige, die demütigende Herrschaft des Mangels, die genau zu ermessen mir seit meinem zehnten Lebensjahr viel leichter fiel, als sie zu verkennen. Nein, ich verschloß die Augen nicht vor dem Elend und erlaubte mir auch nicht, irgend etwas zu verschönern. Trotzdem narrte, betrog ich mich täglich, stündlich mit dem ewigen »budjet« — *es wird sein,* mit dem Konjugieren im Futurum. Bucharin selbst war es, der rechtzeitig davor gewarnt hatte, daß die von Stalin beschlossene Agrarpolitik die hinterhältige und auch die offene Feindschaft der Bauern hervorrufen, die Ernährungslage der Städter fortlaufend erschweren und am Ende eine Hungersnot unvermeidlich machen würde. Und nun, im Sommer 1931, erklärte er, daß nach der neuen Ernte die Sowjetunion ein für allemal den Engpaß überschritten haben werde: *budjet,* alles wird besser sein, immer besser werden...

Ich wollte mich darüber empören, daß die öffentlichen Verkehrsmittel so unzureichend waren, daß eine Fahrt in den überfüllten Straßenbahnen körperlich schlechthin unerträglich war — wie ein maßlos übertriebener Gag eines amerikanischen Films: schlecht genährte, übermüdete Menschen aneinandergepreßt, widerstandslos passiv gegenüber den Massen, die sich an jeder Haltestelle noch hineindrängten, man erfaßte gar nicht wie. Gleich so vielen anderen Utopia-Pilgrimen hob ich jedoch bei jeder Gelegenheit hervor, daß in der Moskauer Straßenbahn der Schaffner nicht stehen mußte, sondern auf seinem Sitz an der Tür blieb und die Passagiere einander das Fahrgeld durch den ganzen Wagen über zahllose Köpfe hinweg weiterreichten und ebenso die Fahrkarte zurückbrachten. Ja, das rühmte ich ernsthaft, das andere aber berichtete ich lächelnd — eben wie eine Szene aus einem komischen Film.

Im »Kultur- und Erholungspark«, dem Lunapark Moskaus, bewunderte ich die großen Gipsfiguren, welche *Udarniki,* das heißt die besten Stoßbrigadenarbeiter, darstellten. Anerkennend wiederholten wir überall, daß in diesem Park nicht Krieger und Feldherren, sondern arbeitende Menschen die Pfade säumten — es waren proletarische Siegesalleen. Wir blieben bei jeder Ansammlung stehen, vor der gewöhnlich junge Menschen kurze, aber feurige Reden hielten über den Fünfjahresplan, über die bereits errungenen und über die unaufhaltsam nahenden Triumphe. Noch heute fällt es mir schwer, an der Echtheit der Begeisterung zu zweifeln, die, schien es, die Zuschauer ebenso beseelte wie die Redner.

»Alle sind jetzt voller Hoffnung, denn sie fühlen, daß wir in wenigen Monaten über den Berg sein werden. Das hat nichts mit politischer Gesinnung zu tun, sondern mit dem sehnlichen Wunsch des ganzen Volkes, daß das Experiment des Fünfjahresplans vollauf gelinge, denn das Mißlingen würden alle furchtbar büßen müssen«, erklärte mir einer der Führer der bulgarischen KP, der seit Jahren in Moskau lebte. Er war ein kluger Mann, der Ketzereien mit so viel Humor vorbrachte, daß es ihm leichtfiel, sich selbst zu desavouieren, sobald jemand ihn verdächtigte, ein »Abweichler« zu sein. Nun, das war er in der Tat. Nämlich ein Bucharinist, doch weit konsequenter als Bucharin selbst und überzeugt davon, daß ungeheure Fehler in der Agrarfrage begangen worden waren, besonders in der sogenannten Dekulakisierung, die die kommunistischen Hoffnungen vernichten mußten, wenn man nicht sofort die Lage der Bauern von Grund auf besserte. Ich besuchte ihn in seiner Sommerfrische, am Rande eines Dorfes, in dem es so gut wie gar keine Bauern mehr gab. Er trieb sich viel auf dem Land herum und wußte genau, was man in den Hütten dachte.

Von diesen Besuchen erzählte ich einer Kollegin, deren Mann, ein sehr bekannter Psychologe, in der akademischen Welt eine führende Position innehatte. Die Frau, die über vierzig war, sah recht gut aus; der herausfordernde Trotz, der sie sehr oft überkam, verlieh ihrem Gesicht und den leuchtenden braunen Augen eine Schönheit, die aufreizend, doch nicht anziehend wirkte. Sie kannte den Bulgaren und seine Frau; sie schien überhaupt vieles über fast alle Leute von einiger Bedeutung zu wissen, insbesondere über die politischen Wandlungen, über die rechtfertigende Selbstverleugnung, dank der so viele Leute seit 1921 beziehungsweise seit 1924 oder seit 1927 ihre Linientreue beweisen und so ihre Privilegien bewahren konnten.

»Ihr Bulgare gehört zu jenen Glückspilzen, die jeden Morgen beim Lesen der ›Prawda‹ entdecken, daß sie eigentlich schon immer so gedacht haben, wie es das Blatt gerade an diesem Tage von ihnen verlangt. Auch mein Mann gehört zu denen. Er ist sogar ein Meister in der Kunst, sich selber ins Gesicht zu spucken.« Ich fragte sie nicht, warum sie dann bei ihm bliebe; in der Tat kam ich selten dazu, sie nach irgend etwas zu fragen, denn wann immer wir zu zweit blieben, führte sie allein das Gespräch und bestimmte zum Beispiel auch, daß wir nicht im Hotel Metropol oder in einem der wenigen guten Restaurants essen sollten. So führte sie mich jedesmal in eine *Stolowaja*, eines jener Wirtshäuser, in denen nicht privilegierte Moskauer zu Mittag aßen, die im Zentrum der Stadt beschäftigt waren. Das Essen war da noch weit schlechter als jenes der Volksspeisehalle, wo ich während des Krieges in Wien gearbeitet hatte. Es war da auch viel schmutziger und das Brot ungenießbarer als das Wiener Brot im Jahre 1918, im letzten Kriegswinter. Lisa, so will ich diese Frau nennen, fand beinahe Gefallen an dem Essen, sooft sie auf meinem Gesicht den Widerwillen entdeckte, den es in mir erzeugte. Sie empfand gewiß auch Schadenfreude, doch noch mehr zornige Genugtuung darüber, daß sie mich verhinderte, im Genuß der schützenden Unwissenheit zu bleiben.

Lisas Mann war ein Trotzkist gewesen, sie nicht. Für sie hatte die Konterrevolution in jenen Tagen gesiegt, da unter Lenins und Trotzkis Führung der letzte Aufstand der wahren Revolutionäre niedergeschlagen wurde. Sie war in Kronstadt dabeigewesen, hatte alles mit angehört und angesehen und ein für allemal erfaßt, daß die Diktatur der Bolschewiki nicht proletarisch war. »Man müßte mir das Hirn aus dem Schädel reißen, damit ich das je vergesse«, erklärte sie böse.

Ich hörte ihr gewöhnlich aufmerksam, aber nicht gerne zu, schließlich mied ich die Begegnungen. Weil ich nicht wissen wollte? Ja, aber auch weil ich doch so gut wie alles wußte, was sie mir herausfordernd ins Gesicht schleuderte, als ob ich die Ursache des Übels wäre. Ja, ich wußte oder vermutete, argwöhnte, durchschaute — und dennoch war mein Wissen nutzlos! Das sagte ich mir jedoch erst einige Jahre später, als ich vor seinen Konsequenzen nicht mehr zurückschrak. So merkwürdig es mich heute berührt: nicht die tatsächlich sehr schwerwiegenden Sachverhalte, die Lisa mir ungeduldig und unduldsam vor Augen führte, waren es, die mich so befremdeten und mich ahnen ließen, daß ich eines Tages würde brechen müssen, um nicht mitschuldig zu werden. Nein, winzige Vorfälle und flüchtige Eindrücke bewirkten, daß ich mich während einiger Augenblicke alldem, was mich da umgab, so entfremdete, daß es mir wie eine vorgetäuschte Landschaft mit einer falschen Sonne erschien.

Es geschah in Leningrad, auf dem Platz vor dem Finnländischen (Oktober-)Bahnhof. Ein ärmlich gekleideter, hagerer Mann war von rücksichtslos hastenden Passanten vom Bürgersteig auf das Straßengleis hinuntergedrängt worden; er blieb einen Augenblick ratlos stehen, ohne das Klingeln der Straßenbahn zu beachten, vielleicht ohne es auch nur wahrzunehmen. Da stürzte ein Polizist auf ihn zu und begann, ihn mit Fäusten auf Nacken und Schultern zu schlagen. Der Mann drehte sich langsam um, die Fäuste in grauwollenen Handschuhen sausten auf Stirn und Kinn des ratlos Staunenden herab.

Im letzten Lichtschein des lauen Herbsttages starrte ich auf die Handschuhe und das unter den Schlägen wankende Opfer, das weder auszuweichen noch zu flüchten suchte. Warum setzte sich der Mißhandelte nicht zur Wehr? Und die vielen Gaffer rund herum – warum griffen sie nicht ein? Endlich ließ der Milizionär von dem Mann ab; der trat aufs Pflaster zurück und verschwand in der dichten Menge.

Diese klägliche Szene hat mein Gedächtnis seit jenem September 1931 in allen Einzelheiten so genau bewahrt, daß ich sie an Ort und Stelle mühelos rekonstruieren könnte. Bei jedem der zahllosen Gespräche über die Sowjetunion, die ich nachher in Berlin führen sollte, ist sie vor mir mit gleichbleibender Deutlichkeit wieder aufgetaucht, doch habe ich sie zehn Jahre lang wie ein schändliches Geheimnis verschwiegen und sie später als das Erlebnis einer meiner Romanfiguren geschildert, als den »dunklen Punkt« im Bewußsein eines deutschen Kommunisten, den man späterhin in Moskau liquidierte, da er sich weigerte, in einem stalinschen Schauprozeß die Rolle eines »Diversanten«, Spions und Saboteurs zu spielen.

Nichts von alldem, was ich bis dahin über die Sowjetunion, ihr Regime und insbesondere über die Praktiken der Tscheka (später GPU genannt) gelesen oder gehört hatte, noch die desillusionierenden Erfahrungen, die ich in Rußland nicht hatte vermeiden können – nichts von alldem hatte mich so bestürzt und aufgewühlt wie jener Vorfall, an dem schließlich das Verhalten der zahllosen Zeugen, der so gerühmten »Sowjetmenschen«, für mich zuerst unverständlich und dann um so aufschlußreicher war. Als ich etwa zwei Wochen später in einer belebten Straße in Charkow einige gefesselte Männer mit blutig geschlagenen Gesichtern sah, die von GPU-Leuten eskortiert wurden, auch da empfand ich jene seltsame Herzschwäche, die eine plötzliche, besonders schwere und in ihren Folgen bedrohliche Enttäuschung in uns hervorruft. Aber sie verschwand bald wieder – ich sagte mir, daß es sich gewiß um gefährliche Verbrecher handeln mußte, um jene Saboteure, die die Ernte ganzer Kolchosen verbrannten, in den Dörfern Traktoren vernichteten, somit wohl um eingeschmuggelte Weißgardisten.

Eines Nachts kreuzten wir auf unserem Heimweg einen großgewachsenen Mann, der mit beiden Händen über dem Nacken einen langen Sack trug, der ihm den Rücken hinunterhing. Er kam nur langsam, mühsam vorwärts – die Last mußte ungewöhnlich schwer sein, sie beugte seinen Oberkörper tief hinab. Der Anblick machte mir Angst, ja mir war so bange wie in der Kindheit, wenn ich auf die Geschichte des verirrten Baßgeigers lauschte. Selbst Lisa, sonst so schnell mit dem Worte, zauderte diesmal, ehe sie uns aufklärte: Der Mann, von dem wir in der schlecht beleuchteten Straße nur die Umrisse wahrnahmen, war ein illegaler Leichenbestatter; ein alter, doch noch kräftiger, sehr gläubiger Jude, trug er nächtens die Leichname frommer Glaubensgenossen, die in geweihter Erde, auf einem jüdischen Friedhof den Überlieferungen getreu mit Segenssprüchen und dem Totenbett begraben werden sollten. Natürlich wußte das die Polizei, ließ aber diese Fanatiker gewähren; wahrscheinlich waren einige bestochene Milizionäre im Spiel.

Seit meiner frühen Jugend erscheinen mir Bestattungszeremonien als klägliche Trauer- und Trostspiele und die verkleideten Leichname als Mummenschanz, den man keinesfalls mit Menschen identifizieren durfte, die zu leben aufgehört haben. Tote Körper sind unrein, man sollte sie von allem, was lebt, abschneiden. Wer je gelebt hat, dauert weiter im Geiste und überdies in den Leibern seiner Nachkommen. All das hatte man mir beigebracht, als ich noch ein Kind im Städtel war.

Was nun mit der Leiche geschah, die dieser alte Mann durch Moskau trug, war mir durchaus gleichgültig. Aber ich blieb während langer Stunden unter dem Alpdruck, der auch nicht wich, als ich mich von dieser Stimmung befreit und zur Realität zurückgefunden hatte. In mir stieg eine unabweisbare Ahnung auf, daß die Judenfrage auch in der Sowjetunion vielleicht nicht gelöst und der Judenhaß nicht besiegt worden war.

Wenige Monate später, wieder in Berlin, geschah es, daß ich gegen Ende der Nacht weinend aus dem Schlaf hochfuhr. Solches hatte sich selbst in meiner Kindheit nur äußerst selten ereignet, zuletzt Ende 1915 oder Anfang 1916. Und nun war ich um 16 Jahre älter, ein aktiver, selbstsicherer Mann; maßlos überrascht fragte ich mich, was ich wohl geträumt haben mochte. Der Traum hatte mich in die Sowjetunion versetzt, in eine Stadt, die größer war als Zablotow, aber keine Großstadt. Ich sah junge Menschen durch die Straßen laufen, etwas Furchtbares wurde vorbereitet oder geschah bereits: ein Pogrom. Eine Frau rief mir ungeduldig zu, ich sollte ihr folgen, weglaufen, sonst würde es zu spät sein. Ich wies auf eine Gruppe *Komsomolzen* (junger Kommunisten) hin und sagte, es bestünde keine Gefahr, denn die würden ja sofort eingreifen. Die Frau riß sich den türkischen Schal vom Kopf und schrie mir böse ins Gesicht: »Komm, Verrückter! Die Komsomolzen machen ja den Pogrom, die Komsomolzen!« Da brach ich in Tränen aus; davon waren meine Wangen feucht und das Kissen.

Der erniedrigte Arme auf der Straße vor jenem Bahnhof, von dem aus der aus dem Exil heimkehrende Lenin die proletarische Revolution als nächstes Ziel proklamiert hatte; die Gleichgültigkeit der Passanten gegenüber dem Erniedrigten und Beleidigten; der Alte mit der Leiche auf dem Rücken und schließlich der Traum, in dem die Eigenen sich als jene Feinde enthüllten, die zu fürchten, man mich als Kind gelehrt hatte — diese sachlich unerheblichen Episoden riefen die tiefste Erschütterung meines Glaubens an die neue Gesellschaft, an den neuen »sozialistischen Menschen« hervor. Nichts von alldem, was ich in den Jahren vorher an Enthüllungen und Angriffen gegen die Sowjetunion gelesen hatte, und nichts von dem, was mir in diesem Sommer 1931 an den russischen Zuständen mißfiel, nichts hatte so tief auf mich gewirkt — nicht die mehr oder minder häufigen, doch zumeist charakteristischen Mißstände, auf die Lisa mit böser Eindringlichkeit meine Aufmerksamkeit hinlenkte, und nicht die grotesken Situationen, in die der Rußlandreisende geriet.

Da wir von Moskau aus viele Bahnfahrten unternahmen, bot sich uns zu jeder Tages- und Nachtzeit, sooft wir einen größeren Bahnhof betraten, ein Anblick dar, der uns zuerst überraschte, sodann fast amüsierte wie ein riesiges, barockes Jahrmarktspektakel, bald darauf aber genierte und peinlich störte. Geführt von einer zuständigen Begleitperson, gingen wir an Gruppen sitzender, hokkender, liegender Männer, Frauen und Kinder vorbei, in deren Mitte Koffer, Bettzeug, Kleider, Möbelstücke, lebendes Geflügel, Primuskocher und Geschirr und so viele andere Gegenstände sich befanden. Und diese Hunderte, in der Mehrzahl Dorfleute, warteten anscheinend geduldig Tage und Nächte darauf, daß man ihnen endlich Zulaß zu einem Zug gewähre. »Die Züge sind alle überfüllt«, klärte man uns auf, »weil es einerseits zuwenig Zugmaterial gibt und anderseits, weil die Leute zuviel reisen, wozu sie der sehr niedrige Eisenbahntarif anregt.« Wie aber kam man dann doch in den Zug? Wir zum Beispiel hatten nicht die geringsten Schwierigkeiten, wir warteten nie. Nun, dafür brauchte man eine »bumaschka«, das heißt ein »Papierchen«; es gab allerdings eine Rangordnung der »bumaschkas«. Jene, die unser Begleiter an der Kassa oder bei der Bahnhofs-GPU vorlegte, waren, wie es sich erwies, »sehr stark«, das heißt, sie erzielten sofort das gewünschte Ergebnis.

Nach kurzer Zeit wurde auch der Törichteste unter uns dessen gewahr, daß Touristen, vor allem aber Gäste dieser oder jener sowjetischen Institution oder Parteiorganisation zahllose Privilegien genossen, die sonst nur der heimischen herrschenden Schicht vorbehalten waren. Wir hätten sie ablehnen müssen, aber ich kenne keinen Fall, in dem irgendeiner das Privileg abgelehnt hätte. Der seinerzeit berühmte Zeichner David Low, der den Reisebericht eines englischen Sympathisanten illustrierte, hat in einigen witzigen Zeichnungen diese reisenden Parias dargestellt; der erheiterte Beobachter vergißt, sich zu empören, und ist belustigt über den Zustand, den er in seiner Heimat nie ertragen würde. Nach der zweiten oder dritten Begegnung betrachteten wir diese Massen mit der idiotisch-asozialen Neugier, die so viele Touristen an dem pittoresken Elend in fremden Ländern befriedigen. Weder vor der Rußlandreise noch je nachher ist mir die Armut und die Verwahrlostheit der Elendsquartiere pittoresk erschienen, doch im Lande des Sozialismus geriet ich, wie so viele andere, in eine Situation, wo ich, mich mit den Herrschenden identifizierend, die Zustände nur mit jener toleranten Unaufmerksamkeit betrachtete, dank der man sich leicht mit dem Übel abfinden kann, dessen Nachbar und Nutznießer man absichtslos geworden ist. Wenige Jahre nachher dachte ich daran zurück – mit Unbehagen über mich selbst und später mit bedrängender Scham.

In jenem Sommer 1931 errang der sowjetische Film *Der Weg ins Leben* einen ungewöhnlichen Erfolg, der ihm kurz darauf auch überall im Westen beschieden war. Die jungen Darsteller waren keine Schauspieler, sie verkörperten sich selbst, wie sie an einem exemplarisch gelungenen Erziehungsexperiment teilgenommen hatten. *Besprisorny,* elternlose, verwahrloste Kinder, die unter den Einfluß von Verbrechern geraten und von ihnen mißbraucht worden waren, wurden in ein Heim gebracht, wo ihnen im Geiste sozialistischer Erziehung, wie wir sie damals verstanden, die Möglichkeit geboten wurde, zu sich selbst zurückzufinden: zu einem seelischen Gleichgewicht, zum Selbstbewußtsein und zu einer konstruktiven schöpferischen Gemeinschaft; bis dahin hatten sie in einer Scheingemeinschaft destruktiver Banden dahinvegetiert.

Alle, auch die Skeptiker und Reaktionäre unter den Teilnehmern an dem Psychologenkongreß, der uns alle in Moskau zusammengeführt hatte – alle waren von diesem Film begeistert. Zusammen mit dem sehr angesehenen Psychologen William Stern und seiner Frau fuhr ich in ein Dorf unweit von Moskau, wo sich das Besprisorny-Heim befand, welches als Modell für den »Weg ins Leben« gedient hatte. Wir waren von dieser pädagogischen Leistung sehr angetan – sie war das Erfreulichste, das die Kongressisten bis dahin in der Sowjetunion gesehen hatten. Man wollte wissen, wie viele solcher Selbsterziehungskollektive es in Rußland gebe. Viele, sagte man uns, aber ihre Zahl würde bald geringer sein, denn das Problem dieser elternlosen Kinder sei bereits so gut wie gelöst. Das wollten wir gerne glauben, obschon wir jedesmal, wenn wir nachts an dem Großen Theater vorbei ins Hotel zurückkehrten, auf dem zentral gelegenen Platz, wo Asphaltschmelzöfen brannten, zwanzig oder dreißig obdachlose Kinder sahen, die sich wach oder schlafend am Feuer wärmten. Ja, antwortete man, als wir darauf hinwiesen, das seien die allerletzten Reste der Besprisorny. Noch zwei, drei Wochen, dann würde es den Kindern zu kalt sein und sie würden freiwillig Aufnahme in die Erziehungsheime suchen. Den Zweifel des Ehepaares

Stern suchte ich zu zerstreuen, indem ich darauf bestand, daß es den Sowjets ja ein leichtes wäre, diese paar Dutzend Kinder aus Moskau, jedenfalls aus der Stadtmitte zu entfernen, wo sie alle Aufmerksamkeit auf sich zogen. Daß man sie ungestört daließ, bewies, daß diese furchtbare Kindernot, eine unmittelbare Folge des langen Bürgerkriegs, so gut wie verschwunden wäre.

Erst später, als ich allein war, mußte ich an Plontin denken, an seinen erschreckenden Wiederholungstraum und an die Dekulakisierung. Fast zehn Jahre waren seit dem Ende des Bürgerkriegs vergangen, diese Kinder waren nicht dessen Opfer. Also?

Noch im gleichen Jahr zeigte man den *Weg ins Leben* in Berliner Kinos. Er wurde an einem Sonntagvormittag in einem großen Saal vor geladenem, hauptsächlich intellektuellem Publikum aufgeführt. An der öffentlichen Debatte, die gleich darauf folgte, nahm ich als Psychologe teil. Als jemand die Frage aufwarf, ob denn alle Besprisorny schon pädagogisch erfaßt und somit von der Straße verschwunden wären, antwortete ich, es gebe in der Sowjetunion gewiß noch winzige Gruppen solcher Kinder, aber es handle sich da höchstens um Dutzende von Kindern, und auch sie würden sehr bald, noch während des Winters, auf den »Weg ins Leben« gelenkt werden. Das glaubte ich auch. Als mich jedoch einige Tage später in einer Abendgesellschaft jemand fragte, wie ich eine solche Behauptung, die offenbar wahrheitswidrig wäre, aufstellen konnte, da betonte ich aggressiv die Aufrichtigkeit meiner Überzeugung. Doch las ich in den Augen dieser Frau, daß sie mir nicht glaubte, und war davon so betroffen, daß ich mich an jenen Abend und diese Szene noch heute genau erinnere. In zahllosen privaten und öffentlichen Diskussionen hatte ich die von anderen bestrittene Richtigkeit meiner Meinung zu beweisen. Hier geschah es nun zum erstenmal, daß meine Aufrichtigkeit bezweifelt wurde. Und das traf mich so hart, weil ja der Zweifel diesmal begründet sein konnte – auch das empfand ich damals zum erstenmal.

Und zum erstenmal, seit ich schreibe, frage ich mich – nicht ohne Besorgnis, ob ich es dem Leser nicht zu schwer mache, mein damaliges Verhalten zu verstehen: dieses beschränkende, verschränkende Ineinander von Wissen und Nichtwissen, von Verzweiflung über die getäuschte Hoffnung und von Begeisterung für alles, was auch nur im entferntesten einer Erfüllung nahe kommen konnte. Man denkt an das in einem undurchsichtigen Behälter aufgespeicherte Spülicht, das unter einer Ölschicht unsichtbar bleibt, bis ein Schlag die fette Oberfläche auseinanderreißt und das schmutzige Wasser hochspritzen läßt.

Dem Leser sind einige meiner Erlebnisse in der Sowjetunion bekannt, die, von außen als Ereignisse betrachtet, zumeist unwichtig waren, aber so signifikativ, daß sie weit über sich hinauswiesen, auf Zusammenhänge, die sonst unvermutet geblieben wären. In diesem Sinne ist fast alles, was ich bisher von meiner dreimonatigen Reise erzählt habe, in den spärlichen Fakten und in deren Deutung durchaus negativ. Trotz alldem änderte sich nichts an meiner politischen Haltung; nach Berlin zurückgekehrt, setzte ich mich intensiver als je vor einer immer breitern Öffentlichkeit für die Sowjetunion ein. Gewiß, ich erwähnte die prekäre Versorgungslage und die zahllosen Alltagsschwierigkeiten, mit denen die arbeitenden Menschen ringen mußten, aber nur, um um so ausführlicher und überzeugender von der Begeisterung aller für den Fünfjahresplan zu berichten. Warum verschwieg ich fast allen, auch meinen nächsten Freunden, jene Informationen, die mir die gehässige, aber wohlinformierte Lisa aufgedrängt hatte? Zum Beispiel jene über die Kaltstellung, über das Verschwinden von so vielen, über die man nichts erfahren konnte, da man höchstens einmal danach fragen konnte, wohin sie verschwunden waren, und überhaupt nicht, warum es geschehen war.

Was ich von Plontin erfahren hatte, bewahrte ich als ein berufliches Geheimnis, doch seit dem Herbst 1931 wußte ich, daß in Rußland nicht das Proletariat die Diktatur ausübte, nicht die Sowjets und nicht einmal die KP, sondern eine ganz dünne Führerschicht, die niemandem verantwortlich schien und jeden, der sie offen zu kritisieren wagte, abdrängen, »abhängen« und an jeder offenen Meinungsäußerung verhindern konnte. Wir sprachen darüber im Freundeskreis ganz offen; darüber und über die Idolisierung Stalins, die wir natürlich nicht als eine spontane Bewunderung, sondern als eine *von oben* energisch geleitete Aktion ansahen; wir spotteten darüber ebenso wie über die byzantinische Geschmacklosigkeit, die zu dem Priesterseminaristen Dschugaschwili paßte. Wir waren geneigt zu glauben, daß Stalin ein bedenkenlos energischer Organisator war und daß die Sowjetunion während der ersten Jahre des Fünfjahresplans gerade einen Mann wie ihn brauchte. Doch verkannten wir völlig die Logik eines Kampfes um die Macht, wie er von einer skrupellos herrschsüchtigen Clique geführt werden kann, und durchschauten nicht, daß eben die Eigenschaften, die Stalin, wie Lenin in seinem Testament warnend erklärte, unfähig machten, die Funktion eines Generalsekretärs auszuüben, ihn dazu drängten, immer mehr persönliche Macht zu akkumulieren, um schließlich allmächtig zu werden. Kein Zweifel, wir unterschätzten Stalin und seine taktischen Fähigkeiten, ebenso die Schwäche der Gegner gegenüber seiner eigenartigen, despotischen Schlauheit. Wir begingen diesen Fehler, weil wir es vorzogen, ja weil wir entschlossen waren, an die Partei zu glauben und in ihr allein die Konzentration des besten Willens und die mobilisierende Kraft unbändiger Energien zu suchen. Was könnte ein Mann, selbst wenn ihm skrupellos ergebene Spießgesellen dienten, gegen die Partei ausrichten – gegen eine Partei, die alles ist, alles sein muß?

Der *cocu*, der seit Jahrtausenden in Spottliedern, Possen und Komödien verhöhnte betrogene Ehemann, ist nicht immer dümmer als andere, seine Sehkraft nicht schwächer als die des Nachbarn. Nein, nicht aus Dummheit verkennt er seine Lage, sondern weil es ihm vor allem darauf ankommt, zu lieben und sich geliebt zu glauben. Er braucht den Glauben an die Treue seines Weibes weit mehr als die Wahrheit über ihre Untreue. So allgemein wie der Tod ist die Selbstverführung durch die Illusion des Glücks, durch die Beharrlichkeit von Hoffnungen, die man, sind sie vernichtet, als Mumien aufputzt, so daß sie fortab gegen den Tod gefeit sind.

In der von einer globalen Wirtschaftskrise täglich aufs neue erschütterten kapitalistischen Welt waren wir Millionen, in Deutschland waren wir Zehntausende von jungen Intellektuellen, die – wie von dem eigenen Sein – davon überzeugt waren, daß nur eine Revolution die Welt von Not, Unterdrückung, Demütigung und Krieg ein für allemal befreien könnte. Und jeder von uns fand dank dieser Überzeugung seinen Platz unter den Menschen, mit denen zusammen er an diesem ungeheuern Wagnis teilnehmen würde – bald, sehr bald, in einem Augenblick, der so unaufhaltsam nahte wie für meinen Urgroßvater der Messias. Die Skeptischsten unter uns fanden hier eine Gewißheit – die einzige, der keine Erschütterung zu drohen schien. Im Lichte dessen, was sein, also kommen *mußte*, stellte die Geschichte der Menschheit ein wildes, sinnloses, mörderisches Auf und Ab von *sound* und *fury* dar; im Lichte dessen also, was unbedingt geschehen mußte, aber nicht geschehen würde, wenn wir, gerade wir es nicht herbeiführten, betrachteten wir alles. So lasen wir zum Beispiel die Ilias wieder, und ganz anders als früher, fragten wir uns, während wir der »Missa solemnis« lauschten, welche Bedeutung ihr nach der Revolution zukommen sollte, vernachlässigten wir leichter Hand die Fragen, die eines jeden eigene, »private« Zukunft betrafen. Auch die Aufrichtigsten und moralisch Strengsten unter uns fanden sich deshalb damit ab, daß, wo es um die *Sache* ging, die Wahl der Mittel nur von der Zweckdienlichkeit bestimmt werden durfte. Natürlich, es gab Grenzen, eben moralische Grenzen, aber sie waren fließend und sollten es bis auf weiteres bleiben.

Mich hatte es erschüttert, daß in einer Diskussion jemand, dessen Urteil mir nicht unwichtig war, glauben konnte, ich hätte eine Meinung vertreten, die nicht wirklich die meine wäre. Seit meiner frühen Jugend war für mich *kennen* mit *bekennen* untrennbar verbunden. Außer wenn ich mir, mühsam genug, das Schweigen aufzwang, war ich, wo es um Überzeugungen ging, geradezu bekenntniswütig. Die Bemerkung jener Frau zwang mich, etwas zur Kenntnis zu nehmen, das ich – ähnlich wie der *cocu* – wußte und nicht wissen wollte. Blieb meinesgleichen in den persönlichen Beziehungen, im sogenannten Privatleben den ethischen Kriterien durchaus treu, nach denen wir eigenes wie fremdes Verhalten beurteilten, so hatten wir uns allmählich – wahrscheinlich ohne es immer oder sofort zu merken – einem Prinzip unterworfen, welches diese Kriterien im Kampfe außer Kraft setzte, in der Beziehung zu allem, was der *Sache* nicht diente, zu allen, die nicht die Partei waren. »Gegen die Partei hat niemand recht; sie weiß, was du nicht weißt; ihr verheimlicht man nichts ... An der Front diskutiert man nicht die Befehle, man exekutiert sie ... Die Front ist überall – bis zum endgültigen Sieg der Revolution.«

Wir – meine engeren Freunde: Alex Weissberg, der geistvolle Physiker Fritz Houtermans, in dessen Haus sich viele Gleichgesinnte oft trafen, besonders junge Physiker, die recht bald berühmt werden sollten, wie etwa Lev Landau –, wir alle haßten jede Art von totalitärer Beschränkung, überhaupt jegliche Begrenzung des freien Denkens, des Andersdenkens. So diskutierten wir freimütig, oft mit beißender Ironie über die Partei, über die Generallinie, über die Strategie und Taktik, über den sophistischen Mißbrauch, den die Parteiführer mit dem Worte »Dialektik« trieben. Doch genügte es, daß ein Fremder, jemand, der nicht Kommunist war, sich zu uns gesellte und seinerseits etwa an der von der Partei in Deutschland betriebenen Politik Kritik übte, damit wir sie wie ein Mann verteidigten. Zuerst war es wie ein Spiel, das der Rechthaberei und der lokalpatriotischen Borniertheit ähnlicher war als einem »Kampfeinsatz«, aber es wurde schnell genug ein Verhalten, das uns so selbstverständlich und gerechtfertigt erschien wie die Wahl der Sache, für die wir einstanden.

Ich habe bereits die Bücher des von Romain Rolland entdeckten Panaït Istrati erwähnt, in denen er die sowjetische Wirklichkeit von links, nicht von rechts enthüllt hatte. Das Manuskript des ersten der drei Bücher über seinen Aufenthalt in Rußland, »Vers l'autre Flamme«, brachte er zu Rolland, der davon so begeistert war, daß er schrieb: »Diese Seiten sind heilig. Sie müssen in den Archiven der *Ewigen Revolution* aufbewahrt werden. In ihrem goldenen Buch. Wir lieben Sie deshalb noch mehr, wir verehren Sie dafür, daß Sie das geschrieben haben.« Und im selben von Istratis, nicht Rollands, Erben jetzt erst publizierten Brief heißt es beschwörend: *»Aber veröffentlichen Sie es nicht!* Sie dürfen es nicht in diesem Augenblick veröffentlichen.« So Romain Rolland im Frühjahr 1929, zu einer Zeit, als noch keinerlei Nazigefahr bestand und die Linke in Europa weder um ihre Freiheit noch um ihre Existenz zu fürchten hatte. Der französische Dichter, der im Ersten Weltkriege seine Stimme, die Stimme des Gewissens erhoben hatte, handelte als einer der moralischen Initiatoren jener *Verschwörung des Schweigens,* die die Sowjetunion vor jeder Kritik schützen sollte. Es ist möglich, wenngleich nicht beweisbar, daß ich es dennoch abgelehnt hätte, die Sowjetunion im Geiste dieser Verschwörung, des »Budjet«-Mythos und der Dialektik genannten Tarnsophisterei zu rechtfertigen, wenn es meinesgleichen im Sommer 1931 und nachher möglich gewesen wäre, auch nur einen einzigen Tag lang die wachsende Nazigefahr zu vergessen.

Es gab auch andere Faktoren, die direkt oder indirekt bewirkten, daß ich – außer in der Einsamkeit, die der zweiten Besinnung förderlich und der Selbsttäuschung hinderlich ist – vieles in der Sowjetunion mit Zustimmung, ja mit Begeisterung aufnahm. Es tat uns unendlich wohl, durch ein Land zu reisen, wo niemand die Arbeitslosigkeit fürchten mußte. Und gerade wir, die Kindheit und frühe Jugend zwischen 1914 und 1924 erlebt hatten, empfanden eine beinahe kindliche Bewunderung für die Energie des Aufbaus. Daher rührte auch das damals so weit verbreitete Interesse für die Architektur, nicht nur für die eines Le Corbusier; wir interessierten uns für alles, was die Leute vom *Bauhaus* taten, vielleicht auch, weil es sich *Bauhaus* nannte und nicht Akademie oder Institut. Nun, die Sowjetunion richtete wiederholt ihren Ruf an die Architekten, an Erbauer von Wasserkraftwerken und von Kanälen, die Meere miteinander verbinden.

Hüben – drüben ... Hier eine Welt des Niedergangs, in der das ewig Gestrige mordend verendet – dort eine neue Welt im Aufbau für neue Menschen. Drüben – hüben: die Sowjetunion, das sozialistische Sechstel der

Erde auf einer Seite – die fünf Sechstel auf der andern, wo man angesichts von Verhungernden Weizen verbrannte, um den Preis zu halten, und wo sich die Kohlenhalden haushoch türmten, indes in den Hütten der Ausgesteuerten Kinder erfroren.

Seit die Krise begonnen hatte, wurde dieses Alternativdenken unabweisbar, zwingend. Meinesgleichen war gegenüber aller Propaganda sehr skeptisch, wenn auch nicht durchaus gefeit. Ich wußte genau, wann und in welchem Ausmaß ich das sozialistische Selbstlob und die Slogans der kommunistischen Parteien mißtrauisch aufnehmen mußte, aber was damals in der kapitalistischen Welt geschah, wirkte wie eine Herausforderung, die täglich unerträglicher wurde. Ich fragte mich, ob der Leser dieses Buches meine Stellungnahme, etwa im Zusammenhang mit der Rußlandreise, verstehen würde. Nun, die Voraussetzung dafür ist jedenfalls, daß er nie vergesse, wie quälend nicht nur dem Gewissen, sondern dem unverwirrten Bewußtsein jene Misere war, die zahllose Menschen mitten in einer reifen, reichen, fast unbegrenzt produktionsfähigen Gesellschaft dazu zwang, im entwürdigenden Gefühl ihrer Nutzlosigkeit dahinzuvegetieren. Nicht utopischer Aberglaube nährte die Hoffnung, die ich trotz allem auf das Land der Oktoberrevolution setzte, sondern der verachtungsvolle Widerwille gegen eine Gesellschaftsordnung, die nur 15 Jahre vorher einen Weltkrieg, das widersinnigste Massenmorden der Geschichte, heraufbeschworen hatte und nun entschlossen war, ihren Fortbestand auch um den Preis einer Weltennot und einer fortschreitenden Beschränkung der garantierten individuellen und kollektiven Freiheiten zu sichern. Wir aber glaubten, daß es eine andere Gesellschaftsordnung als die kapitalistische geben konnte und daß nichts am Sozialismus, an der Kommunistischen Partei, an der Sowjetunion so schlecht sein konnte, daß wir dessenthalben auch nur einen Moment lang den Blick von dem permanenten Unrecht abwenden dürften, von der zerstörerischen, erniedrigenden Verelendung von Menschen, die sich damit abfinden sollten, daß sie überflüssig waren, nur weil die kapitalistische Wirtschaft sie nicht brauchte.

Hüben – drüben... Auch auf unserem internationalen Psychologenkongreß war es spürbar, wie sehr die Fronten sich schieden. Natürlich erhielten die sowjetischen Psychologen von der Fraktion, die die Kommunisten unter ihnen für die Leitung des Kongresses gebildet hatten, genaue Anweisungen, über welche Themen sie referieren, an welchen Debatten sie teilnehmen, wie sie sich gegenüber einzelnen, vor allem prominenten bürgerlichen Teilnehmern verhalten sollten. Als kooptiertes Mitglied nahm ich an den Beratungen dieses Komitees teil. Da gab es kluge, auch witzige Leute, die genau die Grenze beachteten, an der ihre Ironie und ihre Skepsis haltmachen mußten. Ein älterer Mann und eine ganz junge Frau, deren hübsches bäuerliches Gesicht durch die mißtrauische Strenge ständig verdüstert wurde, mit der sie alle Vorschläge aufnahm, vertraten hier den Willen der zuständigen Parteiinstanz; zweifellos war einer von beiden überdies die Vertrauensperson der GPU. Beide entschieden jedesmal, ob die von den sowjetischen Psychologen vorgelegten Referate akzeptabel waren, das heißt, genau der »Linie« entsprachen. Dabei achteten sie sorgsamst auf die Wahl und die Zahl der Zitate – Marx, Lenin, Stalin, Engels mußten zitiert werden, Lenin und Stalin am häufigsten, und zwar gleich zu Beginn des Vortrags, aber nicht weniger oft im Schlußwort. Außer ihnen mußte noch der wegen des »bedingten Reflexes« berühmte Physiologe Pawlow, ein Zeitgenosse, ausgiebig, jedoch mit beschränkter Zustimmung erwähnt werden.

Die Sitzungen dieses etwa zehnköpfigen Komitees

begannen ausnahmslos mit großer Verspätung, die jedoch nur mich erstaunte. Alle rauchten Papirossy, Zigaretten mit sehr langem Mundstück; sie anzuzünden war nicht leicht, denn die Reibflächen der Streichholzschachteln waren so schlecht, daß man sie viele Male reiben mußte, ehe das Zündholz Feuer fing. Das war ärgerlich, störend, denn wenigstens einer war immerfort im geräuschvollen Kampfe mit der Schachtel. Auf die Frage, wieso es nicht gelang, brauchbare Reibflächen herzustellen, wurde mir wie üblich erwidert, das wäre nur vorübergehend, bald würde die Sowjetunion die besten Reibflächen erzeugen. Man fand sich damit ab wie mit dem schlechten Brot und vielem anderen, aber in jedem der vorgelegten Kongreßreferate waren mehrere Absätze der Erinnerung an die furchtbare Erbschaft der Vergangenheit und der dithyrambischen Lobpreisung des Neuerrungenen gewidmet. Stillschweigend unterwarf man sich dem Gebot, die schlechtesten Seiten der Vergangenheit mit den besten der Zukunft zu vergleichen und das Beste an der Gegenwart so hervorzuheben, als ob es bereits das Übliche wäre. In diesen Sitzungen geschah etwas Merkwürdiges: das nicht enden wollende kleine, doch ärgerliche Geräusch der erfolglos angeriebenen Zündhölzer erschien allen immer häufiger wie ein unwiderlegliches, gefährliches Dementi der so bedingungslos gerühmten Fortschritte der Sowjetunion. Als ich einmal eine Bemerkung darüber machte, lächelten manche, wurden aber sofort wieder ernst, als sie merkten, daß das den zwei Offiziellen, vor allem der jungen Genossin, mißfiel. Zumindest dem Anschein nach wurde jede Äußerung der beiden so aufgenommen, als ob sie selbstverständlich immer richtig und richtungweisend sein müßte. Ich nahm mir vor, in rein politischen, doch nie in anderen Fragen nachzugeben.

Noch ehe ich Rußland wieder verließ, tauchte dieses Problem besonders deutlich auf. Im Namen einer höhern

Instanz fragten mich sowjetische Kollegen, ob ich bereit wäre, in Berlin eine internationale Zeitschrift für marxistische Psychologie zu leiten. Das zuständige Büro der Komintern erwartete von mir eine baldige, zustimmende Antwort und ließ mich wissen, daß Willi Münzenberg die Revue in einem seiner Verlage herausgeben oder, paßte mir keiner von diesen innerhalb seines Konzerns, einen Fachverlag für sie gründen würde.

Willi *Münzenberg,* damals 42 Jahre alt, strebte mit Riesenschritten dem Höhepunkt seiner ungewöhnlichen Karriere zu. Schon war sein Name weit über Deutschlands Grenzen gedrungen, überall in der Welt, in der kommunistischen Bewegung und in den zahllosen Sympathisanten-Organisationen, besonders aber in intellektuellen Kreisen vieler Länder errang der Propagandist der Komintern unter verschiedenen Namen mit variablen Mitteln die erstaunlichsten Erfolge. Lenin, der Willi während des Krieges in der Schweiz schätzen gelernt hatte, beauftragte ihn während der Hungersnot in den Wolgagebieten, eine Solidaritätsaktion in Gang zu bringen. Es kam da nicht sosehr auf die materielle Hilfe an als auf die propagandistische Ausnutzung humanitärer Bestrebungen zugunsten des bolschewikischen Regimes. So entstand damals die von Willi geleitete *Internationale Arbeiterhilfe,* die nur dem Anschein nach eine Konkurrentin der Roten Hilfe war, denn die IAH war vor allem dazu bestimmt, die von ihr geweckte Solidarität zu organisieren, das heißt mit Berufung auf sie antikolonialistische, antiimperialistische, antifaschistische Vereinigungen zu gründen. In ihrem Namen veranstalteten Willis Leute sodann internationale Kongresse, schufen sie Verlage, Bücherklubs, Zeitungen und Zeitschriften, ebenso wie die schnell berühmt gewordene Filmgesellschaft *Meschrabpom.* »Berlin am Morgen« und »Die Welt am Abend« waren zwei mit großem

Geschick redigierte Tageszeitungen, die die Leser viel stärker anzogen als »Die Rote Fahne«, das Zentralorgan der Kommunistischen Partei Deutschlands. An die Spitze der internationalen Bewegungen gegen Imperialismus und Kolonialismus, gegen Krieg und Faschismus stellte Willi Männer wie Romain Rolland oder Henri Barbusse oder die Witwe Sunyatsens und ähnliche, damals weltbekannte Figuren. Die über die ganze Welt verstreuten Ortsgruppen bekamen Schlagworte geliefert, die einer Generallinie entsprachen, nach der man sich zu richten hatte. Die in viele Sprachen übersetzte Propagandaliteratur war zumeist mittelmäßig und repetitiv, obschon berühmte Männer, unter ihnen Schriftsteller von Weltruf, als Autoren zeichneten. Denn Münzenberg war im Reiche der Intellektuellen zum Rattenfänger geworden, die ganze Welt war sein Hameln. Er rief – und die Unterschriften kamen: für Hilferufe zugunsten Hungernder oder politisch Verfolgter, zugunsten von Kolonialvölkern oder unschuldig verurteilten Negern, zugunsten von nichtkommunistischen Dichtern, Philosophen, Priestern, die allerdings in den meisten Fällen tatsächlich geheime Funktionäre der Komintern waren.

Aus guten und weniger guten Gründen sprach Münzenbergs Propaganda besonders die Intellektuellen an. Deshalb war es ihm leicht, ein Propagandainstrument zu vervollkommnen, das seither nicht mehr aus der Mode gekommen ist: die »Unterschriften-Stampiglie«. Dichter, Künstler Bischöfe, Philosophen, Wissenschaftler aller Art wurden von ihm bewogen, mit ihrer Unterschrift zu bezeugen, daß sie sich in die erste Reihe der radikalen Kämpfer stellten. Sie brauchten nur jedesmal, wenn er es wünschte, zu protestieren, begeistert zu Taten aufzurufen oder ihren Schauder vor Untaten zu proklamieren. Münzenberg stellte Intellektuellenkarawanen zusammen, die sich auf einen Wink von ihm in Bewegung setzten, auch die Richtung bestimmte er. War ein Name unter einem halben Dutzend solcher von Münzenbergs Mitarbeitern unterbreiteten Erklärungen erschienen, so wurde er fortab ohne die ausdrückliche Einwilligung seines Trägers benutzt. Es wurde zahllosen Intellektuellen zur lieben Gewohnheit, im Morgenblatt ihren Namen — neben viel berühmteren oder weniger bekannten — immer aufs neue gedruckt zu sehen. Man weiß, daß Münzenbergs *Stampiglie* — mutatis mutandis — noch immer gute Dienste leistet.

Ehe ich Münzenberg traf, wußte ich wie so viele andere, daß er nicht sehr wählerisch war, wenn er darauf ausging, fähige Männer für seinen engeren Mitarbeiterstab zu gewinnen. Sein Spürsinn leitete ihn bei seiner Suche nach *zweckdienlichen* Menschen, deren Fähigkeiten jedoch ihren Gehorsam und ihre Treue ihm gegenüber nicht mindern durften.

Bevor uns, wenige Jahre später, die Emigration zusammenführte, traf ich Willi nur zweimal. Er war kleingewachsen, der verhältnismäßig zu lange Rumpf machte aus ihm einen Sitzriesen; sein bartloses Gesicht blieb sein Leben lang ohne Alter. Wenn er einen Beschluß überlegte und schnell zu einer Entscheidung gelangen wollte, heftete sich sein Blick spähend auf irgendeinen Gegenstand im Raume und manchmal, wie zufällig, auf das Gesicht seines Gesprächspartners. Die Spannung löste sich, sobald er einen Beschluß gefaßt hatte und wußte, was er anordnen konnte. Dieser Sohn eines dörflichen Schankwirtes, der, früh verwaist, als »Leistenjunge« in einer Erfurter Schuhfabrik begonnen hatte, benutzte die Befehlsgewalt, die er über viele Menschen ausübte, nicht wie etwa ein Unternehmer oder ein hoher Offizier an der Spitze einer Truppe, sondern wie ein Feldherr, der von seinem Hauptquartier aus Schlachten lenkt, ohne sich auch nur in die Nähe der Front zu begeben. Ja, Willi, der ohne Koketterie seinen Heimatdialekt bewahrt hatte, war ein ganz ausgezeichneter Organisator, ein Führer, der sehr früh entdeckt hatte, daß niemand zugleich führen und ausführen kann.

Damals, gegen Ende 1931, einigten wir uns mühelos darauf, das Revue-Projekt erst später in Angriff zu nehmen. Ich brauchte viel Zeit, um vorerst herauszufinden, wer außerhalb Deutschlands die marxistischen oder zumindest sowjetfreundlichen Psychologen waren, die als Mitglieder des Redaktionskomitees und als verläßliche Mitarbeiter gewonnen werden müßten. Trotz Zeitmangels gelang es mir, sie recht schnell zu finden, aber ein geheimes Bedenken hielt mich zurück. Ich wollte nichts unternehmen, was mich in Abhängigkeit von Willi bringen konnte. Überdies band mich zu vieles an meine psychologische Arbeit, an Freunde und Mitarbeiter, zu denen sich immer öfter interessante Menschen gesellten, die aus der Provinz und aus dem Ausland kamen, um sich in unserm Institut und in den Privatkursen und Seminaren mit der Individualpsychologie und ihrer Anwendung vertraut zu machen. Nicht selten geschah es da, daß einer, der gekommen war, um zu nehmen, ein Gebender wurde; aus der Zusammenarbeit erwuchs eine dauernde Freundschaft.

Der Zagreber Arzt *Dr. Beno Stein* machte häufig Studienreisen, die ihn damals auch nach Deutschland führten, wo er die klinische Homöopathie studierte. Seine Frau Vera kam oft nach Berlin, von der kulturellen Vitalität dieser Stadt angezogen. Ihr psychologisches und soziales Interesse bewirkte, daß wir einander begegneten; sie wurde eine anregende Teilnehmerin meiner Kurse, später auch eine verläßliche Mitarbeiterin. Ich hörte ihr gerne zu, wenn sie bildhaft von ihrer Heimatstadt und dem jüdisch-kroatischen Milieu sprach, von den Vorgängen im Königreich Jugoslawien, in dem sich die Kroaten durch die Serben beeinträchtigt, schikaniert, ja unterdrückt fühlten, oder von den Untaten der Polizeidiktatur, die im Jahre 1929 errichtet worden war. Am häufigsten berichtete Vera von dem großen Freundeskreis, in dessen Mitte sie und Beno gleichsam ihre wahre, ihre innere Heimat hatten. So wurde ich begierig, ihren Mann kennenzulernen.

Als ich ihn das erste Mal erblickte, dachte ich an Dickens' Mr. Pickwick. Dr. Stein war mittelgroß und so beleibt, daß er fast unförmig wirkte, doch war er körperlich nicht weniger behende als geistig; sein gut geschnittenes, zu volles Gesicht war durch kluge Augen erhellt, in denen ein neugieriger Humor leuchtete; sie versprachen Verständnis und Beistand, eine zugleich behutsame und energische Hilfe. Er war ein ganz ausgezeichneter Arzt, weil er ein von großen Lehrern ausgebildeter Mediziner und ein brüderlicher Mitmensch war.

Beno kam aus Böhmen, hatte während des Krieges als Militärarzt in kroatischen Militärspitälern gedient und in Epidemielazaretten gearbeitet, stets im Wettlauf mit dem Tode. Er vergaß dabei sich selbst, achtete nicht der Gefahr, die er herausforderte, und blieb vor den Krankheiten bewahrt. Nach dem Krieg hätte er in seine Heimat zurückkehren, sich wie sein Bruder Jula in Prag oder in Wien etablieren können, doch blieb er in Kroatien und war da wirklich zu Hause. Er wurde in der ersten Stunde unserer Begegnung mein Freund, wir fanden Interesse aneinander und hofften, daß es sich nie erschöpfen würde. Beno, etwa zehn Jahre älter als ich, war weltoffen, er bewahrte die jugendliche Begier, zu lernen und zu verstehen; in ihm wirkten Klugheit und Güte zusammen, nicht gegeneinander.

Obwohl ich anfangs der Gebende und auch später niemals nur der Empfangende war, habe ich sehr früh unsere Freundschaft als ein glückliches, wenn auch nicht unverdientes Geschick empfunden. Gewiß, Beno verwöhnte mich, doch bin ich ja immer wieder, mein ganzes Leben lang – selbst im Gefängnis, im Lager, im Militärdienst – Menschen begegnet, die sich selbstlos um mein Wohlergehen kümmerten. Doch wußte ich, daß ich, käme ich je in Not, in erster Linie von Beno Hilfe erwarten und rechtzeitig erhalten würde.

Beno, Vera und ihre Freunde gründeten eine Individualpsychologische Vereinigung in Zagreb, nachdem ich dort eine Reihe einführender Vorträge gehalten hatte, die ein zahlreiches, ungewöhnlich aufmerksames Publikum angezogen hatten. Ich kam auch daher häufig nach Jugoslawien, vor allem nach Zagreb, und reiste überdies viel im Lande umher, sprach in verschiedenen Städten, machte in vielen Dörfern halt. Im Frühjahr 1931 verbrachten Vera, Beno und ich einige Tage auf der Insel Rab. Vom ersten Augenblick an wußte ich, daß die Adria, ihre Küsten und Inseln mir fortab mehr bedeuten würden, als Worte ausdrücken können oder sollen. Meine Liebe zu dieser Landschaft, über die ich seither viel gesprochen und geschrieben habe, bewahrt für mich selbst etwas Unerklärliches – etwa wie die sonderbare Wirklichkeit des Traums, in dem der Schläfer zwar vermutet, daß er nur träumt, und dennoch zu träumen fortfährt.

Von der Reise nach Dalmatien, Split, Dubrovnik und den umliegenden Inseln habe ich bereits Erwähnung getan. Natürlich waren Beno und Vera und, unter meinen neuen Freunden, der Nervenarzt Dr. Rudolf Rosner und seine Frau Dora mit von der Partie. In jenem Mai 1932 hätte meinesgleichen verblendet sein müssen, um nicht zu spüren, daß die unausweichliche Entscheidung mit wachsender Schnelligkeit herannahte. In den schönsten Augenblicken jener glücklichen dalmatinischen Tage konnte ich nur mühsam die Ahnung verscheuchen, daß es vielleicht das letzte Mal war, daß wir die Tage so heiter beginnen und die Nächte so glücklich beenden konnten.

Durch diese Ahnung, die ich nur Beno nicht verhehlte, wurde unsere Lebensfreude nicht vermindert, sondern so gesteigert, als ob sie einem Schmerz abgewonnen würde, der uns auflauerte, uns jedoch so lange nicht übermannen konnte, als wir hier auf der Halbinsel zusammenblieben. Kein Gottesglaube, keine utopischen Hoffnungen, keine kollektiven und keine politischen Illusionen — nichts von alldem war mir geblieben, als die große Bedrängnis begann. Und da gewannen die Erinnerungen an jene Tage in jener Landschaft für mich eine psycho-hygienische Bedeutung ohnegleichen.

Bevor ich damals Jugoslawien verließ, machte ich noch einmal halt in Zagreb, wo ich mit Leuten der Kommunistischen Partei Kontakt aufgenommen hatte. Einige von ihnen waren illegal, wir mußten einander unter besonderen Bedingungen treffen, in unverdächtigen, großbürgerlichen Wohnungen oder in Häusern mit mehreren Ausgängen. Die Polizei kannte gewiß die Namen von Intellektuellen, die zu der verbotenen Kommunistischen Partei gehörten, und bespitzelte sie mit mehr oder minder großem Eifer. Zwei von den Männern, die ich traf, wurden von den Behörden als gefährlich betrachtet, jedoch mit Vorsicht, um nicht zu sagen mit Delikatesse beobachtet: Der eine, Miroslav *Krleža,* galt als der bedeutendste Schriftsteller des Landes. Dieser Poet, Romancier, Essayist und Dramatiker ist noch heute ein Mann von ungewöhnlichem Charme, ebenso geistreich wie geistvoll. Damals benutzte er sein großes Wissen mit der Entschiedenheit eines Rebellen, der die Lächerlichkeit und Niedertracht der herrschenden Unordnung weder ignorieren wollte noch ertragen konnte. Seine Schriften übten auf zahllose junge Intellektuelle, aber auch auf seine Altersgenossen einen Einfluß aus, der sich sowohl in ihren politischen Entscheidungen wie in ihrer Geschmacksbildung auswirkte.

Den Romancier und Essayisten August *Cesarec,* der zum engsten Freundeskreis Krležas gehörte, traf ich sehr oft, denn er nahm aktiven Anteil an den Arbeiten der Individualpsychologischen Vereinigung, deren Vorsitzender Beno Stein war. Dank Cesarec, der über die Adlersche Lehre und ihre Verbindung mit dem Marxismus eine längere, sehr gehaltvolle Studie schrieb, wuchs das Interesse für die Individualpsychologie in weiten Kreisen der studierenden Jugend und gleichzeitig unter den marxistischen Intellektuellen. Einige von ihnen kamen dann zu mir nach Berlin — es war das letzte Jahr der Weimarer Republik, das fürchteten wir, aber wir glaubten es nicht.

Im Juli 1932 fuhr ich mit etwa 20 engeren Mitarbeitern und Hörern in einen Badeort an der Ostsee, wo wir ein kleines Hotel gemietet hatten. Am Vormittag trug ich vor, am Nachmittag diskutierten wir. Es waren gute, fruchtbare Tage; am Abend tanzte man bis in die späte Nacht. Wir vergaßen die Lage nicht, nicht die ungeheuren Probleme, die fürchterliche Drohung, die grauenhafte Not. Wir lasen viel und hielten uns auf dem Laufenden. So erfuhren wir am 20. Juli, daß auf Befehl des Reichskanzlers von Papen ein Leutnant mit zwei Soldaten die preußische Landesregierung, deren Präsident Otto Braun ein Sozialist war, ohne die geringste Mühe abgesetzt hatte. Wir brachen sofort nach Berlin auf, als stünden große, vielleicht entscheidende Aktionen unmittelbar bevor. Man weiß, es geschah nichts. Die Kommunistische Partei, die ein Jahr vorher zusammen mit den Nazis in einem Plebiszit die Absetzung dieser Regierung gefordert hatte, wandte sich nun an die Arbeiterklasse mit der Aufforderung, gegen die Absetzung mit einem Generalstreik zu protestieren. »Sturm über Deutschland!« verkündigte und forderte der Balkentitel des kommunistischen Zentralorgans. In derselben Nummer der »Roten Fahne« konnte man lesen, daß irgendeine Aktionsgruppe ausgesteuerter

Arbeitsloser in einem Viertel des Berliner Bezirks Prenzlauer Berg einstimmig die Ausrufung des Generalstreiks begrüßte und den ADGB, den Gesamtverband der deutschen (sozialdemokratischen) Gewerkschaften, aufforderte, in allen Betrieben eine Urabstimmung zu veranstalten.

In einem meiner Romane, der dieser Episode ein langes Kapitel widmet, erklärt ein Eisenbahner in der Nacht vom 20. auf den 21. Juli: *»... wat heeßt hier Urabstimmung? Wenn wa jedesmal, wenn die Kommunisten eine Streikparole ausjeben, ne Urabstimmung müßten orjanisiren, ja Mensch, denk doch mal an! Nee, haben se jesagt, die SPD hat den Beschluß jefaßt, die Sache jeht vor det Staatsjericht. Und für den Streik wird's noch Jelegenheit jeben, wenn wir ihn wollen werden.«*

Ein anderer stimmte ihm zu:

»Generalstreik, det is wat verflucht Ernstes, damit spielt man nicht. Da geht es um alles. Und da muß man sich schon fragen, wann und wofür und mit wem man so was macht. Nicht für Severing und nicht mit den Kommunisten, die zuerst mit den Nazis Plebiszit machen, damit daß der Severing geht, und jetzt plötzlich wollen, wir sollen partu Aufstand machen, damit der Severing bleibt.«

43 Jahre sind seit jenen Sommertagen vergangen und 35 Jahre, seit ich sie beschrieben habe. Ein dreifach Verbannter, vor dem alle Tore verschlossen blieben, ein Flüchtling in der Mausefalle, erlebte ich jene Julitage wieder, in denen wir eine Niederlage erlitten, die trächtig war mit allen, die noch folgen wollten – und von denen jede vernichtender war als die vorangegangene. Im Jahr 1940 gelang es mir besser, schreibend die Stimmung der Verzweiflung wieder zu erwecken:

»Dojno hätte die Begegnungen dieses viel zu langen Julitages auslöschen mögen, doch mußte alles durchdacht, zweifach erlitten werden – wie eine Beschämung, die man in der Jugend erfahren hat.«

Warum Beschämung? Weil alle meinesgleichen sich's gestehen mußten, daß, was da geschah, nur die Folge einer Politik war, die seit Jahren falsch, ja wahnwitzig gewesen war – und daß wir das gewußt, im engen Kreis darüber diskutiert und nichts Wirksames unternommen hatten, um es abzuändern. Wir waren allezeit zu Taten bereit, die weit mutiger sein sollten als wir selbst, dies aber nur gegenüber dem Feind, nicht aber den Eigenen, nicht der Partei gegenüber. Wir wußten im voraus, daß die SPD und der ADGB mit ihrem Legalismus den Kampf vermeiden würden, bis es für ihn zu spät sein würde; wir wußten, welch eine wahnwitzige Politik die KP-Führung mit der wütenden Bekämpfung der reformistischen Arbeiterbewegung und mit der erfolglosen Gewerkschaftsspaltung jahrelang betrieben hatte. Nun schlug die letzte Stunde. Die Partei mußte sofort der Führung der Sozialisten und der Gewerkschaften eine Aktionseinheit gegen die Nazis und ihre Verbündeten vorschlagen und dementsprechend die gesamte Parteiarbeit neu orientieren! Es geschah jedoch nicht sofort, nicht nach Wochen und nicht Monate später.

Und wir, die wußten, daß es ohne den geringsten Zeitverlust geschehen mußte, ja daß es Selbstmord war, wenn man es unterließ – was taten wir? Wer von uns trat offen gegen die Fortsetzung dieser Politik auf, wer trat aus Protest gegen diesen Irrsinn öffentlich aus der Partei aus? Keiner. Wir ballten die Fäuste, doch nur in der Mantel- oder Hosentasche. Warum? Weil selbst die Skeptischsten unter uns unfähig blieben zu glauben, daß die KP die Machtergreifung Hitlers kampflos zulassen könnte. Also, sagten wir, wird sie – unter den ungünstigsten Bedingungen, die sie und die SPD verschuldet haben – kämpfen, deshalb dürfen wir ihre Reihen nicht verlassen.

Ich sprach von der Verzweiflung, die sich unser in jenen Tagen bemächtigte, als es sich erwies, daß die KP trotz ihrer sechs Millionen Wähler von der Arbeiterklasse und innerhalb ihrer Reihen so isoliert war, daß ihre Generalstreikparole nicht weniger wirkungslos blieb, als wenn irgendein sektiererisches Grüppchen sie ausgegeben hätte. Unserer Verzweiflung mengte sich tiefer Widerwillen bei, als die Führung wie gewöhnlich ihre Verantwortung auf die »unteren Funktionäre, die es nicht verstanden hatten«, abwälzte.

Nicht trotz, sondern eben wegen dieser Stimmung suchten wir Lebensfreude, wo immer wir sie finden oder hervorrufen konnten. Mit uns waren junge Frauen, die schön waren oder den Verliebten so erschienen; die Seen rund um Berlin warteten auf uns an sonnigen Tagen, abends fand man sich bei irgendeinem Gartenfest oder in einer unserer Wohnungen zusammen; man trank, tanzte, »ketzerte und meckerte« viel. Je näher der Morgen rückte, um so gewisser war's uns, daß die deutsche Arbeiterklasse, die bestorganisierte der Welt, niemals, nicht einen Tag lang, eine faschistische Diktatur ertragen würde, wie sie sich in Italien breitmachte. Alfred Kurella, der im faschistischen Italien viel gereist und ein Buch über Mussolinis Regime und die Lage des italienischen Volkes veröffentlicht hatte, verglich das weit überlegene spezifische Gewicht der Arbeiterklasse in Deutschland mit dem eines Landes, in dem nur ein relativ geringer Teil, der Norden, industrialisiert war. Kein Zweifel, das deutsche Proletariat war unvergleichlich stärker, reifer, reich an Erfahrungen, die in ihm seit Jahrzehnten das Vertrauen zu den eigenen Organisationen genährt hatten.

Heini Kurella, Alfreds Bruder, stimmte dieser Analyse zu; er hatte ein so helles Gesicht, daß man glauben mochte, es könnte wie ein Licht im Dunkel scheinen. Beiden hörte man gerne zu – sie wußten so viel und drückten sich gut und präzis aus. In einer dieser späten Nächte kamen wir auf den entscheidenden Anstoß zu sprechen, den jeder von uns irgendeinmal empfangen haben mußte, um den Weg zur Revolution zu betreten, als ob dieses Ziel allein erstrebenswert wäre und als ob ein einziger Weg zu ihm führte. So verschieden unser Herkommen war und die Art, in der wir uns von unseren Anfängen entfernt hatten, keiner von uns hatte sich der revolutionären Bewegung angeschlossen, *nachdem* er Marx gelesen hatte, sondern umgekehrt hatte jeder zuerst die Sache der Arbeiterklasse zu seiner eigenen gemacht, ehe er im Marxismus überzeugende Gründe, eine zur erwünschten Praxis passende Theorie suchte. Mit Staunen stellten wir fest, daß für uns alle Blaise Pascals Wort galt: Wir hätten nicht gesucht, hätten wir nicht vorher gefunden oder wären wir nicht vorher gefunden worden.

Über Alfred Adler habe ich viel geschrieben – außer dem biographischen Büchlein im Jahre 1926 habe ich über ihn und seine Lehre, 100 Jahre nach seiner Geburt und 33 nach seinem Tode, ein monographisches Werk veröffentlicht, darin ich auch einiges über unser Verhältnis zueinander berichtet habe.

Wie diese Beziehung begonnen und recht schnell eine unvergleichliche Bedeutung für mich erlangt hat, habe ich hier ausführlich dargelegt. Doch wie, wann hat sie geendet, genauer: wann begann sie zu enden? Das unangenehme Intermezzo, das im Zusammenhang mit dem Fall des jungen Joseph meine erste Enttäuschung über Adler hervorrief, blieb ohne Folgen. Vergaß ich es keineswegs, so war mein Groll dennoch völlig verraucht, diese Episode änderte nicht das Bild, das ich mir von Adler gemacht hatte. Und er seinerseits bewies mir weiterhin das Vertrauen, das er dem Halbwüchsigen geschenkt hatte.

Als ich in Berlin die Redaktion des Bulletins der Individualpsychologischen Gesellschaft »Sachlichkeit« übernahm, schickte er mir handgeschriebene Beiträge und ermutigte mich so, dieses bescheidene Blättchen in eine *Zeitschrift für individualpsychologische Pädagogik und Psychohygiene* zu verwandeln. Aus Amerika, wo er während des Wintersemesters lehrte, und aus Wien schrieb er mir Briefe, in denen er mir gewöhnlich kurz über seine Arbeit und seine Vortragsreisen berichtete und ausführlicher über die Entfaltung der Bewegung; er ging überdies mit freundschaftlichem Interesse auf die Berichte über meine Tätigkeit ein. Wie fast alles, was ich damals besaß, ist auch meine gesamte Korrespondenz jener Zeit schon im Jahre 1933 verlorengegangen, daher kann ich nicht das genaue Datum des langen Briefes feststellen, in welchem Adler anregte, ich sollte ein ausführliches Buch über *Sigmund Freud und die Psychoanalyse* schreiben. Was ich in meinem Essay über Adler nur polemisch angedeutet hatte, würde ich da mit allen Einzelheiten entwickeln können. Er deutete an, daß er mir in jeder Hinsicht behilflich sein und mir einen Verlag und einen substantiellen Vorschuß verschaffen wollte, so daß ich ohne materielle Schwierigkeiten so viel Zeit, als ich brauchte, für diese Arbeit aufwenden könnte. Er sagte diesem Werk einen großen Erfolg voraus, besonders in Amerika.

Das peinliche Gefühl, das diese Anregung in mir hervorrief, verstärkte sich, als ich ein paar Tage später den Brief erneut durchlas. Adler zweifelte offenbar keinen Augenblick daran, daß ich seinen Vorschlag annehmen würde. Ich aber hatte keine Zeit und vor allem keinen Grund, eine Kampfschrift gegen Freud zu veröffentlichen, die, gleichviel wie ich es anstellte, jedem als eine wenn auch indirekte, persönliche Abrechnung Adlers mit dem Begründer der Psychoanalyse erscheinen mußte. Als Adlerianer und als Marxist war ich (und bin es heute mehr denn je) ein entschiedener Gegner der meisten als Theorien präsentierten fragilen Hypothesen der Freudianer, doch empfand ich nicht die geringste Neigung zu einer Polemik, um so mehr, als ich keineswegs in die Nachbarschaft jener geraten wollte, die mit den schlechten Gründen der überlieferten Sexualmoral einerseits und denen einer bornierten Experimentalpsychologie anderseits die Psychoanalyse bekämpften und herabsetzten. Am peinlichsten berührte mich an diesem Vorschlag, daß er jenen recht zu geben schien, die, wie Hans Sperber, mir vorgeworfen hatten, ich hätte mich von Adler mißbrauchen lassen und seiner Rancune gedient.

Erst nach langem Zögern beantwortete ich den Brief, dankte ihm für die Anregung und begründete die Ablehnung damit, daß ich mitten in Aufgaben steckte, von denen ich keine einzige vernachlässigen oder aufschieben könnte; zu diesen gehörten meine direkten und indirekten Bemühungen, die Adlersche Lehre zu verbreiten, ihr tätige Anhänger zu werben, die ihrerseits in ihrer Heimat – in Deutschland, Jugoslawien, Lettland, Litauen und in der Sowjetunion – den Wirkungsbereich der Individualpsychologie fortgesetzt erweiterten. In dem recht langen Brief war dem Vorschlag Adlers nur ein Absatz gewidmet; ich wußte, daß er meine Gründe als zutreffend und dennoch unzureichend erkennen und daher folgern würde, daß ich ihm nach wie vor treu ergeben blieb, wo es darum ging, für seine Lehre einzutreten, daß ich es aber vorzog, dort zu kämpfen, wo es um unser aller Schicksal ging.

Erst als wir einander in Wien wieder trafen, erwähnte Adler noch einmal seinen Vorschlag. Er wollte wissen, ob ich mir die Ablehnung wohl überlegt hätte und bei ihr zu bleiben gedächte. Ich hatte den Satz, mit dem ich dies bestätigte, kaum beendet, als er einige Jünger, die am Nebentisch saßen, heranwinkte; er wechselte das Thema, noch ehe sie sich zu uns gesellten. Keiner von uns beiden sprach über die Angelegenheit, als wir später einmal zu einem Gespräch zusammenkamen. Ruth Künkel, die es arrangiert hatte, versprach sich viel von der Begegnung Adlers mit Künkel und mir. Sie lud uns alle zu einem Mittagessen bei Kempinski am Kurfürstendamm ein. Jeder von uns dreien hätte, denke ich, der klugen, charmanten Ruth zuliebe alles tun wollen, um diese 105 Minuten angenehm zu gestalten; es gelang keinem.

Daß Künkel nicht sein Apostel sein wollte, verzieh ihm Adler um so leichter, als er ihn niemals als einen verläßlichen Anhänger betrachtet hatte. Mich sah er so gut wie niemals an; zweimal versuchte er, mich anzulächeln – das Lächeln kam nicht zustande, es glich einer wehleidigen Grimasse. Uns allen mißlang alles – jeder Satz, der die Unterhaltung in Gang bringen sollte, endete abrupt in einem betroffenen Schweigen. Nur Aussprüche über die Speisen, die man uns auftrug, über den Wein, das Mineralwasser, die Semmel, die die Berliner Schrippe nennen, über die Bedienung bei Kempinski und schließlich über den Kurfürstendamm – derlei Bemerkungen formten Gesprächsfetzen, die sich jedoch nicht zu einem Gespräch zusammenfügen ließen. Endlich ergriff Adler, wohl Ruth zuliebe, die Initiative, unsere Zusammengehörigkeit in einer eindrucksvollen Weise zu illustrieren: er erfaßte für einen Augenblick meinen, dann Künkels Ärmel, schließlich den eigenen und sagte zu Ruth: »Sehen Sie, unsere Anzüge haben fast die gleiche Farbe und das gleiche Muster.« Ruth stimmte mit überstürzter jugendlicher Begeisterung zu, wir bestellten das Dessert. Der Mißmut der Enttäuschten in Ruths schönen Augen und Adlers Versuch, unsere Anzüge für eine flüchtige Manifestation eines Gemeinschaftsgefühls zu benutzen – das erlebte ich nachher in Wiederholungen wie das nicht enden wollende Geräusch einer beschädigten Grammophonplatte, auf der die Nadel in der ewig gleichen Rille kreist.

Das war meine letzte persönliche Begegnung mit

Alfred Adler. Im Herbst 1932 trafen wir einander während einiger Tage häufig bei der internationalen Tagung der Individualpsychologen in Berlin. Er begrüßte mich wie einen Fremden und mied mich sodann. Ich meinerseits achtete darauf, nicht in seine unmittelbare Nähe zu geraten. Ein Jahr vorher hatte ich sein Verhalten als kränkend empfunden; fast alle seine Getreuen, die ihn jeden Abend im Café Siller umringten, hatten bereits im Herbst 1931, als ich während einiger Wochen wieder in Wien war, große Mühe, mich sofort zu erkennen. Die hemmungslosesten Schmeichler unter ihnen, die mir mit dem Eifer von Höflingen den Hof gemacht hatten, sahen mit verglasten Augen an mir vorbei.

Adler hatte viele Menschen von Charakter angezogen, aber ihre Zahl verminderte sich in dem Maße, als sich der Kreis seiner Mitarbeiter, Jünger und Anbeter in eine Sekte verwandelte, wie sie sich etwa 15 Jahre vorher oder noch früher um Sigmund Freud gebildet hatte. Sektierer sind darauf aus, einander und sich selbst in den Treuebeweisen gegenüber dem Haupt der Sekte täglich zu übertreffen. A la longue genügen auch die übertriebensten Lobpreisungen nicht, man dient dem Meister am überzeugendsten, wenn man sich durch die Enthüllung des Verrats hervortut, den ein anderer Sektierer unter Umständen begehen könnte und insgeheim vielleicht schon vorbereitet.

Was das Beste an Adler und das Beste an mir war, hatte unsere Beziehung ermöglicht, wobei natürlich sein Anteil der weitaus größere, der wirklich belangreiche war. Früh genug, ich habe es bereits erwähnt, stieß ich bei ihm auf die Stichflamme des Argwohns, die sich plötzlich entzündete, wenn ich einen Freund oder Mitarbeiter zu verteidigen suchte, von dem er sich gerade abwandte, als ob dieser ein geheimer und um so gefährlicherer Feind wäre. Tief beeindruckt, ja erschreckt, mochte ich dann verstummen, doch habe ich ihm nie gegen meine Überzeugung recht gegeben. Warum nicht, da mir doch an seiner Freundschaft so viel lag? Eben deswegen: ich wagte eher, sein Mißfallen zu erregen als ihm irgend etwas vorzutäuschen. Ich glaube, ich habe fast alle seine Sympathien geteilt und nur wenige seiner Abneigungen.

Adler hat es nach 1930 nie zu einer Diskussion über meine Arbeiten kommen lassen, denen er eine Abweichung von seinen Auffassungen hätte vorwerfen können. Mehrere Aufsätze, die ich veröffentlichte, besonders der letzte über »Schule und Sekten«, welcher in der von Professor Arthur Kronfeld herausgegebenen Fachzeitschrift erschien, mußten ihn erbosen. Überdies waren einige seiner deutschen Mitarbeiter immer mehr nach rechts gerückt; sie und ihre Gesinnungsgenossen ließen keine Gelegenheit ungenutzt, Adler zu warnen, daß die Zukunft der Individualpsychologie in Deutschland aufs schwerste gefährdet würde dadurch, daß Leute wie ich als ihre legitimen Repräsentanten angesehen und daß seine Lehre deshalb als marxistisch, ja als kommunistisch abgestempelt werde. Adler war politisch viel klüger als jene, die auf ihn so einsprachen, daher kann er nicht gehofft haben, daß die von einem Juden begründete individualpsychologische Bewegung in einem Dritten Reich weiterwirken könnte, selbst wenn sie nicht im geringsten mit dem Odium des Marxismus belastet wäre. Trotzdem bezichtigte er uns, den Bestand der individualpsychologischen Bewegung in Deutschland zu untergraben und alles zu tun, was ihre Vernichtung herbeiführen mußte. Er verkannte die Situation: Wir waren es, die der Individualpsychologie in vielen Bereichen einen bedeutenden Platz errungen hatten – in der städtischen und staatlichen sozialen Fürsorge, in der Sozialpädagogik; wir lehrten an den wichtigsten Fachschulen und gewannen in jedem Semester neue aktive Anhänger. Die von jenen Sektierern gegen uns lancierten Angriffe erschütterten keineswegs unsere Position, sondern verminderten das Ansehen, das wir Alfred Adler verschafft hatten. Das zahlreiche Publikum, das der Berliner Tagung beiwohnte, war in der überwiegenden Mehrheit unserthalben gekommen. Adler hatte, bevor ich nach Berlin ging, mehrfach vor ausländischen Freunden gerühmt, daß ich die Jugend für ihn gewänne. Er sah diese Jugend auch in Berlin um mich versammelt, doch diesmal wünschte er, daß sie mir bald abspenstig werde.

Über das tiefe Leid, das Alfred Adler mir damals und in den Jahren danach zufügte, dürfte ich nur meinem Freund Beno geklagt haben. Es dauerte viele Jahre, ehe ich den Schmerz überwand. Es kam darauf an, die Erinnerung an das Gute, das ich Adler verdankte, keinen Augenblick durch das Unrecht verdunkeln zu lassen, das er mir antat. Nicht nur ihm, sondern auch mir selbst schuldete ich es, niemals meine Dankbarkeit ihm gegenüber zu vermindern oder auch nur zu desaktualisieren. Das war gerecht und für mich selbst von größter psychohygienischer Bedeutung. Er hatte mir, allerdings nicht nur mir, das Böse weitergegeben, das Freud ihm zugefügt hatte. Doch eben dank Adler war ich fähig, diesem seinem Beispiel nicht zu folgen.

Heute, mehr als 40 Jahre nach jenem schmerzlichen Erlebnis, denke ich viel öfter an die vergangene Freundschaft als an ihren Verlust. Noch entschiedener als seinerzeit bedauere ich, daß Adlers Lehre nicht die Verbreitung gefunden hat, die sie verdient und die zum Nutzen aller so notwendig wäre; nach wie vor meine ich, daß die Mitwelt und bisher auch die Nachwelt Alfred Adler und sein Werk zum eigenen Schaden verkennt und maßlos unterschätzt.

Bei den Reichtagswahlen im November 1932 erhielt die NSDAP 11,75 Millionen Stimmen, die SPD 7,25 und die KPD etwa 6 Millionen; so waren die beiden Arbeiterparteien zusammen noch immer weit stärker als die Nazis. Aber die kommunistische Führung blieb bei ihrer *Generallinie* und wiederholte immer wieder: »Die SPD ist nach wie vor die soziale Hauptstütze der Bourgeoisie. Unsere strategische Hauptaufgabe besteht nach wie vor darin, den Hauptstoß innerhalb der Arbeiterklasse gegen die SPD zu richten, zur Loslösung von Millionen von Arbeitern aus der Gefolgschaft der SPD-Führer. Jede Vernachlässigung unseres Kampfes gegen die sozialfaschistischen Führer, jede Verwischung des prinzipiellen Gegensatzes zwischen uns und der SPD, jede Kapitulation vor den Phrasen der SPD-Führung, jedes leiseste Zugeständnis an die opportunistische Ideologie gefährdet die Durchführung unserer revolutionären Massenpolitik.« Solche Erklärungen wiederholte die Leitung der KPD mit den gleichen Klischees auch nach Hitlers Machtergreifung.

In den Straßen des *roten Berlin* begegnete man immer häufiger den braunen Uniformen der SA und den schwarzen der SS. In den Arbeiterbezirken, wo sie noch zahlreicher waren als in den bürgerlichen Wohnvierteln, kam es täglich zu Zusammenstößen zwischen SA-Leuten und dem RFB, dem Roten Frontkämpferbund; es gab auf beiden Seiten viele Verletzte, nicht selten auch Tote. Es war offenbar, daß die Krise auf die Entscheidung zutrieb, Deutschland würde rot werden oder braun. Befand man sich also in einer revolutionären Situation? Die *objektiven* Voraussetzungen für sie waren gegeben, doch wie stand es mit den sogenannten *subjektiven* Voraussetzungen? Die Majorität der Arbeiterklasse wählte sozialdemokratisch, blieb den reformistischen Gewerkschaften treu und bewahrte der SPD nach wie vor ihr Vertrauen. Die ununterbrochen wiederholten Aufrufe, eine rote Einheitsfront zu bilden, blieben ohne jede Wirkung, weil die KP damit beschäftigt war, »den Hauptstoß gegen die SPD« zu richten. Daher empfanden die Nichtkommunisten die Einheitsfronttaktik als unaufrichtig, ja als ein dummdreistes Manöver, an dessen Gelingen kein verständiger Mensch glauben konnte. Wie durfte man in diesem Fall von einer revolutionären Situation sprechen?

Bisher waren die Losungen *Einheitsfront, Kampf* leere Worte geblieben. Jetzt aber ging es um Bestand oder Untergang, jetzt sofort kam es auf den Zusammenschluß aller linken Kräfte an! Und gerade da geschah plötzlich etwas Unglaubliches, etwas Ungeheuerliches: ein von der *Nationalsozialistischen Betriebszellen-Organisation* ausgerufener Streik der Berliner Verkehrsarbeiter, der in der Tat gegen die sozialdemokratische Stadtverwaltung gerichtet war, wurde von den Kommunisten gutgeheißen, die Rote Gewerkschaftsopposition schloß sich ihm an und half so, die städtischen Verkehrsmittel stillzulegen. Walter *Ulbricht,* dessen steilen Aufstieg niemand voraussah, leitete im Auftrag der Partei das kommunistische Streikkomitee.

Die Verwirrung, die sich in jenen Novembertagen der Geister bemächtigte, sollte immer mehr den Aktionswillen lähmen und eine Apathie erzeugen, die im entscheidenden Augenblick einem Totstellreflex beängstigend ähnlich wurde. Fünfzehn Monate vorher hatte die KP auch im letzten Augenblick über den ausdrücklichen Befehl Stalins am Volksentscheid für die Absetzung der sozialistischen Koalitionsregierung Preußens gestimmt. Ein Jahr darauf hatte die KP zum Generalstreik für die Wiedereinsetzung dieser selben Preußenregierung aufgerufen. Und nun sollte man wieder mit den Nazis gegen die arbeitende Bevölkerung Berlins zusammengehen? »Teddy«, so nannte man Ernst Thälmann, »muß es ja wissen. Unsereins kann das gar nicht übersehen. Es ist eben wie im Krieg: Maul halten und weiterdienen.« Das sagten sich die Mitglieder der KP, das erklärten ihnen die Leiter ihrer Zellen, die ORG- und die POL-Leiter des Unterbezirks. In ihren Zeitungen lasen sie, daß die sozialfaschistischen Kapitalistenknechte in ihrem Sturm gegen die Strategie und Taktik der KP sich wieder mal blutige Köpfe holen würden. Überzeugten die »unteren Funktionäre« und die wütenden Zeitungsartikel und Flugblätter die bestürzten Anhänger? Wo war der gesunde Menschenverstand, warum ließen sich die Berliner ihre »hellen Köpfe« vernebeln?

Dafür gab es mehrere politische und noch zahlreichere psychologische Gründe: Erstens, die Kommunisten, die ununterbrochen totale, absolute Opposition betrieben, hatten mitten in der Prosperität die Krise angekündigt und die Vernichtung des Systems gefordert, das immer größeres Elend für eine stetig wachsende Zahl von Menschen heraufbeschwören müßte. Die Kommunisten haben recht gehabt, wiederholte ihre Propaganda seit 1929; sie war darin durchaus überzeugend.

Zweitens, in der ganzen Welt gab es nur ein einziges Land ohne Arbeitslose: die Sowjetunion, ein Sechstel der Erde, das die Bolschewiki vom kapitalistischen Joch befreit hatten. Also mußte man von ihnen lernen, um ihr Beispiel nachahmen zu können. Da die Führung der KPD genau das tat, sollte man nur ihr vertrauen; sie würde das deutsche Proletariat auf kürzestem Wege zum Sieg führen.

Daneben gab es Gründe, die auch die Zweifelnden davor zurückschrecken ließen, sich von der Partei loszulösen. Wer einer Betriebs- oder Straßenzelle seit längerer Zeit angehörte, mußte mit Recht fürchten, daß er, sollte er sich abwenden, zuerst wie ein Treuloser, dann wie ein Schädling und schließlich wie ein Feind behandelt werden würde – und das gerade von jenen, die seine engste Umwelt bildeten und an die er sich um so stärker gebunden fühlte, als sein offener Einsatz für die Parteilinie ihn von allen anderen, seinen Brüdern, seinen Betriebskameraden und allen Freunden isoliert hatte. Ähnlich wie Elitekorps und Geheimbünde etablieren sich extremistische Gruppen als geschlossene Milieus, die den Abspenstigen in Acht und Bann tun. Kam hinzu, daß selbst in jenen düsteren Novembertagen kein Kommunist aufrichtig daran glaubte, daß man im nahenden Bürgerkrieg gegen die Sozialdemokraten kämpfen würde. Allen war es gewiß, daß die härtesten, gefährlichsten Kämpfe bevorstanden und daß man sie gegen die SA, die SS und vielleicht auch gegen den *Stahlhelm,* einen reaktionären Frontkämpferverband, führen würde und keineswegs gegen die Sozialisten oder die katholischen Arbeiter. Deswegen mußte bei der Partei ausharren, wer sich nicht drücken wollte.

Ich setzte meine Arbeit fort, verminderte sie aber allmählich, denn ich wollte Zeit haben für alle Kontakte, die von einem Augenblick zum anderen notwendig werden konnten. Ich hatte täglich viele *Treffs* mit Aktivisten des Jugendverbandes, mit verantwortlichen Parteileuten, mit ausländischen Genossen, die in Berlin für internationale Organisationen arbeiteten, mit Jugoslawen und natürlich mit all meinen Freunden, am häufigsten mit Houtermans und seiner Frau Charlotte, in deren Haus wir häufig bis in die späte Nacht diskutierten.

Uns ging es vor allem um einen Verdacht, der schließlich unabweisbar wurde: Wie, wenn das Geschwätz vom sozialfaschistischen Hauptfeind nicht auf Irrtum und Verblendung zurückzuführen wäre; wie, wenn die Verschärfung der Zwietracht innerhalb der Arbeiterbewegung unter betäubenden Einheitsfrontrufen nicht das Ergebnis einer hirnrissig falschen Einschätzung der Lage und der wirklichen Kräfteverhältnisse, sondern im Gegenteil die zielsichere Anwendung einer Politik wäre, die vorerst nicht auf den Sieg des deutschen Proletariats abzielte, sondern sich mit dem Sieg Hitlers im voraus abfand und deshalb alles unterließ, was tatsächlich eine Einheitsfront gegen ihn ermöglichen würde? In diesem Falle, aber nur in diesem, war der nazi-kommunistische Streik ein ausgezeichneter Schachzug, denn nun konnte keine Gewerkschaft, kein Sozialdemokrat die Einheitsfront als etwas anderes denn als ein schamlos dummes Täuschungsmanöver ansehen.

Ja, aber ... Aber warum sollten die Russen, sollte Stalin die Revolution in Deutschland nicht nur verhindern, sondern die gesamte Arbeiterbewegung den siegreichen Nazis preisgeben wollen? Nur um die Sozialdemokratische Partei und die reformistische Gewerkschaft loszuwerden?

Wir hielten uns für gescheite junge Leute. Unsere politische und historische Bildung war überdurchschnittlich, unsere revolutionäre Gesinnung unerschütterlich, ebenso aber unser Wille, die Wahrheit zu kennen. Noch waren wir unfähig zu verzweifeln, obschon wir seit Tagen, ja seit Wochen immer wieder von dem Gefühl bedrückt wurden, daß alles noch viel bedrohlicher war, als wir es ermessen konnten, und daß wir sofort handeln müßten. Dantons dreifaches »De l'audace« war von Marx, von Lenin, von allen zitiert worden, die das Gesetz des revolutionären Handelns charakterisieren wollten. Wo war nun unsere Kühnheit?

Wir waren nicht die einzigen, denen es nicht gelang, zu glauben, daß die KPD eine Machtergreifung Hitlers nur mit Worten und nicht mit Waffen bekämpfen würde; nicht die einzigen, die sich *nicht erlaubten*, zu verzweifeln. Ohne große Illusionen, ohne romantische Aufwallungen, ohne jedes Pathos und ohne Siegeszuversicht bereiteten sich in diesem düsteren Herbst Hunderttausende darauf vor, ihr Leben in einem bewaffneten Widerstand zu wagen, der jedenfalls auch dann sinnvoll sein würde, wenn die Niederlage so gut wie sicher wäre. Ohne den Glauben an den bevorstehenden Kampf hätten wir in Verzweiflung nicht nur die Sache, sondern uns selbst, den Sinn unseres Lebens aufgeben müssen. Ja, wir waren Hunderttausende, die es nötig hatten, so zu denken, um die vergangene und die kommende Stunde und um sich selbst zu ertragen.

Eines Tages geschah es, daß acht Studenten im Sozialpolitischen Seminar der Hochschule für Politik ihre Hefte und Bücher auf die Pulte legten und ostentativ zuklappten – genau in dem Augenblick, in dem ich meine Vorlesung begann. Daß es unter meinen Hörern mehrere Nazis gab, war gewiß, aber bis zu jenem Tage hatten sie ihre Gesinnung nicht in störender Weise zur Geltung gebracht. Mein Blick streifte immer wieder die Pulte dieser jungen Leute, die mit verschränkten Armen und mit ins Leere starrenden Augen ihre negative Präsenz manifestierten, aber ich brachte es über mich, so zu sprechen, als ob nichts vorgefallen wäre. Als sich die gleiche Szene aber einige Tage später wiederholte, blieb ich eine Weile stumm und richtete vom Katheder aus meinen Blick auf die Demonstranten, auf jeden einzelnen von ihnen, und sagte dann etwa folgendes: »Wenn ihr euch mit meinen Augen betrachten könntet, würdet ihr darüber erschrekken, wie eure Gesichter verändert sind – und das, weil ihr auf Befehl etwas tut, was euch selbst zuwider wäre, wenn ihr es euch erlauben könntet, selbständig darüber zu urteilen. Warum ich *ihr* sage und nicht *Sie*, darüber können Sie nachdenken, während Sie mir, getreu dem Verbote, nicht zuhören.«

Drei entschuldigten sich später bei mir; einer schrieb mir einen langen Brief, ein anderer bat telefonisch um Verzeihung, der dritte wartete mich beim Haustor ab – jeder wünschte, daß es ein Geheimnis zwischen ihm und mir bleibe. Alle drei betonten, daß sie ihr Verhalten bedauerten, aber nur weil es gerade mich betraf. Wo es um die Sache ging, käme jedoch persönliche Rücksicht nicht in Frage, das müßte gerade ich als Kommunist recht gut verstehen. Der athletische junge Mann am Haustor fügte dieser mit heiserer Stimme vorgebrachten Erklärung die Worte hinzu: »Übrigens werden Sie es ja erleben, daß wir Nationalsozialisten gerade das verwirklichen werden, was Sie anstreben, denn wir meinen es mit der sozialen Befreiung genauso ernst wie mit der nationalen.« Ich antwortete ihm: »Nichts werde ich sehen, nichts werden Sie sehen ... Hitler will den Krieg. Wir begegnen einander noch in Eintracht wieder, ja, in einem Massengrab ...« Er wollte etwas erwidern, ich gab ihm keine Gelegenheit dazu.

Das Land lebte im Zustand des Bürgerkriegs, der nicht gleichzeitig an allen Orten geführt wurde, sondern bald hier, bald dort aufflackerte. Jedoch überall, besonders aber in den Städten herrschte die Stimmung des Bürgerkriegs, nicht nur in den von herausfordernden Haßgesängen, wilden Drohrufen und Schüssen wiederhallenden Straßen, sondern auch in den zahllosen Versammlungen, wo allabendlich die sogenannten Saalschlachten ausgefochten wurden. Die Gespräche verstummten zwischen Familienmitgliedern, zwischen Nachbarn, zwischen Leuten, die in der gleichen Werkstatt arbeiteten und natürlich auch zwischen den sonst so beredten Intellektuellen. Es war, als hätten bestimmte Worte je nach der politischen Zugehörigkeit der Sprechenden eine völlig andere, zumeist entgegengesetzte Bedeutung. In der babylonischen Verwirrung weiß jeder, daß der andere den Sinn der Worte nicht nur aus böser Absicht verkehrt, sondern auch aus Dummheit oder Charakterlosigkeit.

Wer zur deutschen Linken gehörte, konnte leicht glauben, daß mit seltenen Ausnahmen alle charaktervollen, intelligenten Menschen links standen und daß sich da alle echten Intellektuellen zusammenfanden, sofern sie sich nicht an die Bourgeoisie verkauft hatten. Jeder Intellektuelle wußte das jeweils passende Zitat aus Marx, Lenin und Engels anzubringen und dank der marxistischen Krisentheorie darzulegen, daß sich der *verfaulende* Kapitalismus in Gewaltmärschen seinem unaufhaltsamen Ende näherte. Und daß die Bourgeoisie, besonders aber der Monopolkapitalismus Mussolini und Hitler in den Sattel heben mußten, um den Sieg der proletarischen Revolution hinauszuschieben. Es geschah nur selten, daß einer die Stimmung, die solch einleuchtende Erklärung auslöste, durch die Frage störte: »Wenn über 13 Millionen für Hitler stimmen, unter ihnen zweifellos Hunderttausende Arbeitslose, so kann man es wohl nicht daraus erklären, daß die Kapitalisten seine Propaganda und seine uniformierten Truppen finanzieren. Umgekehrt geben sie Hitler um so mehr Geld, je erfolgreicher er ist. Warum glauben zweimal soviel Leute an die Versprechungen der Nazis als an die der Kommunisten?«

Selten versuchte einer die ungewöhnliche Anziehungskraft der Nazis zu erforschen. »Je ärger, um so besser« blieb die Maxime, das heißt, man hielt es für gewiß, daß die wirtschaftliche Not ein revolutionärer Faktor ist. Not lehrt nicht beten, sondern kämpfen; kämpfen gegen den Klassenfeind und gegen das *System,* das pausenlos enthüllt und restlos vernichtet werden muß. Übrigens klagten auch die Nazis das *System* an. Auch sie versprachen, es gleich nach der Machtergreifung zu zerschlagen. Ebensowenig wie die Kommunisten ließen sie es zu, daß jemand mit ihnen nur *teilweise* übereinstimme; sie verlangten *bedingungslose* Zustimmung, ja Unterwerfung; wer sich nicht freudig unterwarf, war nicht etwa ein Gegner, er war ein Feind. Die Zahl der Deutschen, die von den Nazis nicht als Feinde angesehen und bedroht werden wollten, wuchs zugleich mit dem Notstand des Volkes und überdies in dem Maße, wie die Leute wegen der Tatenlosigkeit der Nicht- und Antinazis in der Regierung, in der Mitte und auf der Linken, immer mehr an den Sieg der Nazis zu glauben begannen. Die Wandlung erfolgte schrittweise, die Schritte aber folgten einander immer schneller. In vielen Kreisen hörte man auf, in Gegenwart Fremder irgend etwas gegen Hitler zu sagen, man tat es immer seltener innerhalb der Familie oder im Gespräch mit Nachbarn. Dann fand man, daß Hitlers Gegner furchtbar übertrieben, daß sie ihn unterschätzten, sein Redenertalent und seinen Idealismus gehässig verkannten. Schließlich wolle Hitler ja nur das Beste für das ganze deutsche Volk, wiederholte man immer öfter, wenn Nazis in Hörweite waren.

Die Apathie breiter Schichten, wie sie in jenen schicksalhaften Monaten zutage trat, erklärt sich auch aus der verwirrenden und schließlich paradox neutralisierenden Wirkung des Feinddenkens. Wo immer es in der Welt überhandnimmt, auf welche Ideologie es sich beruft, es drängt die Begeisterten und die Ängstlichen dazu, sich der Diktatur zu unterwerfen – da doch alles Jacke wie Hose ist, da doch der Katholik Brüning, der Sozialdemokrat Wels und Hitler – da sie alle drei Faschisten sind.

Die linksextremistischen Intelligenzler ihrerseits lebten trotz ihrer besseren Einsicht in der Stimmung eines steten Aufstiegs: ihre Gedichte und Lieder, ihre satirischen und politischen Theaterstücke und Kabarettnummern, die von zahllosen kleinen Truppen in Sälen, aber auch in Wohnhöfen und auf Dorfplätzen aufgeführt wurden, ihre

Artikel, ihre Bücher und Polemiken – all das fand so starken Widerhall, daß ihnen war, als stünden sie am Webstuhl der Zeit. Die Parteiredner kamen von den Propagandareisen begeistert zurück; in allen Veranstaltungen waren sie einer Kampfstimmung begegnet, dergleichen sie seit 15 Jahren, seit den Revolutionstagen, nicht erlebt hatten. Das huttensche »Es ist eine Lust zu leben!« wiederholte Willi Münzenberg in einer Versammlung am Ende einer Agitationsreise, so hingerissen war er von dem fiebrigen Willen zu großen revolutionären Taten, von denen seine Zuhörer beseelt waren.

Also: revolutionäre Begeisterung oder Resignation der durch das Elend zermürbten Massen? Was war es nun: unzähmbarer Tatendrang oder lähmende Verzweiflung? Beides war anzutreffen – gleichzeitig, nebeneinander oder im schnell wechselnden Nacheinander. Hunderttausende, sagte ich, waren bereit, auch ohne Aussicht auf Sieg zu kämpfen, sie hätten unter Umständen jene Millionen mitreißen können, die, ohne es zu wissen, auf ein Zeichen warteten, das überzeugender wäre als das ewige Geschwätz der Maulhelden. Auch Sozialdemokraten und Parteilose wünschten, daß etwas geschehe, über die Köpfe der Parteiführung hinweg – etwas, das das gespaltene Lager wieder einen konnte.

So durfte man die kühnsten Hoffnungen hegen und bald danach wieder verzweifeln. Die einander immer schneller jagenden Ereignisse schienen leicht deutbar und verwirrten dennoch die Geister: hatte man diese Welt mit einem zuversichtlichen »Guten Morgen!« zu begrüßen oder mit einem bösen »Gute Nacht« zu verwünschen? Die langen Gespräche, die sich häufig bis nach Mitternacht hinzogen, endeten immer wieder mit der zögernden Zuversicht, daß andertags Moskau die katastrophal falsche Linie endlich aufgeben und ein sofortiges Bündnis mit der SPD und den Gewerkschaften anbefehlen würden. Dieser Tag brach nicht an, beide Parteien rannten gegeneinander in das gleiche Unglück.

Ich weiß nicht genau, welcher Januartag die ebenso sensationelle wie unglaubliche Mitteilung brachte, daß die Regierung einen für Sonntag, den 22. Januar, anberaumten Aufmarsch der Nazitruppen auf dem Bülowplatz erlaubte. Dieser Platz war in ganz Deutschland als das Zentrum der KPD bekannt, die dort im Karl-Liebknecht-Haus ihr Hauptquartier hatte. Die Fassade war gewöhnlich mit farbigen Spruchbändern, mit Porträts der Führer und riesigen Plakaten bedeckt, bei jeder Gelegenheit wurden überdies blutrote Fahnen mit Hammer und Sichel gehißt. Es ging das Gerücht um, daß dieses Gebäude in Wirklichkeit eine Festung mit geheimen Kellergängen und Schießständen wäre. Das Karl-Liebknecht-Haus war aber tatsächlich am besten durch die Umwohner geschützt, die in ihrer erdrückenden Mehrheit bewährte Kommunisten waren. Was sollte also diese Provokation? Spekulierte Reichskanzler Schleicher, dieser wegen seiner Schlauheit weit überschätzte politische General, auf das blutige Treffen, zu dem er die herausgeforderten Kommunisten zwang, und darauf, daß es Hitlers Ansehen schwächen und Hindenburg daran hindern werde, ihn mit der Bildung einer neuen Regierung zu betrauen? Schleicher war nicht der einzige, der davon überzeugt war, daß die Kommunisten alles, schlechthin alles tun würden, um den Nazis den Zugang zum Bülowplatz zu verwehren. Der General mag darauf gerechnet haben, daß er in diesem Falle neben der Polizei auch die Reichswehr erfolgreich einsetzen und Hindenburg und dessen Hintermännern beweisen konnte, daß nur er, Schleicher, in der Lage war, mit dem Heer den Bürgerkrieg zu verhindern, Ruhe und Ordnung im ganzen Lande wiederherzustellen und sie fortab gegen links und rechts zu sichern.

Schleicher verrechnete sich, denn die KPD überließ an diesem Sonntag den Bülowplatz, auf den in jenen Stunden ganz Deutschland starrte, der SA und der SS, die ungeschoren mit ihren Fahnen paradieren und der Welt vor Augen führen konnten, daß sie von der Gegenwart nichts zu fürchten und von der nahen Zukunft alles, die ganze Macht über Deutschland zu erwarten hatten.

Die KP hatte nicht nur davon Abstand genommen, die bewaffneten Einheiten des Roten Frontkämpferbundes zu mobilisieren, geschweige denn einzusetzen, sondern sie hatte überdies aufs strengste verboten, daß Kommunisten auch nur das geringste unternähmen, was den Nazis beibringen konnte, daß sie in dieser Wohngegend unwillkommene Eindringlinge waren. Die Partei hatte ihren Mitgliedern und Sympathisanten den *Totstellreflex* aufgezwungen.

Man muß wissen, daß die KPD selbst in den ruhigsten Zeiten, während der Jahre der Prosperität und der politischen Windstille, an ihre Mitglieder, ja an alle deutschen Arbeiter fortgesetzt die Aufforderung ergehen ließ, sich für einen Aufstand bereit zu halten, der vielleicht nicht sofort, aber kaum später als am übernächsten Tag ausbrechen würde. Gegen das Verbot der 1.-Mai-Demonstration im Jahre 1929 trat die KP zu blutigen Kämpfen an, ließ Barrikaden in Neukölln und Wedding errichten und rief leichtfertig und erfolglos den Generalstreik aus. Je näher aber die Bewährungsprobe heranrückte, um so häufiger begnügte sich die Partei mit politisch bedeutungslosen Abwehr- und Gewaltakten. Die Kapitulation des 22. Januar wäre zwar in jedem Fall kaum zu rechtfertigen gewesen, selbst wenn es sich um eine Episode in den blutigen Händeln zwischen den Nazis und Kommunisten gehandelt hätte, doch so konnte niemand daran zweifeln, daß die Kapitulation der KP ein politisches Faktum von größter Bedeutung war.

Wenige Tage später, Mittwoch, den 25. Januar, fand eine von der Partei organisierte Protestdemonstration statt, an der übrigens nicht nur Kommunisten, sondern auch Sozialdemokraten und Parteilose teilnahmen. Wir waren Tausende an diesem dunkelgrauen Nachmittag, die langsam durch die Straßen zogen; wir hätten Zehntausende, Hunderttausende sein müssen, aber diesmal, nach der Kapitulation vom Sonntag, blieben viele zu Hause, da sie an Sinn und Nutzen einer solchen Kundgebung nicht glauben konnten. Es fehlte nicht an aggressiven Losungen, die man besonders an den Straßenecken laut wiederholte – sie richteten sich gegen alle Feinde, gegen Schleicher, die Polizei, gegen alle Verräter und die Spießgesellen der braunen Mörder und so fort.

Der Wind blies immer heftiger, er verschlug den Schreienden den Atem; die Rufe wurden deshalb nicht seltener, sondern immer schwächer. Es gab unter uns weniger junge Leute als sonst, die Mehrheit waren Männer mittleren Alters, schlecht genährt, armselig und nicht warm genug gekleidet; manche trugen dünne Regenmäntel über abgenutzten Wollwesten. Sie froren bitterlich, das Schreien strengte sie an, aber anderseits, sagte einer von ihnen, wärmte es ja einen auch. So schrie er mit und zitterte dennoch vor Kälte. Es wurden Reden gehalten: Ja, der Bülowplatz gehörte uns und das Karl-Liebknecht-Haus erst recht. Und die anderen werden sich die Köpfe einrennen, blutige Köpfe holen. Ja, der Tag naht, da wird das deutsche Proletariat mit den Kapitalisten und seinen Knechten abrechnen, es wird mit ihnen russisch reden, es wird dem großen Beispiel der Bolschewiki folgen. Höher das Banner Lenins, Stalins, Thälmanns! Alle ballten die Fäuste jedesmal, wenn es galt, drohend und hoffnungsvoll zugleich »Rot Front!« zu rufen; es war das Amen, das die Reden an den dafür geeigneten Stellen unterbrach und sie schließlich beendete.

Der Wind war mit dem Anbruch der Dunkelheit noch kälter, beißender geworden, er drang von allen Seiten auf den Platz ein und verfing sich zeitweise heulend zwischen den Häusern. Es kam zu keinen Zusammenstößen, es fielen auch keine Schüsse, so wurde niemand verletzt. Die nicht zu weit wohnten, konnten rechtzeitig zum Abendbrot zu Hause sein.

Ich nahm an Straßenkundgebungen in Berlin nur selten, gewöhnlich nur zusammen mit Freunden teil. Diesmal fügte es sich, daß ich in eine Gruppe von Vorstädtern geriet, mit denen ich bis zu Ende zusammen blieb. Auch jene, die sich untereinander kannten, sprachen kaum. Wir hatten uns schnell heiser geschrien, überdies war es nicht leicht, im Winde ein ordentliches Gespräch zu führen, selbst wenn es kurz war. Die Demonstranten hatten jedoch einen anderen Grund zu schweigen, jeder mußte daran denken, keiner wollte es aussprechen: Am *Sonntag* hätten wir hier sein müssen, jetzt aber gilt's nicht viel, jetzt ist's zu spät. Wir ballen die Fäuste im Rücken des Feindes, wir spucken ins Nichts gegen den Wind, aufs eigene Gewand kommt's zurück. Natürlich, man war gekommen, marschierte da in Reih und Glied, schrie alle Parolen brav mit, hob die Fäuste und rief »Rot Front!« – ja, aber wo war denn die Front? Die Empörung über die Vorgänge von Sonntag und die Disziplin hatten uns an diesem Mittwoch hergebracht, gewiß, aber nicht weniger eine Hoffnung, eine traurige, zu oft mißbrauchte Hoffnung, die nicht erlöschen wollte.

Die Erinnerung an diese Kundgebung, an die Männer, mit denen ich in einer Reihe mehrere Stunden lang marschierte, an die zwei älteren müden Frauen vor uns und an den jungen Arbeiter mit der angeschlagenen Brille hinter mir – diese Erinnerung ist in den Einzelheiten verblaßt. Aber sie hat nie aufgehört, auf mich eine mahnende Wirkung auszuüben. Ihrethalben habe ich zu lange, fast fünf Jahre lang gezögert, ehe ich mit dem verderbten Kommunismus gebrochen habe; ihretwegen habe ich nie aufgehört, die Sache der arbeitenden Menschen als meine eigene zu betrachten — fortab ohne Illusionen, mit einer Zuversicht, an der nichts mehr maßlos ist.

In den Tagen nach der Kundgebung ging ich selten aus, sah nur wenige Freunde; ich war erkältet heimgekommen, der Husten, der sich verschlimmerte, steigerte mein Bedürfnis nach Stille und Einsamkeit. Öffnete ich das Radio, so stellte ich auf eine französische Station in der Normandie ein, die einer Likörfirma gehörte und neben einer relativ diskreten Reklame für ihre Erzeugnisse Tag und Nacht gute Musik sandte. Mein Zustand verschlimmerte sich, ich wurde bettlägerig. Montag, den 30., nachmittag stellte sich bei mir ein Arzt ein, den besorgte Freunde ungebeten geschickt hatten. Von ihm erfuhr ich, daß Hindenburg den General Schleicher geschaßt und Adolf Hitler zum Reichskanzler ernannt hatte. Die tiefe Unruhe, die sich meiner bemächtigte, erklärte der Arzt mit meinem hohen Fieber, das er gerade gemessen hatte: »Mit diesem *Gefreiten* wird die Reichswehrclique hinter den Kulissen spielend fertig werden. Die ganze Chose wird ein Zwischenfall gewesen sein«, erklärte der Arzt. Es hörte sich an, als ob er jemanden zitierte, einen Abgeordneten etwa, einen Ministerialrat oder einen liberalen Leitartikler. Am späten Nachmittag kamen Anrufe von Freunden; wir sprachen miteinander ausführlich, jedoch in der halb geheimen Sprache, mit der man konspirative Vorsicht zu üben glaubt — für den Fall, daß die Polizei mithört. Ach, die ärmlichen Listen und Kniffe, die durchsichtig sind wie ein nicht ganz sauberes weißes Glas!

Abends übertrugen alle deutschen Sender die Reportage vom Aufmarsch der SA, der SS, des Stahlhelms und riesiger Massen — Deutsche aller Klassen, aller Stände kamen, um dem Führer zuzujubeln, der von Zeit zu Zeit auf dem Balkon erschien. Die Journalisten wurden bald von Goebbels' Leuten abgelöst; je weiter der Abend fortschritt, um so mehr verwandelte sich die Demonstration in eine Siegesfeier. Minutenlang donnerte es »Heil Hitler! Sieg Heil!« mit stürmischer Gewalt. Die Reporter schrien in die Mikrofone, um sich Gehör zu verschaffen, denn die vor den Radiokästen sollten das *historische* Ereignis, den *Aufbruch der Nation* miterleben.

Ich rief bei Freunden an, die in Arbeitervierteln wohnten, um zu erfahren, ob es dort irgendwelche Gegenkundgebungen gab. »Das rote Berlin bleibt ruhig«, antwortete mir einer von ihnen. »In drei Monaten ist dieser Spuk vorbei, dann kommen wir dran. Und wir, wir werden bleiben.« Es war ein Redakteur der *Roten Fahne,* er wußte genau, was man zu glauben und zu sagen hatte.

Ich fragte mich mißtrauisch, warum ich mich immer wieder zwang, den wahrhaft ohrenbetäubenden Lärm des Jubels anzuhören, der aus dem Radio drang; die Antworten, die ich fand, befriedigten mich nicht. Auch ohne das Gebrüll wäre ich diese Nacht unfähig gewesen, auch nur einen Augenblick zu vergessen, daß etwas Furchtbares geschehen war, daß dies nur den Anfang von namenlosem Unglück bedeutete, einem Unglück, dem sich niemand würde entziehen können, auch jene nicht, die jetzt jubeln, und die anderen, die gleichgültig bleiben. Von all unseren Prophezeiungen und Warnungen waren mir die gewissesten: Hitler an der Macht, das ist das Ende der Freiheit; Hitler an der Macht, das führt früher oder später zu totalem Krieg. Nur 14 Jahre waren seit dem Ende des Weltkriegs vergangen, Hitler bezeichnete sie in seinen Reden als »Jahre marxistischer Schmach und Schande«. Nun wird er die Kriegsindustrie wiederherstellen und dann die *Nation in Waffen* gegen die Welt marschieren lassen.

Erst Jahre später stellte ich, mich dieser Nacht besinnend, mit Staunen fest, daß ich in jenen Stunden beinahe an alle Gefahren gedacht habe außer an eine, die sich womöglich noch deutlicher abzeichnete als die anderen: Ich hatte keinen Augenblick erwogen, was die Nazis den Juden antun würden, nun da sie die Macht hatten, »Juda verrecken« zu lassen. Welch sonderbare Unterlassung eines Juden, der sich sonst an sein Volk am engsten gebunden fühlte, wann immer Unrecht und Verfolgung es bedrohten. Ich ging in die Irre, weil ich – wie fast die ganze Linke – glaubte, daß die Nazis, was auch immer sie vorgaben und sozialdemagogisch versprachen, den Interessen des Kapitalismus nie zuwiderhandeln und dessen Prinzip, die Unantastbarkeit des Privateigentums, der »heiligen Güter«, niemals in Frage stellen würden. Die SA wird in der Grenadierstraße und in einigen anderen Gassen, wo arme Juden wohnen, Überfälle machen, pol nische Juden aus ihren Wohnungen hinauswerfen, einige jüdische Köpfe blutig schlagen; sie werden den Numerus clausus an Universitäten einführen, sicher an der medizinischen und juridischen Fakultät, um die jüdische Kon kurrenz zu schwächen – sonst wird alles beim alten bleiben.

So reagierte man in linken und liberalen Kreisen auf das »Juda verrecke!« und die ersten Verordnungen der Nazis, auf ihre Reden und Zeitungen. Kurt Tucholsky, der vieles weit besser durchschaute als so mancher Politiker – auch er irrte sich. Herr Wendriner, ein von ihm ersonnener typischer Berliner Jude, räsoniert unter der Nazidiktatur, wie Tucholsky sie voraussieht: »Na, jedenfalls herrscht Ordnung. Also Ordnung herrscht mal. Sowie Sie Staatsbürger sind und den gelben Schein haben, also Schutzbürger, passiert Ihnen nichts ... Darin sind sie konsequent.«

Die ersten Wochen des Februar vergingen, ohne daß »die Nacht der langen Messer« über Deutschland angebrochen wäre. Gewiß, die Nazis, auch die nichtuniformierten, provozierten überall Zwischenfälle, aber ihre Herausforderungen überschritten selten das Maß des gerade noch Erträglichen. Gerüchte, daß Leichen an Flußufer und Deiche angeschwemmt wurden, tauchten fast täglich auf; bald sprach man von Massenverhaftungen, wußte aber nur wenige Namen zu nennen. »Hitler ist der Gefangene seiner Koalitionspartner. Wenn's ernst wird, erstarrt so ein österreichischer Gefreiter in Habtacht-Stellung vor einem Feldmarschall und selbst vor einem preußischen Offizier, der das Befehlen gelernt hat.« Man beruhigte sich schnell, denn man sah es ja: Es wird nicht so heiß gegessen, wie es gekocht wird, wiederholten viele Bürger. Und Leute, die aus Moskau kamen und somit ganz genau wußten, was man zu denken und wie man die Linientreue zu praktizieren hatte, betonten mit überlegener Voraussicht, daß es natürlich sehr bald, spätestens im Herbst, zu blutigen Auseinandersetzungen zwischen Hitler und den von Papens und Hugenbergs kommen würde, das heißt zum Kampf zwischen den Kampfverbänden der Nazis einerseits und dem Stahlhelm und der Reichswehr anderseits. Daher stellte sich schon jetzt vordringlich die Frage: Welche Stellung soll die KP in diesem Fall beziehen? Nun, meinten die Leute, deren Stimmen nur Widerhall waren, es wäre so gut wie sicher, daß sich die Partei keineswegs zugunsten des Stahlhelms und der Armee entscheiden, sondern eher die Nazis unterstützen würde, die ja — selbst wenn sie in diesem Kampf siegen — so geschwächt sein werden, daß man sie leicht wird erledigen können. Nachher, ja nachher bricht unsere Zeit an. Also eine Frage von drei, sechs Monaten ...

Der Genosse, der mir unsere in wenigen Monaten zum Guten gewandte Zukunft beschrieb, war von meiner Reaktion ernsthaft enttäuscht. Statt uns den Kopf zu zerbrechen, ob wir in sechs Monaten mit den Nazis gegen den Stahlhelm marschieren werden, sollten wir jetzt, sofort zusammen mit der gesamten Linken den Kampf aufnehmen – jetzt, bevor die Nazis sich aller Macht- und Verwaltungspositionen im Reich und in den Ländern, in allen Gemeinden bemächtigten. »Es gibt«, sagte ich, »nicht nur die vielzitierte Logik des Kampfes, sondern auch die Logik der Macht, die ihre Gewalt so lange legitimieren kann, bis sie das Recht hat, selbst die leiseste Opposition als ein Verbrechen zu verfolgen. Jetzt fühlen sich unsere Leute noch nicht besiegt, selbst viele Nazis glauben noch nicht sosehr an ihren Triumph – aber wenn wir noch einige Wochen verstreichen lassen, wird die ganze Welt an ihn glauben.«

Der Genosse, der, wie er sagte, mir so oft mit größtem Interesse zugehört hatte, fand, daß ich diesmal kleinmütig war, fast ein Defaitist, ein kleinbürgerlicher Intellektueller voller Zweifel und Ängste. Ich wies ihn scharf zurück, ihn und die elendige, Dialektik genannte Sophisterei, die es ihnen gestattete, jene, die kämpfen wollten, als Kapitulanten und Defaitisten zu beschimpfen. Er lenkte schnell ein und versprach mir, daß ich – wie alle Zweifler – in wenigen Monaten einsehen würde, daß wir in Wirklichkeit keine Niederlage erlitten, sondern im Gegenteil bald mit Riesenschritten den Weg zur Macht wieder antreten würden. Ehe er ging, verriet er mir den Zweck seines Besuches: Dank meinen Beziehungen zu bürgerlichen und zu gut gestellten Intellektuellen sollte ich sofort Unterkünfte, Abstellkammern und Anlaufstellen für Post und Kuriere besorgen. Man brauchte sie nicht nur für die Partei, sondern auch für internationale Organisationen. Hatte man nicht schon längst für den Fall der Illegalität alles vorgesorgt? fragte ich ihn. Gewiß, antwortete er, aber man brauchte eben mehr, als man vorgesehen hatte, deshalb sollte, müßte ich unbedingt – eben das erwartete man von mir...

In den späten Abendstunden des 27. Februar verdrängte die Nachricht, daß der Reichstag in Flammen stand, jeden Gesprächsstoff und alle Schläfrigkeit. Die Mitteilung, daß die KP diesen Brand entzündet hatte, der ihren Mitgliedern und Anhängern im ganzen Reich als »Fanal«, als Signal zum allgemeinen Aufstand dienen sollte, bedeutete, daß die Schonzeit vorbei war und daß die Nazis nunmehr über den Vorwand verfügten, das Land legal mit Terror zu überziehen. Kein vernünftiger Mensch glaubte, daß Kommunisten den Reichstag angezündet hätten; viele waren überzeugt, daß es ein Akt der Nazis war, die diese Provokation brauchten, um die schon vorbereitete »Sonderverordnung zum Schutze von Volk und Staat« zu erlassen, die praktisch die konstitutionell verbürgten Rechte abschaffte. Es gab viele, die meinten, es handle sich um eine zwar von den Nazis selbst nicht ausgeführte, doch von ihnen provozierte Brandstiftung; der in flagranti ertappte Niederländer Van der Lubbe habe aufrichtig geglaubt, eine revolutionäre Tat zu vollbringen, indes er tatsächlich nur ein Werkzeug war. (Über die Verursacher dieses Brandes bestehen noch heute Meinungsverschiedenheiten.)

Eine Woche später, am 5. März, wählte das tief aufgewühlte Land einen neuen Reichstag. Der Terror, der sich seit dem 28. Februar überall fühlbar machte, engte zwar die Wahlfreiheit ein, beeinflußte aber das Ergebnis nur wenig beziehungsweise nur dort, wo die Wähler fürchten mußten, daß das Geheimnis der Abstimmung nicht geschützt wäre. Die Nazis gewannen Stimmen, in erster Reihe auf Kosten ihrer Verbündeten, indes die katholische Zentrumspartei und die SPD ihren Wählerbestand behielten. Die KPD verlor zwar 19 Mandate, aber im Hinblick auf die Berserkerwut, mit der das neue Regime die KP angriff, blieb der Verlust erstaunlich gering.

Unvergeßlich – doch wie oft, wie schnell entschwindet, was man unvergeßlich glaubt, dem Gedächtnis, so daß man nicht einmal mehr weiß, daß man vergessen hat... Unvergeßlich bleiben die zahllosen Beweise von Charakterfestigkeit im Sturm der Gewaltdrohungen und in der steigenden Sintflut der Feigheit. Heute noch, 42 Jahre nach jenen Tagen, in denen das Wort von den »Märzgefallenen« in einem schändlichen Sinne wieder aufkam, denke ich mit unverminderter Bewunderung an jene Zehntausende Berliner, hauptsächlich Sozialdemokraten und Kommunisten, die, ohne zu zögern, ihren Antifaschismus vor aller Augen manifestierten, indem sie ihre Fenster und Balkone mit roten Fahnen und Wimpeln schmückten. Sie glaubten keineswegs, daß Hitler nach den Wahlen wieder die Macht abgeben würde, selbst wenn seine Partei nicht die Mehrheit erhielte. Sie wußten, daß die letzten Tage der schon so bedrängten und fürchterlich verkürzten Freiheit angebrochen waren und nur Schlimmeres, das Schlimmste folgen konnte. Die SA-Männer, die in kleineren und größeren geschlossenen Gruppen vorbeimarschierten, machten unter diesen Fenstern halt und riefen Schimpfworte und Drohungen hinauf, um die Passanten aufzuhetzen – all das ohne Wirkung.

Niemand zählte mehr die blutigen Zusammenstöße in Wahlversammlungen, in verkehrsreichen Straßen und Arbeitervierteln, wo die SA mit Versprechungen um arbeitslose Jugendliche warb – mit wachsendem Erfolg, doch gegen den Widerstand des Roten Frontkämpferbundes, den die Eltern der Umworbenen gewöhnlich unterstützten.

Wie so viele andere verbrachte ich seit dem Reichstagsbrand die Nächte meistens nicht mehr zu Hause, sondern in Wohnungen von Freunden, die die morgendlichen Haussuchungen von Polizei und SA nicht zu fürchten hatten. Bei der Familie, die mich in der Nacht des 5. März beherbergte, tauchte am frühen Abend ein proletarischer Genosse aus einem andern Stadtbezirk auf, ein etwa 35jähriger Mann, der im Betrieb und in der Partei wegen seiner Klugheit, Schlagfertigkeit und Forschheit wohlbekannt war; nicht nur auf Gleichgesinnte übte er einen Einfluß aus, der ihre Entscheidungen recht oft bestimmte.

Hannes, so hieß er auch bei jenen, die ihn wenig kannten, war seit dem frühen Morgen auf den Beinen gewesen, hatte bei den Wahllokalen darauf geachtet, daß die SA solche Wähler, die als Nazigegner bekannt waren, nicht am Betreten des Lokals hinderte. Uniformierte Nazis belagerten alle Gemeinde- und Bezirksämter und suchten je nach Lage der Dinge zu gefallen oder einzuschüchtern und jene zu verjagen, in denen sie Gegner vermuteten.

Wir saßen vor dem Funkgerät und warteten, wie so viele Hörer in Deutschland und im Ausland, auf die Wahlresultate, die zuerst nur spärlich einliefen und mit der vorgerückten Stunde immer dichter folgten — bis spät nach Mitternacht. Man trank, spaßte, zwischendurch diskutierte man recht ernst. Wir erwarteten keinerlei Überraschungen, die Entscheidung kam diesmal nicht aus den Wahlurnen. Die Optimisten unter uns, die überzeugt waren, daß die KP, vor allem auf Kosten der SP, Stimmen gewinnen würde, wurden enttäuscht; wir anderen betrachteten unseren Stimmenverlust als mäßig und führten ihn nicht nur auf den Terror zurück, sondern auf die Passivität der Partei, die die einen enttäuscht, die anderen, so viele Arbeitslose im Ruhrgebiet zum Beispiel, ins Feindeslager abgedrängt hatte.

Bis gegen zwei Uhr blieben Hannes und ich beim Radio, hatten aber dann genug. Wir machten es uns auf den Matratzen bequem und wollten nun schlafen. Dazu kam es aber nicht. Hannes erklärte nach einer Weile, er würde gewiß kein Auge zumachen können, in ihm steckte eine zu große Unruhe. So setzte ich mich auf, rauchte eine Zigarette an und gab ihm zu verstehen, daß auch ich gerne auf den Schlaf verzichten würde. Nach einigen steckengebliebenen Anläufen gelang es Hannes endlich, ein Gespräch in Gang zu bringen. Er wollte von mir nur eine psychologische Erklärung für etwas haben, was ihm am Vormittag vor dem Schöneberger Rathaus zugestoßen war. Nichts Besonderes, gewiß, nur das übliche Meckern, der Streit mit den Nazis, es ging darum, den andern vom Platz wegzustoßen, dann kriegte man ihn am Hinterkopf zu fassen, der Kerl schwankte, wollte aber nicht fallen, sondern stieß seinen Arm mächtig vor Den kriegte man an der Schläfe zu spüren, fast am Auge, dann packte man ihn mit beiden Händen an der Gurgel. Ja, und da geschah es: plötzlich standen zwei SS-Männer vor Hannes, beide mit dem Revolver in der Hand, der eine gab ihm mit dem Fuß einen Stoß gegen das Schienbein, das war schlimm, aber so was nimmt man mit in so einem Fall, der andere aber kam ganz nahe, Gesicht an Gesicht, und plötzlich hatte Hannes dessen Revolver genau in der Herzgrube. Und da passierte es ihm. Ja, was denn? Nichts und alles sozusagen. Ihm war auf einmal, als ob die Knie ihm nicht mehr gehörten und nicht die Beine und der Boden drunter, als ob all das absackte, sozusagen unter ihm wegrutschte. Und das Herz war auch nicht mehr da, es schlug nicht mehr.

Er sei nicht feig, fügte Hannes nachdenklich hinzu, nicht feiger als irgendwer, eher mutiger. Wenn er mal dabei war, wo geschossen wurde – und geschossen wurde nicht nur auf einer Seite, denn es kam scharf geladen zurück, und da mußte der und jener daran glauben, und er, Hannes, mittendrin, er schoß, stand seinen Mann, und die Furcht, die merkte er erst nachher. Aber die Knarre in der Herzgrube und diese junge rosige Fresse mit den Fischaugen so nahe, daß sie alles, sogar den Himmel ver deckte – das war was anderes ... keine Furcht, sondern ein Schrecken, der ... der aus einem Kumpel in einer Sekunde einen ausgefaserten Waschfetzen machte.

»Und das Schlimmste, das weißt du ja noch nicht. Nämlich, hätte der mich ausgefragt, ich hätte ihm alles brühwarm serviert, ich hätte verraten, verstehst du das? Wer mich kennt, der glaubt das ja gar nicht –«

»Du hast aber nicht verraten, Hannes«, beruhigte ich ihn.

»Nein, aber nur, weil er mich nichts gefragt hat und so stumm geblieben ist wie ein Fisch mit seinen Fischaugen ... Und da will ich von dir, wo du doch Psychologe bist, wissen, was man gegen den Schreck tun kann. Ich meine, was man tun kann, damit man standhält.«

In Wirklichkeit brauchte er meine Erklärung gar nicht. Er hatte es nur nötig zu sprechen – von sich, seiner Familie, von Erfolgen, die er in den letzten Wochen im Roten Frontkämpferbund gehabt hatte. Er merkte überhaupt nicht, und auch mir fiel es nicht sofort auf, daß er da ein ausführliches Geständnis ablegte, das der Polizei und den Nazis Hinweise auf Zustände und Vorfälle in der KP und überdies die Maßnahmen enthüllt hätte, die sie seit November für die Sicherung ihrer illegalen Existenz getroffen hatte. Er bricht das Geheimnis, er erbricht die Geheimnisse wie ein Gift, das der Körper im Krampf ausscheidet, dachte ich. Um dem ein Ende zu setzen, drehte ich das Deckenlicht an, aber er sprach weiter. Als er endlich wieder Atem schöpfte, fragte ich ihn, wie er das Überlaufen von RFB-Männern zur SA beurteilte und ob er glaubte, daß sich die Fälle jetzt häufen könnten.

Hannes blieb eine Weile stumm, dann antwortete er in seiner gewohnten, ruhig belehrenden Art. Er begann mit dem damals bei Parteileuten fast unvermeidlichen Klischee »Die Frage muß man anders stellen« und legte vorsichtig die psychologischen und wirtschaftlichen Gründe dar, die kämpferische junge Leute dazu bewogen, den Lockungen der SA nachzugeben. Da waren welche, die Racheakte fürchteten für das, was sie den Nazis bei Schlägereien angetan hatten; andere gaben nach, weil sie bei der SA viele alte Freunde fanden. Sie waren vielleicht im selben Haus groß geworden; wie wollte man, daß dann so einer, nur weil er in der SA war, ein Kapitalistenknecht, ein gedungener Arbeitermörder sein sollte?

Je länger Hannes sprach, bedächtig von einem Punkt zum andern übergehend, um so deutlicher wurde es, daß er, ohne es zu merken, seinen Standpunkt verrückte, so daß am Ende die Überläufer fast als Vorläufer erschienen. Befiehlt die Partei nicht sofort den Aufstand gegen das noch nicht gefestigte Regime an, dann wird es gewiß lange Jahre bestehen bleiben. Und dann werden die Hitlerleute dafür sorgen, daß kein Mensch, jedenfalls kein Arbeiter, eine Stelle kriegt, wenn er nicht Mitglied einer ihrer Organisationen wird. Und in dem Fall wieder werden alle Arbeitnehmer natürlich nachgeben müssen – dafür werden schon die Frauen sorgen, die werden nicht zulassen, daß die Kinder hungern, nur weil ihr Vater nicht das Notwendige tun will, um seine Familie zu versorgen. »Tja, und da wäre es jetzt schon Zeit, den Schritt zu wechseln, am besten recht bald, und die Eroberung der Naziorganisationen von innen her, verstehste, von innen her vorzubereiten.«

Da ich nicht zustimmte, brachte Hannes zusätzliche Argumente vor für diese »Zukunftstaktik«, wie er sie nannte; er wiederholte sich bis zum eigenen Überdruß und schlief schließlich mitten in einem Satz ein. Die Nacht war nicht zu Ende, ich machte das Licht aus und wartete auf den Schlaf; er kam erst, als der Morgen anbrach. Man weckte mich nicht, ich erwachte gegen Mittag, Hannes war längst gegangen.

»Er kommt vielleicht heute nicht wieder. Aber du,

bleib doch ganz einfach«, forderte mich die Frau des Hauses auf, eine alte, liebe Freundin. Ich zögerte, ihr vom nächtlichen Gespräch mit Hannes etwas zu sagen, sie zu warnen, daher riet ich ihr, in den kommenden Nächten niemanden zu beherbergen; man müßte mit dem Mißtrauen der Nachbarn rechnen, die ja alle die Hakenkreuzfahne hinausgehängt hatten. Die Freundin sagte: »Es ist nicht sicher, daß Hannes heute Abend wiederkommt, aber wenn – wir haben nicht den geringsten Grund, ihm zu mißtrauen, nicht wahr?« Ich antwortete nicht. Sie blickte mir ins Gesicht, ich wandte es ab; sie verstand.

Unter Zugzwang stehen, so nennt der Schachspieler jene Situation, in der er handeln, ziehen muß, obgleich in seiner Lage kein guter Zug möglich ist. Im persönlichen und im politischen Leben kündigt der Zugzwang zumeist eine bevorstehende, unabwendbare Niederlage an; diese erzeugt dann viele solche Situationen – und das so lange, als die Gründe des Niedergangs nicht beseitigt worden sind.

In jenen Märztagen verbreiteten wir Nachrichten über den Naziterror, wo immer wir konnten, sowohl um die Bedrohten zu warnen wie um die verbrecherische Skrupellosigkeit der Nazis zu enthüllen. Es erwies sich jedoch, daß wir damit in vielen Schichten, ja selbst bei Genossen, eine unerwünschte, fatale Wirkung erzielten: zugleich mit dem Abscheu gegen die Gewalt riefen wir bei den Lesern unserer Flugblätter eine lähmende Angst hervor, so daß sie sich am liebsten in Höhlen verkrochen hätten. Da solche Flucht nicht gelingen konnte, flüchteten viele von ihnen in die Arme der Verfolger, indem sie sich unter den Schutz von Nazis stellten, mit denen sie verwandt oder sonstwie verbunden waren. Sie bildeten sich zuerst ein, daß sie in ihrem Innern die gleichen blieben, doch gehörten sie bald zu den »Märzgefallenen«, die noch lauter als andere »Heil Hitler!« riefen und jede Gelegenheit ergriffen, ihre Bewunderung für den Führer und die »nationale Erhebung« kundzutun.

An einem jener Tage veröffentlichte der Dichter Gottfried Benn, ein Prototyp jener Intellektuellen, welche von den Nazis als »Kulturbolschewisten« beschimpft wurden, in einer vormals liberalen Zeitung einen Artikel, in dem er sich rückhaltlos zu dieser Erhebung bekannte — ohne irgendwelche poetische Undeutlichkeit oder gewagte Metaphern. Es war eines jener damals häufigen feigen Wagnisse, die nur Angstbesessene in der Panik vollbringen. Ich erinnere mich mit einer unnützen Genauigkeit: Es war die Uraufführung eines Stücks, das eine Wiener Freundin geschrieben hatte; in der großen Pause kauften wir wie gewöhnlich die schon am Abend von Zeitungsjungen ausgerufene Morgenausgabe. Auf der zweiten Seite, unter dem Strich, da stand es zu lesen — zweimal zu lesen, denn sonst war es nicht zu glauben: »Man kann ja gar nicht soviel essen, wie man kotzen müßt'«, sagte man sich.

Die Überläufer konnten sehr gefährlich werden, so zum Beispiel die Taxichauffeure, die unter dem Druck der Polizei ihre politische Vergangenheit schnell in Vergessenheit bringen wollten. Hatte man einen Fahrgast mit Koffern, der sich nicht beim Bahnhof, sondern vor einem Wohnhaus absetzen ließ, da mußte der Chauffeur die nächste Polizeistation genau informieren.

Wir verbrachten Tage und noch häufiger Nächte damit, die Wohnung »zu säubern«, alles zu vernichten, was uns kompromittieren konnte. Doch war es nicht einfach. In Erinnerung daran habe ich einmal geschrieben: »Die Papiere zerreißen und ins Klosett werfen, ist nicht gut, die Nachbarn werden aufmerksam, daß ununterbrochen die Wasserspülung in Betrieb ist, sie erraten den Grund und laufen zur Polizei. Sie im Ofen verbrennen, ist auch nicht sehr gut, selbst in der kalten Jahreszeit, wo die rauchenden Kamine nicht auffallen. Es geht zu langsam, man muß jedes Papier einzeln verbrennen und zu Aschestaub zerschlagen, sonst könnte man noch die verkohlten Manuskripte lesen. Bücher kann man in den Fluß werfen, aber dazu gehört viel Umsicht, sonst macht man sich verdächtig. Photos verbrennt man am besten auf brennenden Kohlen.«

Was man unbedingt in die Zeit nachher hinüberretten wollte, das brachte man aus dem Haus. Man ließ sich zum Bahnhof bringen, blieb dort einige Minuten, ging durch eine andere Seite hinaus und ließ sich, als ob man gerade mit dem Zug angekommen wäre, in die sichere Wohnung fahren.

Man führte lakonische Telephongespräche oder man schwatzte umgekehrt ganz albern drauflos und ließ im Redestrom die chiffrierten Worte mitfließen. Auf den medizinischen Jargon, in dem Überfälle, Haussuchungen, Verhaftungen oder Verschleppungen mitgeteilt wurden, konnte man auch weiterhin nicht verzichten, er war unersetzbar. Wir benutzten die gleichen Kniffe und begingen die gleichen Fehler wie die Proskribierten im alten Rom, wie alle, für die die eigene Erde, das eigene Haus und die altbekannten Gesichter der Nachbarn wie über Nacht fremd und feindlich geworden waren. Und wie jene blieben wir unfähig, den doppelten Fehler zu vermeiden: den Spürsinn des Feindes zu überschätzen und zu unterschätzen – gleichzeitig oder abwechselnd. Gewiß, die Schlauheit ist die Klugheit der Unintelligenten und die Waffe der Unfreien, doch nicht nur das erklärt, warum Intellektuelle in der Illegalität es selten zustande bringen, gleichzeitig schlau und klug zu sein. Ach, alles war grauenhaft, und wir waren gezwungen, ohne das geringste Talent eine Komödie zu spielen, die entgegen aller Tradition fast immer schlecht endete.

Am 10. März hätte ich von Prag aus eine Vortragstournee beginnen sollen, die von dortigen Freunden zusammen mit linken Studentenverbänden organisiert wurde. Ich sagte ab, obschon ich kaum glauben konnte, daß die Partei sich noch zu großen Aktionen entschließen würde. Es gab auch einen anderen, zufälligen Grund, der mich bestimmte, Berlin nicht zu verlassen. Mirjam und ich waren getrennt, sie lebte mit ihren Eltern zusammen, ich hatte unsere Wohnung aufgegeben und mich bei einem Bekannten einquartiert, der nun nach langer Arbeitslosigkeit fern von Berlin eine Stelle gefunden hatte. So wohnte ich denn in der Künstlerkolonie, wie man einige Straßenzüge um den Rüdesheimer Platz nannte — nicht etwa, weil Künstler dort die Mehrheit bildeten, sondern weil sie eher auffielen als ihre Nachbarn, nicht zuletzt dadurch, daß sie alles unternahmen, um ihren politischen Radikalismus eindringlich kundzutun. Als es galt, konspirative Methoden zu benutzen, verrieten sie sich durch ihre auffällige Geheimnistuerei. Nach dem Reichstagsbrand begannen sie zu verschwinden, denn rundherum lebten viele Nazis, zumeist jüngere Leute, die jeden dieser Linken leicht identifizieren konnten. Zur Zelle dieser Siedlung gehörten auch einige Arbeiter, Ausgesteuerte, die viel Zeit hatten und auch deswegen mit den intellektuellen Genossen häufig zusammenkamen. Mich kannten sie nur dem Namen nach. Einer von ihnen, Jensen, der stets so auftrat, als ob er im Namen der proletarischen Genossen spräche, schloß sich mir an; der untersetzte, breitschultrige Mann war seiner anziehenden Wirkung natürlich bewußt, leutselig schenkte er jedem sein Vertrauen, und jeder erwiderte es, ohne zu zögern.

In unserem ersten Gespräch erwies es sich, daß auch Jensen davon überzeugt war, daß unsere Kapitulation die Nazis für lange Jahre unbesiegbar machen würde. Die Genossen erwarteten stündlich die Kampflosung der Partei, hier im Viertel hatten sie einige Waffen, wenige gewiß, aber für eine bescheidene Freischärleraktion würde es in den ersten Stunden reichen. Man mußte rechtzeitig vom Unterbezirk ernstere Waffen bekommen; mit den Leuten vom RFB war Jensen in Verbindung, aber die konnten vorderhand nichts abgeben, vor allem keine Munition. Ich wurde mißtrauisch, hörte zu, ohne mich zu äußern. Die Erkundigungen, die ich gleich danach einzog, waren sehr günstig: alle, die Jensen seit längerer Zeit kannten, setzten in ihn vollstes Vertrauen; man schätzte ihn, hatte ihn gern. Er kam jeden Tag wieder, die Geschehnisse überstürzten sich, wir hatten viel Gesprächsstoff. Eines Nachts erschien er mit zwei jungen Genossen, die ich nur vom Sehen kannte. Man müßte sofort Verstecke für die Revolver finden, der Genosse, der sie bisher verwahrt hatte, Gärtner eines reichen Villenbesitzers in Dahlem, war aufgeflogen. Die zwei Jungen, die bei ihm gelegentlich gearbeitet hatten und wußten, wo er sie vergraben hatte, waren bereit, noch vor Ende der Nacht die zwei Armeepistolen und die paar Revolver und die Munition herauszuholen. Ja, aber was dann? Nun, das Zeug muß sowieso hierher, meinte Jensen, damit man es zur Hand habe, wenn es soweit ist ... In der Wohnung gab es keine Betten, sondern drei Couches, in deren unterm Gestell tagsüber das Bettzeug verwahrt wurde. Da konnte man die Knarren unterbringen, die Munition hingegen unter mehrere Genossen verteilen.

Während ich überlegte, ob ich zustimmen sollte – viele Gründe sprachen dagegen –, fühlte ich den Blick der drei Männer, hob die Augen und erwiderte ihn. Zugzwang – ich muß nachgeben, obschon es wohl ein Irrtum, vielleicht ein nicht gutzumachender Fehler ist, sagte ich mir, und stimmte laut zu. Ich verlangte nur, daß die Waffen tagsüber gebracht wurden und nur von einer Person.

Wir besprachen die Einzelheiten, unter anderem, daß ich die Nächte nicht mehr in dieser Wohnung verbringen würde, aber jeden Tag, doch nicht zur frühen Morgenstunde, in der die Polizei sich einstellen konnte, sondern erst gegen 11 Uhr dort sein und durch Anordnung der Fenstervorhänge das Zeichen geben würde, daß alles in Ordnung sei.

Die sicherste Unterkunft bot sich mir bei einer guten Freundin, die völlig unpolitisch war. Sie bewohnte in einem bürgerlichen Viertel eine ganz kleine komfortable, ja luxuriöse Wohnung, die aber nur ein großes Zimmer hatte. Sie richtete mir abends ein bequemes Lager, wir mußten einander nicht stören. Weiß Gott, die Situation hatte nichts, was eine erotische Stimmung fördern konnte, die Mischung von Furcht und nicht entladener Empörung, von Bangnis und Tatendrang bedrückte Gedanken und Gemüt. Trotzdem befiel mich am Abend des 14. März, als ich meiner Gastgeberin zusah, wie sie ihr Bett aufmachte und mein Lager bereitete, die Gewißheit, daß ich in dieser Nacht ihrer Nähe nicht widerstehen würde. Verweigerte ich mich sonst, so gut ich konnte, der Verführung durch die sich so reichlich bietenden Gelegenheiten, so bestand hier ein zwingender Grund zur strengsten Enthaltung. Abgesehen davon, daß weder bei ihr noch bei mir auch nur eine flüchtige Verliebtheit im Spiel gewesen wäre, dachte ich mit Entsetzen daran, welch schmerzliche Enttäuschung dieser Vorfall für einen Menschen bedeuten würde, an dem mir sehr viel lag, und welch sinnlose Komplikationen er in der Beziehung zwischen meiner Gastgeberin und mir herbeiführen konnte. Ich benutzte einen Vorwand, um nicht dazubleiben. Es war zu spät, eine andere Bleibe für die Nacht zu finden, und ohne jedes Gepäck in einem Hotel abzusteigen, erweckte stets Verdacht. So entschloß ich mich denn, diese Nacht doch in meiner Wohnung zu verbringen.

Dort wurde ich in nicht zu früher Morgenstunde von Polizisten eines neugebildeten »Kommandos zur besondern Verfügung« und von SA-Leuten geweckt, in deren Begleitung sich auch eine junge Frau befand, die die Kompetenz einer politischen Kommissarin zu haben schien. Sie untersuchten die ganze Wohnung, interessierten sich für alle Papiere, Manuskripte, Briefe, am meisten für Photos von einzelnen und noch mehr für Gruppenaufnahmen. Sie stöberten unter meinen Büchern, ein SA-Mann stieß Siegesrufe aus, wenn er auf einem Buchrükken einen slawischen Namen entdeckte. Das Fräulein mit der Hakenkreuzbinde am Arm klärte ihn unwirsch auf, daß Dostojewski kein Bolschewist war. Sie rissen die Laken von meiner Couch, einer öffnete das Gestell. Ein Schupo begleitete mich ins Badezimmer: »Machen Sie sich mal fertig – für alle Fälle, denn wenn gegen Sie nichts vorliegt, nehmen wir Sie gar nicht mit.«

Ich erwartete jeden Augenblick einen Schrei, der mir anzeigen würde, daß sie die Waffen in einer der anderen Couches gefunden hatten. Ich hörte sie laut miteinander reden, Möbel verrücken und Dinge auf den Boden werfen – aber der Schrei kam nicht. Als ich angezogen wieder in das Zimmer trat, fragte ich das Mädchen, das ungeduldig in einem Manuskript blätterte, was sie suchte, was sie wissen wollte. Sie hob ihr hübsches rundes Gesicht, ihre braunen Augen blickten an mir vorbei, sie zuckte die Achseln und nahm das Manuskript wieder vor. In den zwei anderen Zimmern lagen Bücher, Kleider, Stühle und Blumentöpfe auf dem Boden herum. Schließlich wurden Koffer herbeigeschleppt, Manuskripte, Briefordner, Fotos und mehrere Bücher hineingepackt. Ein anderer Polizist sagte mir: »Wenn Sie ein Köfferchen haben oder eine Aktenmappe, tun Sie Sachen hinein, die man für einige Tage braucht.« Ein SA-Mann mit Rangabzeichen warf ein: »Kein Gepäck, Zahnbürste genügt. Nur was er in die

Rocktasche stecken kann – und auch das ist schon zuviel. Alles ist zuviel für das Gesindel!«

Meine Eskorte – ein Polizeiinspektor in Zivil, zwei Schupos, vier SA-Männer und das junge Mädchen – führte mich auf den nahegelegenen Platz, von dem wilde Rufe und höhnisches Gelächter bis in meine Straße drangen. Nahe am Rande des Platzes hielt ein offener Lastwagen, auf dem einige Reihen Bänke standen, Verhaftete saßen darauf, nur Männer, das Gesicht zum Platz gewandt; sie gehörten gewiß alle zur Künstlerkolonie, waren in meinem Alter oder nur wenig älter. Fünf Männer in jeder Reihe, stumm, in sich gekehrt; die am Rande saßen waren zerzaust, einige bluteten leicht aus Mund und Stirn.

Man stieß mich hinauf, ich mußte mich auf die letzte Bank setzen. An die 30 bis 40 Männer und Frauen umstanden den Wagen in losen Gruppen, fast keine Kinder und nur wenige Jugendliche. SA-Leute gingen von Gruppe zu Gruppe und klärten sie darüber auf, daß wir da oben bolschewistische Verbrecher, Brandstifter, Verräter wären, eine schändliche Brut, eine Pestbeule am deutschen Volkskörper, die man endlich ausbrennen würde – aber gründlich. Das Pulver war zu gut für uns, uns erwartete der Strick oder das Beil. Auch das wäre noch zu gut für solche Halunken, warf eine ältere Frau ein, die noch vom Laufen atemlos war. Sie stieß einen der Gefangenen in die Rippen, glitt dabei aus und schrie auf. Danach stürzten sich zwei andere auf den Angegriffenen, schlugen ihm auf den Rücken; ein Junge sprang auf und spuckte ihm ins Gesicht. Bald nahmen alle Umstehenden an der Aktion teil, die die Nazipresse gewöhnlich mit dem gerechten Volkszorn erklärte und als nachahmenswertes Beispiel empfahl. Nun erst erreichte der Volkszorn seinen Höhepunkt. Wir fünf auf der hintersten Bank waren ihm völlig ausgeliefert, denn wir bildeten eine von allen Seiten zugängliche Angriffsfront. Die Schläge, die von unten nach oben geführt wurden, trafen nicht immer, sie taten zwar weh, aber waren erträglich. Alle spuckten uns an, der Speichel traf nur selten das Gesicht, öfter den Rock, die Hosen, die Hände.

Ein älteres Ehepaar näherte sich; es machte Anstrengungen, zu laufen, aber der Mann, der sich auf einen Stock stützte, machte immer wieder halt. Ich hatte die beiden erblickt, als sie in die Straße einbogen, die auf den Platz mündete, und die Augen von ihnen nicht mehr abgewandt. So entfernte ich mich gleichsam vom Platz und den dilettantischen Lynchern, von ihrem blöden Geschrei, ihren schlecht gezielten Schlägen und ihren im Spucken wie im Fluchen verzerrten Gesichtern. Um diesen Anblick zu vermeiden, starrte ich auf das alte Paar, das endlich den Platz erreichte und einen Augenblick verschnaufte, ehe es auf uns zulief. Das Gesicht des etwa 65jährigen Mannes war rot angelaufen, seine Linke stieß die Leute zur Seite, seine Lippen bewegten sich, doch gingen seine Worte im Lärm unter. Nun stand er vor mir, rechts und links machte man ihm Platz, die Leute waren neugierig geworden oder sie wußten, was von ihm zu erwarten war. Er hob den Stock und rief mit einer schrillen Stimme: »Verbrecher, Betrüger, ihr habt die Inflation erfunden, ihr habt mich zum Bettler gemacht, mich und das ganze Volk!« Dann drang er mit seinem Stock auf uns ein, bald schwang er ihn wie einen Säbel, bald stieß er ihn gegen die Angegriffenen wie einen Degen. Da tauchte plötzlich neben ihm ein Schupo auf, drängte ihn zu seiner Frau ab, die ihn auffing. Der Schupo sprang dann auf den Wagen und rief: »Nun müssen wir aber weg und die Schurken dahin bringen, wo sie hingehören!« Aber die Masse drängte von allen Seiten auf den Wagen zu; einige Polizisten stellten sich zwischen sie und uns. Wir merkten, daß ihre Gesten wilder waren als die Schläge, die unsere Schultern trafen und seltener die Köpfe. Zwei SA-Leute brachten vor unserer Bank eine große Sammelbüchse an. Sie riefen: »Volksgenossen, macht schnell, wenn ihr Gaben für die SA spenden wollt, hier ist die Büchse.« Nur wenige warfen etwas hinein, die Gruppe zerstreute sich sofort. Am Rande des Platzes drehten sich manche um, doch wandten sie ihre Blicke rasch wieder von uns ab und verschwanden.

Erst als der Wagen sich in Bewegung setzte, blickten wir einander verstohlen an. Einen kannte ich recht gut, es war ein jugoslawischer Schriftsteller, der schon lange in Deutschland lebte und unter dem Pseudonym Theo Balk publizierte. Theo wischte sich lächelnd Bluttropfen von den geschwollenen Lippen, das Blut auf der Stirn knapp unter dem Haaransatz bildete ein geronnenes Rufzeichen. Wir taten, als ob wir einander nicht kennten, und drückten unser Einverständnis durch ein kaum merkliches Kopfnicken, durch das Zucken einer Achsel aus.

Dann erst erblickte ich den jungen Mann, der hinter dem nicht schnell fahrenden Wagen hinterherlief, immer wieder irgend etwas zu rufen schien, während er den Arm so hob und senkte, als ob er eine Münze in die Sammelbüchse werfen wollte. Doch konnte es auch ein Gruß mit der geballten Faust sein. Alle paar Meter gelang es mir, ihm in die Augen zu sehen; ich kannte ihn gewiß, aber ich wußte nicht, wer er war. Als der Wagen an einer Straßenkreuzung anhielt, kam er ganz nahe heran, blickte mich an, Tränen rannen ihm über die Wangen. Ich nickte ihm zu, hob die Hand und senkte sie langsam. Er verstand und blieb zurück. Die SA-Leute stiegen aus, wir blieben allein mit den Polizisten, was bedeutete, daß man uns ins Polizeipräsidium brachte und nicht in einen der Keller, wo SS und SA ihre Gefangenen folterten. Etwa 20 Minuten später fuhren wir durch ein Seitentor in den Hof der großen Polizeikaserne ein. Man ließ uns ruhig aussteigen;

manchen fiel es jedoch schwer, die Schupos wurden ungeduldig, aber nicht feindlich. Man führte uns durch lange Gänge, dann warteten wir in einem bewachten Raum, wir durften die Toilette benutzen, das Gesicht waschen. Ich zerriß einen Brief, in dem mehrere Namen und eine Adresse genannt waren, heimlich in kleine Stücke, machte Kügelchen daraus und verschlang sie, andere taten das gleiche. Das war nicht dumm, erwies sich aber als unnötig.

Jeder wurde einzeln aufgerufen, hatte Namen, Adresse und Beruf anzugeben, Taschen zu leeren und alle Gegenstände auf den Tisch zu legen. Ich wurde nicht verhört, sondern in ein anderes, besseres Büro geführt, der Beamte hinter dem Tisch sagte mir, daß ich mich in Schutzhaft befände. Dann wurde ich ins Untergeschoß geführt und in eine große Zelle unsanft, doch nicht brutal hineingestoßen. Sobald die Türe hinter mir zugefallen war, stürzten sich Leute auf mich, die wissen wollten, woher ich kam, von wem ich verhaftet, geschlagen worden war, welcher Partei ich angehörte. Andere verlangten eine Zigarette und wieder andere die letzten Neuigkeiten oder eine Zeitung. Ein groß gewachsener Mann näherte sich bedächtigen Schritts, die anderen wichen ihm aus. Er kenne mich, sagte er, hatte mich bei Vorträgen und Debatten gehört, zuletzt im »Nie wieder Krieg!«-Museum. Er selbst sei ein Modelltischler, teilte er mir mit, während er mich an der Hand zu einer Pritsche führte, die gerade frei geworden war. Wenn ich nicht zu müde war, sollte ich ihm erzählen, was passiert war, sonst später; übrigens wäre ich ja doch leidlich davongekommen. Er zeigte auf einige Häftlinge, junge und einige ältere, die alle arg zugerichtet waren. Er selbst war von der Polizei aus dem Haus geholt worden, denn er stand auf einer der alten Listen; die neuen hatten die sozialdemokratischen Beamten weggeschafft, vielleicht sogar vernichtet. Jetzt füllen die Nazis die Gefängnisse mit Leuten, die vielleicht einmal zum Spartakus oder zur KP oder zur KAP gehört hatten, aber sich schon längst vom Rummel zurückgezogen haben. So er selbst, er war KP gewesen, 1928 Oppositioneller, dann hatte er endlich die Neese pleng; er trat nicht aus, das nicht, sondern blieb einfach weg. Er wechselte die Fabrik, meldete sich nicht bei der Betriebszelle, fertig! Ich hörte ihn ohne Mißtrauen an und war ihm dankbar dafür, daß er sich meiner angenommen hatte, denn ich war müde und schwach vor Hunger. Ich begann nun erst, den Schmerz im Rücken und im Nacken zu spüren. Ich erzählte ihm kurz, wie alles zugegangen war und daß es mit den Schlägen nicht so schlimm gewesen wäre. Die Schupos hatten uns mit ihren Fäusten sogar etwas Gutes angetan, denn hätten sie nicht zugeschlagen, so hätte man doch versucht, uns zu lynchen.

Ich legte mich auf die Pritsche und schloß die Augen. Was war geschehen, wieso waren die Waffen nicht gefunden worden? Die im Schlafzimmer suchten, wußten, daß die Couch ein Untergestell hatte, und schauten da auch nach. Sollten es die anderen nicht auch gewußt haben? Unwahrscheinlich, aber nicht unmöglich. So konnten sie noch einmal kommen und die Revolver entdecken. Zwar hatte ich die ganze Zeit daran gedacht, aber nur wie man in einer halben Betäubung etwas wahrnimmt. Und nun packte mich die Furcht so sehr, daß ich fror.

»Da, nimm den Zucker, der ist nahrhaft, kannst ihn mit dem Brot essen, dann haste eine Mahlzeit.« Der Modelltischler stand wieder vor der Pritsche, ich mußte mich beherrschen, daß die Hand nicht zittere, mit der ich ihm das Stück Brot und den Zucker abnahm. Ich fragte ihn nach seinem Namen — er hieß Raabe — und ließ mich von ihm über das Leben in der Zelle informieren; die war gerade überfüllt, aber vor der Schlafenszeit sollte alles in Ordnung kommen, sagte er. Das hier war eine beschissene Durchgangsstation, mit einem stinkenden Klosett unter einem Fenster, das keines war. Die Wasserleitung aber war ein Segen — und an schlechtes Essen gewöhnt man sich, wenn man nichts Besseres hat.

Raabe diskutierte mit niemandem über Politik, auch mit mir nicht. Nach allem, was geschehen war, meinte er, gab es erst einmal nur eins: Stillhalten und abwarten! »Also Maul halten und weiterdienen?« fragte ich. Er antwortete: »Die Hälfte der Leute hier sind bei der Verteilung von Flugzetteln geschnappt worden. Auf Maschinengewehre kann man auch mit Knallerbsen antworten, gewiß, auch so kann man Selbstmord begehen.«

Ich blieb fünf Tage in diesem Keller, in dem nur selten einer länger als 24 Stunden behalten wurde. Das konnte bedeuten, daß sie mich als lästigen Ausländer ausweisen oder abschieben, das heißt zu einer Grenze bringen und mich so loswerden wollten, es konnte aber auch anderes bedeuten. Wurde einer hinausgeholt, wußte er nicht, ob er zum Verhör oder in ein »echtes« Gefängnis gebracht oder entlassen wurde.

Es gab gewiß Spitzel unter uns, man nahm sich vor jedem in acht, den man nicht kannte. Einer mochte noch so präzise Angaben über seine politische Tätigkeit und die Umstände seiner Verhaftung machen, fast immer verriet irgend etwas an seinem Gesicht, an seiner Stimme, an seinen Gebärden, was an ihm falsch war. Wer hingegen »echt« war, nannte keinen Namen von Genossen, machte keine genauen Angaben über seine politische Tätigkeit, ließ es bei Andeutungen bewenden und schloß daraus, wie sie von dem andern verstanden wurden, auf dessen Verläßlichkeit.

Als »Dienstältester«, der ich nach Raabes Abgang wurde, aber auch weil jeden Tag unter den »Zugängen« Leute waren, die mich kannten oder die von mir wußten, hatte ich eine Position erlangt, dank der ich fast allen politischen Häftlingen so begegnen konnte, als ob wir einander schon seit langem, seit Jahren kannten. War ich mit ihnen zusammen, so schwächten sich meine Befürchtungen ab, ich war ein freier Mensch, der seine psychologisch-politische Arbeit unter ungünstigen Bedingungen fortsetzte. Damals nahm ich mir vor, einmal ausführlich zu berichten, was ich da sah, hörte, die Menschen zu beschreiben, mit denen ich eine Gemeinschaft einging, als ob sie fürs Leben wäre und die nach einigen Stunden ein Ende nahm. Keinen von ihnen habe ich je wiedergesehen, doch viele von ihnen blieben in meiner Erinnerung. Die fünf Tage in dieser Zelle, deren Geruch mir Speise und Trank so verekelte, daß ich von jeder Mahlzeit nur einige Bissen hinunterwürgen konnte, wären ein nicht enden wollender Alptraum gewesen; die Sorge wegen der Waffen, die Selbstvorwürfe und die Verzweiflung über die zum Verhängnis gewordenen Irrtümer hätten mich nicht losgelassen — all das aber wurde tagsüber desaktualisiert dank dem Vertrauen, das mich in den langen Stunden dieser Gefangenschaft mit Menschen verband, die wie ich in die Hand des Feindes gefallen waren, von dem sie das Schlimmste: Demütigung, Folter, den Tod befürchten mußten.

Es blieben die Nächte — eine in winzige Stücke zerschlagene, auseinandergerissene Zeit. Es gab die Angstschreie der Träumer, ihre unverständlichen, wütenden oder jämmerlichen Rufe; keine Stunde verging, ohne daß die Tür aufgerissen und ein Häftling mit barschen Worten in den überfüllten Raum gebracht oder gestoßen wurde. Und immer war einer auf dem Weg zum Klosett, ein anderer suchte sein Lager wiederzufinden, immer wieder drangen scharfe Befehlsworte aus dem langen Korridor, manchmal das beunruhigende Geräusch von Laufschritten. Die erste Nacht verbrachte ich halb sitzend, weil im Liegen die Rückenschmerzen unerträglich wurden, Kopf und Nacken taten mehr weh als am Tage. Ich wollte auch gar nicht schlafen, denn ich mußte eine Erklärung suchen für alles, was geschehen war. Für mich stand es fest, daß weder Jensen noch seine beiden Begleiter, die mir die Waffen ins Haus gebracht hatten, irgend etwas mit meiner Verhaftung zu tun hatten. Ich war polizeilich noch in meiner alten Wohnung gemeldet, also suchte die Polizei nicht mich, sondern den Besitzer der Wohnung, die wohl angezeigt worden war, weil sich da immer so viele Leute zu treffen pflegten. Aber die Waffen? Entweder die Polizei und die SA hatten die Couch nicht geöffnet, dann bestand die Gefahr der Entdeckung auch weiterhin; ich aber hatte keine Möglichkeit, eine Warnung hinauszuschicken. Oder die Waffen waren schon vor der Haussuchung weggeholt worden — von wem? Jensen hatte keinen Schlüssel ... Mir war es immer wieder, als ob ich einen Schleier, wie Spinnweb so dünn, aufheben müßte, dann würde ich die Lösung des Rätsels entdecken.

Ich bedachte nicht nur die Möglichkeit, daß man mich, wurden die Waffen gefunden, aus einem Schutzhäftling in einen schweren Verbrecher verwandeln und wegen Vorbereitung von Mordanschlägen verurteilen konnte. Ich beschloß, mich damit abzufinden — ich war eine Geisel in Feindeshand, die Nazis konnten Leute wie mich am kommenden Morgen oder 48 Stunden später aus dem Gefängnis holen und »auf der Flucht« erschießen. Also mußte ich mich darauf vorbereiten; ich hatte das Recht, es zu fürchten, durfte aber die Stunden oder Tage, die da kommen mochten, nicht mit dem Gedanken daran ausfüllen. Doch meine Furcht verschwand nicht — und wieder mußte ich an das lächerliche Arsenal denken. Noch weit lächerlicher als dieses Arsenal fand ich mich selbst. Alles, was ich seit Monaten getan hatte, war unsinnig, zuletzt der Entschluß, Deutschland nicht zu verlassen, sondern vorläufig dazubleiben — weswegen, wozu? Mich erfüllte fast Abscheu, ja eine mit Verachtung gemischte Abscheu gegen den Siebenundzwanzigjährigen, der weder liegen noch angelehnt sitzen konnte, dem ein dumpfer Kopfschmerz und eine lastende Müdigkeit die Schärfe des Gedankens und der Sicht verwehrte.

Am Tage darauf söhnte ich mich zwar nicht mit mir aus, aber ich ließ mich nur zu gerne ablenken. Der andere Ausländer wurde geholt und kam nicht wieder; ein Faktotum, das das Essen verteilte, deutete an, er wäre entlassen worden. So begann ich wieder zu hoffen, ohne es irgend jemandem zu gestehen. Nun machte ich mir keine Vorwürfe mehr: Ja, ich habe Irrtümer begangen, seit ich lebe, immer wieder. Und sollte ich von hier lebend herauskommen, so werde ich wieder Irrtümer begehen, unerhebliche, belangreiche, folgenschwere. Wie bisher. Und inzwischen ging es mir besser, die Kopfschmerzen hatten nachgelassen, der Rücken tat weniger weh, er hinderte mich nicht am Schlafen. Ja, es ließ sich leben, wenn man einen leben ließ. Furcht und Angst nisteten in mir, in den Gedärmen, im Magen und in der Herzgegend. Aggressiv, also kämpfend zu sterben und es nicht einmal zu merken — ja, das möcht' einem jeden passen, so wie einem Juden sich mit Schweinefleisch vollzupampfen und sich dann auf einem jüdischen Friedhof begraben zu lassen ... Ich glitt langsam in den Schlaf hinüber, über die jüdischen Witze lächelnd, die ich mir selbst erzählte.

Am 20. März wurde ich endlich abgeholt, in einen Wagen gebracht und in einen mannshohen, sehr schmalen Schrank hineingeschoben, dessen obere Wand eine Art Drahtgeflecht war, durch das man hinausschauen konnte. Die Augen adaptierten sich rasch, bald fand ich die unzerteilte Welt im Lichte der Frühlingssonne wieder. Die beschwingte Bewegung der frühsommerlich gekleideten Passanten riß mich hin, löschte das Unglück aus – minutenlang. Nur sechs Tage waren vergangen, seit man mich der Welt dieser freien Geschöpfe entrissen hatte, doch war's mir, als fände ich sie nach einer sehr langen, schmerzlichen Trennung wieder. Ich vergaß nicht eine Sekunde lang, daß ich einem unsichern Schicksal entgegengeführt wurde, daß ich nicht aus der Schutzhaft entlassen, sondern auf dem Weg in ein Gefängnis war, und daß das Schlimmste, das ich während der Nächte befürchtet hatte, mir bald geschehen könnte.

Mit einigen anderen Häftlingen wurde ich im Gefängnis von älteren Wärtern übernommen, die jedem von uns die üblichen Fragen stellten und uns der Form halber durchsuchten. Wir schritten dann durch lange Gänge, meine Zelle lag am äußersten Rande. Ein SS-Mann trat zuerst ein, besichtigte mißtrauisch die schmutzigen, stellenweise mit Blut bespritzten Wände, stieß den Stiefel an die Bettkante, warf einen Blick auf den Kübel an der Tür, dann zum vergitterten Fenster hinauf und trat wieder in den Gang. Der Wärter erklärte, daß ich mich tagsüber weder aufs Bett legen noch setzen durfte, daß ich nicht versuchen sollte, zum Fenster hinaufzuklettern, es sei strengstens verboten. Bis auf weiteres würde ich meine eigenen Kleider behalten, ich hatte Anrecht auf ein Stück Seife und ein Handtuch, sie lagen auf dem Waschbecken. Bücher aus der Bibliothek gab es nicht, Pakete für meinesgleichen auch nicht. Und bis auf weiteres keine Briefe.

Ich sah hinauf, das Fenster war nicht klein, weit größer und vor allem breiter als eine Luke. Ich hatte Glück. Ich stellte den Schemel mitten in die Zelle, die nicht zu klein, auch nicht zu schmal war. Ja, ich hatte Glück – und blickte hinauf zum Himmel, zu diesem diskret blauen Junihimmel über Berlin, den ich immer geliebt habe. Aber nun waren wir erst im März, welch ein sommerlich wamer März! Solch frühen Frühling hatte ich schon mehr als einmal erlebt, wann — wo? Nicht denken und sich nicht erinnern, nur schauen, ermahnte ich mich, und blickte hinauf, gespannt, als erwartete ich etwas, das dort oben geschehen könnte. Jetzt nur nicht denken, später werde ich mich an alles wieder erinnern. An Zeit wird es mir nicht fehlen, solange man mich hierläßt —. Tage noch, vielleicht Wochen.

Der Lärm in der Durchgangszelle hatte mich gestört, doch hatte ich mich an ihn gewöhnt. Das Zusammensein mit so vielen Menschen ohne eine Möglichkeit, sich für eine Stunde oder einige Minuten zu isolieren, hätte mir entsetzlich sein müssen, aber ich hatte es ertragen, vielleicht weil ich dringender als je Menschen brauchte. Ich brauchte auch Einsamkeit, jetzt mehr als je, gleichviel ob es die letzten Tage meines Lebens waren oder der Beginn einer neuen Lehrzeit.

Der Rücken schmerzte wieder sehr, ich war müde und hungrig; eine längliche, durchsichtig-dünne Wolke tauchte plötzlich auf, das weiße Segel ohne Boot schwamm ganz allein im weiten Himmel. Ach, wie würde ich jetzt schlafen, wenn ich aufs Bett dürfte...

Laute Stimmen, das Geräusch der Kelle, die an den Kessel schlug, weckte mich — ich nahm den Napf, den Becher und den Löffel vom Brett, die Tür wurde aufgeschlossen, ein anderer Wärter stand da. Ich kriegte einen Teller voll mit Kartoffeln und Kraut und einer Flüssigkeit, einer Suppe wohl, ein Stück Brot und ein braunes Getränk. Ehe er die Tür schloß, sagte der Wärter leise: »Na, na, wird schon nicht so schlimm sein.« Der Fraß war nicht zu schlecht, ich aß ihn sogar ganz gern, das Brot war genießbar, das Getränk roch nach Hering.

Ich schlief sehr gut, obschon ich immer wieder aufwachte mit dem absurden Gefühl, daß mich die ungewohnte Stille geweckt hätte, und schlief, ehe ich mich darüber verwundern konnte, wieder ein. Es war das erste

Mal seit Monaten eine gute, sanfte, eine samtene Nacht – samten, so bezeichnete ich mancherlei Gutes in meiner Kindheit, nachdem ich meinen ersten schwarzen Anzug aus Samt bekommen hatte.

In meinen Romanen und Essays, auch in Interviews, habe ich einzelne Episoden meiner Haft erwähnt. Aber erst jetzt, als ich meine Erinnerungen zu schreiben begann, schien's mir an der Zeit, davon ausführlich zu sprechen. Nun merke ich aber, daß mir viele Einzelheiten, meist unwesentliche, das ist wahr, entfallen sind. Zum Beispiel muß es in meiner Zelle ein offenes Wandschränkchen gegeben haben. Ich habe es, als ich die Zelle beschrieb, nicht erwähnt – und es ist nicht das einzige, das in meinem Errinerungsbild fehlt. Ich entsinne mich vieler Menschen, doch nicht eines jeden mit der gleichen Genauigkeit. Am deutlichsten finde ich die Wandlungen des psychischen Zustandes wieder, in dem ich jene Wochen verbracht habe; sie haben mich so nachhaltig beeinflußt, daß ich seither und noch heute bei allen wichtigen Entscheidungen den Einsichten gerecht zu werden suche, die ich damals gewonnen habe. Dennoch werde ich hier nicht die ausführliche, analytische Schilderung jenes Erlebnisses einschalten; vielleicht werde ich sie überhaupt nie schreiben, nun es so spät geworden ist in meinem Leben.

In den ersten zwei Tagen genoß ich die Stille, sagte auch den Essenträgern nie ein Wort, antwortete, wenn es notwendig war, mit einem Blick, einer Gebärde. Ich aß wie im Polizeigefängnis gerade so viel, als nötig war, damit ich nicht verhungerte, wurde auch jeden Tag schwächer, doch störte es mich nicht. Mit der Zeit mußte ich die Gewaltmärsche in der Zelle – von der Tür zum

Fenster und zurück – öfter unterbrechen und mich auf dem Schemel ausruhen.

In der Nacht des dritten Tages setzte eine abscheuliche Selbstquälerei ein: das fortgesetzte Schwanken zwischen einer störrischen Hoffnung, einer fiebrigen Erwartung meiner Freilassung, die schon anderntags oder spätestens Ende der Woche erfolgen würde, und der Verzweiflung darüber, daß ich verloren war, daß ich selbst grundlos in die Falle gegangen und zwecklos in ihr geblieben war, bis die Tür zufiel. Bald gehörte die Nacht der Hoffnung, bald waren es die frühen Stunden des Tages, die mich mit Illusionen anfüllten nach einer Nacht, in der eine bösartige Verzweiflung mich zu einem mörderischen Selbsthaß drängte. Das alles müßte ich, schriebe ich jenen Bericht, hier ausführlich schildern und dann den seltsamen Prozeß beschreiben, dank dem ich mich vor mir selber rettete.

Gegen die »zögernde Attitüde« vor schwierigen Entscheidungen wandte ich stets in meiner Selbsterziehung wie in der Psychotherapie den Kunstgriff der *Vorstellung vom negativsten Fall* an. Wie ich andernorts angedeutet habe, handelte es sich darum, zu erwägen, welche Folgen ein Entschluß im schlechtesten Falle zeitigen könnte, und dann zu überlegen, wie schlimm sie wirklich wären und was man dann noch tun könnte. Nun, ich rettete mich durch die Anwendung dieser *pessimistischen Ermutigung* und fand mich ohne Wehleidigkeit damit ab, daß ich verloren war, daß ich in mehr oder minder naher Zeit die Zelle lebend verlassen würde, aber nur um bei einem »Fluchtversuch« erschossen, mit zwei, drei anderen ermordet zu werden. Einer von diesen würde wohl ein politisch wichtiger, bekannter Mann sein, die anderen aber gleich mir, »Muster ohne Wert«. Ich war das Muster eines Ostjuden, eines Kommunisten, dem es gelungen war, sich in städtischen und staatlichen Institutionen breitzumachen und unter dem Vorwand, Psychologie zu lehren, »bolschewistisch zersetzend« zu wirken und gleichzeitig die »Weltherrschaft des internationalen Judentums« zu festigen. Ich war keineswegs berühmt, sondern nur in einigen Kreisen bekannt — auch das machte mich zu einem Musterfall, denn solche wie mich gab es viele, ich bot aber überdies einen praktischen Vorteil: ich war zur Hand.

Wer ohne Hoffnung lebt, verzweifelt nicht mehr. So war es gewiß die bedeutendste psychologische Leistung, die ich je vollbracht habe, daß ich mich instand setzte, als *Toter im Wartestand* zu leben. Von da an fürchtete ich nichts mehr — das Spiel war ausgespielt, ich konnte nichts mehr verlieren. Fortab lauschte ich auch nicht mehr, wenn am anderen Ende des langen Ganges, wo sich die Wärter aufhielten, der Name eines Gefangenen ausgerufen wurde, der vielleicht in die Freiheit entlassen wurde. Viele dieser Namen klangen wie meiner. Nun aber ging mich das nichts mehr an, ich wartete auf niemanden, auf nichts.

Wie ich nun auf die siebenundzwanzig Jahre und dreieinhalb Monate zurückblickte, bot sich mir fast alles mit einer unübertrefflichen Deutlichkeit an. Das war also meine letzte, aber verkehrte, weil von aller Zukunft abgeschnittene *Gegenwart-Entrückung.* War mir nur noch eine Woche gewährt, so konnte ich das Vergangene wieder beleben. Ich schrieb »im Kopf« über alles, was ich in diesem Lebenszeitraum wie in einer Landschaft erblickte. Ich verbot mir, bei Gefühlen zu lange zu verweilen. Es war gefährlich, an die Menschen zu denken, die ich liebte oder geliebt hatte, von denen ich geliebt wurde. Dachte ich an sie, so hielt ich Distanz und verließ sie hastig, wenn es mir nicht gelingen wollte. Was ich mir antat, was mir da geschah — lassen wir das; ich werde es nicht beschreiben.

Seit ich in der Einzelzelle war, erfuhr ich nichts mehr; außer den Wärtern und den sie zumeist begleitenden SS-

Leuten und dem Faktotum sah ich niemanden; meine Nachbarzelle blieb unbesetzt. Manchmal, in später Nacht, hörte ich eine Ziehharmonika. Der mediokre Spieler kam wohl betrunken vom Wirtshaus und ging »immer die Wand lang«, blieb stehen, spielte und ging weiter. Manchmal verschlief ich ihn, obschon er mein einziger Kontakt mit der Außenwelt war.

Eines Tages erschien ein eleganter junger SS-Mann mit dem Wärter, der im Korridor stehenblieb. Der Nazi setzte nur einen Fuß in die Zelle, ließ mich meinen Namen wiederholen und sagte schließlich, ohne mich anzusehen: »Man könnte Ihnen ein Paket zukommen lassen, man will wissen, was Sie wünschen – zu essen, zu rauchen, vielleicht Bücher, keine politischen natürlich.« Ich brauchte alles, vor allem Zigaretten und Streichhölzer, vielleicht auch Schokolade und viel zu lesen, zum Beispiel eine Geschichte des Mittelalters. Ich war ohne Wäsche, ohne Pullover, es war vormittags recht kalt in der Zelle. Am übernächsten Tag kam der SS-Mann wieder, ein Faktotum trug das große Paket in die Zelle. Der junge Mann sagte: »Man hat eine Ihrer Kolleginnen verständigt, die dafür sorgen wird, daß Sie einige Ihrer Kleidungsstücke bekommen.« Das Paket war offen, enthielt viele Leckerbissen, Zigaretten, Rasierklingen, ein Steckschach, Bücher und einen Pullover. Ich fragte, wem ich für all das zu danken hätte; er überhörte die Frage und sagte: »Es wird ganz ausnahmsweise erlaubt, daß Sie von nun an jede Woche auch von anderer Seite ein Paket bekommen.« Ich fragte: »Wer ist »man«?« Er verließ wortlos die Zelle.

Als er eine Woche später mit einem Paket wiederkam, sagte ich: »Danken Sie bitte *man.* Aber ich werde von *man* nichts mehr annehmen, wenn *man* nicht das Inkognito aufgibt.« Wieder ließ er mich ohne Antwort. Inzwischen hatte ich in der Tat meine Kleidungsstücke bekommen und viele Delikatessen. Ich konnte nicht erraten, wer von meinen Freunden das geschickt hatte, denn alle Absendernamen waren fiktiv.

Der ältere der beiden Wärter, der fast täglich unter irgendeinem Vorwand die Zelle aufschloß und mir, wenn niemand im Gang war, einige Worte sagte, ließ deutlich durchblicken, daß ich die Sonderbehandlung nur dem SS-Mann zu verdanken hatte, der so was wie ein Offizier war. Als er einmal andeutete, daß er selbst ein alter Sozi war, fragte ich ihn nach politischen Neuigkeiten. Er erwiderte leise, daß ich nichts versäume, es gab nichts Erfreuliches in den Zeitungen.

Trotz der bedeutenden Verbesserung meiner Lage blieb ich bei meiner *negativen Gewißheit.* Daß ich nie zu einem Verhör geführt wurde, hätte mich optimistisch stimmen können, aber das durfte nicht sein. So viele Tage nach meiner Verhaftung bot mein Verhör kein Interesse mehr. Trotzdem änderte sich mein Leben. Ich legte ein Programm fest, an das ich mich strenge hielt: Lesen, alles Wichtige noch einmal erleben und »im Kopf« aufschreiben. Schach spielen. Bestandsaufnahme alter Lieder, jedes mit allen Strophen, die ich je gekannt habe. Nur ein Punkt des Programms wurde gestrichen: ich hatte begonnen, Briefe zu schreiben. Das stellte sich als gefährlich heraus, es drohte, mich wieder ins Leben zu stoßen, Hoffnungen zu erwecken. Nein, ich behaupte nicht, daß ich glücklich war. Aber ich war nicht mehr unglücklich. Fürchtete ich den Tod nach wie vor, so dachte ich kaum mehr an ihn; übrigens dachte ich auch wenig an Politik. Tat ich es aber, so mit dem alttestamentarischen Gefühl, daß, was geschah, von uns verschuldet war, daß wir es also verdienten. Wir hatten genau gewußt, aber wie Unwissende oder wie *Feinde der Wahrheit* gehandelt. Unsere Feinde verdienten noch eher den Untergang, gewiß, und sollten wir gerettet werden, so nur, weil sie noch viel übler waren als wir.

Eines Tages erschien wieder der junge SS-Mann. *Man* wollte wissen, womit man mir die Lage angenehmer gestalten könnte. »Mit der Befreiung«, antwortete ich. Der hübsche junge Mann wehrte mit der Hand ab und blickte mir zum erstenmal ins Gesicht. Ich betrachtete ihn fast amüsiert – aber plötzlich wußte ich, daß er der Sohn einer Hörerin war, einer schönen Frau, mit der ich im Laufe der Jahre zwei-, vielleicht dreimal einige Worte gewechselt hatte. Sie wußte, daß es mir sehr lieb war, wenn sie sich so setzte, daß ich sie auch dann sehen konnte, wenn ich in den Saal blickte. Sie kam fast immer früh genug, um diesen Platz in der dritten Reihe halbrechts einzunehmen.

Er warte auf meine Antwort, drängte der junge Mann. »Sagen Sie der Dame, daß ich stets mit Freude daran denken werde, daß gerade sie *man* ist. Und daß ich ihr auch dafür danke.«

Während der Tage, die diesem Gespräch folgten, schaltete ich einen Teil meines Programms aus, um mich auf ein Thema zu konzentrieren, über das ich dann auch »im Kopf« zu schreiben begann – bedächtiger, als ich je etwas zu Papier gebracht habe. »Unsere Sekundär- und Tertiär-Existenzen«, das war der Arbeitstitel des Essays, den ich wirklich schreiben wollte, wenn ich leben bleiben und jemals wieder frei sein sollte. Ich habe es dann doch nicht getan, ja nicht einmal ernstlich erwogen, obwohl ich auf diesen Gegenstand in Anspielungen immer wieder zurückgekommen bin.

Was ich da Absatz für Absatz formulierte, beruhte auf der Feststellung, daß ein jeglicher neben seinem Ich-Sein eine Du- und eine Er-Existenz hatte, die, zwar auf ihn bezogen, sich sehr wohl völlig von ihm ablösen konnte. Dies nicht nur, indem sie sein Leben überdauerte, sondern ihm schon zu Lebzeiten eine Rolle zuwies und ihn eine wichtige Aufgabe erfüllen ließ, ohne daß er es ahnte oder wollte.

»Wie viele bin ich?« Mit der Beantwortung dieser Frage leitete ich den im Kopf geschriebenen Essay ein. Wer, was bin ich, zum Beispiel, der Mutter dieses SS-Jünglings? Davon ging ich aus und kam schnell zum Problem der verschiedenen Zeiträume, an denen man teilhat, ohne dessen gewahr zu werden. Ich saß ständig auf dem Schemel, blickte zum Himmel hinauf, dachte nach, erwog, schrieb. Während dieser Stunden fühlte ich mich zuweilen so frei, so leicht, als ob ich schweben könnte, wenn ich wollte. Ich vermied noch immer, meine Gedanken bei jenen verweilen zu lassen, die ich liebte, aber ich flüchtete nicht mehr vor ihnen.

Eines Morgens wurde ich sehr früh geweckt, aufgefordert, mein Zeug schnellstens zusammenzupacken und mich fertig zu machen. Auf die Frage, wohin man mich brachte, antwortete der Wärter, neben dem ein SS-Mann stand: »Jedenfalls weg von hier.« Daß er mich dabei nicht ansah, deutete ich als schlechtes Zeichen. Ich wurde in einen winzigen fensterlosen Raum gebracht, man ließ mich lange warten, zuerst allein, dann mit einem ältern, übelgelaunten Mann, der auf meine Frage, wohin wir wohl gebracht würden, unwirsch erwiderte, daß er mit mir nichts zu tun haben wollte. Endlich brachte man uns zum Gefangenenwagen; es war ein schäbiges, altes Gefährt, der Kasten, in den man mich steckte, roch nach Erbrochenem. Da ich mein Bündel mit mir in diesen stehenden Sarg nehme mußte, hatte ich kaum Platz zu stehen, schließlich warf ich es auf den schmutzigen Boden und stand auf dem modischen Morgenrock, den ich mit wenig Geschick um meine Bücher, Zigaretten und Wäsche gewickelt hatte.

Es war ein besonders trüber, regnerischer Apriltag. Ich sah nichts von der Außenwelt, kriegte auch nicht genug Luft. Der Gefangentransport dauerte den ganzen Tag, er klapperte viele Gefängnisse und Polizeistationen ab. Es war Abend, als ich endlich hinaus konnte — ich befand mich wieder im Hof des Polizeipräsidiums. Ich schleppte mich mit meinem Packen nur mühsam vorwärts, doch mußte ich den Schritt beschleunigen. Man brachte mich in ein großes Stiegenhaus, vor eine eiserne Wendeltreppe, ich sollte zum dritten Stockwerk hinauf, aber schnell, schnell. Auf der schmalen Treppe ging mein Bündel auf, aus dem Morgenrock fielen die Zigaretten, dann einige Bücher. Ich hörte einen Wärter unten böse rufen: »He, Jungs, seht auch das mal an, da bringen sie einen Herrn mit seidenem Morgenrock und mit Büchern«. Gelächter. »Runter, hol mal deine Büchelchen und die anderen Dingerchen. Rasch, mach mal!« Der Wärter, der über mir stand, gab mir einen wuchtigen Stoß, ich verlor das Gleichgewicht, fiel aber nur einige Stufen hinunter, erhob mich, stieg langsam hinunter, klaubte die Sachen auf, packte sie unter den höhnischen Rufen der Wärter, die mich umstanden, zusammen und wurde hinaufgejagt. Bald fielen wieder Bücher aus dem Packen, wieder mußte ich hinunter. Die Zuschauer konnten sich an dem Spektakel nicht satt sehen. Und mit wachsender Wut reagierten sie auf die unerträgliche Herausforderung, daß sich da ein Häftling mit seinen Büchern breitmachte; ja, gewiß, der Anblick der Bücher erbitterte sie.

Bis zur Atemlosigkeit erschöpft, begann ich wieder hinaufzusteigen — zum dritten-, zum viertenmal. Erneut lockerte sich das Bündel, begann sich zu entleeren, man brüllte mich von unten und von oben an. Ich konnte nicht mehr, mir war nun wirklich alles gleichgültig, ich ließ mich auf die Stufe sinken und schloß die Augen. Eine Hand berührte meine feuchte Stirn, ein schwarzer Häftling, gewiß ein Faktotum, beugte sich über mich und sagte: »Ich werde alles zusammentun und in die Zelle bringen.« Er half mir auf, so erreichte ich den oberen Flur, ein Wärter stützte mich, führte mich zur Zelle, wo mich ein Polizist erwartete, der mich bis zum Bett geleitete. Das Licht der Lampe war hell, alles in der Einzelzelle war hellgrün; freundlich, angenehm, dachte ich, während ich wieder zu Atem kam. Bald wurde die Türe wieder aufgeschlossen, mein afrikanischer Retter legte die Sachen ordentlich auf dem Bett aus. Etwas später brachte mir der Wärter dunklen Tee in einer großen Tasse. Ich setzte mich, nahm sie in beide Hände, die endlich zu zittern aufhörten, beugte mich darüber und erblickte mein Gesicht mit den hohlen Wangen, mit den Augen, in denen ich das erste Mal seit langem wieder kindliche Trauer und Bangnis entdeckte; und ich sah, daß meine Schläfen ergraut waren. Der Anblick rief in mir keine Gedanken über mich selbst hervor – ich tat mir leid, so leid, als ob es sich um einen anderen handelte.

Während der etwa zwei Wochen, die ich in der hellgrünen Zelle blieb, habe ich viel erlebt. Ich verlor da meine Hoffnungslosigkeit und wurde wieder ungeduldig. In anderem Zusammenhang mag ich auf diese letzten Hafterlebnisse noch zurückkommen. (Egon Erwin Kisch verbrachte um jene Zeit einige Tage in einer solchen Einzelzelle und schilderte später mit viel Humor die Eigenheiten dieses Gefängnisses und die wahrscheinlich ungewollten Quälereien, denen der Gefangene da besonders in den Nächten ausgesetzt war.)

Meine Ungeduld wuchs in dem Maße, wie ich als gewiß annehmen wollte, daß sich viele Menschen energisch um meine Freiheit bemühten – in Berlin, aber gewiß auch in Wien. Ich war davon überzeugt, daß mein Vater nichts ungetan ließ, um mich zu retten, und daß es ihm gelingen würde. Daß man mich zur Polizei zurückgebracht hatte, deutete ich als seinen ersten Erfolg.

In diesen Tagen ging ich den ganzen Weg zurück – zu jenen, die sich mit meinem Untergang nicht abfinden wollten. Ich hielt mich an sie, im Wachen und im Traum. So war ich keinen Augenblick mehr allein. Und ich verbrachte Stunden damit, mir die erfüllte Verheißung so vor Augen zu führen, als ob sie schon Wirklichkeit und nur noch eine kurze Weile von einem dichten Morgennebel verhüllt wär Ich zauberte mir Dalmatien vor, seinen Himmel am Mittag und eine im Wasser einer winzigen Bucht sich spiegelnde silberne Mondsichel am Abend.

»Nämlich – heute ist nämlich der Geburtstag des Führers«, sagte der Schupo, der mich an der untersten Treppe vom Wärter in Empfang nahm. Er ging hinter mir durch viele Gänge, an jeder der zahllosen Ecken blieb ich stehen, bis er mir einsilbig die Richtung angab: rechts, links oder geradeaus. Im Büro übergab man mir den Entlassungsschein, erklärte mir, daß ich besser noch am gleichen Tag das Land verlassen sollte. Man überreichte mir einen der Koffer, die man mitgenommen hatte; er wog nicht schwer, also behielten sie meine Manuskripte. Der Schupo begleitete mich zum Haupteingang. »Nun geht's wohl heim zu Muttern!« sagte er, als er mich auf dem Bürgersteig verließ.

Ich nahm eine Taxe und ließ mich zu Mirjam fahren. Nur sie, meine legitime Frau, konnte mich aufnehmen, ohne sich dadurch bei der Polizei verdächtig zu machen. Ich blieb bei ihr drei Tage, nahm in einer »neutralen« Wohnung Abschied von Freunden. Ich war aufgeräumt, zu gesprächig, aber ich erwähnte nie die schweren Stunden; ich versprach ihnen, später einmal alles ausführlich zu erzählen. Es ist nie dazu gekommen.

Siebenundzwanzig Jahre später habe ich Berlin wiedergesehen. Es war keine Heimkehr, nicht einmal eine Rückkehr, sondern ein gespenstischer Besuch. Keiner meiner Freunde war mehr da, keiner der Genossen, mit denen ich die letzten Krümel einer großen Hoffnung geteilt hatte.

»Nach dieser meisterhaften Biographie haben Freuds Größe und seine Mängel ihre Wurzeln in der beharrlichen, besessenen Wahrheitssuche.«
Publishers Weekly

Peter Gay
Freud

Eine Biographie für unsere Zeit

Aus dem Amerikanischen von Joachim A. Frank
952 Seiten mit 32seitigem Bildteil. Leinen

Sigmund Freud hat mehr als andere bedeutende Gestalten der Geistesgeschichte biographisches Interesse auf sich gezogen. Bereits gegen Ende seines Lebens war er Gegenstand einer geradezu globalen Neugier, die sich seither eher noch verstärkt hat. Peter Gays Biographie, in den Vereinigten Staaten schnell zum Bestseller avanciert, hat amerikanische Kritiker zu höchsten Lobpreisungen inspiriert. Kaum ein Rezensent, der sich ihrer Faszination entziehen konnte. Sie wird den gelungensten Lebensbeschreibungen der Weltliteratur an die Seite gestellt. Überwältigende Stoff- und Gedankenfülle, kunstvoller Aufbau und ihr Wert nicht nur als überreich dokumentierte Lebensbeschreibung, sondern auch als Einführung in Freuds Lehre und in seine Zeit machen diese Biographie nach einhelligem Urteil der Kritiker zu einem unverzichtbaren Buch für Freud-Kenner und -Liebhaber.

S. Fischer

fi 1562 / 1

János Nyiri
Die Juden - Schule

Aus dem Englischen von Hilde Linnert
und Uta Szyszkowitz

Band 11054

Der Titel dieses Romans ist doppelsinnig, sein Inhalt eindeutig. Gemeint ist einmal eine Schule für Juden (wozu auch die Synagoge, die schul, gehört), zum anderen die harte Lebensschule, die jeder Jude in einer antisemitischen Umwelt durchlaufen muß. Thema ist der Holocaust, die systematische Ausrottung der Juden. Erzählt wird die Geschichte aus der Perspektive des kleinen József Sondor, den der Leser vom Kindergarten (kurz vor Ausbruch des Zweiten Weltkriegs) bis zur Befreiung Budapests erlebt. József ist so etwas wie ein ungarisch-jüdischer Oskar Matzearth, der permanent seine Familie, Lehrer und sonstige Umwelt in Atem hält, sich aller Disziplin (und allen Disziplinierungsversuchen) entzieht und voller verrückter Ideen steckt. Er ist außergewöhnlich frühreif und sprachbegabt. Obwohl das Buch überwiegend von Angst und Überlebensnot handelt, fehlt ihm alles gefühlige Pathos; Nyiri bringt seine Leser zum Lachen, das im Hals stecken bleibt und begreifen hilft. Der *Observer* schrieb: »Wir suchen in der Kunst nicht nur nach Verständnis, sondern auch nach Glück. János Nyiris *Juden-Schule* erfüllt beide Wünsche. Der beste Roman über den Holocaust.«

Fischer Taschenbuch Verlag

fi 1256 / 1

Teddy Kollek
und Amos Kollek

Ein Leben für Jerusalem

Aus dem Englischen von
Werner Peterich und Jizchak Barsam
Band 11269

Als Sohn einer in der österreichisch-ungarischen Donaumonarchie ansässigen jüdischen Familie wurde Teddy Kollek 1911 in Wien geboren. Nach dem Ersten Weltkrieg schloß er sich einer jüdischen Jugendorganisation an. Unter Einfluß des Zionismus sah es Kollek bald als sein Lebensziel an, in Palästina zu siedeln. 1934 erhielt er das Einreisevisum in das damals noch britische Mandatsgebiet und arbeitete in einem Kibbuz. In der Nazizeit und im Krieg half er von England und der Türkei aus gefährdeten Juden bei der Flucht aus Europa. Er lernte viele einflußreiche Zionisten kennen, die maßgeblich am Aufbau des Staates Israel beteiligt waren. 1947 war er in geheimer Mission in Amerika. 1948 wurde er zunächst Leiter der Amerikaabteilung des Außenministeriums und ging dann für einige Zeit an die israelische Botschaft in Washington. Später war er Chef im Büro des Ministerpräsidenten Ben Gurion. 1965 wurde Teddy Kollek zum Bürgermeister von Jerusalem gewählt – ein Amt, das er mit Erfolg bis zum heutigen Tag bekleidet. In drei Nachworten arbeitet Teddy Kollek die für Jerusalem bedeutsamen Ereignisse auf und entwickelt seine Vorstellungen für die Zukunft dieser Stadt.

Fischer Taschenbuch Verlag

fi 1254 / 1

»Ein exemplarisches Dasein in diesem Jahrhundert, lapidar, akribisch und psychologisch durchdringend beschrieben.«
Der Spiegel

Peter Stephan Jungk
Franz Werfel

Eine Lebensgeschichte

Band 10181

Zahlreiche, lange Zeit unbekannt gebliebene Dokumente aus dem Besitz von Werfels Stieftochter Anna Mahler sowie in den Universitäten von Los Angeles und Philadelphia archivierte Notizhefte, Tagebücher, Skizzen, Urkunden und Briefe hat Peter Stephan Jungk unter Beachtung der publizierten Primär- und Sekundärliteratur Stück für Stück zusammengetragen. Auf diese Weise verdeutlicht er, wie stark äußere Ereignisse persönlicher, familiärer, kultureller und politischer Art Werfels poetisches wie betrachtendes Werk sowohl in der literarischen Form als auch in Bildkraft und Sprachintensität bestimmt haben. Um zwei Beispiele herauszugreifen: im privaten Bereich war es die dynamische Frau Alma Mahler – im Politischen waren es neben den beiden Weltkriegen das Aufkommen und Anschwellen des Totalitarismus, des Faschismus in Italien und des Nationalsozialismus in Deutschland und Österreich, die Vertreibung der Juden. Die Erzählung dieser Lebensgeschichte des als Juden geborenen, seit frühester Kindheit aber zum Christentum neigenden, sich gleichwohl nicht taufen lassenden Franz Werfel hat Peter Stephan Jungk mit Berichten über Orte und Häuser seines Weges aus eigener Anschauung sehr lebendig durchsetzt.

Fischer Taschenbuch Verlag

fi 1030 / 2

Katja Behrens
Salomo und die anderen
Jüdische Geschichten
191 Seiten. Leinen

Arthur Mayer war Arzt, ein uneigennütziger und deshalb sehr verehrter Helfer seiner Mitbürger in der deutschen Gemeinde S. – aber er war auch Jude und wurde deshalb in Auschwitz ermordet. Von einer Woche auf die andere mied man seine Praxis, vergaß, ihn auf der Straße zu grüßen, und keiner rührte auch nur eine Hand, als er nach Frankreich fliehen mußte, wo er während des Krieges mit seiner Frau von deutschen Soldaten gestellt und »abgeholt« wurde. Unter anderem von Arthur Mayers Leben erzählt Katja Behrens in ihrem neuen Prosaband. Er umfaßt sieben Geschichten, die von jüdischen Schicksalen erzählen. Sie richtet ihren Blick nicht so sehr auf das Geschehene als vielmehr auf die Gegenwart. Sie zeigt, mit wieviel Verständnis die Täter heute rechnen können und mit wie wenig Mitgefühl die Opfer. Katja Behrens schreibt nüchtern, unsentimental und präzise. Es geht ihr nicht darum, Mitleid zu heischen, sondern sie lotet mit literarischen Mitteln eine nach wie vor spannungsgeladene soziale Situation in unserem Land aus. Alle Erzählungen haben eines gemeinsam: Sie zeigen, daß Täter oder Opfer gleichermaßen von der Vergangenheit eingeholt werden können, wenn sie sich ihr nicht rechtzeitig stellen.

S. Fischer

fi 1563 / 1

Österreich erzählt

27 Erzählungen

Ausgewählt und mit einer Nachbemerkung
von Jutta Freund

Österreich erzählt – von Träumen und Erinnerungen, von Einsamkeit und Tod, vom Lachen und Vergessen. 27 österreichische Autoren schreiben bissig, böse, witzig oder wehmütig über ihr Land, über historische Ereignisse, über seine Bewohner, schreiben ihre Geschichten – jeder auf seine charakteristische Art und Weise. Die hier gesammelten Erzählungen zeigen in ihrer Vielfalt die Spannweite und die verschiedenen Strömungen der österreichischen Prosa unseres Jahrhunderts. Sie geben die Stimmung dieses Landes wieder, des Landes, das Hans Weigel »die Synthese aller Welten«, das »staatsgewordene Paradoxon« nannte, in dem man »deutsch sprechen kann, ohne Deutscher zu sein«. Eine Mischung aus Heiterkeit und Melancholie tritt uns entgegen, diese typische Mischung, die zu so vielen nicht nur literarischen Bildern und Vergleichen schon Anlaß gab.

Band 9283

Es erzählen: Ilse Aichinger, Peter Altenberg, H.C. Artmann, Ingeborg Bachmann, Alois Brandstetter, Franz Theodor Csokor, Heimito von Doderer, Erich Fried, Barbara Frischmuth, Marlen Haushofer, André Heller, Fritz v. Hermanovsky-Orlando, Hugo von Hofmannsthal, Ödön von Horváth, Elfriede Jelinek, Robert Musil, Alfred Polgar, Helmut Qualtinger, Christoph Ransmayr, Peter Rosei, George Saiko, Arthur Schnitzler, Jutta Schutting, Jura Soyfer, Franz Tumler, Franz Werfel, Stefan Zweig.

Fischer Taschenbuch Verlag

fi 1153/4

Lebensbilder
Jüdische Erinnerungen und Zeugnisse

Herausgegeben von Wolfgang Benz

Hertha Feiner
Vor der Deportation
Briefe an die Töchter
Januar 1939 - Dezember 1942
K.-H. Jahnke (Hg.)
Lebensbilder, Bd. 7
Band 11917

Salomea Genin
Scheindl und Salomea
Von Lemberg nach Berlin
Lebensbilder, Bd. 3
Band 11253

Richard Glazar
Die Falle mit dem grünen Zaun
Überleben in Treblinka
Lebensbilder, Bd. 4
Band 10764

E. Leyens/L. Andor
Die fremden Jahre
Erinnerungen an Deutschland
Lebensbilder, Bd. 1
Band 10779

Eric Lucas
Jüdisches Leben auf dem Lande
Eine Familien-chronik
Lebensbilder, Bd. 2
Band 10637

Armin und Renate Schmid
Im Labyrinth der Paragraphen
Die Geschichte einer gescheiterten Emigration
Lebensbilder, Bd. 6
Band 11467

Arnon Tamir
Eine Reise zurück
Von der Schwierigkeit, Unrecht wiedergutzumachen
Lebensbilder, Bd. 5
Band 11466

Fischer Taschenbuch Verlag

fi 1712 / 3